黒鳥の湖

宇佐美まこと

祥伝社文庫

目次

序章

鳥の羽ばたきが聞こえた気がした。

男は目を覚ました。馴染《なじ》んだ部屋のベッドの中。周囲は真っ暗だ。耳をそばだてる。もう何も聞こえない。庭のタイサンボクの大木をキジバトがねぐらにしている。おそらくはそれが飛び立ったのだろう。

だがこんな夜中に？　何かに驚いて追い立てられたのか。

男は布団《ふとん》を撥《は》ねのけ、むくりと起き上がった。サイドテーブルに手を伸ばして、ランプ型のスタンドを点《つ》けた。オレンジ色のわびしい光が、男の足下を照らす。足で探ってスリッパを履《は》く。その時、庭からかすかな音がした。思い直してスリッパを脱ぎ、裸足《はだし》になった。

ベッドの脇に立ったまま、じっとしていた。

カサカサとタイサンボクの葉擦《はず》れの音。広い庭には、たくさんの木々が植わっている。もともとあった植栽《しょくさい》に加え、風や鳥によって運ばれた種から芽生《めば》えたものもある。手入れを怠《おこた》っているから、野放図《のほうず》に繁《しげ》り放題だ。風がある晩には枝がしなり、葉が鳴ってうるさいくらいだ。だが、今夜は他の木は静まり返っている。

やがて二階のベランダに面した窓が静かに開けられる音がした。両開きのフランス窓だ。二階の廊下を行く足音。板が軋《きし》む。もう間違いない。誰かがタイサンボクを伝ってベランダに上がり、家に忍び込んできたのだ。死んだ親から受け継いだ古い屋敷だ。土塀《どべい》は崩《くず》れ、門扉《もんぴ》も外れたままだ。戸締まりもいい加減だ。その気になれば、たいして労力を使わずに誰でも忍び込めるだろう。

裸足のまま、ドアに向かって歩く。足裏に塵《ちり》がくっついてくるざらりとした感触。懐中電灯を手に取るが、わざと点けないでおく。広い家だが、生まれた時からここにいるので、間取りは頭に入っている。

広大な敷地のこの屋敷で、男は一人暮らしをしている。彼はろくに働いたこともないが、親がこの家と生活に困らないほどの預金を残してくれたので、安穏《あんのん》と暮らしていけるのだった。

階段に向かって廊下を歩く。ふと気がついて、洋間に入った。長年使われていない暖炉《だんろ》のそばから、火《ひ》掻《か》き棒を取り上げる。左手に懐中電灯、右手に火掻き棒を持って、階段を上る。階段の踏み板もかすかに軋んだ。踊り場で立ち止まって耳を澄《す》ます。

誰かの話し声がする。どうやら一人ではないらしい。

声の様子から、若い男女二人と目星をつけて、また階段を上った。二階の廊下をそっと覗《のぞ》き込む。廊下の先に二つのペンライトの光が見えた。

「いてっ」

男性の声がした。何かにつまずいてよろめき、壁に頭をぶつけたようだ。

「しっ」

これは女性。何も見えないが、振り返って人差し指を口に当てる様子が想像できた。

「こっち」

先に立って案内しているのは女性のようだ。男もそっと廊下に足を踏み出した。

「お金は突き当たりの部屋にあるはずだよ」

囁《ささや》くような声は幼い。十代の子のようだ。

タイサンボクをよじ登ってベランダから侵入したこと、金のある場所まで知っている様子から、この屋敷に来たことのある子なのだろう。

男は、家に連れ込んだことのある少女の顔を数人思い浮かべてみた。分別《ふんべつ》のある女性は、なかなか男の誘いには乗らないから、ほとんどが十代か二十歳《はたち》そこそこの子だ。

「ほんとに金なんか置いてあるのかよ」

また男性の声、少女たちの内の一人が、男友だちを誘って忍び込んできたのだろう。推測ができると、強張《こわば》っていた体の力が抜けた。金ならいくらでもある。少しくらい持っていかれてもどうってことはない。それよりも、この面白い展開を楽しむ気持ちの方が勝《まさ》った。少しばかり脅《おど》して追い払ってやろう。二度とつまらない考えを起こさないように。

二人は廊下の突き当たりまで行った。向こうも家主に気づかれていないと思ってか、警戒心が薄れたようだ。だんだん声が大きくなる。

「あるって。見たんだもの。裸で置いてある札束」

「おい、そんなものいつ見たんだよ」

「いいじゃん、そんなの。とにかくここには金持ちの男が一人で住んでんの。使う当てがないから、そこらへんに転がして置いてあるんだって」

「嘘《うそ》だろ?」

声の調子から、男性も相当若いと推察できた。少女に誘われて盗みに入ったはいいが、後悔しているのか。少女の方が肝《きも》が据《す》わっている。少女が、ここに住んでいるのは「頭のイカれたボンクラ息子」だと説明した。それがおかしくて、男は闇の中でにやりと笑った。

少女が振り返って、ペンライトの光を相棒の顔に当てた。

「なにびびってんの」

闇の中に浮かんだのは、やはり少年としか見えない顔つきだった。ペンライトを返す時、少女の顔にも光が当たった。一瞬だけ見えた顔には見覚えがあった。

ここに連れ込んだ女の子には、カメラを向けてポーズを取らせるから、記憶に残る。確かあの子は、何度か来たことがある。顔はわかるが、名前は出てこない。臆《おく》することなく、男が注文するポーズを取った。彼女の裸は幼くて貧相で、男の好みだった。たっぷりお手当をやったのに、盗みに入るとは呆《あき》れたものだ。

「ここ」

少女が突き当たりのドアの前で立ち止まった。

ドアは軋むこともなくすんなり開き、二つの影がすっとそこに滑《すべ》り込んでいった。男は廊下を進み、開けっ放しになっているドアから中を覗いた。

二つのペンライトの光が、ざっと部屋の中を舐《な》めた。床にじかに置かれたベッドマット。籐《とう》製の椅子《いす》。洋服ダンスに本棚。縫いぐるみがぎっしり並んだ飾り棚。店舗に置かれているような陳列用の平台。男には、馴染みの光景だ。

陳列台の上で、少女のペンライトが止まった。小さな光の輪が行ったり来たりした。雑多な服飾品がきちんと並べてある。スカーフやアクセサリー、ベルト、化粧ポーチ――。どれも使い古され、くたびれていた。だが、男には大事なコレクションなのだ。あれを持っていかれるのは困る。そう思った途端、「あ、これ」少女がひょいと持ち上げたのは、安っぽいビーズのブレスレットだった。それを自分の手首に通す。

「あ、これももらって帰ろ」今度はくたっとした空色の布帽子を頭に載せる。

「どう?」少年に向かってポーズを取ってみせる。丸い帽子の横に付けられた丸いアクセサリーが、彼のペンライトの光を跳ね返した。

「おい、そんなもん——」少年の押し殺した低い声。

「わかってるって」少女は帽子を頭からむしり取った。「お金はここだよ。たぶん」

彼女は、かがんでスチール製の収納庫を開けた。

「うほ」

少年はペンライトを取り落とした。

見えなくても、中に入っているものは男にはわかる。輪ゴムで留めた百万円の束が十束以上はあるはずだ。同じように輪ゴムで留めた大量の写真や、ネガの束の中に無造作《むぞうさ》に転がしてある。

「早く！　リュック」

少女に促《うなが》されて、少年は背負ってきたリュックを下ろして口を開けた。二人は夢中になって札束を突っ込んでいる様子だ。

男はとうとう我慢ができなくなった。

「おい！　そこで何をしている！」

強力な懐中電灯で二人を照らし出した。慌《あわ》てふためいた男女は、さっと立ち上がった。怯《おび》えきった顔に油断した。体を丸めた少年が体当たりしてきたのだ。男の手から懐中電灯が飛んでいった。

扉の前に立ちはだかる男の脇をすり抜けて、小柄な二人は廊下に飛び出す。思いのほか、すばしっこい動きだ。少年が提《さ》げたリュックの口が開いたままなので、バラバラと札束が落ちた。

男は廊下の照明を点けた。さっき通ってきた廊下に、薄ぼんやりした蛍光灯の光が満ちた。少女はベランダに通じる部屋のドアを正確に探り当て、それを開いた。勝手がわかっているというふうだ。ここに出入りしていた時から、盗みに入るつもりで下見をしていたのか。男もドシドシと足を鳴らして追いかけるが、普段から運動をしつけていないので、身のこなしは敏捷《びんしょう》とはいえなかった。

二人は開けっ放しにしていたフランス窓からベランダに出た。少年がリュックを投げ落とすのが見えた。今からタイサンボクの木を伝って下りるとしたら、手間取るだろう。追いつける、と踏んだ。

「下りろ！　早く！」

少年が女の子を急《せ》かす。

タイサンボクの枝に腕を伸ばした少女が、振り返って「ひゃっ！」と叫んだ。

フランス窓に向かって、男は部屋を急いで横切った。少女の背中を押した少年が、男に向かってきた。

「早く行けって！」

少年は叫びながら、男を思い切り殴《なぐ》った。一発で男はよろめいた。少年は喧嘩《けんか》をし慣れている感じだ。男がなんとか踏みとどまって身構えると、少年は身を翻《ひるがえ》し、ベランダに向かった。

「バカ！　何やってんだよ」

少女はベランダに立ったまま、相棒が来るのを待っていた。

「さっさと下りろって」

むらむらと怒りが湧《わ》いてきた。かわいがって金も随分《ずいぶん》やったのに、こんな仕打ちで応《こた》えるとは。逃がすわけにはいかない。捕まえて、当分この家に閉じ込めてお仕置きをしてやるか。

男は怯えた顔でこちらを見ている少女めがけて火搔き棒を投げつけた。

重たい金属棒は、少年のすぐ横をかすめて飛んでいった。

恐ろしい凶器と化した火搔き棒は、まともに少女の顔に当たった。

ガスッというような嫌な音がした。顔の左部分が血塗《ちまみ》れになった少女は、バランスを崩してのけ反《ぞ》った。後ろに倒れていく。ベランダの柵に足を取られ、上半身が空中に飛び出したのだ。スローモーション映像を見ているようだった。

男は啞然《あぜん》とした。まさかあんなにうまく当たるとは思わなかった。ちょっと脅かすつもりだったのに。

ようやく何が起こったのか理解したらしい少年が、助けようと走り寄った。伸ばした腕がわずかに届かない。彼の手のひらが虚《むな》しく宙を掻く様子を、男は突っ立って見ていた。

「しょうちゃん!」

大きく目を見開いた少女は、闇の中に落ちていった。

永遠に続く底なしの闇。彼女が地面に叩《たた》きつけられた音は、周囲の木立《こだち》に吸い込まれていった。どこかでまた鳥が羽ばたいた。

第一章　何もかもが似すぎている

「昨日、板倉未祐《いたくらみゆ》さんのご自宅に、未祐さんが失踪《しっそう》当時着ていたワンピースの布の切れ端が送りつけられてきたとの発表が、捜査本部よりありました」

重々しい口調で、女性のニュースキャスターが述べた。

その表情のまま、隣のコメンテーターに体を向ける。

「これは、どういうことを表しているのでしょうか」

「犯人の意図、ということですか？」

黒縁《くろぶち》の眼鏡《めがね》をかけた中年男性は、どこかの大学で犯罪心理学を教えている人物だ。

「そうです。こうやってご家族の許《もと》に、連れ去った女性のものを送りつけるということに何か深い意味でもあるのですか？」

十日前は未祐さんの口紅、そして四日前には、未祐さんのスマホカバーが送られてきたのでしたね、と彼女は畳《たた》みかけた。

「そうですね――」コメンテーターは慎重に言葉を選ぶ。「女性を誘拐するだけではなく、ご家族を苦しめることも犯人にとっては意味があるのかもしれません。さらに、こうした行為が衆目を集めるということも充分承知している――」

「心配し、嘆《なげ》き悲しんでいるご家族の気持ちを弄《もてあそ》ぶとは――。あまりにひどいですね」

聞き役のキャスターがすっと眉根《まゆね》を寄せた。コメンテーターは言葉を継ぐ。

「これは劇場型の犯罪だと言えますね」

「劇場型――と言いますと？」

「つまり、犯人は、この犯罪を楽しんでいるのです。誰にも知られず行うのでは飽き足らない。自分に注目が集まるのが嬉《うれ》しくて仕方がないのです」

「おぞましい心情ですね」

「世間の反応を楽しんでいるんですね。今、この番組も見ているかもしれない」

「えっ！　そうなんですか？」

キャスターはつい感情を露《あら》わにし、すぐに表情を引き締めた。そのまま厳しい面持《おもも》ちで尋《たず》ねる。

「これは、今年の一月に起こった誘拐殺人事件と同一犯だとお考えですか？」

コメンテーターは、束《つか》の間《ま》逡巡《しゅんじゅん》したが、答えた。

「その可能性は高いと思います。何もかもが似すぎている」

シルキーグレイのスーツを身に着けたニュースキャスターは、カメラを真っすぐに見つめた。

「板倉未祐さんのご両親のお気持ちを察すると、本当に心が痛みます」

両親の心情を思いやりつつも、沈痛な表情を浮かべる自分が、うまく視聴者に受け入れられたかの方が気になるといった様子で、さらに眉をひそめてみせた。

「未祐さんが無事にご両親の許に戻られることを、祈らずにはいられません」

彰太《しょうた》はリモコンを持ち上げて、テレビを消した。

ハイバックチェアにもたれかかる。そのまま目を閉じた。

次は何を送ろうかと、犯人は楽しんでいるのか。自由を奪った若い女性の持ち物や体を探って、効果的な物を品定めしているのかもしれない。怯《おび》えきった女性は、恐怖に萎縮《いしゅく》してしまい、声も上げられない。床にぶちまけられるバッグの中身。切り取られる服。女性に向けられる刃物。くぐもった悲鳴を聞いたような気がした。

禍々《まがまが》しい想像に、彰太は肘掛《ひじか》けをぐっと握り締めた。

目を開くと、そこは慣れ親しんだ自分の書斎だ。書斎という体《たい》をなしてはいるが、一人になるための部屋といった方がいい。たいして読みもしない本が詰まった本棚。がっしりしたナラ材のデスク。その上のノートパソコン。テレビ台の上の4Kテレビ。よくわからないが、画商に勧められるままに買った壁の油絵。

ここにこもると、妻も娘も遠慮して放っておいてくれるのだ。

窓からは、前庭とアイアンの門扉《もんぴ》が見える。門までのアプローチ沿いでは、妻の由布子《ゆうこ》が丹精《たんせい》して育てた花が咲き誇《ほこ》っている。色とりどりのビオラや白いオキザリス、真っ赤なナスタチウムがテラコッタのプランターに植えられ、十一月の朝の光に輝いていた。

今聞いたニュースとは裏腹な、平和で穏《おだ》やかな風景だった。だが、確実にあの惨《むご》い事件は起こっている。

今年の一月。第一の犠牲者。

確か二十二歳の女子大生だったと思う。卒業を間近に控え、就職も決まっていた。場所は豊島《としま》区駒込《こまごめ》。名前はもう忘れた。彼女がふっと姿を消した。心配する親の許に、彼女の持ち物が送られてくるようになった。数日おきに、愛用の眼鏡だの、ペンケースだの、読みかけていた文庫本だの。しだいに女性が身に着けていた物になってくる。恋人とお揃《そろ》いで買ったリング、引きちぎられたネックレス、スカートの裏地、ずたずたにされた下着。心配のあまり、気が狂いそうになった両親をあざ笑うかのように、そうした品々が送られてくるのだ。

そしてしまいに、生身から剥《は》がされた爪。きれいにマニキュアが塗られたままの。母親は、それを見て失神したという。

それきりぷつりと物は届かなくなる。だが、最終章はまだなのだ。一番惨い締めくくりは。関東地方に大雪が降った二月のある日、雪の中から女性の死体が発見される。公園の林の中。雪が降る前に放置されたと思《おぼ》しき死体。警察が公式に発表したことや、後に週刊誌が報道したことなどからすると、彼女は凌辱《りょうじょく》されてはいなかった。

その代わり、もっと無残な殺され方をしたと判明するのだ。すなわち生きたまま少しずつ切り刻まれて命を落としたということが。死因は失血死だったか、ショック死だったか。犯人はまだ見つかっていない。

ショッキングな殺人事件だった。それが再び繰り返されているということだろうか。

今回の板倉未祐という女性は、三十一歳のアパレルショップの店員ということだった。友人と遅くまで飲んで、一人で帰路についたところで姿を消した。小平《こだいら》市でのことだ。

いったい何が起きているのだろう。

ワイドショーなどでは、早くも「肌身フェチの殺人者」という異名が付いた。

彰太はさらにハイバックチェアに身を沈め、腹の上で手を組み合わせた。

——どうだい？　ひどい話じゃないか。女の子をいたぶって、その様子を逐一《ちくいち》親に知らせるようにその子の持ち物を送りつけてくるなんて。許せないだろ？　あんただって。

十八年前、囁《ささや》くように言った老人の息遣《いきづか》いが聞こえてくるようで、ぶるっと身震いした。

あまりに似すぎている。あの時に聞いた話と。

なぜなんだ。なぜ今あれが繰り返される？

美華《みか》が階段を駆け下りてくる音がした。

「ああ、もう絶対遅刻！」

ダイニングに走り込んできた美華は、ソファの上に乱暴にリュックを投げた。そのままキッチンへ行き、バタンバタンと冷蔵庫を開け閉めする。グレープフルーツジュースのパックを持ってきて、グラスになみなみと注《つ》ぐと、立ったままそれを飲み干した。

「何ですか？　お行儀の悪い」

由布子が咎《とが》めるのもお構いなしに、リュックを背負う。

「行ってきまーす」

つむじ風のように出ていった。一度閉まったドアが開く。

「あ、ママ。今日の参観日、来なくていいからね」

「行きますよ！」

再び閉まったドアに向かって由布子が怒鳴《どな》った。娘の耳に届いたかどうかは疑問だ。

由布子は彰太の向かいに腰を下ろした。そして娘が手をつけなかった朝食を、ため息交じりに見やった。チーズ入りのスクランブルエッグと、新鮮な野菜のサラダ。コンソメスープとクロワッサン。クロワッサンは、由布子がわざわざ白金台《しろかねだい》まで行って、お気に入りのベーカリーから買ってきたものだ。食べる前にトースターで温めてある。

トースターも、クロワッサン温め機能がついたものを買うという凝《こ》りようだ。中に織り込まれたバターの風味と、外側のカリッとした焼き加減が絶妙なのだと由布子は言うが、彰太にはよくわからない。

クロワッサンを一口かじって至福の表情を浮かべる妻を、彰太は黙って見やった。

「どうしたの？　あなたまで。全然食べてないじゃない。具合でも悪いの？」

ようやく夫の様子に気がついた由布子が、クロワッサンを皿に置いて言った。

「いや」

のろのろとフォークに手を伸ばす。サラダをおざなりに掻《か》き混ぜ、リーフレタスを突き刺してみるが、まったく食欲が湧《わ》いてこなかった。由布子は大騒ぎになっている女性誘拐殺人事件のことなど、気にならないようだ。自分たちから遠く離れた事柄だと高をくくっている。

あんなふうに信じられない事件に巻き込まれるのは大人の女性で、被害者の方にもどこかしら落ち度があるのだと思い込んでいる。行ってはいけない場所に足を踏み入れるとか、交わってはいけない人物と交わるとか。

クロワッサンをちぎりながら、彰太は考える。

そうじゃない。そうじゃないんだ。美華のような少女でも、こういった思いがけない罠《わな》にはまり込んでしまうことはある。

その証拠に、十八年前、彰太が聞かされた事件の被害者は——美華とそう変わらない年頃に被害に遭《あ》ったのだった。もし、あの子があんな目に遭うようなことになれば——。

彰太の想像は、どんどん不穏《ふおん》な方向に向かう。それほど、一人娘を失うことは怖かった。今、この瞬間も娘のことを思って悲嘆《ひたん》にくれている板倉未祐の親に、つい自分を重ねてしまうのだ。

「参観日の後、中西《なかにし》さんたちとお茶して帰ることになると思う」

夫の気持ちも知らず、由布子は呑気《のんき》にそんなことを口にした。

美華は文京《ぶんきょう》区白山《はくさん》の学校に通っている。小学校から大学までエスカレーター式に上がれる名門の女子校だ。小学校受験の時は由布子を中心に大騒動をしたものだが、高校二年になった今では、もう遠い思い出になってしまった。

「うん、わかった」

彰太はかすれた声で返事をした。

あまり気が進まないというふうを装《よそお》っているが、由布子は、美華が通う『桜華台学園《おうかだいがくえん》』の保護者たちと交わるのが楽しくて仕方がないのだ。今日のように参観日があれば、たいていどこかのカフェで気の合う同士でしゃべって帰る。学校行事に着ていく服も、上等で品よく、それでいて華美《かび》にならないよう気を遣っている。

くだらない、と思う。だが、そんなことはおくびにも出さない。由布子がこうして彰太の苦手な部分を担《にな》ってくれるおかげで、仕事に没頭《ぼっとう》できるのだから。ようやくつまらない取り越し苦労から気持ちを切り替え、彰太は朝食をなんとか平らげた。

「今日は出勤、遅くていいの？」

「ああ。今日は十時からの会議に間に合えばいいから」

「そう。じゃあ、私はちょっと支度をしてくるわね」

汚れた皿を食器洗い機に突っ込むと、由布子はダイニングを出ていった。おそらく参観は午後からだろうに、洋服やアクセサリーを選んでおくつもりなのだろう。よっぽどのことがない限り、すんなり大学まで上がれる学校だから、美華の進学や受験のことで頭を悩ますことはない。由布子は、娘が白鳥をデザインした桜華台学園の校章を胸につけて登校していくだけで誇らしい気持ちになっている。

彰太はリビングのソファに移動し、掃《は》き出し窓の向こうの庭を見た。前庭同様、由布子が手入れを怠《おこた》らない庭は、そう広くはない。芝生《しばふ》の向こうのフェンスにもたれかかるようにして、エリカが群れて咲いていた。風が吹くと、鐘《かね》状の小さな白い花が可憐《かれん》に揺れた。

代官山《だいかんやま》にあるこの家は、八年前に建てた。彰太の会社は、不動産業を主軸としているので、手ごろな土地が目について買い求めたのだ。家の設計も庭の造作《ぞうさく》も、由布子にまかせっきりだった。土地さえ手に入れれば、それから先はどんな家になろうが気にならなかった。由布子は実家の親と相談しながら、思い通りに家を作り上げた。

『ザイゼン』の代表取締役社長となった財前《ざいぜん》彰太に、義理の父母である堀田貴大《ほりたたかひろ》と愛子《あいこ》は、今や何の不満もないはずだ。由布子と結婚したいと申し出た時には、烈火《れっか》のごとく怒り狂い、猛反対したものだったが。

ザイゼンの前身は、麻布十番《あざぶじゅうばん》にあった『財前貴金属店』という、歴史はあるがぱっとしない時計と宝石を商《あきな》う店だった。もともとは、戦前にカメラを商う店として出発したらしい。三代目を継いだ彰太の伯父《おじ》、文雄《ふみお》が地道に商売に励《はげ》んだおかげで、基礎ができた。結婚もせず、まとまった金ができると、不動産屋を回ってちまちまと小さな土地やマンションの一室を買うというのが、文雄の楽しみだった。祖父の代から持っていた土地も値上がりして、まずまずの資産となったようだ。

しかし堅い文雄は浮かれることなく、地に足をつけた商売を続けた。どんなに儲《もう》けても、生活は変わらなかった。彰太が憶《おぼ》えているのは、財前貴金属店の薄暗い店の奥に陰気に座る伯父の姿だった。ただ親から引き継いだ店を営《いとな》んでいくことだけに心を砕《くだ》いていたのだ。調子に乗って高級路線に切り替えた同業者が、バブル崩壊とともに消えていくのを尻目に、こつこつと商売に励んでいた。

「自分の身の程をわきまえろ」というのが、伯父の口癖《くちぐせ》だった。蓄財に努め、欲張らず、働いた分だけのものを受け取ることをよしとした。怠《なま》ける者を嫌い、堅実で質実。一方で、地域貢献だの社会還元だのというものはまやかしだとうそぶいた。腹を割って話す友人もいなかったと思う。

ただ所有する不動産は年々増えていったから、そこからの収入は莫大《ばくだい》なものになった。行きつけの不動産屋をまるごと買い取り、自分の土地やビルの管理をさせていたくらいだった。貴金属店の方が儲からなくても余裕でやっていけたのだろう。

妻もなく子もなく、何が面白いのだろうというような生き様だった。唯一の親族である彰太のことも嫌っていた。だが文雄が死んだ後は、すべてを彰太が受け継いだ。彰太は、あれほど伯父がこだわった貴金属店の方はさっさと売り飛ばした。『ザイゼン』を興《おこ》し、港区三田《みなとくみた》に自社ビルを構えた。不動産業、貸しビル業、カラオケ店にネットカフェ。経営は順調で、十年前には株式上場を果たした。不動産売買でいい出物に当たったので、飲食店を一軒手掛けてみたら、これもうまくいった。もうすぐ二店目を出す予定だ。

伯父の遺産のおかげではあるが、受け継いだものの数倍の規模に成長させた。古色蒼然《こしょくそうぜん》とした貴金属店を彰太に継がせようとしていた文雄が見たら、何と言うだろうか。伯父文雄は生前、奔放《ほんぽう》な生き方をする甥《おい》に手を焼き、結局匙《さじ》を投げて縁を切ろうとした。あの時のことを考えると、自分でも怖いくらいの成功だと思う。

金はうまく使ってこそ価値があるのだ。伯父は、土地も金も得るだけで満足し、活用しなかった。まさに宝の持ち腐れだった。臆病《おくびょう》で孤独な伯父と違って自分には度胸も人脈もある。両親が離婚した後、育ててくれていた父親が呆気《あっけ》なく交通事故死した。荒れていた十代の頃の彰太を、どうにか型にはめて、思い通りにしようと四苦八苦していた伯父の苦労は、まったく的外れだったとしか言いようがない。

「身の程をわきまえろ」と言っていた伯父には、甥の中の隠れた才能を見抜く力がなかった。美しい妻に素直な娘。一等地に建つ一戸建ての家。会社。財産。社会的地位。彰太は文雄のように吝嗇《りんしょく》ではない。会社で得た利益を社会にも還元している。環境保全活動やチャリティイベントへも惜《お》しむことなく寄付をしている。

若い頃は怖いものなしだった。だが、今は怖い。こうしたものの一つでも失《な》くしてしまうのが。四十代も半《なか》ばを過ぎた今のあり様としては、当たり前なのかもしれない。築き上げてきたものが大きければ大きいほど、人は慎重になるものだ。

ちょうどいい時間になった。身支度をしに寝室に上がる。寝室に続くクローゼットから、由布子が顔を出した。

「お出かけ?」

「うん」

仕立てのいいスーツを身に着け、無造作《むぞうさ》に選んだネクタイを締めた。

由布子が玄関まで送ってきた。

「いってらっしゃい」

明るい庭に足を踏み出す。門扉までのアプローチに、ぽつんと何かが落ちていた。かがんで拾い上げる。小さなテディベア。美華のリュックに付けていたものが落ちたのだろう。慌《あわ》てて飛び出していったものだから、落としたのに気がつかなかったのだ。

ふと不吉な思いに囚《とら》われた。

——何もかも似すぎている。

今朝のニュースで聞いたコメンテーターの声が蘇《よみがえ》った。


定例会議が終わって、社長室でいくつかの書類に目を通した後、彰太は社屋を出た。

「ちょっと出てくる」

「わかりました」

総務部に所属し、彰太の秘書役ともいえる権田《ごんだ》は、平板な声で応じた。

ふらりと外に出ていく社長の行動には、慣れているのだ。社長室にこもらずに、常に街の様子を観察し、人の流れや周囲の変化にアンテナを張り巡らせている彰太から、次の商売のアイデアが湧いてくると知っている。ザイゼンの社長に納まるまで、何種類かの職を転々としたことも、彼は承知している。その上で、固定観念に縛られず、時に大胆な手法で会社経営をする彰太に一目《いちもく》置いているのだ。

五十代半ばを迎えようとしている寡黙《かもく》な秘書役は、実母と父親違いの妹が住む自由《じゆう》が丘《おか》のマンションに、時々彰太が寄っていることも、見抜いているだろう。あのマンションを見つけて契約の手続きや入居の世話をしてくれたのは、権田だったから。知っていて、知らぬ振りをしていてくれる腹心の部下が有難《ありがた》かった。

結婚する時、由布子にも義父母にも、実の母親とはもう行き来がないと伝えて、紹介もしなかった。自由が丘のマンションを母と妹に買い与え、生活費も彰太が負担していることを、彼らは今も知らずにいる。

定例会議の報告を聞く限り、ザイゼンが順調な経営を続けているとわかる。今回は、企業買収が議題に上がった。都内で十数軒のビジネスホテルを運営している企業だ。二代目社長の放漫経営があだになり、負債が嵩《かさ》んでいるらしい。すっかり嫌気が差した現社長は、これを手放して、別の商売を始めたいようだという。

その情報をつかんできたのは、ザイゼンの専務である田部井克則《たべいかつのり》だ。田部井もまた、ザイゼンにはなくてはならない存在だ。ザイゼンの創業から関わってくれた功労者であるのみならず、彰太をサポートする強力な人材だと言える。彼に出会えたのは、幸運だった。

田部井は長年経営コンサルタント業に携《たずさ》わってきただけあって、人事労務、販売、経営、組織などにおける豊富な知識を有し、経営上の診断や勧告、指導を適切に行ってくれる。不動産業界での経験も長く、経済人、政界人とのパイプも持っている。彼の提示する未来戦略に沿っていけば、ザイゼンはまだまだ成長できるに違いない。

一見すると、それほどの切れ者には見えない。年齢は六十代後半で、ずんぐりむっくりの体形。人のよさそうな丸顔は、鋭い洞察力や的確な判断力のある人物像からはかけ離れているように思える。頭髪も薄く、てらてらと光る地肌が透けて見える。しかし、何より重要なのは信頼関係だ。田部井と彰太とは、あるきっかけにより、深く結ばれていた。ただ雇い入れただけのコンサルタントではない。

だから、ことザイゼンの経営に関しては、田部井にまかせておけば間違いないという思いが強かった。彰太は、社長として判断に迷うことがあれば、まず田部井に意見を聞いた。彼はすぐに情報を集め、顔の広さを存分に活用してあちこちに当たってつなげてくれた。

彰太の突拍子《とっぴょうし》もない思い付きを現実化してくれたこともたびたびだ。

今回のビジネスホテルグループにしても、買収の方向で進めると決議された後、彰太が「ホテルごとに特色を打ち出したらどうだろう。女性向け、海外旅行者向け、ペット連れ向けとか。宿泊者を色付けして分けると、経費も節約できるんじゃないかな」というアイデアを出すと、「なるほど、それは面白いですな。すぐに調べてみましょう」と答えた。

他の社員にも、異論を唱《とな》える者はいなかった。

彰太は田町《たまち》の駅までぶらぶら歩き、山手《やまのて》線に乗った。空いた席もあるが、座らずに立ったまま窓の外を流れる風景に目をやった。新しくできる「高輪《たかなわ》ゲートウェイ駅」の工事が進む箇所を含め、どこもかしこも再開発という名の下《もと》に掘り返され、ビルが建ち、人の流れが変わっていく。東京は常に動いている。そして、その隙間《すきま》に商機が潜《ひそ》んでいる。

かつて伯父は、「お前に店を継がせようとした俺がバカだった。お前に商売なんかできるわけがない」と言った。伯父の気持ちはわからないでもない。あの時、伯父に学費を出してもらっていた三流大学を勝手にやめたばかりだったから。だが、あの言葉は間違いだったわけだ。間口の狭い、古びた貴金属店の奥にじっと座っていたのでは、眼鏡も曇《くも》るというものだ。伯父の言に従って入った三流大学の経営学部を無事に卒業したところで、たいした人間にはなれなかっただろう。

あの後の経験が今の自分を作り上げているのだと、今なら伯父に胸を張って言える。他人にこき使われ、自分の頭と足で稼ぎ、うまく立ち回る方法を考え抜いた経験が、血肉になった。

高田馬場《たかだのばば》駅で降りた。早稲田《わせだ》通りを越えて、神田《かんだ》川の方向に歩く。神田川のほとりに、五階建てのビルが建っていた。学生が出入りしている。掲げられた看板には、『高田馬場ビジネスアカデミー』とあった。玄関ホールの横にある事務室を覗《のぞ》く。顔見知りの事務員が、さっと立ってきた。

「学長はいる?」

「はい。どうぞ」

先に立って学長室まで案内してくれる。もう何度も来ているから勝手はわかっているのだが、おとなしくついていった。

学生たちが談笑しながらすれ違っていく。高田馬場は、大学や専門学校の多いところだ。高田馬場ビジネスアカデミーは、二年の教育課程の中で、簿記やパソコンの基礎から、経営戦略、ファイナンスなどを学んだ後、社会保険労務士や中小企業診断士、システムアナリスト、宅地建物取引主任者、土地家屋調査士などの資格取得を目指す専門学校だ。要するに実践に役立つ人材や起業家を育てる学校といっていい。

学長室のドアをノックして、事務員がドアを開けた。向かいのデスクでパソコンに向かっている男は、田部井と瓜《うり》二つだった。短軀《たんく》で顔も体も丸い。頭の禿《は》げ具合まで同じだ。学長は、田部井の双子の弟、八木之典《やぎゆきのり》だ。名字が違っているのは、八木が結婚して婿《むこ》養子に入ったからだった。

八木も、田部井とそっくりな福々しい笑みを浮かべ、立ってデスクを回ってきた。

「よく来てくれましたね、社長」

大仰《おおぎょう》な仕草で、彰太の手を握る。そのまま、応接セットのソファにかけるよう促《うなが》された。さっき話したばかりの男と同じ顔の男を見ると、つい笑みがこぼれる。事務員の女性がコーヒーを運んできた。

「どうです？　景気は」

「なんとかやっていますよ」

「ご謙遜《けんそん》を。ザイゼンさんほど安定した経営なら、この先ずっと安泰《あんたい》だ」

「あなたのお兄さんのおかげです」

いつものやり取りを繰り返す。八木はにこにこしながら、彰太の話を聞いていた。

この双子の違いといえば、田部井は饒舌《じょうぜつ》だが、八木の方はどちらかといえば物静かだということだ。彰太は八木と最近の東京の地価の動向、不動産業者の状況から、大手ディベロッパーが手掛けようとしている土地開発のこと、それから政治の話題、近頃の学生気質について語り合った。自立してやっていけるようになった今も時折立ち寄ることは、忙しい彰太にとっては、息抜きになる。

貴金属店を手放して、不動産業に参入するに当たり、八木は優秀な経営コンサルタントである兄の田部井を紹介してくれた。いや、彼ら兄弟の勧めに従ってザイゼンを起《た》ち上げたといってもいい。それぐらい深い関係にあった。

実質的なサポートをしてくれる田部井も頼りになるが、のんびりとした雰囲気の八木とのたわいない話からちょっとしたヒントを得ることもある。

「奥さんやお嬢さんはお元気ですか？」

話が一段落ついた頃を見計らって、八木が尋ねた。

「ええ。家内は相変わらずです。何やかやと忙しくしていますよ。美華の学校行事や、保護者同士の付き合いなんかで」

「美華さんは桜華台学園でしたね？　もう――」

「高等部の二年になりました」

「そうそう、そうでしたね。優秀なお子さんで羨《うらや》ましい」

「さあ、どうなんでしょうか。僕にはよくわかりません。育児も教育も家内にまかせっきりで」

「そんなもんですよ。それがいいんです。うちのような専門学校でも、両親が行事に参加し、就職となると生徒を押しのけて親の方が必死になったりして、困ったもんです」

八木が穏やかな口調で言った。

少子化でどこの専門学校も青息吐息のところ、高田馬場ビジネスアカデミーはまずまずの経営状態だ。二十年ほど前には、ご多分に漏《も》れず行き詰まっていたのだが、彰太がザイゼンを起ち上げた後、資金援助をしたため立ち直った。ザイゼンの経営が軌道《きどう》に乗り、それだけの利益を生むようになったのは、多分に田部井の尽力《じんりょく》があったからだ。だから、他の専門学校に吸収合併されそうになっていた高田馬場ビジネスアカデミーを助けられてよかったと思っている。今では生徒も増え、就職率もいい。ザイゼンでも何人かの卒業生を雇い入れた。

権田もその一人だ。文雄が買い取ったちっぽけな不動産屋の経営者が権田だった。後でここの卒業生だと聞いて、ザイゼンで引き受けてやった。田部井の顔を立てたつもりだったが、権田は自営よりも組織の一員として働く方が合っていたようだ。寡黙だが実務能力に優《すぐ》れ、目先がきいた。総務部に引き抜いてからは、控えめだが頼りになる彰太の秘書役に徹《てっ》している。

「美華さんは年頃になって、奥さんに似ておきれいになられたでしょうね」

八木が話を戻す。

「まあ、それは。僕に似なくてよかったです」

「一人娘だし、財前君は目に入れても痛くないほどかわいがっているに違いない。うちは息子だけだから、娘さんがいるのは羨ましいですよ」

しばらく話していると、八木はだいぶ砕《くだ》けた物言いになってくる。彰太の呼び方も「社長」が「財前君」になる。これもいつも通りだ。彰太と八木とは古い付き合いなのだ。

かつて八木は興信所を経営していて、彰太はそこの調査員として雇われていた。大学を中退し、いくつかの職を渡り歩いた後のことだ。特に思い入れがあったわけではない。求人募集を見て応募して雇われた。どこでもよかったというのが本音だ。たまたまありつい た職だった。それも一年ごとに雇用契約を更新するという臨時雇いの身分だった。人手が足りない時は便利に使い、仕事が減れば首を切られるという不安定な雇用形態だった。こんなはやらない興信所では、仕方がないかと思ったものだ。

八木にしても、好きで興信所をやっていたわけではない。共同経営を持ちかけられた知人の話を断れず、気が進まないのに始めた。それは見ていてよくわかった。八木はあんな仕事には向いていない。しがない興信所の仕事といえば、たいていが浮気調査や身上調査、人捜しだ。誰かのアラをほじくり出す仕事と相場は決まっていた。人がよく、おっとりした八木にはそぐわない仕事だった。

彰太が雇われた時には、既《すで》に共同経営者はいなかった。後になって、その男は興信所の金を持ち逃げしたのだと聞いた。古い雑居ビル三階にある『ナンバーワン興信所』は、完全に名前負けしたものだった。二十数年前のことで、今と同じぱっとしない風貌《ふうぼう》の所長、八木と、星野《ほしの》という調査員、それから女性事務員が一人。そこに彰太が加わっても四人という寂しい所帯だった。

そんなところでも、まあまあ途切れることなく仕事が舞い込んでくるのが不思議だった。人間というものは、他人を疑うものだと思ったものだ。たとえ夫婦であったとしても。

「こういう誰の目にも留まらない事務所が却《かえ》って選ばれるんだ」

そう言ったのは、先輩調査員の星野だった。彼の言葉通り、法人の信用調査などというものはまれで（そういうのは、もっとちゃんとした大きな興信所が選ばれる）、個人を対象とした依頼がほとんどだった。

星野から、浮気調査や特定の人物の行動調査のやり方を教わった。ど素人《しろうと》の彰太を仕込んで調査員にしようとするのだから、大変な骨折りだろうと思っていたら、「まあ、だいたいこんなもんだ」と放り出された。そんな具合だから、浮気調査も身上調査もいい加減なものだと思った。

浮気調査では、依頼人の夫や妻を尾行して、誰かと会って食事をしたり、ホテルに入ったりするところを写真に収める。素行調査では、対象者の行動や交友関係を調べる。こちらも尾行や張り込みが主だが、聞き込み調査も重要だ。機転がきいて体を動かすことが好きな彰太には、まずまず合った職業だといえた。

まだ若いせいで、他人の秘密に立ち入ることに興味を覚えたのかもしれない。自分がまとめた調査報告書で、誰かの人生が変わるのかと思うと、ちょっとした高揚感に包まれた。四十代の星野に言わせると、そんなのは初めだけで、人の嫌な部分だけを見せつけられて、しだいにうんざりしてくるらしいが。

とにかく仕事が面白いと思えたのは、初めてだった。それまでは、中古車販売の営業マンだとか、トラックのドライバーだのガードマンだのを長くて一年、たいていは数か月で辞めて職を移っていた。雇い主の方も、ただの使い捨てとしか見ていなかった。

だが、ナンバーワン興信所では長く勤まりそうだと思った。

仕事はできるがクールで人付き合いの悪い星野より、八木は彰太を気に入ってかわいがってくれた。それも理由の一つだった。たまに食事をおごってくれたりすることがあって、その際に八木の身の上もぽつりぽつりと聞いて親近感を覚えた。伯父とうまくいかない自分と似ていると思ったものだ。

八木は、高田馬場ビジネスアカデミーを興した父親の敷いたレールに乗ることに反発して、外に職を求めたのだった。父親は、端《はな》から優秀な双子の兄に学校をまかせる気だった。田部井は親の希望通り、専門学校で真面目《まじめ》に経営学や情報学を学び、中小企業診断士などの多くの資格も取得していた。名のある経営コンサルタント会社に所属して、めきめきと頭角を現していた。親の自慢の息子だった。

そういう部分に八木は反発したのだと言った。どんなに頑張《がんば》っても兄には勝てない。父親は兄を後継者にし、八木はついでのように事務でもやらせればいいと思っているようだったし、実際口にしてもいた。

やがて八木家の娘と結婚して、親の意向も聞かずに婿養子に入ったことで、とうとう両親と不仲になった。田部井が心配して、どうにか仲を取り持とうとはしてくれたようだが、その当時はアカデミーを兄とともに盛り立てようとは思いもしなかったようだ。

八木は意地を張って、ナンバーワン興信所を細々と続けることにこだわっていた。

依頼人が来れば、まず八木が話を聞く。それから星野か彰太に仕事を振り分ける。どちらも手が塞《ふさ》がっていれば八木が調査に出ることもあるが、彼は尾行だの張り込みだのが苦手とみえて、手掛けるのは結婚調査が多かった。

婚約者や恋人の身辺調査、あるいは婚活パーティで知り合った異性のプロフィールの裏取りなどが中心だ。初対面の人物に警戒心を抱《いだ》かせない温厚そうな八木の見た目は、そういう意味では得をしている。誰からもうまく話を聞き出してくるのだった。しかし、結局は八木も興信所の仕事に嫌気が差したのだろう。兄の田部井が足繁《あししげ》く興信所に訪ねてくるようになった。どうやら弟を説得しているようだった。田部井は、経営コンサルタントを続けたいと思っていて、専門学校の方は八木にまかせたいと言ったそうだ。

ちょうどその頃、彰太も伯父からの遺産を受け継いだので、興信所を辞めたいと申し出た。

八木はナンバーワン興信所を畳み、実家の高田馬場ビジネスアカデミーを引き継いだ。高齢になった父親とも和解した。田部井はそのまま経営コンサルタントを続けた。

それもタイミングがよかった。なにせ、高田馬場ビジネスアカデミーは経営に携わる人材を育てる学校なのだ。田部井と八木は、彰太が受け継いだ遺産をうまく運用するようアドバイスしてくれた。ザイゼンを起ち上げることを提案してくれ、その後もなにくれとなく支援してくれたのだ。

経営コンサルタントとして、その後もザイゼンに関わってもらっていた田部井に、彰太は社に入ってもらえないかと打診した。本当はコンサルタントとして自前の事務所を起ち上げるつもりだった田部井は、しかし彰太の願いを聞き届けてくれたのだった。社長のすぐ下の専務という役職を与えた。彼の働きを見れば、誰一人反対する者はいなかった。

この二人に出会えたことは、運がよかった。そうでなければ、せっかく手に入れた伯父の財産も、つまらない商売に手を出して使い果たしてしまっていただろう。経営に行き詰まっていたアカデミーに資金援助をするくらい、どうってことはなかった。ザイゼンは彼らのおかげで今や押しも押されもせぬ中堅企業に成長した。

彰太がうまくザイゼンを切り盛りできるようになると、八木の方は、すっと身を引いた。だが、彰太は時折こうして高田馬場ビジネスアカデミーへ来て、昔馴染《なじ》みの八木と言葉を交わす。元上司である八木も訪問を喜んでくれる。おそらく、妻以外で彰太が心を許す相手は、田部井と八木だけだろう。ここへ来ると、無鉄砲で好奇心旺盛《おうせい》だった若い頃に返る気がする。

時折、三人で会うこともある。

「高田馬場ビジネスアカデミーが持ち直したのは、財前社長のおかげだから」

「そうだね。その通り」

「権田を始め、何人もの卒業生を受け入れてもらって、それも有難いことだ。彼らは滞《とどこお》りなく勤まっていますか?」

八木は、いつもの文言を口にする。

「もちろん。よく働いてくれています」

「それはよかった。何かあればすぐにお知らせください」

仲のいい初老の双子は、同じような笑みを浮かべる。二人並んでいると、どちらがどちらかわからなくなるくらい、よく似ている。今や頭の薄さ加減のみならず、脂肪の付き方や腹の出っ張り方まで同じだ。

アカデミーの中で、授業の終わりを告げるチャイムが鳴った。彰太は腕時計を見て、腰を上げた。

「奥さんによろしくお伝えくださいよ。この八木からね」

「わかりました」

八木が玄関ホールまで送って出てくれた。事務室の前を通ると、中で誰かが新聞を広げていた。大きな見出しが、あの女性誘拐事件のことを報じている。八木と雑談したせいか、少し気分が落ち着いた。自分の考えすぎかもしれないとざわつく心を抑え込む。

「それじゃあ、社長さん、また寄ってくださいよ」

また社長さんと呼んで八木が笑いかけるのに、片手を挙げて応《こた》え、アカデミーを後にした。

　夕方からは貸しビル業者の会合に出席し、その後の懇親会《こんしん》にも出た。一緒に参加した権田と会場を後にしたのは、午後八時過ぎだった。権田は社用車で来ていて、家まで送ってくれた。

「今日、高田馬場ビジネスアカデミーへ行ってきたよ」

「そうですか」

「学長は相変わらずだった。君のことも話題に出たから、よくやってくれていると伝えておいた」

「恐れ入ります」

　権田はちょっと顔を横に向けて頭を下げる仕草をした。分厚い黒縁眼鏡が、街の照明を受けて白く光った。真面目一辺倒な男は、決して無駄口は叩《たた》かない。年齢は彰太よりも十ほど上だが、慇懃《いんぎん》な態度は崩さない。

　権田が文雄の不動産を管理していた頃は、横柄《おうへい》な伯父にこき使われていた。世間が狭く、よって傲岸不遜《ごうがんふそん》な文雄は、従業員は個人の使用人のように思い込んでいたふしがあった。権田は事業の失敗と相まって、すっかり消沈していた。ザイゼンに来てからは水を得た魚のように仕事に邁進《まいしん》している。田部井たち同様、彰太に感謝しているに違いなかった。

「お疲れ様でした」

社用車の後部ドアを開け、頭を下げた権田は、彰太が家のドアの中に消えるまで立って見送っていた。

「ただいま」

ネクタイを緩《ゆる》めながら、ダイニングに行くと、由布子が一人ダイニングテーブルの前に座っていた。

「何だ。今日は夕飯はいらないって言っただろ?」

テーブルの上に整えられた食事の準備を見て、彰太は言った。

「あなたのじゃないわよ。美華の分」

いくぶん疲れたように由布子が答える。

「まだ帰ってきてないのか?　美華。今日、参観日だったんだろ?」

「ええ」

由布子の口は重い。

「どうかしたのか?」

「どうってことはないんだけど――」虚《うつ》ろな視線で見返してくる。「最近、ちょっと様子が変なのよね」

「美華が？」

着替えに二階へ上がる気も失《う》せて、椅子《いす》に座った。一人娘のことは、何でも気になる。深刻な顔をした夫に、由布子は慌てて笑顔を作った。

「たいしたことじゃないわよ」

「参観日で何かあったのか？」

彰太が身を乗り出すのに、困惑して言葉を継ぐ。

「参観日はどうってことないの。ただ、その後、先生との面談で、ね」

「先生が何て？」

「最近、授業に身が入ってないんじゃないかって言われるのよ」

「うん」

「成績が下がったとか、そういうんじゃないんだけど、何か気になることがあって、そっちに気を取られているって感じかしら」

そう言われれば、このところ口数が少なくなって考え込んでいるって気がする、と由布子は続けた。

「そうかなあ」

彰太には、娘の変化は特に感じられなかった。しかし忙しくしている自分は、もともと高校生の娘に接することが少ない。

「まあ、難しい年頃だからね」

その一言で片付けようとする夫を、由布子は軽く睨《にら》んだ。

「だって、ほら、バレエもやめちゃったじゃない」

「それは――」

美華は六歳の時から習っていたクラシックバレエを、高校二年になってすぐにやめてしまった。惜しいとは思ったが、別にバレリーナにするつもりもないし、本人が「もう飽きちゃった」とあっけらかんと言うものだから、無理強《むりじ》いはしなかった。

「もったいない。せっかく習ってきたのに」

由布子は娘の意向に反して、彼女を説得しようと試みたのだが、うまくいかなかった。

「あなたが許すからよ。美華には甘いんだから」

またそのことを愚痴《ぐち》る。

「あれ、何かのサインだったのかも」

「何の？」

「それはわからないけど」

「とにかく帰りが遅いのはよくないな。何をしているんだろう」

「彼ができたとか、そういうんじゃないみたい」先回りして由布子は言った。「お友だちとぶらついてきた、とかそういうことしか言わないの」

「連絡してみたのか？」

「ええ。さっきラインで、もう帰るって」

「そうか」

一応安心して、椅子から立ち上がった。カバンを手に、寝室に上がって着替えをした。少し美華と話してみるべきか考えあぐねる。いくら難しい年頃だといっても、母親まかせではよくないのではないか。由布子に言われるまで、娘の微妙な変化に気づかなかった自分を悔《く》いた。

着替えながら、サイドテーブルの上の写真立てに目がいった。生まれた時の手形を真ん中に配した写真立てだ。美華の成長をたどる写真が飾られている。赤ん坊の時の美華、幼稚園の入園式の美華、バレエの発表会でチュチュを着た美華、親子で行ったハワイでの水着姿の美華。

幼い彼女は、無邪気に笑って写っている。この写真立てを見るたびに、つい顔がほころんでしまう。しかし、中学生になって以降の写真はない。スマホを持たせてからは、友だち同士で撮ることが多くなり、親が写真を撮る機会はぐっと減ってしまった。美華が大きくなっても、いつも自分たちのそばにいると思って安心していた。写真など、いつでも撮れるとなおざりにしてしまっていた。

それは大いなる勘違いではないのか？　忘れていた不穏なニュースが蘇った。ふっと消えた女性。次々と送られてくる彼女たちの持ち物。雪の中の死体――。

手を伸ばして写真立てを手に取る。今年四月、バレエの発表会があった。その時の写真を由布子が飾ろうとしたのを、美華は嫌がった。演目は『白鳥の湖』で、美華が小さい頃から踊りたいと言っていたものだった。そもそもバレエを習い始めたのも、ロシアのバレエ団の来日公演で『白鳥の湖』を見て、憧れを抱いたからだった。

発表会では、主役のオデット姫を踊りたかったのに、割り当てられた役は黒鳥だった。悪魔の娘オディールを美華は見事に演じきった。迫真の踊りは、技術的に優れていた主役を演じた子より際立《きわだ》っていた。観客も魅了されて、カーテンコールでは、美華の方にたくさんの賞賛の拍手が送られた。

それなのに、美華はそれっきりバレエをやめてしまった。誰もが引き留めたのに、すっかり気持ちが醒《さ》めてしまったように、踊ることに何の興味も持たなくなった。

「あの黒鳥の役がよっぽど気に入らなかったんだわ」

由布子はため息交じりにそう言ったが、彰太はそうは思わなかった。自分の意に染まない黒鳥を、あれほど完璧に踊りきったのだ。あれで完全燃焼してしまったのだと思った。もう思い残すことはないというふうに。ちょうどいい潮時《しおどき》でもあったのだろう。やめるという美華の気持ちを尊重した。黒鳥のバレリーナ姿の写真を封印してしまいたい、美華の気持ちも理解しているつもりだった。

でも、もしかしたら——。

階下で玄関ドアが開け閉めされる音がした。美華が帰ってきたようだ。写真立てを元の位置に戻して、彰太は階段を下りた。

「ご飯は?」由布子が美華に話しかけている。

「いらなーい。ごめん。食べてきちゃった」

屈託《くったく》のない声で美華が答えている。だが、由布子が続けて「誰と?」と問うと、「誰でもいいじゃん」とつっけんどんに言い放った。

階段を上がってくる娘と途中で出くわした。

「おかえり」

「ただいま」

さっと美華は階段を駆け上がる。顔色を窺《うかが》う暇もない。

ダイニングでは、由布子が美華のための夕食を片付けているところだった。

「あんな調子よ」

「やっぱりボーイフレンドでもできたんじゃないか?」

由布子は首をすくめたきり、黙々と食器にラップを掛けて冷蔵庫にしまっている。彰太は焼酎《しょうちゅう》の瓶《びん》を戸棚から取り出すと、お湯で割った。シンクの前に立った由布子が、グラスを持ってソファに座る夫を目で追っている。

「飲みすぎないでよ。この前なんか、そこで大いびきをかいて寝てたわよ」

「そうか？」

「そうよ。起こしても起きないし」

外ではあまり飲むことのない彰太だが、家では晩酌《ばんしやく》をする。家だと焼酎だろうがハイボールだろうが、安っぽい酒も気兼《きが》ねなく飲むことができる。気取ったカクテルだの高級なワインだのは、口に合わないし、味もわからない。

「今日、高田馬場ビジネスアカデミーを覗いてみたよ。八木さんが君によろしくって言ってた」

「そう」

水栓からの水音に紛《まぎ》れる由布子の答えは素《そ》っ気《け》ない。由布子は八木に会いたいとは思わないようだ。

由布子と知り合ったのは、ナンバーワン興信所で八木が請け負《うお》った結婚調査の依頼がきっかけだった。由布子には決まった婚約者がいて、相手の家からの調査を八木が請け負った。由布子に特に瑕疵《かし》はないと報告書を上げたのに、数か月後に結局結婚話はだめになったようだ。

破談になってから由布子が事務所に来た。婚約者に調査されていたことを知り、その報告書が破談の原因になったのかもしれないから、見せるようにと迫ってきた。依頼人以外には見せられないと八木が拒《こば》んだのに、納得しない。困り果てた八木が彰太に振ってきて、彼が由布子の説得に当たることになった。

由布子には、輝かしい美しさとは裏腹に、どこか愁《うれ》いを含んだような翳《かげ》があった。芯《しん》の強さを感じるそばから、どこか一つが崩れると、そのまますべてが崩壊してしまうような危うさが見て取れた。破談になった相手に特に思い入れはないようなのに、なぜか結婚にはこだわっていた。しっかりと自分をつかまえていてくれる誰かと結婚して、落ち着きたいと思っていたのか。

話しているうちに、彰太は由布子に惹《ひ》かれるようになった。どうにかして支えてやらねばと思わせるものがあった。由布子の方も、真剣に話を聞いてくれる彰太に気持ちが傾いてきたようだった。

由布子に頼られ、自然と深い仲になった。初めて言葉を交わしてから、いくらも経《た》たないうちだった。高校時代から二十代後半になるまで、彰太は適当に女性と遊んでいた。そっこんに惚《ほ》れ込んだ相手もいれば、一夜限りの相手もいた。しかし由布子には真剣に向き合った。美しい由布子が、興信所の調査員の男に、一途《いちず》な思いを抱いてくれるということが嬉しかった。

由布子が妊娠したことをきっかけに、彼女の親を説得して結婚にこぎつけた。猛烈な勢いで反対していた由布子の両親、貴大と愛子が折れたのは、ちょうどその頃に伯父の文雄が亡くなって、彼の莫大な財産が彰太に転がり込んできたからだとは充分承知している。それでなければ、大学を中退したどこの馬の骨とも知れない男に娘をやろうとは思わなかったろう。父親である貴大は銀行員で、祖父は中学校の校長をしていたという堅い家だったから。

美華というかわいい孫もでき、由布子も何不自由なく暮らしている。最初に持ち上がった結婚相手は、貴大の銀行の頭取の息子だったらしいが、むしろ破談になってよかったと、義父は思っているはずだ。

由布子にしても、もうあの時のことは口にしない。彼女は八木に会いたがらないし、彼の話題すら避けようとするのは、きっと不愉快な一度目の結婚話のことを思い出すからだろう。八木に罪はないのだが、女はおかしなところに固執《こしゅう》する。

きゅっと水栓を閉めると、由布子はキッチンの照明を落とした。

「お風呂、沸《わ》いてるから」

「うん。先に入っていいよ」

「飲みすぎないでよ」

また釘を刺して、二階に上がっていった。美華の部屋も静まり返っている。

彰太は、クライマックスで踊られたオディールと王子の「黒鳥のパ・ド・ドゥ」を思い出していた。王子を誘惑する黒鳥の踊りを。

彰太はグラスを持ったまま、書斎に入った。

グラスをデスクの上に置く。ハイバックチェアに腰を下ろして、週刊誌を手に取った。表紙にあった「肌身フェチの殺人者を推理する」という見出しに釣られて買ったものだ。

「こういった殺人を犯す人物は、奇怪な性的ファンタジーに導かれていると言えます」

これまたどこかの犯罪心理学者の言葉が綴《つづ》られていた。

「たとえ、被害者が性的暴行を受けていないとしても、やはり犯人にとっては、性の犠牲者と同じことなのです。つまり、暴力的セックスやレイプが他人を支配する行為だとすると、弱い女性を連れ去り、思いのままにいたぶって、しまいにはその命を奪ってしまうという行為は、相手に対する究極の支配です。そこには犯人なりのダークな物語が存在します。女性を支配し、命乞《いのちご》いをさせる時、犯人はエクスタシーを感じているはずです。しまいに何の抵抗もできない女性を殺してしまうことは、犯人にとってセックスと同じです。だから、この背景には性的なものが付きまとっているといえるでしょう。もしかしたら犯人は、実社会では目立たず、女性に声をかけることさえできない内向的な人物かもしれません。だが、彼の頭の中では、おぞましい物語が作り上げられていて、日に日に膨《ぼう》張《ちょう》している。その破壊的な空想は、いつか抑えきれないほど大きくなり、とうとう実行に移されてしまったのではないでしょうか」

胸の悪くなるような推察が述べられていた。

彰太は焼酎を飲もうと口に持っていきかけ、またデスクの上に戻した。指が震えているのに気がついた。

奇怪な性的ファンタジー——十八年前に聞いた詳細が蘇ってきた。なぜなんだろう。なぜ今これが再び俺の前に現れたのだろう。

十八年前、ナンバーワン興信所に勤めて三年弱が経った頃だった。だいぶ仕事にも慣れ、一人での調査もまかされて自信もついてきていた。星野が言うように、うんざりすることもなかった。仕事をうまくこなせると思い始めたのは、適当に流せるようになっていたからかもしれない。

つまりああいう仕事は、ある程度の結果さえ出せば、誰にも文句を言われることはないのだ。こちらの仕事は事実を報告するだけ。判断するのは依頼者だ。依頼者の夫が若い女と腕を組んで歩いている写真を撮る。それを見て、二人の関係を妻がどう見るかは勝手だ。

「もうちょっと決定的な写真は撮れなかったの?」と問われることはある。だが、「調査期間中には、ホテルや女性の部屋に出入りするということはありませんでした」と答えるしかない。それが事実なのだから仕方がない。街中を親しげに腕を組んで歩くことが浮気の範疇《はんちゅう》に入るかどうか、依頼者である妻は悩むところだろうが、そんなことは知ったことではない。

「もう少し調べて」と納得しかねる妻は言うかもしれない。費用を上乗せして調査を続けるかどうか、決めるのも向こうだ。そうすることによって、決定的な証拠をつかむこともある。その時点で打ち切り、夫は浮気なんかしていないと自分を納得させる依頼者もいる。人それぞれだ。

調査にかかる費用は、最初に提示してある。どんな結果が出ようとも、もらうものはもらわなければならない。延長するなら、またきちんと費用の話は詰めておく。そういうところはきっちりしていたから、取りはぐれることはまずなかった。依頼人は、たいていは大っぴらにしたくない調査を頼んでくるのだから、しぶしぶではあっても、揉《も》めることなくちゃんと支払ってくれた。

それでも彰太の調査能力に疑問を感じる依頼者は、よそに移っていくだろう。そういうことでへこむこともなかった。もとより、八木は部下を叱《しか》ったりもしなかった。ただ彰太が上げる報告書に目を通し、「ご苦労さん」と言うだけだった。依頼者が調査に関して苦情を言うようなら、八木が対処してくれた。布袋《ほてい》さんのような八木の風貌と、邪気のないおっとりした物言いのおかげで、彼と言い争う気も失せるのか、たいていのことは丸く収まった。要するに、ナンバーワン興信所は彰太にとって居心地《いごこち》のいい職場だったのだ。

面倒なのは人捜しの依頼で、これは見つかるか見つからないか二つに一つだから、その類《たぐい》の仕事を振られるのは、苦痛だった。星野も嫌がったから、たまに彰太が引き受けることもあった。依頼人からの聞き取り、地道な聞き込みや関連機関での下調べは、時間がかかるし疲れる。公的文書は個人情報の管理が厳しくなって、他人が目にすることは難しくなっていた。時にはよその土地にまで出向いて調べなければならない。経費は依頼人が負担してくれるとはいえ、気が進まなかった。

あの奇妙な依頼人が来たのは、十八年前のちょうど今頃の季節だった。八木は自分の席で蜜柑《みかん》の皮を剥《む》いて食べていた。のっそり入ってきた初老の男を見て、急いでひと房を口に押し込んだのを、彰太は目の端に捉えた。

「人を捜してもらいたいんだ」

くたびれたソファセットで向かい合った八木と彰太に、男は言った。星野は出かけていていなかった。谷岡総一郎《たにおかそういちろう》と名乗った男の第一声を聞いて、彰太は気が滅入《めい》った。この状況からして、彼の依頼を振られるのは自分だとわかった。その頃には、そこそこの仕事は一人で充分やれるようになっていた。

事務員の女性が、三人の前にお茶を置いていった。自分の湯呑《ゆのみ》だけ、呑《の》み口に小さな欠けがあるのを、彰太はぼんやりと眺めていた。

「ある事件の犯人」と谷岡は言った。

「それは――」八木が遠慮しつつ口を挟《はさ》む。

彰太は出くわしたことはないが、話には聞いたことがあった。警察の捜査が進まないのに焦《じ》れた被害者が、探偵社や興信所に犯人捜しを頼んでくることがあると。誰が考えても無理な依頼だ。警察が見つけられない犯人を、どうして民間の機関が発見できるだろうか。

「いや」

八木が言わんとすることを推測したのか、谷岡は言葉を制した。

「大げさだった。犯人というのは」

「そうですか」

八木はほっとしたようだったが、彰太は依然気が乗らなかった。こういう依頼人は、たいてい面倒なことをごり押ししてくるのだ。じっくりと谷岡を観察した。年齢は六十代半ばというところか。上背《うわぜい》はあるが、瘦《や》せて薄い体をしていた。血色のよくない顔も相まって、病的な印象を受けた。だが、言葉には力があった。

「うちの娘がある男にひどいことをされたんだ。ほんとにひどいことを――」

うんざりした。もうその先は聞かなくてもわかる気がした。要するに谷岡は、相手の男を見つけ出して、仕返しがしたいのだろう。男親なら、感情的になってそういうこともあり得るかもしれない。娘のことを思うと警察沙汰《ざた》にはしたくない。しかし、腹の虫が治まらない。だから相手を突き止めてやり込めてやりたい。

「ある日突然、娘は姿を消したんだ」

「それはご心配ですね」八木が心底同情したように言った。

谷岡の話はこうだった。心配していると、娘の持ち物が届けられるようになった。最初はハンカチ、次に赤い革のキーケースに入った鍵束、手袋、髪飾り。

「すべて娘の持ち物だった。それもだんだん身に着けるものに変わっていって――」

谷岡は苦痛に顔をしかめた。

「娘が着ていたブラウスの生地《きじ》が切り取られて送られてきた時には、体が凍りついた」

彰太は、八木と顔を見合わせた。

「娘は、誰かに連れ去られてひどい目に遭わされているんだと思った」

「警察に通報されなかったのですか?」

「したさ。したが、取り合ってもらえなかった」

そんなことがあるだろうか。通報したのに相手にしてもらえないなどということが?

もう一度、谷岡の顔をじっくり見返した。透《す》き通るほど白っぽい顔。額《ひたい》に青い血管が浮き上がっているのが見える。脂《あぶら》気《け》のない頭髪も眉毛も白い。落ちくぼんだ目には、狂気の影が宿っているように思えて、ぞっとした。

「気を揉んでいると、今度はペンダントが送られてきた。いつも娘が首から下げていたものだ。間違いない。トップに銀のバラの花が付いているやつだから」

八木も彰太も黙って聞くしかなかった。

「次は髪の毛だ。ざっくり切り取られた髪の毛。娘は長い美しい髪をしていたんだ」

老人は、自分の話が相手の心に沁《し》み込み、感情をざわつかせたかどうか確認するように、間を空けた。

「もういても立ってもいられなかったよ。わかるだろ？　なのに、犯人は――」

やはり犯人という言葉を使う。谷岡の中では、娘を痛めつける相手は、犯罪者に匹敵《ひってき》するのだろう。胡散臭《うさんくさ》いと思いつつも、彰太はごくりと唾《つば》を呑み込んだ。

「剝がした爪を送りつけてきた。写真付きでな」

「写真――？」

つい釣り込まれてしまった。

「どんな写真です？」

尋ねたのは、八木だ。

「ああ……」谷岡は、苦痛に歪《ゆが》んだ顔を両手で包み込んだ。「惨い。惨い写真だよ。娘が笑っている写真だ」

「笑って……」

「そうだ。裸に剝かれて、真っ赤な口紅をはみ出すほど乱暴に塗られて、それで大きな口を開けて笑っているんだ。だが、すぐにわかった。そうするように命じられているんだなって。親にはわかるよ。娘のことだから」

しんと静まり返った。誰も何も言わなかった。パーティションの向こうの事務員すら、息を詰めている気配がした。

「それで——まだ娘さんは？」

恐る恐る八木が尋ねた。

「戻ってきた」

「えっ！」拍子抜けして大きな声が出た。

「自力で逃げ出してきたんだ。向こうが油断している隙に。よろよろして、この世のものとも思えない顔をしてた」

「ご無事で何よりでした」

体の力が抜けるとともに、八木の間の抜けた言葉に一瞬笑いそうになった。

「で？　その犯人とやらを見つけたいとおっしゃる？」

さっさと依頼の趣旨を聞き出したいというふうに、八木が早口で言った。八木も彰太同様、胡散臭い依頼だと目星をつけたようだ。なぜ娘が戻ったのに警察に改めて訴えずに興信所などに持ち込むのか。こういう場合、依頼者の方に複雑で手前勝手な事情があったりするものだ。それくらいは、それまでの経験で承知していた。しかし金にしようとするなら、その部分に踏み込まないのがはやらない興信所が生き残っていく鉄則だ。

「では――」彰太はもったいぶって手帳を取り出した。「お捜しするお相手の情報を教えてください」

言いながら、「お捜しするお相手」はないだろう、とまた笑いそうになった。

「逃げ出してこられた娘さんは、何と言われているんですか？　そのう、犯人につながるような手がかりは？」

「うん」それまですらすらとしゃべってきた老人は、言葉を詰まらせた。

「とても断片的なことしかわからん。記憶も曖昧《あいまい》になっているしな。実は――」話し疲れたのか、老人は弱々しい吐息をついた。「そういうことがあったのは、八年ほど前のことになる」

「え？」

早くこの滑稽《こっけい》で不毛な会話を終わらせたいと、痛切に思った。

娘の身にそれが起こったのは八年も前のことで、娘はショックでおかしくなるし、母親である谷岡の妻は、気に病んでうつ病を発症したのだと語った。

当時、娘に根掘り葉掘り尋ねたのだが、混乱状態にあって満足に受け答えができない。

それでもなんとか聞き出せたのは、娘を連れ去って監禁していた男の年齢は四十歳から六十歳。この幅の大きさにもため息が出た。若くはないとしか判断できない。一人で古びた一軒家に住んでいるということ。有名な雑誌の名前を出して、そこの専属カメラマンだと言い、スタジオのある自宅へ誘われたこと。いい写真が撮れたらモデル事務所に紹介してあげるからとポーズを取らされたこと。口がうまいから、つい信じて彼が差し出すコスチュームを着けてモデルになっていると、相手は豹変《ひょうへん》するというわけだ。もちろんカメラマンというのは嘘《うそ》で、ただカメラが趣味の中年男なのだ。

よくある手口だなと彰太は思った。賢い子なら、警戒心を抱いてそんな男の甘言《かんげん》に乗ることはないだろう。この人の娘はなぜだかひょこひょことついていってしまい、弄ばれたということか。

「あんまりおかしな格好をさせるから、娘も気味悪くなってな。だがもう遅かった……」

「はあ。それはどういう――？」

コスプレなど知りもしない様子の八木が尋ねた。

「まともじゃない格好だよ。そいつのお気に入りは、黒い仮面を着けさせることだったらしい。ほら、中世の仮面舞踏会で使われていたような、妖《あや》しくておぞましいやつだ」

「はあ……」

八木の頭の中に、実物が浮かんだとは言い難《がた》かった。

「黒い仮面で顔を覆《おお》い隠すということは、女の人格を否定することなんだと。そうすれば、女を自分の意のままに操《あやつ》れると思い込んでいるんだ。狂ってるとしか言いようがないだろ？」

もどかしげに谷岡は言い募《つの》った。

「そうですね」

八木のような凡庸《ぼんよう》な人間の理解の範疇を超えている。谷岡が言うように、まともな人間でないということはわかった。

警察も相手にしてくれないし、当時は泣き寝入りしていたのだが、最近、娘がその男を見かけたのだという。そこで忘れかけていた復讐《ふくしゅう》心が蘇ってきたというわけだ。親としてはそんなことをされて黙っているわけにはいかない。目に入れても痛くないほどかわいがっていた娘にされたこと、未《いま》だに体調の悪い妻のことなど考え合わせると、いても立ってもいられないと訴えた。

まあ、そんな事情なら、わからないでもない。自分で男に復讐をしたいと思っても不思議ではない。この種の見境のなくなった輩《やから》は、却って警察に委《ゆだ》ねず、自分の手で仕返しをしてやりたいと思い詰めるものかもしれない。

老人の話は、似たような案件が持ち込まれる興信所では、なかなかない類の依頼だった。この仕事に面白さを感じ始めていた若い彰太の気を惹《とうさく》くのには、充分だった。いつしか、彰太は老人に肩入れし始めていた。残忍な性的倒錯者を炙《あぶ》り出して、復讐鬼と化した父親に引き渡してやりたいと思った。

とても乱暴な所業に及ぶことはできそうにもない、脆弱《ぜいじゃく》そうな老人だが、その先のことまでは関知すべきではない。興信所は、言われた仕事を淡々とこなして、決められた料金をもらえればそれでいいのだ。そこだけはわきまえていた。

娘の名前は、奈苗《ななえ》。今は二十七歳で、事件当時は十九歳だったらしい。八年前のその日、娘は夜中に逃げ出して駆けに駆けて、朝気がついたら青山《あおやま》霊園のそばで倒れていたという。谷岡は住宅地図のコピーを持ち出してきた。用意周到だ。混乱している本人を何度も問い質《ただ》したのか、だいたいの逃走経路も予想してきていた。年月が相当経っていることを考え合わせると、異様な執念《しゅうねん》だ。さっきも感じた狂気じみた何かに突き動かされているると思った。

彼の熱意にほだされて、彰太は地図に見入った。八木はというと、たいして心を動かされたようでもなく、話もおざなりに聞いているといった風情《ふぜい》だった。彼の中では、食べかけて引き出しに押し込んだ蜜柑のことの方が重要だったのかもしれない。どのみち調査をするのは彼ではない。

青山通りを目指して走っただの、大使館や寺の間を通っただの唾を飛ばさんばかりに言い募りながら、谷岡は勝手な推測を連《つら》ねた。節《ふし》くれだった指が地図の上をなぞっていく。真剣に耳を傾け、メモを取ったが、有力な手がかりとは言えないと踏んでいた。

「そいつが娘に声をかけたのは、旧丸《まる》ノ内《うち》ビルの前なんだ。プロのカメラマンというふれ込みで、東京の建築物を写真で残すことに没頭していたんだと」

谷岡の娘はモデルを頼まれて、ビルの前でカメラを向けられた。それに応じると、言葉巧《たく》みに自宅へ誘い込まれたのだという。

「今、あのビルは建て替え中だろ？　一か月ほど前、娘が偶然そこを通りかかったら、奴が建設中の丸ビルの写真を撮っていたらしい」

旧丸ビルは、八階建ての古いオフィスビルだったが、平成十四年の完成を目指して地下四階、地上三十七階のビルに建て替え中だった。奈苗という娘は、離れたところから男を観察していた。八年前と同じように、通りかかった女性に声をかけていた。奈苗は、まだ同じことをしているんだと暗澹《あんたん》たる思いに囚われたそうだ。

男は数日おきにビルの写真を撮りに来ていると女性に語っていたという。東京の建築物を撮るのが趣味なら、建設途中の丸の内ビルディングを写しに来ても不思議ではない。そこで張り込んでいたらきっと見つけられるはずだと、谷岡は自信に満ちた口調で言った。たぶんこの依頼人には、そんな張り込みをする体力はないのだろうな、と彰太は思った。谷岡が娘から聞き出したという相手の男の風貌も一応メモはしたが、調査に自信が持てなかった。

何日か張り込んで、それで成果がなければ、さっきの逃走経路から家を探ってみるか、と調査の方法を頭の中で組み立てた。だが、そううまくいくとは思えなかった。つまり「できるだけのことはやってみましたが、お捜しの相手は見つかりませんでした」との報告書の文面までが頭に浮かんでいたということだ。

年老いた父親に同情はしたが、物事は思惑通りには進まない。

「相手が特定できたら、本人に働きかけたり警察に届けたりせずに、まずわしに知らせてくれ」

谷岡は念を押した。

もとより、そんなことをするつもりは毛頭《もうとう》なかった。ただ万が一、うまく相手にたどり着くことができたら（それは望み薄だが）、この老人に復讐を遂《と》げさせてやりたいと思った。浮気調査でも身上調査でもない、変わった依頼にいつになく奮《ふる》い立った。

八木が丁寧《ていねい》に料金のシステムを説明するのも、老人はろくに聞いていなかった。気が急《せ》いて仕方がないというふうだった。足を引きずるようにして谷岡が出ていった後、八木の顔を窺った。八木は首をすくめて短く言った。

「まあ、ああいう人もたまに来る」

それで終わりだった。いそいそと机の引き出しから蜜柑の残りを取り出して、満足そうに微笑《ほほえ》んだ。

彰太は奇妙な依頼を受けて調査に入ることになった。

老人の話を聞いた直後は、彼に力添えできる自分が、ドラマに出てくる探偵にでもなった気分だった。仕事を離れて、善意の塊《かたまり》にでもなった気がしていた。
あの時はまだ――。

八木の頭に、あの時耳にした詳細が一切《いっさい》残っていないのは確かだ。現在進行形で起こっている事件との類似性にも、まったく気がついていない。もし気がついているなら、今日彰太が訪ねていった時に話題に上るだろうから。

それはそうだろう。興信所の経営に携わっている間、気が進まないながら八木はどれほどの依頼人に会ったことだろう。やや変わっているからといって、そのいちいちを憶えているとは思えない。

あれを憶えているのは、実際に調査に関わった自分だけだ。

いや、それだけではない。決して忘れられない方向に、あの依頼を利用したのは自分なのだから。そのことは八木を始め、誰も知らない。知られてはならない。

彰太はパソコンを起ち上げて、「肌身フェチの殺人者」で検索してみた。事実を伝える記事の他、勝手な書き込みや憶測が多くヒットした。過去に似た事件があったかどうか、照らし合わせてみた書き込みも見つかった。が、谷岡が訴えたような事件は見当たらなかった。「女性誘拐」「監禁」「全裸写真」「カメラ」「青山霊園」「六本木《ろっぽんぎ》」「谷岡奈苗」思いつくままのワードを打ち込んでみるが、的外れのものしかヒットしない。もう何度も試したことだ。過去にあんな事件は発生していない。もしくは、ひっそりと行われ、事件として扱われていない。

あの時の、何かに取り憑《つ》かれたような老人の顔を思い浮かべた。病的で切羽《せっぱ》詰まった様子だった。尋常《じんじょう》なあり様には見えなかった。谷岡自身がおかしかったのではあるまいか。ありもしない妄想に導かれていたのでは？

「そこそこでいいから」

あの後、蜜柑を頰張《ほおば》りながら八木も言った。胡散臭さよりも危険を察知したのだろう。もし本人を特定できたとしたら、谷岡の様子からして相手に危害を加えようとするのではないかと憂《うれ》えたのだ。

そうなった場合、面倒なことになるのは明らかだった。警察が介入したりしたら、目も当てられない。ナンバーワン興信所は、きわめて由々しき事態に陥《おちい》るに違いない。ああいう類の依頼人に対処する方法は、そこそこの調査を行い、そこそこの報告書を渡しておしまいにするのが一番だ。八木の見解は、暗黙のうちに理解していた。

それまでにも深入りしない方が賢明な依頼はいくつかあった。浮気調査でも、ヤバイ筋の人間が絡《から》んでいると察せられるもの。行方不明者の捜索では、闇金を踏み倒して逃げている輩の捜索など。

どちらにしてもあの依頼は、興信所でのルーチンワークを振り払うとびきりのエンターテインメントだった。気を昂《たかぶ》らせながらも、当時は谷岡が訴えた相手が実在するのか半信半疑だった。しかし彼の妄想の産物だと思っていた狂った殺人者は、実体を持って現実世界に現れた。十八年後の世界に。これをどういうふうに解釈すればいいだろうか。

彰太はパソコンをシャットダウンした。一口も飲まなかった焼酎のお湯割りは、すっかり冷めてしまっていた。そのグラスを持ってキッチンに行き、中身をシンクに捨てた。浴室を覗くと、脱衣所に彰太の着替えが置いてあった。シャワーだけを浴びて、寝室に上がる。二階の廊下の先の美華の部屋から、小さく音楽が漏れてきていた。娘の気配になぜかほっとする。

静かに寝室のドアを開けて入った。すっかり寝入ってしまっている由布子の隣のベッドに潜り込んだ。ルーム灯に照らし出された由布子の寝顔を見た。こうして安心しきって眠ることができる環境を妻に与えてやれる幸せを思った。妻は隣のベッドで眠り、一人娘は自室で音楽を聴いている。このあり様を当たり前と思っていてはいけない。今の安定した生活は、自分が無理やりもぎ取ったものなのだ。

由布子は何かを小さく呟《つぶや》いて、寝返りを打った。

彼女と結婚したかった。お腹にいる子を抱きたかった。それがすべての始まりだった。

十八年前、谷岡からの依頼を受けて調査を始めた時、彰太は追い詰められていた。由布子は妊娠していたのに、彼女の親は頑《かたく》なに反対した。妊娠の事実を告げたら、少しは考え直してくれるかと思ったのに、逆効果だった。父親は怒髪天《どはつてん》を衝《つ》く勢いで怒り狂い、母親は泣き崩れた。

「子供は堕胎《だたい》させる」

そうまで言った。彰太は震え上がった。せっかく得た子を失いたくなかった。

父の貴大は、彰太の身上調査を、ナンバーワン興信所よりも大きくて信頼のおける興信所にさせた。両親が離婚してその後父親が亡くなったこと、大学を中退して職業を転々としてきたことは正直に告げていたのに、それだけでは足りなかったのだ。

父が死んだ後の、十代の頃の行状の悪さまで調べ上げてきた。特に、盗みに入った家の家主を殴《なぐ》って、少年鑑別所送りになったことが知れると、怒りどころか両親は青ざめた。

しかし由布子は彰太との結婚を強く望んでいたのだろう。授《さず》かった子供の命を必死で守ろうとした。全身全霊で堕胎を拒み、親もとうとう諦《あきら》めた。しかし、彰太との結婚は許さなかった。貴大は「それなら、うちで育てる。間違ってもお前とは一緒にさせない」と宣言した。

そこまで言われると、ぐうの音《ね》も出なかった。保護観察処分になってから生活態度を改めたとはいえ、腰は落ち着かず、その時もしがない興信所の一調査員だった。一人食べていくのもかつかつの生活だ。伯父に頭を下げるしかないと思った。所帯を持つために、一度は嫌った財前貴金属店を継ごうと決心した。大学を中退して伯父を怒らせてからは、まったく行き来がなくなっていたが、誠心誠意頼み込めばどうにかなるだろうと甘く考えていた。

文雄は、三代続いた店を自分の代で途絶えさせたくないのだ。あんなチンケな店を伝統のある家業だと一途に思い込んでいた。だから、弟である彰太の父亡き後、あれほどまでに彰太に店に入るように強いたのだった。

伯父は相変わらず苦虫を嚙《か》み潰《つぶ》したような顔で、店の奥に座っていた。彰太は急に気持ちが挫《くじ》けて、曇ったガラスケースをちらりと見やった。もう何年も売れない商品が並んでいる。ダイヤモンドの立て爪リングや小粒のサファイアやエメラルドをあしらったペンダントトップ。赤サンゴのネックレス。この先もずっと売れそうにない時代遅れのデザインだ。

反対側の壁の棚には、年代物のカメラが展示してある。カメラを扱っていた時の名残《なごり》だ。古臭い白黒写真も引き伸ばして掛けてあった。

「何か用か?」彰太の顔を見るなり、文雄はさらに不愉快な顔をした。

「伯父さん、あの……」

言葉に詰まった。伯父に引き取られた時の少年時代に返った気がした。が、ここで退《ひ》くわけにはいかない。意を決して、伯父さんの手伝いをさせて欲しいと頼んだ。結婚したい女性がいて、きちんとした生活がしたいのだと。

「伯父さんももう年だし、前に言ってくれたように、この店を僕にまかせてくれるなら──」

文雄は「ふん」と鼻で笑った。

「誰がお前にこの店を譲《ゆず》ると言った?」

「僕が大学に入る時、確かにそう言ったよね。大学で勉強をして、卒業したらどこかよその店で数年間修業して──」

「だが、お前はそれを蹴ったんだ。俺に黙って大学をやめた」

「あ、あの──。大学はちょっと合わなくて。でも、別に大学を出てなくても──」

「結婚したいだと?」

文雄はろくに彰太の話を聞こうとはしなかった。いちいち言葉を遮《さえぎ》る。すべては伯父のペースで進んでいく。

「そうなんだ。仕事の関係で知り合って。彼女とは、ちゃんと結婚したいと思ってる。相手の親は銀行員で、僕がそのう、安定した職に就《つ》いていないって心配してるんだ」

由布子が妊娠していることは、ここでは伏せておいた方が賢明だろうと判断した。

「向こうさんが心配しているのは、お前の仕事のことじゃなくて、お前そのものだろう」

文雄はずばりと言った。

「チャラチャラして落ち着きがない。女と見ればすぐに手を出す。芯がしっかりしてないから、そそのかされたら、悪事にも手を染める」

「伯父さん、それは昔のことで、今はまっとうな仕事をしてるよ。いつまでも考えのない子供じゃない」

少しばかりむっとして言い返した。

「まっとうな仕事ね」文雄は薄ら笑いを浮かべた。「他人様《ひとさま》の秘密を暴いて金に換える仕事だ」

「信用調査だよ。伯父さんは何も知らないんだな」

「何も知らないのは、お前だ。握った秘密を逆手《さかて》にとって、依頼人を脅《おど》したりしてるんだろう？　お前も」

「そんなことはしていない」

握った拳《こぶし》がぶるぶる震えた。必死で自分を抑え込んだ。ここまで来て、決裂するわけにはいかない。由布子の顔を思い浮かべた。文雄は、飴《あめ》色になるまで使い込まれたカウンターの上に身を乗り出した。背の低い伯父に下からぐっと睨みつけられて、彰太はわずかに怯《ひる》んだ。

「あそこを辞めてくるって言うんだな？」

「うん」抗《あらが》いがたい脅威を感じて、子供っぽく頷《うなず》いた。

「そして、この店を手伝うっていうのか？」

「そうなんだ。財前貴金属店の仕事を少しずつ憶えて、伯父さんが楽になるようにする」

「どうかな」文雄は値踏みするように、彰太を凝視《ぎようし》した。「お前の言うことは当てにならん」

反論しようとする甥を、目で黙らせた。

「秀夫《ひでお》があんなに早く死ぬとは思わなかった。人生、わからんもんだ。あれが離婚するとも思ってなかったし」

彰太の父のことを口にすると、文雄の表情はわずかに緩んだ。

「父さんが生きてたら、きっと伯父さんを助けて、この店を盛り立てていただろうね」

亡き父の話題に彰太はすがった。その子である自分に貴金属店を譲り渡すのは、正当なことなのだと思って欲しかった。

「美登里《みどり》はさっさと再婚したっていうじゃないか。秀夫と別れてから」

自分とうまくいかなかった義理の妹のことを持ち出してきて、また不愉快そうな顔をする。

「まあ、母さんは幸せにしてるよ。女の子も生まれたしね」

実はその再婚相手とも死別してしまったと知っていたが、伯父の機嫌をそこねないようにそこは伏せた。

「ふん」また文雄は鼻を鳴らした。「お前にとっては異父妹《いふまい》というわけか」結婚せず、子供もできない文雄には、この類の話題はタブーだった。うかつに幸せなどと口にしたことを後悔した。気難しい伯父との会話は疲れる。

「まあいい。あの女のことはどうでも」カウンターをカツカツと爪で叩いた。

「結婚したいだと？」もう一回同じ文言を口にした。「それで今のヤクザな仕事を辞めて、うちを継ぎたいというわけだな？」

カツカツカツ——耳障《みみざわ》りな音。文雄はとっくりと思案しているのだ。一度は自分に背《そむ》いたバカな甥を受け入れるかどうか。

「そうなんだ。そうなれば向こうの親も納得するし」

急いで言葉を継いだ。伯父の決断を促すつもりで。言うつもりではなかったのに、口が滑《すべ》った。由布子が妊娠しているから、ことを急がねばならないと。

「お前はどこまで阿呆《あほう》なんだ」

押し殺した声で文雄はそう言い、天を仰《あお》いだ。彰太は、すぐさまへまをやったと感じたが、もう後の祭りだった。

「なら、その子に財前貴金属店をかっさらわれるわけだな？　ええ？　この三代続いた由緒ある店を」

「かっさらうだなんて、そんな……」

　言葉は尻すぼまりになる。

「お前に譲るつもりはないからな。この店も、わしの財産も」いいか、と伯父はリューマチで歪んだ指を彰太に突きつけた。「すべて、もう決めてある。お前がどんなにわしを掻き口説《くど》いても無駄なんだ。お前にはほとほと愛想《あいそ》が尽きた」

　文雄はカウンターの上の電話を取り上げた。内線番号を押して、がなり立てた。

「権田。すぐに店に下りてこい」

　築四十年近くになる古びたビルの一階に、財前貴金属店は入居していた。もとは賃借りしていたのだが、何年か前にビルごと伯父が買い取った。三階、四階はよその事務所に貸していた。二階では、数が増えた文雄の不動産を管理するために、彼が抱え込んだ元不動産屋の男が仕事をしていた。それが権田だった。まだその当時は、彰太とは馴染みがなかった。顔を合わせるのも、二度目か三度目というくらいだったと思う。

　整髪料で髪をきっちりと撫《な》でつけた男が、階段を駆け下りてきた。

「社長、お呼びでしょうか」

　無表情な男が抑揚《よくよう》のない声で尋ねる。

「わしの資産は、今、どれくらいある？」

「そうですね――」

権田はすらすらと文雄が所有する物件を口にした。麻布十番商店街に面したこのビルと、すぐ近くにある一戸建ての自宅家屋。今まで気にもしていなかったが、祖父の代からこの周辺に保有していた土地がいくつかあった。六本木の近くにありながら、交通の便が悪くて陸の孤島と言われてきた麻布十番に、その前年に地下鉄が開通した。南北《なんぼく》線と大江《おおえ》戸《ど》線の二路線が一気に開通したために客足が増えた。祖父が亡くなった時、父秀夫はそんな土地には見向きもせず、遺産として現金を受け取ったらしいが、商売に失敗して数年で使い果たしたと聞いた。文雄の方が先見《せんけん》の明《めい》があったということだ。

商店街が活気づく前に傾いてしまった数軒の店舗を、文雄は安く買い叩いて手に入れていた。そこが一気に値上がりした。文雄は株取引でも、地道な利益を上げ続けてきたということがわかった。失われた十年と呼ばれる時代には、文雄のように冒険をしない堅い事業主のような輩が、肥《こ》え太るのかもしれない。

不動産屋だった権田は、バブル崩壊によってすべてを失った後、文雄に拾われ、彼の手足となって雇い主の資産を増やすことに邁進してきたようだ。

都内あちこちで行われる再開発を見抜き、先回りしては、うまく運用してきた。権田には、そういう才能が備わっていた。彼に元手さえあれば、自分の才覚で自社を大きくできたに違いない。彰太が伯父と疎遠《そえん》になっている間、伯父は地味な貴金属店の店主であると同時にかなりの資産家になっていた。誰にも心を開かない文雄は、つまらない散財をすることもなかっただろう。

　権田が土地の資産価値や有価証券の額を述べるのを、文雄は黙って聞いていた。そして権田が口を閉じた直後にこう言った。

「お前がその女と結婚すると言うなら、この財産は一切お前にはやらん」

　はっと息を呑んだ彰太を尻目に、また「権田」と呼びかけた。

「はい」

「様子を見て遺言書を書く。こいつには、一円たりともいかないように。すべてをよそに回す。円禄寺《えんろくじ》と恵美寿《えびす》神社と、それから、そうだな――」

　財前家の菩提寺《ぼだいじ》と、氏子《うじこ》になっている神社と、彰太も知らない遠い親戚の名前を挙げた。ぎりっと鳴った音が、自分の奥歯を嚙み締めた音だとは気がつかなかった。

　財前貴金属店を出てしばらく歩いたところで、後ろから呼び止められた。権田だった。文雄には気づかれないよう、追いかけてきたのだという。

　消沈した彰太の隣を、歩幅を合わせて歩く。

「社長はいつもああなんです」

「知ってるよ」

「私がこんなこと言うのはなんですが、厳格でシビアなお方ですから」

　だいたいのことは想像がついた。我利《がり》我利《がり》亡者《もうじゃ》の文雄は、人間としての豊かな感情などは持ち合わせていない。昭和の匂いが残る人情味のある麻布十番商店街でも、近所付き合いなどしないから浮いている。目をつけた店舗や土地を、かなり強引なやり方で手に入れてきたのではあるまいか。そうやって資産を増やして、どこへやることもなく抱え込んでいる。今日の話し合いが裏目に出て、嫌っている甥には絶対に相続させないという決心を固めさせてしまった。

「社長は、言い出したら聞きませんからね」

文雄がさっきの言葉通りに遺言書を書いてしまったら、万事休すだ。だが、自分にはどうしようもない。

「社長はなぜあなたが結婚されることを嫌がるんでしょうね。相手の女性に会ってもいないのに」

「さあね」

いくぶん鬱陶《うっとう》しく感じられ、素っ気なく答えた。

「何かお力になれたらいいのですが、私ではどうにも――」

権田の顔を見返した。眼鏡で隠れた眉間《みけん》に皺《しわ》が寄っている。伯父から邪険に追い払われた甥に、同情しているふうだ。この男も、文雄にこき使われて苦労しているんだろうと初めて思った。

「いいよ。ありがとう」

権田は深々と頭を下げて去っていった。

あの時のことが印象に残っていて、文雄が死んだ後、彼をザイゼンに雇い入れたのだ。高田馬場ビジネスアカデミーの卒業生だと後に知ったことも理由の一つではあるが、権田の勤厚《きんこう》な人柄を見た気がしたからだ。


堀田の家では、彰太と会えないように由布子を監視していた。由布子は親の目を盗んでは、公衆電話から彰太の携帯に電話してきた。

「今日、お腹の中の赤ん坊が動いたわ」

「そうか」

「あなたにも触ってもらえたらいいのに。きっとこの子にも伝わるはず。パパも待ってるよって」

「うん」

不覚にも涙をこぼすところだった。どうしても子供の父親になりたかった。このまま離れ離れになるなんて考えられなかった。だからといって、いい案は浮かばなかった。堀田の両親はひどく頑なになっている。ただがむしゃらに働きかけると、却って気持ちを逆撫《さかな》でするような気がした。少なくとも、由布子の腹の中で子供はすくすくと育っているのだ。両親も孫の誕生を待ちわびているはずだ。今はそれでよしとするしかなかった。

悩みながらも、谷岡の依頼に沿った調査を続けた。調べを進めるうちに、ますます彼が語ったことは、真実ではないような気がしてきた。よく考えれば矛盾点がいくつもあった。

考えの浅い十代の女性が、年上の男の誘いにほいほいとついていったことや、監禁された場所をよく憶えていないことはあり得るかもしれない。だが、親である谷岡のところに送られてきた品物を見れば、事件性は明らかだ。警察が事件として扱わないなどということがあるだろうか？　特に全裸で写された写真が送られてきたとなれば、絶対に警察は動く。第一、その写真をこちらに見せてくれないのはどういうことだろうか。

あれからも何度か谷岡とは電話でやり取りをした。その際に「娘さんが監禁されていた時の写真を見せてくれませんか？」と頼んでみたが、「そんな写真を他人に見せるわけにはいかない」の一点張りだ。もしかしたら、背景に場所を特定できる物が写っているかもしれないので、と粘《ねば》ってみたが、頑《がん》として受け入れなかった。

犯人から送られてきた写真は実在するのだろうか？

次々に湧き上がってくる疑問をうやむやにしながら、仕事と割り切って調査に向き合った。谷岡が言うように、丸ビルの建設現場で張り込みを続けたが、それらしき人物は現れなかった。写真を撮りに来る人はたくさんいた。歴史ある丸の内のランドマークが建て替えられるところを、画像で残しておこうとする考えの人は案外いるものだ。

本格的な機材を持ってきて、じっくりカメラを構える人。通りすがりにシャッターを押していく人。何人かが連れ立ってきて、ビルの前でポーズを取る人。様々だった。丸ビルの前でカメラを構える人物で、中年から初老の男がいれば、一応隠し撮りをした。

何日か続けて来た人がいて、後をつけてみたりもしたが、はずれだった。

谷岡が予想した家のある場所も探ってはみたが、あまりにも漠然としすぎている。青山通り、大使館、寺院。青山霊園を終着点とするなら、どの方向にも存在するものだ。それでも仕事をきちんとやっているという証拠に、これと思うような家があれば写真に撮った。不毛な調査を続けているうちに、秋は深まった。人々の服装も厚手のものに変わり、やがて冷たい北風が街路樹の葉をさらっていった。

人物や家の画像が溜《た》まった頃合いを見て、谷岡に連絡した。

「写真をお嬢さんに見せて確認したいんですが」

電話の向こうで、谷岡が沈黙した。

「もしもし?」

「娘に会わせるわけにはいかん」

相手に悟られないよう、そっとため息をついた。これでは目的の人物にたどり着けるわけがない。

「八年ぶりにあの男を見たことで混乱しているからな。そんなものを見せたら、またおかしくなる」

そう言いながらも、彰太が撮った写真には興味を示した。

「わしが預かって調子のいい時に見せてみよう」写真を自宅まで届けてくれと続けた。

「ここのところ、わしも体調がよくないんだ。そこまで出ていく元気がない」

うんざりしたが、八木に相談すると、自宅へ届けるように指示された。

「まあ、依頼人の言うことは黙って聞いておくことだな。いい結果が出なくても、気持ちを治めてもらうという意味でね」

八木も、彰太の調査に対して期待はしていないというふうだ。所長の言に従って、谷岡の自宅を訪問することにした。

かなり低い確率だが、写真に写っている人物に娘が反応するということもあり得る。そうなったら、手っ取り早くことが片付くというものだ。由布子とのことが膠着《こうちゃく》状態に陥るにつれ、初めは興味津々《しんしん》だった案件への意欲は失われていった。こんな徒労は、もういい加減お役御免《ごめん》になりたかった。

谷岡の家は、葛飾《かつしか》区の立石《たていし》にあった。立石という地名はかなり広く、下町のごちゃごちゃした住宅街の中で迷ってしまった。谷岡に電話を入れて確かめると、「中川《なかがわ》の方へ行くな。葛飾区役所に向かって歩け」と言われた。寺と神社が向かい合って建っているところのすぐそばに谷岡の家はあった。奥まった場所にある小ぢんまりした家で、玄関横の柱は、全面モザイクタイルで覆われていた。くすんだ景色の中で白と空色と紺のしゃれた柱が浮いて見えた。

迎えに出た谷岡の顔色は、相変わらず悪かった。が、気力は以前より増している感じがした。彰太が持っていった写真を奪い取るように手にすると、一枚一枚丁寧に見ていった。一度全部を見た後、また見返す。座卓を前に、彰太はじっと初老の男の横顔に見入っていた。

じっくりと写真を吟味《ぎんみ》している様子だ。だいたいは、谷岡が言った年齢に合った人物に絞って写してきていた。その一人一人について、これはどういう感じの男だったかとか、カメラを扱い慣れているようだったかと問う。家の写真を繰っては、どの辺りにあったかと問う。彰太の答えを聞いては考え込んだ。その後、ぽつりぽつりとまた自身の推測を述べた。

何日か続けて見かけた男が疑わしいだの、この家を張ってみてくれだのと言う谷岡には、本気で娘を連れ去った男を見つけたいのだという気概《きがい》が見て取れた。

「まだ目星がつかんのか」

苛立《いらだ》たしげに言い募る谷岡は、よっぽど男が憎いのだろうと思われた。彼は、彰太の持ち込んだ写真を丁寧に検分はするが、娘に見せて結果を知らせるとは言わない。たぶん、見せてもはかばかしい返事はもらえないのだろうと見当をつけた。娘は、相手を特定できるほど憶えていない。連れ込まれたという家もはっきりしない。八年も経って見かけたという話も眉唾《まゆつば》ものだ。彼女の取った行動からして、軽はずみで賢いとは言えない娘だ。だからこそ、谷岡は興信所を使って調べようとしているのだ。

彰太が不審げな顔をしていると思ったのだろう。谷岡は一回家の奥に引っ込んで、ジッパー付きの透明なポリ袋を持ってきた。手渡されたポリ袋の中には、二十センチ四方くらいの布が入っていた。

「これが、そいつが送りつけてきた娘のブラウスの切れっぱしだ」

彰太は透明袋の上から、それを凝視した。黄色と茶色と臙脂《えんじ》のタータンチェックの柄だった。それを目にした途端、倒錯した犯人が、人間的な膨《ふく》らみを持って目の前に現れた気がした。それまでは実在するのか疑っていた男の姿が。

「娘が気に入っていたブラウスだ。剝ぎ取られて切れ端をうちに送りつけてきた。戻って来た時には、別の服をあてがわれていた。そいつは、連れ込んだ女性から取り上げた物を大事に取っておくのが趣味なんだと。さんざん女を弄んだ記念にな」

谷岡は「ぐっ」と言葉を詰まらせ、胸を押さえた。吐き気をこらえたような仕草だった。彰太は、谷岡に断ってその布の写真を撮らせてもらった。

「あの――」つい訊《き》かずにはおれなかった。「谷岡さんは、この人を見つけてどうするおつもりなんですか?」

すっと顔を上げた谷岡の目を見て、彰太は震え上がった。病み衰《おとろ》えたような外見とは裏腹に、昏《くら》く燃え上がる情念の焔《ほむら》を見た気がした。

「そんなことは、あんたに関係ない」

谷岡は、静かに答えた。その刹那《せつな》、この男は相手を殺す気だな、と感じた。老人が放つ憎悪と狂気、害意が、電撃のように彰太の体を貫《つらぬ》いた。

由布子の腹の中で育っている子のことを思った。親になったら、自分にもこうした思いが芽生《めば》えるかもしれない。子供を大切に慈《いつく》しんで守り育て、それでももしその子に何かあった場合、こうして相手に復讐したいと念じるようになるのか。

今まで感じたことのない感情に翻弄《ほんろう》された。自分を見失うほど誰かを愛《いと》しいと思える「親」というものが、今目の前にいる。そして、もう少しで自分もその存在に手が届きそうになっている。

その瞬間、彰太は我が子を手に入れる方法を思いついた。


三週間後、誰もいなくなった事務所で、谷岡への報告書を書いた。

谷岡が捜していた相手が見つかったという報告書だ。張り込んでいた丸ビルの前で、その人物を見つけた。同じ人物が何度かカメラを持って現れたので、彼を尾行してみた。すると、ある一軒の家にたどり着いた。

一人暮らしの六十そこその男で、自営業のようだ。時間的に自由がきくので、都内あちこちの写真を撮って回っている。尾行を続けると、時折女性に声をかけて、写真のモデルを頼んでいる。うまくポーズを取らせ、プロのカメラマンを装っているふうだ。それとなく近寄って会話を聞いてみると、自宅のスタジオへ来ないかと誘いをかけているのだった。

女性たちは、まんざらでもない顔はするものの、さらりと断っているようだ。粘り強く監視を続けていると、一人の女性が男の申し出を受けて、自宅までついていった。女性は、一旦は家に入ったものの、すぐに出てきた。帰っていく女性に声をかけて、事情を聞いてみると、スタジオなんかあるような家ではなく、身の危険を感じたので、上手にかわして逃げてきたのだと語った。

娘さんが監禁された家である可能性は、かなり高いと判断できる。近隣で聞き込みをしてみると、男は古くから住んでいるものの、まったく近所付き合いはない。だが、たまに若い女性を伴《ともな》って家に入るところを見る。二、三度家の中から女性の泣き声が漏れてきたのを耳にしたという隣人の証言も取れた。

男が家を空けた時、訪問者を装って玄関前まで行ってみた。もちろん施錠《せじょう》されているから中に入ることはできない。人目を気にしながら、家の周りをぐるっと回ってみた。居間が見える掃き出し窓から、中の様子が窺えた。覗いてみると、ごちゃごちゃと乱雑に物が溢《あふ》れ返っていた。よくよく観察してみると、その中に娘さんが着ていたと思われるブラウスと同じ柄の布切れが、紙袋の中に無造作に突っ込んであった。

どうやら男は、連れ込んだ女性から奪い取った身の回り品を整理もせずに、雑然と保管してあるようだ。このことから、娘さんを連れ込んで残忍な行為に及んだのは、この男にほぼ間違いないと思われる——。

男の自宅を示す地図と隠し撮りした写真も同封した。男の名前は財前文雄。年齢は六十二歳。住所は麻布十番。自宅近くの商店街で財前貴金属店という店を経営している。

谷岡が持ってきた地図に従って青山霊園の周辺を歩き回っていて、彰太は気がついた。ここは、伯父の家からも近いということに。谷岡は、娘と男が出会った場所が丸ビルの建て替え現場だったことから、丸の内のある千代田《ちよだ》区と青山霊園の中間点を、男の住処《すみか》だと推測していたようだが、視点を変えると、別の考え方もあると気づく。六本木通りを越え、六本木ヒルズ建設現場の横をすり抜けていけば、元麻布《もとあざぶ》、麻布十番と続く。この辺りには、大使館も集まっている。青山霊園の向こうは青山通りだ。

要するに、嘘の報告書をでっち上げたのだ。憎しみに搦《から》めとられた老父が、復讐を為《な》し遂げられるようにしてやった。ただし、その相手はまったく別の人物、財前文雄だ。伯父が亡くなれば、彼の遺産は彰太が受け継ぐことになる。まだ遺言書を書いていないことは、権田に電話をして確かめた。

計画を思いついた後、文雄の家を訪ねていった。もう一度、伯父に貴金属店を継がせてもらえるよう、頼みにいったのだ。伯父は定時に店を閉め、徒歩で十分もかからない家に戻る。もう何十年も続けてきた生活習慣だ。

帰宅した頃合いを見計らって、彰太は家を訪問した。以前にも増して、文雄は邪険な態度だった。玄関先で追い払おうとしたのを、無理に頼んで上げてもらった。父親が死んだ後、しばらくの間ここで暮らしたことのある彰太には、馴染みの間取りだった。

文雄が長時間過ごすのは、庭に面した居間だった。一人暮らしが長く、物が溢れて荒れ放題に見えるが、これはこれで文雄なりの秩序《ちつじょ》があるらしい。しかし年を取った今では、手に負えない無駄な品物に占領されつつあった。もはや整理しようという気力もないようだった。

この間と同じ文言を繰り返し、どうにか自分を後継者にしてくれるよう、頼み込んだ。定位置と決めているくたびれた回転椅子に腰かけて、文雄は彰太を冷たく見下ろしていた。畳の上に敷かれた絨毯《じゅうたん》の上に正座して、彰太は訴えた。もとより、文雄の気が変わるとは思っていなかった。くどくどと言葉を連ね、伯父を掻き口説く振りをしながら、彰太はそっと居間の中を見渡した。

鴨居《かもい》には、ハンガーに掛かった文雄の洋服が何着も吊《つ》り下げられていた。年中出しっぱなしにしてある電気コタツの上にも、がっしりした古い机の上にも、本やらファイルやらが積み上がっていた。そうした書類の間に、食器や置物やクッキーの缶が埋もれていた。隣が寝室なので、脱いだ服もその辺に放り投げてある。

「何度来ても同じだ。家にまで押しかけてきやがって」

伯父は不愉快な顔を隠そうともせず、彰太の願いを突っぱねた。そんなことは承知の上だった。途中で伯父が台所へ立っていった。自分のためだけに飲み物を取りにいったのだ。そのちょっとした隙に、彰太は提《さ》げてきた大ぶりのカバンから、紙の手提げ袋を取り出した。伯父の居間には、紙の手提げ袋が積み上げられた一角がある。襖《ふすま》の外れた押入れがあって、中にもいっぱい物が押し込められているのだが、その前に三十個とはいわない紙バッグの山があるのだ。

紙袋の中には、本屋でまとめ買いした文庫本や着古した服、折り畳んだ包装紙、銀行や商店でもらった粗品類、また時計メーカーからもらった店用の販促品、使わない風呂敷やタオルなどがぎゅうぎゅうに詰め込まれている。要するに不用品なのだが、処分したり整理したりすることを放棄したもので、伯父はこうして紙バッグに納めて「なかったこと」にしている。顧《かえり》みられることのない紙バッグの山の一番上に、彰太は持ってきた紙バッグを置いた。

紙バッグの中には、女性用の安っぽい服を詰め込んである。服の上に黄色を基調としたタータンチェックの布切れを被《かぶ》せておいた。これは、日暮里《にっぽり》の繊維街を回って探し出してきた。写真に撮らせてもらった谷岡の娘のブラウスとそっくりな柄だ。布切れの横からは、輸入雑貨の店で買い求めた黒いマスクが覗いている。その紙バッグを居間に置くことが、彰太が伯父の家を訪ねた目的だったのだ。

戻ってきた文雄は、紙バッグが一個増えたことなどには気がつかない。ゴミ屋敷のようになっている一角は、極力見ないようにして生活しているのだ。彰太がここに住んでいた時からの習慣だ。あの頃よりさらに紙バッグは増えていた。

そこまでの仕掛けをして、彰太は文雄の家を辞した。消沈《しょうちん》した振りをしたが、うまくいったことにほっと胸を撫で下ろした。谷岡は彰太の報告書を読んで、まず財前貴金属店を訪れるだろう。様子を窺うために。そこには、先々代、先代が商っていた名残《なごり》のカメラが置いてある。壁に飾ってある写真を見れば、文雄にも写真の趣味があると思い込むだろう。

そして意を決してこの部屋に踏み込んだ時、あのタータンチェックの布を目にする。ブラウスから切り取られた布だと勘違いする。あの柄は、谷岡の目には焼き付いているだろう。そのそばにある黒い仮面も見えるはずだ。娘の仇《かたき》は、この男だと確信するに違いない。そのための仕込みは万全に行ったつもりだ。後は運を天にまかせるのみだ。

そうだ。すべては賭けなのだ。文雄より年上で衰弱している老人が、うまくことをやり遂げる可能性は低い。文雄の写真はわざとピントの甘いものを添付したが、奈苗が、その人じゃないと言うかもしれない。八年も前に娘のブラウスから切り取った布切れをまだ取ってあることを不審がるかもしれない。しかし、成功するかもしれない。

父親は、娘に黙ってことに及ぶ気がした。そもそも彰太が自宅まで持っていった写真も奈苗に見せた気配がない。娘を弄んだ相手への恨《うら》み、強い殺意、尋常ではない精神状態を思うと、自分の誘導が功を奏するのではないかと思えた。もはや、正常な判断力は失われているのではないか。もし何も起こらなかったら、それはそれで諦めればいい。あからさまな関与は危険だ。肝心《かんじん》なのは、自分に疑いの目が向けられないことだ。

谷岡へ渡す報告書をプリントアウトした後、事務所へ提出する報告書を書いた。それには、依頼人からの聞き取りに沿って希望通りの調査をしたが、はかばかしい結果は得られなかったとするものだ。八木はこれを読んでも、いつも通り「ご苦労さん」としか言わないだろう。端からこの依頼には無理があると承知しているのだ。

二つの報告書を、それぞれの提出先に渡すこと。そして物事が動くかどうか観察すること。彰太がすべきことは、それだけだ。賭けの結果を待つこと。負ければ、それに従うと決めてもいた。

由布子とは結婚できず、もしかしたら今後一切会えないかもしれない。彼女が産んだ子の顔を見ることさえかなわないかもしれない。

文雄とも疎遠になったまま、興信所の一調査員で一生を終えるだろう。それでも仕方がないと思った。追い込まれた袋小路から抜け出すためには、こうするしかなかった。これが今思いつく最善の方法だった。不確実ではあったが。

そして、彰太は賭けに勝った。


財前文雄は、年が明けて少し経った頃に殺された。居間で血を流して倒れているのを、様子を見に来た権田が発見した。

判で押したように決まった時間に店に来る文雄が姿を見せないので、権田は昼過ぎまで待って、家を訪ねてみたのだという。玄関には鍵がかかっていなかった。文雄は鋭利な刃物で胸と腹を刺されていた。失血死だった。居間まで入り込んできた犯人に襲われ、抵抗したり助けを呼んだりする暇もなかったようだ。

死亡推定時刻は、前日の夜七時から十時の間だという。一瞬の出来事だったのか、近所の住民で犯行に気づいた者はいなかった。門灯も玄関灯も、とうの昔に切れたままだった。もとより防犯カメラなどというものはない。

一番近しい身内の彰太は、警察に呼ばれて現場に足を踏み入れた。もう文雄の遺体は片付けられていた。襲われた時に少しは抵抗したのだろう。居間は乱れていた。伯父がいつも座っていた椅子は倒れ、茶渋で汚れた湯呑が床に落ちて割れていた。前に来た時、それで文雄は茶を飲んでいたのだった。湯呑のそばの絨毯には、黒い血の染みが広がっていた。

彰太はちらりと視線を走らせ、自分が置いた紙バッグとタータンチェックの布切れが、そのままになっているのを確認した。谷岡は、ここでこれを見て逆上したのだろうか。そして文雄に襲いかかったのか？

何か盗《と》られたものがないかよく見てくれと警官に言われた。もともと荒れに荒れた部屋だ。だが、引っ掻き回されたような形跡はなかった。以前来た時と、様子はあまり変わっていないと告げた。どこに何があるかは把握《はあく》していないので、失われた物があってもわからないと。

警察が調べたところでは、室内にあった現金や通帳には手がつけられていなかったそうだ。恨みによる犯行の可能性が高かった。警察の見立てを聞かされて、彰太は肝《きも》を冷やした。自分が仕組んだくせに、急に怖くなったのだ。こんなにうまくいくとは思わなかった。

もし谷岡が逮捕されたらどうしようと怯えた。谷岡の取り調べが進めば、あの虚偽の報告書が明るみに出るに違いない。そしてそれを書いたのは、文雄の甥である自分だとすぐに調べがつくだろう。伯父が死んで一番利益を受ける人物が怪しまれるのは、火を見るよりも明らかだ。そこまで思いが至らなかった自分の愚《おろ》かさを悔いたが、今さらどうしようもなかった。

その後の捜査の過程で、彰太も聴取を受けた。聴取というよりは、取り調べに近いものだった。警察は、疑わしいと思える者を、しらみ潰しに当たっているのだとはわかっていたし、担当の刑事からもそう言われた。それでも緊張と恐怖で生きた心地がしなかった。ただ一つ幸運だったことは、伯父が殺された時刻、彰太には明確なアリバイがあったことだ。

その日彰太は星野と一緒に、ある依頼者に会いに行っていた。妻に出ていかれたサラリーマンが、妻の行方を追って欲しいという依頼をナンバーワン興信所に持ち込んだ。調査を命じられた彰太が調べてみると、妻は既に別の男性と暮らしていた。報告書を読んだ依頼者は納得しなかった。そんなはずはないと言う。妻はそんなふしだらな女じゃないと食ってかかった。もう一度、調査をし直してくれということだったので、追加の料金を提示すると、そっちがいい加減な調査をしたのだからと拒否された。何度説明しても突っぱねて、妻を連れ戻してこいとすごむようになった。

そこまでこじれると、まだ経験の浅い彰太では対処のしようがなく、星野とともに説明と説得に向かったのだった。依頼者の仕事が終わる時間まで待って、彼が指定するカフェバーで会った。八木から、自宅ではなく、どこか外で会うようにと指示されていた。店などで会うと冷静に話ができると、経験から学んでいた。クレームをつけてきた依頼者に対処する時のコツだという。

　妻に捨てられた五十男は、その事実が受け入れられないのだった。一、二杯のウイスキーの水割りで酔った男はくだを巻いて、二人を困惑させた。結局依頼者の話を聞いてやり、その日の支払いを興信所持ちにすることでなんとか納得させた。そこまでいくのに、午後十一時前までかかった。ひどく疲れてぐったりした。

「じゃあ、頼んだよ」とさっさと帰っていった八木を恨めしく思ったものだったが、その事実が、彰太への疑いを払拭《ふっしょく》してくれた。星野もカフェバーの店員も、彰太が間違いなくずっとその場にいて、いきなり立ったり、泣き言を言う男に手を焼いていたと証言してくれた。

　それでもまだ安心はできなかった。いつ谷岡のところへ捜査の手が伸びるか、気が気ではなかった。

「こんなことになって、お気の毒です。私もどうしていいかわかりません」

　閉まったままの財前貴金属店で、権田にそう言われた時も、上の空で返事をした。彼もまた勤務先を失くして途方に暮れているだろうに、そこまで気を回すことなどなかった。

　ましてや、谷岡に連絡を取るということも怖くてできなかった。向こうからも何も言ってこなかった。報告書を渡したきり、話していない。興信所には残りの料金が振り込まれたようだから、彼はあれで満足したということだ。それ以上のことを知る気はなかった。彼がその後、どんな行動を取ったかということは。

彰太は首をすくめるようにして、日々を送った。

そして天は彰太に味方した。谷岡は捜査線上に浮かばず、犯人は捕まらなかった。今に至るまで、誰が伯父を殺したかわかっていない。

現場となった文雄の家は、彰太が受け継いですぐに取り壊した。所有しているのも嫌だったので、更地《さらち》になった土地を売り払った。すべてを権田にまかせて、彰太は一度もあの場所に近寄らなかった。

*

男は、鍵束から一本の鍵を抜き出した。黒光りのする重厚な鍵を鍵穴に入れて回す。大仰な音がして開錠した。

彼が部屋の中に足を踏み入れると、部屋の隅でうずくまっていた女性が、びくんと顔を上げた。ドアから一番離れた壁に背中をくっつけ、歩み寄る男を暗い目で見上げている。男は手を伸ばして、彼女の頬をすっと撫でた。女性はされるがままだ。

二日前までは男を全身全霊で拒んでいたのに、今は丸まった体を、億劫《おっくう》そうに動かすだけだ。額に前髪が、ぺたりと汗で張り付いている。泣き喚《わめ》き、暴れていた時の名残だ。

板倉未祐という名前だということは、ニュースで知った。もう三十歳を超えているなんて信じられない。童顔だからもっと若いかと思った。未祐をここに連れてきて二週間が経った。自分の置かれた状況を呑み込ませるには充分な期間だ。ここから出ることはかなわないと身に沁みてわかったはずだ。

二週間の間に、未祐は逃げ出そうとあらゆることを試みた。男が部屋に入ってくるなり、はずした椅子の足で殴りかかってきたこともある。部屋の壁を割った皿で引き剝がそうとしたこともある。大声を出して、外に助けを求めたりもした。

すべては無駄だった。高いところに一つだけある小さな窓は、頑丈《がんじょう》な鉄格子《てつごうし》で覆われているし、この家は繁った木々に囲まれている。どれだけ大声を上げても誰の耳にも届かない。第一、この忘れ去られた家屋に近づく人はいない。

それを知らしめるための窓でもある。未祐は椅子に上《こ》って、鬱蒼《うっそう》と繁茂《はんも》した木々を見たはずだ。木立《こだち》の向こうの様子は、どんなに目を凝らしても窺えなかったろう。

「君、それよく似合うよ」

男ものの白いシャツ一枚。裸足《はだし》に高いヒールのパンプス。アンバランスなコーディネートは、男が選んだ。二日前に与えて着替えさせた。その前に着せていた花柄のワンピースよりよっぽどいい。

「君にはそういうシンプルな服が似合うね」

あえて名前は言わない。名前で呼ぶということは、女に個性を与えることだ。

ここでは、ただの「女」でいることが肝心だ。そして男に従順でいること。

未祐はすっと立ち上がって、男の首に腕を回した。

「ねえ」顔を寄せ、男に囁きかける。甘い息が耳にかかった。「また抱いてよ」

シャツ越しに、未祐の豊かな胸を感じた。意識して押し付けているとわかった。どうやら未祐は作戦を変えたようだ。男はシャツの裾《すそ》から手を入れた。下には何も着けていないことは知っている。裸の腹をすっと撫で上げ、胸に手を当てた。

未祐が小さく喘《あえ》いだ。芝居がかった仕草だ。抵抗するのをやめ、男と情を通じて、自分の願いを聞いてもらおうということか。年がいっているだけあって、巧妙なやり方だ。

前の女子大生は、泣き喚くしか能がなかった。しまいには、思いつく限りの汚い言葉で男を罵《ののし》った。かわいい顔をしていたのに、興ざめだった。

未祐の手が男の下半身に伸びる。嫌悪感で顔が歪んだ。

この前、女を支配するつもりでレイプしたことを後悔した。そんなことはどうでもよかったのに。セックスなんて快楽でも何でもない。

薄汚い獣の行為だ。かつて俺を裏切った女がしたのと同じ行為——。

未祐の片方の乳房を、思い切りつかんでねじ上げた。未祐が苦痛の叫びを上げた。そのまま力を込めて突き飛ばす。未祐は床に置かれたマットの上に背中から倒れ込み、スプリングに跳《は》ね返されてバウンドした。

「媚《こ》びる女は嫌いだ」

「あんた、頭がおかしいよ！　狂ってる！」醜《みにく》く歯を剝き出して未祐は咆《ほ》えた。「早くここから出して！」

男は落ち着いた仕草で、倒れた未祐の上にかがみ込み、平手で顔を打った。肉を打つ音は思いのほか大きく、未祐は赤くなった頰を押さえた。大きく見開いた目で、男を見上げる。両目からとめどなく涙が溢れた。

男は背負ってきたリュックに手を突っ込んだ。黒い仮面を取り出す。真っ黒な鳥の羽根で覆われたベネチアンマスクだ。それをおもむろに未祐の顔に被せた。彼女が小刻みに震えているのがわかった。顔の半分を黒い仮面で隠された女は表情をなくし、体全体を弛緩《しかん》させた。

マスクに穿《うが》たれた二つの穴から覗く目も虚ろだ。ただ黙って天井を見上げている。愚かな工作は、何の意味もないと悟ったのか。

「いい子だ」

男は、未祐に添い寝して、丸い肩を撫でてやった。耳たぶにゴールドのピアスが付いている。その部分に舌を這《は》わせた。金属の味は、血の味に似ている。

もう女はぴくりとも動かなかった。

第二章　悪い黒鳥は、罰を受ける

誘拐された板倉未祐の写真が、彼女の自宅に送りつけられてきた。

どんな写真かは、ニュースで詳しく語られることはなかった。生きている未祐さんの写真としかキャスターは言わなかった。しばらくしてどこかの週刊誌が、それは未祐の全裸写真だったとすっぱ抜いた。捜査関係者から漏《も》れたらしい。スキャンダラスな話題に、ネット上では様々な憶測が飛び交った。

彰太は、その一つ一つを拾い読みした。無関心ではいられなかった。かつて自分の益になるように虚偽の報告書を作って、狂気にかられた依頼者を間違った方向に誘導した。その結果として今の犯罪が行われているとしたら——？

つまりあの時、谷岡の手から逃れた倒錯《とうさく》した嗜好《しこう》の殺人者が、犯行を再開したのかもしれない。そう思うと、いても立ってもいられなかった。自分が過去に実行に移した邪悪な計画のせいで、何の落ち度もない女性に恐ろしい災難が降りかかっているのではないか。

悩み事があるのか言葉少なになった美華や、娘の様子が少し変わったと騒ぎ立てる由布子の日常が、平和なものに思えた。今この幸福な日常に浴することができるのは、彰太が伯父の死を画策し、彼の遺産を継いだからだ。その反面で、誘拐された女性やその家族の苦しみは、自分が作り出したのではないかという思いに苛《さいな》まれた。

ネット上で、「こんな写真かも」という投稿がなされるようになった。送られてきた板倉未祐の写真がどんなだったか、人々の想像力を掻《か》き立てたのだ。初めは言葉だけで綴《つづ》られていた想像がエスカレートしていき、イラストになり、AV女優の写真を切り取ったものになり、素人《しろうと》の女性がモデルになった画像になった。マスコミはそういった風潮を問題視していたが、その報道がさらに人々の興味を煽《あお》った。

素人写真は、たいていがモデルになった女性の顔がわからないように細工してあった。モザイクをかけたり、ハートマークを重ねたりしてあった。その中で一点、実際の女性の顔に醜《みにく》い化粧を施《ほどこ》しているものがあった。目の周辺をべったりと青く塗り、口紅をはみ出すくらい大仰《おおぎょう》に塗りたくってあった。珍妙な化粧とは裏腹に、裸の女性は悲しい目をしてカメラの方を見ていた。

それが、板倉未祐本人に似ているという噂《うわさ》が立った。警察もそれに注目して捜査を行っているらしいと。ネット上の盛り上がりに乗じた犯人が、実際の写真を投稿したのではないかというのだ。世間から注目されたいと願う劇場型の犯人ゆえの行動だというわけだ。

すぐに写真は削除された。おそらく警察からの指示だろう。谷岡は、自身の娘がいなくなった時、警察にも相談したと言っていた。どうして警察はこの共通点に気がつかないのだろうか。もう二十六年もの月日が経《た》ってしまったからか。それとも管轄が違うからか。もどかしい気がしたが、彰太が警察に通報するわけにはいかない。そんなことをすれば、自分が伯父《おじ》を死に至らしめたことまでもが露《あら》わになってしまう。

削除されたはずの写真は、また浮上してきた。SNS上で拡散されていて、完全に消し去ることは不可能になっていた。彰太も、個人のフェイスブックや掲示板を渡り歩いて、写真を目にした。顔半分を覆《おお》い尽くすくらいに塗られた真っ赤な口紅は、両端が持ち上げられて笑いを演出しているにもかかわらず、真っすぐにカメラを見据《みす》えた目は、苦痛と悲傷をたたえていた。

――惨《むご》い。惨い写真だよ。

谷岡のかすれた声が耳の奥で響き渡った。

しかし、真の意味で彰太を戦慄《せんりつ》させたのは、女性が手にしている物だった。膝《ひざ》の上にだらんと伸びた左手は、黒い仮面の一端をつまんでいた。それはコスプレパーティで使われるような芝居がかった代物《しろもの》だとわかった。かつて谷岡が語ったように、中世ヨーロッパの舞踏会で、身分や素性《すじょう》を隠すために使用されていたものだ。

今はベネチアのカーニバルで多くの参加者が身に着ける。ベネチアンマスクとも呼ばれ、お祭り用のコスチュームという意味合いが大きい。ベネチアの名産品として売られているようだ。しかし、そういった歴史的背景のない日本ではやはりコスプレ用品としての需要しかないだろう。

仮面の部分を拡大して見てみると、黒い鳥の羽根で覆われていることがわかった。鼻から上を覆うハーフマスクで、切れ長の目の部分が穿《うが》たれている以外は、光沢《こうたく》のある美しい黒い羽根で埋め尽くされている。

もう間違いないと思った。黒い仮面という共通項が現れた。谷岡が語った過去の事件を引き起こした犯人が、また犯行を再開したのだ。十八年前、奈苗は逃げ出して無事だったという。だが、彼の抑えきれない欲求はエスカレートして、誘拐した女性を殺してしまうほどになったのか。それとも、人知れず過去にも殺人は行われていたのか。

黒い仮面。黒い鳥の羽根に覆われた――。

不意打ちのように、彰太の頭の中にある場面が蘇《よみがえ》った。

美華が演じた黒鳥は、第三幕で登場する。舞踏会が開かれている城の大広間へ、悪魔ロットバルトが自分の娘を魔法でオデットに似せて連れてくる。その登場シーン。ロットバルトに手を引かれたオディールは、黒い仮面を着けている。

おそらくは振付師による演出だったのだろう。オディールは仮面をさっと取り、目を見張る舞踏会の出席者に向かって投げ捨てると、おもむろに踊り始めるのだった。印象的な登場シーンだった。
あの時——あの時、投げられた仮面も黒い鳥の羽根で覆われてはいなかっただろうか？　あれは何を意味するのか。黒い邪悪な何ものも、我が子に近寄らせたくなかった。あの子は純白が似合う子なのだから。

葛飾区立石は、二十年近く前とあまり変わったようには見えなかった。それなのに、一旦足を踏み入れると、入り組んだ道と、小規模な木造住宅が連《つら》なっていて、彰太を惑《まど》わせた。目印になる大きな建物も見当たらない。湾曲した中川の方から、冷たい風が吹きつけてきた。彰太はコートの襟《えり》を立てて、あちこち歩き回った。

ナンバーワン興信所がなくなった今となっては、自分の記憶だけが頼りだった。谷岡の名前と、奈苗というやや古風な娘の名前。一度訪ねたきりの谷岡の正確な住所も忘れた。まさか再び、彼の家を訪ねることがあるとは思わなかった。谷岡が生きているかも覚束《おぼつか》ない。あの時の彼の年齢からすれば、今はもう八十歳をかなり超えているに違いない。

それでもここに来ずにはいられなかった。あの時、自分が企図《きと》した以上の過《あやま》ちを犯したのではないか。それを確かめてどうするかも決めていなかったが。

小一時間も歩き回って、見憶《みおぼ》えのある神社と寺が向かい合った場所に出た。記憶の糸を手繰《たぐ》り寄せ、辺りをゆっくりと見渡した。一見、変わりなく見えても、古びた家は建て替えられたり修繕を施されたりしているのだろう。庭の植木も成長しているに違いない。不安にかられたその時、奥まった場所にモザイクタイルの柱を見つけた。

細い進入路を恐る恐る入る。目に焼きついていたモザイクタイルの柱はそのままで、家の周辺は整えられていた。前に来た時は、もっと乱雑だった気がする。キンメツゲの植え込みはきちんと刈り込まれ、玄関前に至るステップは掃《は》き清められて、園芸用シクラメンの鉢《はち》が二つ置いてあった。表札には、「谷岡」とある。ほっと息を吐いた。

まだこの家に谷岡は住んでいるらしい。少なくとも彼の親族は。

それでもチャイムを押すには勇気を振り絞《しぼ》らなければならなかった。谷岡か、彼の親族に会ったとして、自分はどんな話をすればいいのだろう。彼らは、今起こっている犯罪と、奈苗という名の娘が過去に巻き込まれた事件との関連性に気がつかないのだろうか。もしかしたら、このドアを開けるのは奈苗本人かもしれない。そう思うと、自分がとんでもないことをしている気がしてきた。

五分ほども逡巡《しゅんじゅん》した挙句《あげく》、ようやくチャイムを押した。ほんの少しでも手がかりが欲しかった。現在と過去をつなぐヒントが。

家の中から応答があった。緊張して待っていると、ドアが内側から開けられた。顔を出したのは、五十年配の女性だった。彰太は詰めていた息を吐いた。

「はい」

「谷岡総一郎さんはいらっしゃいますか？」

女性は目を丸くした。

「総一郎は父ですが、もう亡くなりました」

ああ、やっぱりと思った。言葉を失った彰太に、女性が尋《たず》ねる。

「父のお知り合いの方？」

「はい、あの――」

「何か、父にご用だったんでしょうか？」

栗色に染めた髪の毛を後ろで緩《ゆる》くまとめ上げた女性は、ドアノブに手を掛けたまま、彰太を見上げた。

「私は財前と申します。昔、少しばかりご一緒したことがありまして」言葉を濁《にご》す。「ちょっと近くを通りかかったものですから、どうしていらっしゃるかな、と思って」

「そうでしたか」女性は人のよさそうな笑みを浮かべた。「でもそれは、かなり前のことでしょう？　父が亡くなって十七年、いえ、もうちょっとで十八年になりますから」

「えっ？　十八年？」

では、あの直後に谷岡は亡くなっていたのか。伯父を手に掛けた直後に？

彰太が驚いた顔をしたので、向こうは戸惑《とまど》った様子だ。

「肺癌《はいがん》だったんです。私どもは離れて暮らしていたので、そういうことに気がつきませんで。本人も言わないものですから」

あの時の憔悴《しょうすい》ぶりは、死病を患《わずら》っていたせいなのか。それで合点《がてん》がいった。死ぬ前に娘の仇《かたき》を取ろうとしたわけか。鬼気迫るような谷岡の態度を思い出した。見当違いの男を殺して、それで満足して逝《い》ったのか。自分が犯した罪の深さに身震いしそうになった。

いかにも衝撃を受けた様子の彰太に、気の毒そうに女性は言った。

「せっかくお訪ねいただいたのにすみません」

「いえ――」言葉が続かない。

「どんなご用件だったんですか？　私どもでわかることでしたら――」

そこまで言って、はっと気がついたように身を引き、ドアを大きく開いた。

「まあ、どうぞ。主人もおりますから。主人の方がわかるかもしれません」

「いや――」

躊躇《ちゅうちょ》していると、家の奥から「比佐子《ひさこ》、誰が来たんだ？」と男の声がした。

「お父さんを訪ねてこられた方が――」

振り返って返事をする女性の声が終わらないうちに、どしどしと足音がして、男性が現れた。谷岡に面持《おもも》ちの似た男だった。すると、この男が谷岡の息子で、比佐子と呼ばれた女性はその妻ということだな、と彰太は素早く整理した。

「親父はもう死んだよ」つっけんどんに男は言った。「何の用だ?」

「あなた、何もそんな言い方しなくても」

比佐子は取り繕《つくろ》うように微笑《ほほえ》むと、夫の智《さとし》です、と紹介した。

「あの、総一郎さんが亡くなられたのは、十八年前とおっしゃいましたよね。そうすると平成……」頭の中で計算する。十八年前の秋には彼は生きていたのだ。

「平成十四年だ」玄関で仁王立《におうだ》ちになった智が答える。

「平成十四年の何月でしょうか」

一瞬、何でそんなことを訊《き》くんだという顔をしたが、智は低く抑えた声で答えた。

「二月だ」

「二月三日でした」比佐子が横からフォローした。「前の年の年末からずっと入院してましてね。そのまま――」

「そんな――、一度も退院されなかったんですか?」

「ええ。もう年明けからは意識が朦朧《もうろう》としていて、かなり危ない状態でした。体のあちこちに癌が転移してましたから」

絶句した彰太の様子を見て、総一郎の死によっぽどショックを受けたと思ったのか、比佐子も沈痛な表情になった。

「癌がもうちょっと早くにわかっていればねえ、なんとかなったのかもしれませんけど。

何せ、私どもには肝心《かんじん》なことは何も言ってくれなくて」

智が、「比佐子」と遮《さえぎ》った。余計なことをしゃべるなというように。

確かに彰太はショックを受けていた。伯父が殺されたのは、平成十四年一月十二日だ。その頃、谷岡は死の床《とこ》についていた。伯父を殺したのは谷岡だとばかり思っていた。だが違った。別の誰かが文雄の命を奪ったのだ。

「娘さんは――」

「え？」つっかけを履《は》いて玄関に立っている比佐子が彰太を見返した。

「総一郎さんの娘さんはどうしていらっしゃいますか？」

比佐子が戸惑った視線を夫に送る。

「私は当時、谷岡さんから娘さんのことで相談を持ちかけられまして――」

「娘とは誰のことだ」

不機嫌《ふきげん》な態度を隠そうともせずに、智が言った。

「あの……」

「主人は一人っ子なんです。総一郎に娘なんかいません」

「そんな――」

「お前、何なんだ？　いったい誰のことを言っている？」

智に詰め寄られても、返す言葉がなかった。

「奈苗さんです。娘さんの名前は。谷岡さん、そう言われてました」

比佐子でさえ、不審感を露わにした。

「そんな名前の人、知りません。本当に義父《ちち》がそんなこと言ったんでしょうか」

「ええ、確かに」

語尾が震えた。十八年前、癌に冒《おか》された谷岡は、誰を捜そうとしていたんだろう。あの話はすべて作り話だったのか。奈苗は実在したのか？　今、女性を連れ去った挙句、楽しむように嬲《なぶ》って殺している人物は誰なんだ？　頭が混乱した。

「もういい」きっぱりと智が言った。「そんなでたらめ話はもうたくさんだ。帰ってくれ」

「でも、あの……」

なんとかすがり付こうとする彰太を置いて、智は背を向けた。

「比佐子、帰ってもらえ。不愉快だ」

出てきた時と同じように、智は廊下を高く踏み鳴らして奥へ引っ込んでしまった。

「すみません」

おざなりに頭を下げて、比佐子も彰太を外に押し出そうとした。もうこれ以上粘《ねば》っても無駄だ。仕方なく彰太はドアから離れた。前庭で比佐子に深々と腰を折って挨拶《あいさつ》をした。そのまま去ろうとすると、比佐子がステップを駆け下りてきた。身なりのきちんとした男が、義父を訪ねてきたことに引っ掛かりを覚えたのか。あるいは単に興味を惹《ひ》かれたのか。

「ごめんなさい。夫は義父とはあまりうまくいってなかったんです。すっかり疎遠《そえん》になってしまって。たまに私が様子を見にくるぐらいで」

だから、義父が癌に冒されたことに気がつかなかったのだと続けた。閉まった玄関ドアを振り返る。夫に呼び戻されるのでは、と気にしている。

「でも、あの――、その奈苗さんのことってどんな相談だったんですか?」

「それはちょっと――」

立ち話で済むようなものではないし、すべてを洗いざらい話すわけにはいかない。彰太も心の中を整理したかった。

「義父は亡くなる前に、何かをしようとしてたんですよね」

はっとして比佐子を見返した。

「いえ、そんな気がしただけです。確信があったわけじゃないんです。でも、なんか、様子がおかしかった……」比佐子は遠くを見るような目をした。「何かに駆り立てられているというか、使命感に燃えているというか、そんな感じ」

目の焦点を彰太に合わせた。

「義父が倒れたって清水《しみず》さんから連絡がきて、それで初めて義父の病気のことを知りました。自分が死ぬのがわかって、死ぬ前に何かをやり遂《と》げたいと思っていたのかなって、そう思いました」

「清水さんとは？」

「家政婦さん。義父のところに週に何回か来て家事をしてもらってたんです」

「比佐子！」

今度は本当に智の声がした。彰太は急いで内ポケットを探った。自分の名刺を渡すのは、ためらわれた。手帳のページに自分の携帯番号と名前を走り書きして破り取り、比佐子の手に押し付けた。

「もし何か思い出したことがあれば、ここにご連絡ください」

比佐子は小さく頷《うなず》くと、身を翻《ひるがえ》して家の中に消えた。


おそらく比佐子から連絡がくるだろうと思った。彼女には、十八年前の死の直前の谷岡について何か話したいことがあるし、彼女も知りたいことがあるように見受けられた。興信所で調査員をしていた時に養われた勘だった。

一週間後、自分の見立ては外れたかと思われた頃、比佐子から電話がかかってきた。指定された喫茶店に、彰太は赴《おもむ》いた。

待ち合わせ場所を自宅から離れた新宿《しんじゅく》にしたのは、夫に内緒でやって来るせいだろう。

比佐子は先に来て待っていた。落ち着きなく店内を見回したり、ガラス窓の外を眺めたりしている。彰太が前に立って挨拶をすると、不安げに見上げてきた。

「連絡をくださって、ありがとうございます」

座るなり、丁寧《ていねい》に礼を言った。

「いえ」比佐子は短く答えた。彼女には、まだ相手を警戒する気持ちがあるのだ。しかし、意を決したように口を開いた。

「この前の話ですけど、なぜ義父は、娘がいるなんてあなたに言ったんでしょう」

「さあ、わかりません」

比佐子と会うと決まってから、ある程度のことは彼女に打ち明けようと思っていた。こちらが話さないと、向こうも必要なことを語ってくれないと思ったからだ。話すべきこと、隠しておくべきことを、きちんと整理してきていた。

まず自分は、不動産屋をしているのだと告げた。あながち嘘《うそ》ではない。そしてその当時、谷岡と懇意《こんい》にしていたと付け加えた。興信所の調査員だったことは伏せた。

「そうすると、あなたも同人誌のお仲間でしたか」

「同人誌？　いいえ。そうではありません。谷岡さんとはあるイベントで知り合い、気が合って、時折外で食事をしたり、飲んだりしていました。私のつまらない話を熱心に聞いてくれて、アドバイスしてくれました。私も若くていろいろとやりたいことがあったものですから」

作り話に冷や汗が出た。しかし比佐子は、特に不審に感じた様子はない。

「じゃあ、義父の方も腹を割っていろんなことを財前さんに相談していたんですね。それで、その娘というのが——ええっと」

「奈苗さんという名前だと言われました。当時二十七歳だと」

「まさか、隠し子ってことはないわね」

軽い調子でそんなことを言う。実父ではないので、興味の方が先に立つという感じだ。

「それであなた、どんなことを相談されたんですか？　いもしない娘の名前を出して」

彰太は、相談内容をかいつまんで話した。奈苗が十九歳の時、どこかへ消えてしまって心配していたこと。どうやら知らない男の家へ連れていかれて、ひどい目に遭《あ》わされたようだということ。隙《すき》をみて逃げ出してきたけれど、精神的に参ってしまったこと。ところが八年も経ったその頃、奈苗がその男を見かけたこと。どうにかして男の居場所がわからないものだろうか。そんな相談を持ちかけられたのだと慎重に語った。現在進行形の犯罪と似通っていることを悟られないよう気をつけた。

比佐子はたちまち興味を持ったようだった。それはそうだろう。まるでドラマで描かれるような内容だ。運ばれてきたコーヒーを脇に寄せて、身を乗り出してきた。

「よくもまあ、そんな話を——。でもでっち上げたにしては、真実味がある」

「そうでしょう？　当時は私もすっかり信じてましたよ」

「で、どうなったの？　あなた、義父に頼まれたの？　その男を捜してくれって」

面白い話の先をせがむように、比佐子は言葉を継ぐ。

「見つけられないか、とは言われましたよ」

「どんな男？」

「それがあんまり手がかりがなくて――」ここはうまくごまかさなければならない。言いにくいことを口にするという素振《そぶ》りで続ける。

「奈苗さんは、連れていかれた家を詳しく憶えていないらしいんです。あまりにショックが大きくて、逃げるだけで精一杯で。八年経ったその時も、まだ精神的に安定していないと」

「まあ」

大仰に身を反《そ》らせる。そして周囲を見回して、声を潜《ひそ》めた。昼下がりの古ぼけた喫茶店だ。客は少ない。こちらに注意を払っている人などいない。カウンターの中で、マスターも腰かけて新聞を広げていた。

「すごく細かいわね。実在するのかも。その人」

「隠し子で？」つい口走ってしまって、「すみません」と謝った。

比佐子は気を悪くしたようには見えなかった。語り合うにつれて、警戒心がなくなっていくのがわかった。十八年も前に亡くなった義父の、スキャンダラスな話を面白がっているのだろうか。

「谷岡さんは、その男を相当憎んでいるようでした。事件のせいで娘さんはおかしくなるし、奥さんも気に病んでうつ病を発症したって言ってました。つまり、その男のせいで、家庭は滅茶苦茶《めちゃくちゃ》になったと」

比佐子は目を丸くした。

「母が心筋梗塞《こうそく》で急死したのは、平成三年のことですよ。その頃はとっくに亡くなっています。義父はずっと一人暮らしで。どうなってるの？」

彰太も啞然《あぜん》とした。あの時語られた話のどこまでが本当で、どこまでが作り話なのだろう。奈苗が彼の子でないことは確かなようだ。比佐子も思いを巡らせているといったふうだ。コーヒーにクリームを流し込んだ。カップの表面に現れた白い渦《うず》巻《ま》き模様に目を凝《こ》らしている。

「夫が義父と疎遠になったのは、家政婦さんを雇ってからなんです」

「ああ、あの――」

「清水さん。清水皐月《さつき》さん。年を取って、身の回りのことが不自由になってきたものだから、自分で探して来てもらうようにしたって、私たちに連絡がきました」

私はその時仕事をしていたもので、そうそう頻繁《ひんぱん》には面倒を見に行けなかったから、と比佐子は言った。彰太は黙って相槌《あいづち》を打った。

「清水さんにお世話をお願いしたのは、義父が亡くなる二年ほど前からで——。だから、そんなに年を取ったというほどのことでもなかったんですよ」

確か、ナンバーワン興信所に来た時は、六十代半《なか》ばくらいだったと思い出す。

「後から考えれば、体調が悪くなって一人暮らしが辛《つら》くなってきてたのかな、と思います。でもそういうことは言ってくれなかったから、こっちにはわからなくって」

「なんでそれがご主人との親子不和につながったんでしょう」

「それが——」比佐子の眉間《みけん》にすっと縦皺《たてじわ》が入った。「夫は、二人が深い仲になったんじゃないかって勘ぐって」

「そうなんですか？」

いったいこの話はどこへ向かうのだろう。だが一言も聞き漏らすまいと、彰太は耳を傾けた。比佐子の口調は滑《なめ》らかになってきた。最初に抱《いだ》いていた躊躇のようなものは消えていた。

「私にはいい人に見えましたけどね、清水さん。気が利《き》いてて、よく動くし、てきぱきしていて。だから、義父もしだいにあの人に頼るようになっていったんだと思います」

「総一郎さんは六十歳もだいぶ過ぎていたんでしたね。その方はおいくつだったんですか？」

「ええと――」比佐子はちょっと宙に視線を漂《ただよ》わせた。「あの当時、四十七、八歳かそこら。五十歳にはなってなかったと思いますね」

「そのう、二人が深い関係だったってことは、確かなんですか？」

比佐子は、口に持っていきかけたカップを下ろした。

「主人が尋ねましたよ。単刀直入に。そうしたら、義父は烈火《れっか》のごとく怒って。そんなことはない。清水さんに失礼だと言いました。主人は、それだったら別の家政婦に替えてもらってもいいだろうと提案しました」

「なんと答えられたんですか？　谷岡さん」

出会った時の谷岡はやつれ果てていて、とてもそんな艶《つや》っぽい話があるようには見えなかった。何かに追い立てられているように苛立《いらだ》ち、気持ちを尖《とが》らせていた。だがあの時、自分に残された時間が限られていると知っていたのだとしたら、合点がいった。わからないのは、誰のために行動を起こそうとしたかだ。

「清水さんじゃないとだめだ、と頑《がん》として言い張りました。主人はそれでいっそう疑惑を深めたのだと思います。何度か言い争いをした後、立石の実家には近寄らなくなりました。ただ、気にはなってたんでしょう。私には、時々様子を見にいくよう、言いましたから」

それから、はっとしたように彰太に尋ねた。

「あなたはあの頃、義父に相談を持ちかけられるくらい懇意にしてたんでしょう？　清水さんのことを聞きませんでしたか？」

「いいえ」急いで彰太は答えた。「そんなことは一言も。家に行ったことはありますけど、家政婦さんという人には会ったことはないですね」

「そうですか」

谷岡の家を頭の中に浮かべてみる。女性がいる家には見えなかった。

「その家政婦さんは、通いで？」

「そうです。週に二日だったのが、だんだん回数が増えてきたみたい。それも主人を怒らせる要因でした。とにかく義父は、何かというと清水さん、清水さんで」

息子としては、不愉快極まりないだろうな、とは思った。母親が亡くなった後に、いい年の男が女性とそんな関係になったりしたら。

「谷岡さんは亡くなる前に、様子がおかしかったって言われましたよね。それは、清水さんに関係していることですか？」

比佐子は「さあ」と自信なげに肩をすくめた。

「まず、体調がすぐれない様子には、すぐに気がつきました。だから、病院に行くようにと勧めました」

比佐子が付き添うと言うのを、谷岡は拒《こば》んで家政婦と一緒に病院へ行ったそうだ。

「結果は？」

「特に問題なかったと聞きました。そのあたりから、二人はいっそう親密になったような気がしました」

智が心配して一度は訪ねていったが、適当なことを言って追い返されてしまったという。そのくせ、清水皐月には何もかも相談して決めて、彼女も谷岡の支えになっていたらしい。

「清水さんに依存しているって感じで。私たち夫婦の入る余地なんかなかった。私はそれでも時々は様子を見に行ってました。義父が弱っていくのがわかりました。でも——なんか——」

比佐子は、冷めたコーヒーのカップを手で包み込むようにして考え込んだ。うまく表現する言葉を探しているというふうに。

「気力は充実していくっていうか——。悪く言えば、何かに取り憑《つ》かれているというか——」

彰太が感じたのも、まさにそれだ。ナンバーワン興信所にやって来た時の谷岡は、命の最後の炎を燃やして、娘に乱行《らんぎょう》を働いた男を捜し出し、復讐《ふくしゅう》をしようとしていた。その目的のために身を擲《なげう》っていた。いや、目的ができたために、弱っていた体に鞭打《むちう》っているという感じだった。

「あっ」

彰太が小さく上げた声に、比佐子はびくんと体を震わせた。

「何です?」

「もしかしたら、奈苗という女性は、清水さんの娘さんだったのではないですか? 谷岡さんは、親身になってくれる家政婦の願いを聞き入れて――」

「そうね! それはあるかもしれない」

比佐子は目を輝かせた。義父の死から二十年近く経って、あの時感じていた疑問や違和感を解決できるかもしれないと昂《たかぶ》っているのだろうか。実の息子である夫が深入りすることを拒んだために、もやもやしたものをずっと胸の中に抱えていたのだ。思いもかけず、あの時の事情を知る人物が現れて、再び向き合うことができたということか。

彰太も自分の推理が、かなり的を射ていると思えた。

「清水さんという人は、今どうしているんです?」

「さあ」比佐子は首を傾《かし》げた。勢いが急速に萎《しぼ》んでいく。「あの人は、義父がどこかの家政婦紹介所を当たって雇い入れたはずです。そこらの事情はよくわかりません。主人なんかは、それも怪しいって。どこかで知り合って、家に入り込んできたんじゃないかって疑ってましたけど」

谷岡が亡くなった後、清水皐月とは行き来がなく、どこに行ったのかわからないと比佐子は言った。智が父親の遺品は大方処分してしまったので、手がかりは残っていないようだ。谷岡が死んでしばらくして、あの家をリフォームし、夫婦で移り住んできたけれど、清水皐月が訪ねてきたことは一度もないという。

「あんなに懇意にしていたんだから、一回くらいお線香を上げにきても不思議じゃないと思うんですけどね」恨《うら》みがましく比佐子は言った。「義父は、家政婦としてのお手当以上のものを、あの人に渡していたはずなんですよ。すごくよくしてくれるからって。そのことにも主人が腹を立てていたんですけど」

「葬儀には？　葬儀には来たんじゃないですか？　その人」

「ええ、それは。入院してからは、お見舞いも主人が断ってたから、死んだと聞いて飛んできましたよ。ひどく気落ちした様子でしたけど、こっちもバタバタしてて、話し込むとはありませんでした」

「それっきりですか？」

「ええ」

「清水さんの家族構成とか、聞いたことはありませんか？　その人に娘さんがいたかどうか」

「わかりませんね。あの人、私が行ってもたいしてしゃべりませんでした。控《ひか》えめな感じで。義父とはすっかり打ち解《と》けて何でも話し合っていたみたいでしたけど」

「葬儀の会葬者名簿に、彼女の住所が載っているんじゃないですか？」

「ああ――それは」そこまで言って、比佐子は彰太の顔をしげしげと見た。「何で財前さんは、そんなことを知りたいんですか？」

はっとした。家族でもない者が、亡くなってしまった父親の十八年も前の行動にこだわるのは、不自然だ。だからといって、すべてを話すわけにはいかない。現在起こっている事件とのつながりを知られたら、比佐子はさらに興味津々《しんしん》になるだろう。自分に疑惑の目が向けられることは避けなければならない。

「すみません」素直に謝った。「谷岡さんが亡くなったのも知らなかったのに、こんなこと、急に言い出したりして。ただ、谷岡さんの不可解な頼みのことは、ずっと頭の隅に残っていたんです。それが近くを通りかかった時、ふっと思い出されて。ご家族にとっては、迷惑な話ですよね」

テーブル越しに頭を下げた。彰太の真摯《しんし》な態度に、比佐子は微笑んだ。

「いいんです。私も引っ掛かりを覚えてました。あなたの話を聞いて、やっぱり義父は何かをしようとしてたんだと確信を持てました」

こんなこと、主人とは相談できないからね、とまた笑った。遠い過去になってしまった義父の秘密が今さら暴かれたところで、たいしたことにはならないと思っているのだろう。

「葬儀の時の会葬者名簿はとってありますから、調べてみます」

わかったら知らせますと言う比佐子に、彰太はまた頭を下げた。


十二月に入ってすぐに、板倉未祐の家族の許《もと》に、また彼女のものが届けられた。ニュースでは、「未祐さんの体の一部と思われるもの」としか報道されなかった。視聴者の想像力を刺激する表現だ。熾烈《しれつ》な取材合戦の挙句、捜査関係者からの有力な情報として、どこかのスポーツ紙が報じた。それは、切り取られた未祐の耳たぶで、彼女のお気に入りのピアスが付けられたままだった。片方だけのそれには、生体反応があったという。つまり、生きたままの女性から切り取られたものだということだ。

そのニュースは、世の中を震撼《しんかん》させた。板倉未祐の家族の様子は伝わってこないが、容易に想像できた。どれほどの衝撃を受けたことだろう。悲嘆《ひたん》にくれ、心配と焦燥《しようそう》、悪心《おしん》で身悶《みもだ》えするような地獄を味わっているに違いない。世論も一様に同情的だった。あるワイドショーのコメンテーターが、「でも少なくとも、未祐さんが生きていることはわかったわけですから、そのことはよかった」と述べた言葉が不謹慎《ふきんしん》だと糾弾《きゆうだん》され、彼は番組を降板しなければならなくなった。

そういう報道を耳にするたび、彰太は身を切られるような思いがした。

過去の過ちでは済まされない罪を犯した気がした。今まさに、狂った犯人に苛まれている娘が、美華に重なって見えた。伯父文雄を手に掛けたのが谷岡でなかったからといって、肩の荷が下りたとは言い難《がた》かった。

あの時取りこぼしてしまった性的倒錯者、あるいは快楽殺人者が、あざ笑うように同じことを再び始めたのではないか。こうして女性が連れ去られ、惨い目に遭わされるのは、自分のせいだと思えた。だからといって、どうすればいいかわからなかった。

ある日の夕方、いつになく仕事が早く片付いて、権田に家まで送らせている途中、もうあと五分も走れば家に着くというところで、彰太は車を停めさせた。ぼんやりと窓の外を眺めていた彰太の目に、公園のベンチに一人でぽつんと座っている美華の姿が飛び込んできたのだった。車から降り、権田を帰らせた。冬の夕方六時過ぎの公園は、もう暗闇に包まれている。

青白いナトリウム灯がスポットライトのように、娘の姿を浮かび上がらせていた。その白い横顔を、植え込みの手前でしばらく眺めた。ポニーテールから、おくれ毛がひと房、頰《ほお》にかかる様。くっと食いしばったような唇。見えもしないのに、長い睫毛《まつげ》が頰に影を落としている様子まで想像できた。

もうすぐ家だというのに、なぜこんなところに一人でいるのだろう。誰かを待っているようでもない。スマホをいじる素振りも見せない。襲いかかろうとする大きな力を見据えて、じっと耐えている。父親である自分でも庇《かば》いきれない何かと向き合っているような気配。孤独と悲嘆とに彩《いろど》られた娘の顔は、歩み寄ろうとする彰太の足をすくませた。

カサリと枯れ葉を踏みしだく音に、美華が気づいて首を巡らせた。

「パパ」

そう呼んでくれたことに、体の力が抜けた。さりげなさを装って、歩を進めた。

「どうした？」

美華の隣に腰を下ろす。すぐ近くにいるのに、娘の姿が夜に溶けていってしまいそうな頼りなさを感じた。

「うん……」

紺のブレザーの胸に、金色の糸で縫い取られたエンブレムがある。襟には、白い鳥を象《かたど》った校章が光っていた。うつむいた美華の隣で、彰太は空を見上げた。澄《す》んだ夜空にオリオン座が輝いていた。父親の視線に気がついた美華も、同じように顔を上向けた。白い息が吐き出され、中空《ちゅうくう》で消えた。

しばらく二人は黙って空を見上げていた。遠くで踏切の音がした。電車が通っていく。風がビルの間を吹き抜けていく細い悲鳴に似た音。凜《りん》と澄んだ冬の空気を伝ってくる夜の音に耳を澄ました。

「ねえ、パパ」ようやく美華が口を開いた。視線は空に向けたまま。

「憶えてる？　私が小さい頃、白鳥を見に行ったことがあったでしょう？　たくさんの白鳥がやって来る湖に。冬だったね」

「憶えてるよ」

あれは茨城県の大塚池公園《おおつかいけ》だったと思う。美華がバレエを習い始めてすぐの頃だ。『白鳥の湖』に感化されたのだから、本物の白鳥を見に行こうと連れていった。数百羽の白鳥が飛来して、湖に浮かんでいる様は圧巻だった。

「きれいだったね、白鳥があれだけたくさんいると。美華は驚いて、見とれてたじゃないか」

努めて明るく彰太は言った。美華は、夜空から視線を父親に移した。真っすぐに見つめてくる娘の目に、かすかな怒りが見て取れ、彰太はうろたえた。

「あの時、白鳥の中に一羽だけ黒鳥がいたの、憶えてる？」

「ああ……」

肯定ではなく、嘆息《たんそく》だった。娘は、これからひどく悲しいことを口にするに違いない。

「白鳥と一緒に北の国から飛んできたのかなって思ったけど、違ったの」

黒い鳥は目立っていた。一羽だけの黒鳥は、自分の体の色を恥じるように、少し離れた場所で浮かんでいたのだった。

「パパが調べてくれたでしょう？　黒鳥は渡りをしないんだって。あの鳥は、ずっとあそこで飼われているんだって」

家に帰ってネットで検索してみたのだった。黒鳥は、南半球、オーストラリアにだけ生息する鳥で、白鳥のような渡り鳥ではなく、留鳥《りゅうちょう》なのだった。だから日本に来ることはない。あれは誰かが故意に連れてきて、放したのだ。一生あの湖で暮らすしかない。

「そうだったね。そしたらお前は――」

「私はこう言ったの。だったら、白鳥たちが飛んでいった後、黒鳥は独りぼっちになってしまうんだねって。かわいそうだね。そう言った」

「うん。美華は優しい子だから」

微笑もうとしたが、うまくいかなかった。美華の目の中の瞋恚《しんい》の炎がぼっと燃え上がった気がした。すっと視線を逸《そ》らして、美華は正面にある滑《すべ》り台を見やった。ナトリウム灯の光が届かず、黒い塊《かたまり》にしか見えないゾウの形の滑り台を凝視《ぎょうし》する。

「悪い黒鳥は、罰を受けないといけない。たぶん、そう」

冷たい塊が、背中を滑っていった。

「ばかなことを――」笑い飛ばしてしまいたいのに、頬が引き攣《つ》った。

なぜ今、あんな昔に見たことを引き合いに出して、美華は不吉なことを言うのだろう。白鳥の中の一羽の黒鳥を見た十数年後に、この子が黒鳥のオディールを踊ったことは、何を意味するのだろう。そして彼女が着けていた黒い羽根のマスクとは?

これから起こる不吉なことの先触れではなかったか？
美華を促《うなが》して立ち上がりながら、彰太はまた震えた。

板倉未祐の死体が発見されたのは、クリスマスイブの晩だった。京王線代田橋《けいおうせんだいたばし》駅近くの公衆トイレの中。発見したのは、中年のサラリーマンだった。クリスマスとは無縁の飲み会帰り、用を足そうとして入ったトイレの入り口に、真っ赤なパンプスが片方だけ落ちているのが目に入った。女性用トイレをそっと覗《のぞ》くと、隠そうとした形跡もなく、タイルの床に転がされている女性を見つけた。

駆けつけた未祐の両親が、娘だと確認した。右の耳たぶは、鋭利な刃物で切り取られていたという。死因は、首を絞《し》められたことによる窒息《ちっそく》だと推測された。例の全裸写真とは裏腹に、きちんと洋服を着ていたが、それは娘のものではないと両親は証言した。

第一ボタンまできっちり留められたブラウスの下はしかし、傷だらけで、長い時間をかけていたぶりながら付けられたものだと思われた。今回の犠牲者には、暴行された形跡があったそうだ。また意見を求められた専門家は、性的暴行の有無はあまり重要な要素ではなく、女性を苛み弄《もてあそ》ぶことが目的なのだと答えていた。すなわち、苦痛を与えてそれを観察することで、彼の性的欲求は満たされるのだと。胸が悪くなるような分析だった。

一年以内に二人の女性が、同じと思われる犯人に殺された。「肌身フェチの快楽殺人鬼」に。警察は犯人を見つけ出すべく、血眼《ちまなこ》の捜査を行っていた。報道機関は色めき立ち、SNS上では、あることないこと、あらゆる情報が飛び交った。

今までに消息を絶った若い女性は、実はこの犯人に連れ去られたのかも、という心配も広がった。警察に行方不明者の家族からの相談が殺到しているとの報道もあった。

谷岡比佐子から一度連絡があり、会葬者名簿を当たって、清水皐月の住所がわかったと伝えてきた。訪ねてみたが、そこに建っていたはずのアパートは取り壊されていて、駐車場になってしまっていたということだった。清水皐月の行方はわからなくなってしまった。

興味と恐怖でざわざわした一年が暮れ、新しい年になった。新年早々、ザイゼンが経営する二店目の飲食店が開店した。押上《おしあげ》にある自社ビルの一階フロアをレストランにしたのだ。北十間川《きたじつけん》沿いにあるビルだ。席に着くと東京スカイツリーは近すぎて下の部分しか見えないというロケーションだが、迫力があって却《かえ》って面白い景色ではある。北十間川の遊歩道から前庭に誘《いざな》えるので、外国人観光客の利用も見込める。

和をコンセプトにした、だが純然たる和食ではない店。多国籍料理ともいえる。ザイゼンの中にできた外食部は、まだ六人しか部員がいない。が、一店舗目が成功したので、気を吐いている。そのうちの半分は、高田馬場ビジネスアカデミーの卒業生だ。経営戦略を徹底的に学んだ新しい戦力だ。彼らが関西のホテルから引き抜いてきた若いシェフは、腕もいいが目先がきくアイデアマンだということだ。

プレオープンの日、多くの招待客がやってきた。祝賀会のような堅苦しいことはしないで、これから始まる営業と同じような形式で食事を楽しんでもらうことにしている。彰太は、大勢の前で挨拶をするようなことは苦手だった。趣味のいいインテリアと新鮮な素材、静かな音楽、よくしつけられたスタッフ。それで充分事足りる。

招待客が褒《ほ》めそやす料理の味も、実際は彰太にはよくわからなかった。ザイゼンは、もう誰がトップに座っても、うまく回るように完成された企業に成長したのだ。文雄が見たら、どう言うだろうか。薄暗い店のカウンターの向こうから投げかけてきていた伯父の視線を思い出し、すぐに振り払った。

まさか自分が殺されるとは思っていなかっただろう。固陋《ころう》で意地の悪い老人だったが、彰太以外に殺意を持っていた人物がいたとは思えない。やはりあれは谷岡の意図で為《な》された殺人だったのではないか。本人は死の床にあったとはいえ、あれほどの執念《しゅうねん》を燃やしていたのだ。誰かに委《ゆだ》ねたということはないだろうか。

比佐子に言ったように、家政婦だった清水皐月の娘が奈苗だったとしたら？　仇《かたき》を取ってやると請《う》け合っていた谷岡が弱ってしまい、代わりに自分が手を下したのかもしれない。そうだ。それは充分考えられる。

そんな考えを巡らせていると、次々運ばれてくる料理の味は、ますますわからなくなった。オリーブオイルとバジルソースにまみれた鯛《たい》のソテーにナイフを入れた。魚の白身がほろりと崩れた。

「あなた」

隣に座った由布子がそっと身を寄せてくる。顔を上げると、目の前に懇意にしている都議会議員が立っていた。考え込んでいて気がつかなかった。

「本日はおめでとうございます」

「ありがとうございます」

立ち上がって頭を下げた。

「よくぞここにレストランを開いてくれました。墨田《すみだ》区は私の地元でね。ザイゼンさんが進出してくれたとなると心強い」

「いや、先生の地元でしたか。これからもお力添えをお願いいたします」

今日は、シェフの提案でスパークリングの日本酒をふんだんに振る舞ってある。それがなかなかいけると褒めるだけあって、かなり出来上がっている様子だ。赤ら顔で上機嫌。選挙演説でもしているように滔々《とうとう》としゃべる。

「これほどの会社を一代で築き上げられたとは恐れ入りました」

当選六回になる七十過ぎの政治家の物言いは、大仰で前時代的だ。

「一代、というわけではないんですよ。元は麻布十番商店街で細々と続いてきた貴金属店で、私で四代目になります」

言ってしまってから後悔した。伯父の顔が浮かんだ。見てもいないのに、居間で息絶えた伯父の顔だった。憤怒《ふんぬ》と恨みで強張《こわば》った顔。発見した権田がその詳細を告げずにいてくれてよかったと今さらながら思った。

「いえいえ、それをここまでのものにしたのは、あなたの功績ですよ」相手の変化に気づくこともなく、議員は言葉を継いだ。「では、五代目の息子さんに受け継がれるわけですか?」

「いえ、うちは娘一人だけですので」

「おお、そうですか。奥さんに似てお美しい娘さんでしょうな」

そこでふらりと傾《かし》いで、秘書らしき人物に支えられた。そのまま彼に連れていかれた。

「おかしな人」

クスリと笑う由布子は、まんざらでもなさそうだ。浅葱《あさぎ》色の色無地に、松葉菱《まつばびし》の袋帯《ふくろおび》を締めた由布子のシックな装いは、この場に映《は》えて人目を惹いている。

「美華も来ればよかったのに。今日のために新しいドレスも買ってやったのに」

由布子が口にしたドレスのブランド名は憶えられない。

この前、自宅近くの公園での美華とのやり取りの詳細は、妻には伝えていない。揃《そろ》って帰宅した理由を由布子には、「そこでばったり会った」としか言わなかった。自分でもまだつかみきれていない娘の変化を、いたずらに妻に伝えて不安にさせたくなかった。

「今日は何か用事があったのか？」それだけを尋ねてみた。

「『行きたくない』、それだけよ」

由布子は苦笑した。彼女も、夫に心配をかけまいとわざと軽い調子で言っているのかもしれない。思春期の少女なら、誰でも通り過ぎる憂鬱《ゆううつ》で感傷的な心情なのだろう。そう自分に言い聞かせた。たいしたことはないのだと。一人っ子だから、何でも大げさにとらえてしまうのだ。ザイゼンを継がせる気などまったくないが、安定した生活が送れるようにはしてやりたいと、これまた甘い考えで思うのだった。

柔らかく微笑む妻に、笑い返す。自分が築き上げたものなど、一つもない。卑劣で恐ろしい方法で奪い取ったものなのだ。だから今の生活をある日突然失っても、甘んじてそれを受け入れよう。だが、由布子と美華だけは守らなければならない。

「今日はお招きいただき、ありがとうございます」

振り返ると、椅子《いす》の後ろに八木が立っていた。

「なかなかのご盛況《せいきょう》ですな」

向こうから、専務の田部井も人を掻き分けて近づいてきて、弟のそばに立った。そっくりの兄弟が、似たようなスーツに身を包んでいるところを見ると、ほっこりした気持ちになる。ザイゼンの経営者である自分を演出し、強張っていた体の力が抜けた。さっきのような政治家や財界人、同業者、セレブな顧客に囲まれていると、自分が自分でなくなる気がする。

議員は「それをここまでのものにしたのは、あなたの功績ですよ」と言ったが、それは当たっていない。ここまで導いてくれたのはこの二人なのだ。それを思うと、たいした気概もなくナンバーワン興信所に勤めたことは、幸運だったとしか言いようがない。あれがきっかけで自分の人生は変わった。

「城島《じょうしま》君や米澤《よねざわ》君、それから内野《うちの》さんには、さっき会って話をしたよ」

くだけた調子で言う八木に、ゆるりと相槌を打った。

城島たちは外食部の部員で、高田馬場ビジネスアカデミーの卒業生だ。五年前と三年前に卒業した彼らを、田部井の強い薦めで雇い入れた。

「彼らはよくやってくれましたよ。これも彼らを育ててくれた高田馬場ビジネスアカデミーのおかげです」

「優秀な卒業生を輩出《はいしゅつ》する学校だと、盛大に宣伝してくださいよ」

下戸《げこ》の八木は、ウーロン茶のグラスを持ち上げて言った。

「そんな偉そうなことを言うもんじゃないよ。彼らをうまく使いこなしてくれる社長の腕がいいんだから」

田部井が軽くいなす。二人の軽妙な掛け合いは、いつものことだ。

「奥さん、ご無沙汰《ぶさた》をしております」

八木が丁重《ていちょう》に挨拶するのに、由布子は「ええ、本当に」と素《そ》っ気《け》ない。ごくたまに、彰太と由布子の馴《な》れ初《そ》めを他人に聞かれることがあるが、由布子は言葉を濁す。婚約者が別にいて、その男に身上調査されて破談になったということは、由布子の人生においての振り返りたくない汚点なのだろう。ましてや、その時の調査員と親しくなって結婚したとは、あまり人に言えるものではない。事情をよく知る八木に会いたくないという気持ちもわからないでもない。

年頃になった美華がしつこく知りたがるので、かなり端折《はしょ》って伝えたと由布子から聞いた。どれくらい端折ったのかは知らない。おそらく婚約者がいたのに、彰太と恋に落ちて自分から振ったのだ、くらいの話に作り替えたのだろう。それなら、由布子のプライドも傷つかない。

田部井は、招待客の一人と熱心に話をし始めた。彼の進言によって選んだ客も多い。扱いにもそつがない。こういう場でもうまく取り仕切ってくれる。招待客も、社長とはおざなりに挨拶を交わしておいて、専務と長く話し込む。その方が彰太は有難《ありがた》かった。田部井にかかれば、いくらでも話題は湧《わ》いてくるのだった。

八木が一人の中年女性を連れてきて、彰太と由布子に紹介した。

関東一円で、ヨガスクールを経営する小森友紀恵《こもりゆきえ》という女性だった。

「お近づきになってお話を伺《うかが》いたいと思っておりました」

そう言う小森と、彰太は名刺を交換したが、たいして話は弾《はず》まなかった。過去にちょっとだけヨガをかじったことがある由布子が、もっぱら話し相手になってくれたので助かった。年齢も近く、共通の話題があることで、いつになく話が盛り上がっているようだ。小森は空いた由布子の隣の席に腰を落ち着けてしまった。由布子をヨガにでも誘っているのかもしれない。彰太はあくびを嚙《か》み殺した。

午後八時過ぎに彰太と由布子は席を立った。招待客はまだ盛り上がっていた。専門学校経営者である八木も、会場を回って誰彼となく名刺を配りつつ、談笑していた。卒業生たちの就職先を確保するという目的のため、少しでも顔をつないでおきたいのだろう。

レストランを出ると、火照《ほて》った顔に北十間川を渡ってくる冷たい風が気持ちよかった。車を回してこようとする権田を押しとどめて、タクシーを呼ばせた。タクシーを乗りつけた家は真っ暗で、待っているはずの美華の姿はなかった。由布子が用意した夕食にも手が付けられていなかった。一人で夜の街に出ていったのだった。

その日を境に、娘は変わった。

美華は翌日の朝方まで戻らなかった。スマホの電源は切られていた。よって電話も通じない。ラインも既読にならない。GPS機能も役に立たなかった。

まんじりともせずに待っていた彰太と由布子は、玄関ドアが開く音にびくんと反応した。美華が静かに入ってきて、玄関で靴を脱いでいた。ラムスキンのハーフブーツを脱ぐのに手間取っている。

「どこへ行っていたんだ」その背中へ厳しく問いかける。

「友だちのところ」ぶすっとした声が返ってきた。

「友だちって誰？　何で黙って出ていくのよ」

彰太を押しのけるようにして、由布子が問い質《ただ》す。くるりと振り返った美華は、濃い化粧をしていた。二人ともが、はっと息を呑《の》んだ。

「何？　その顔」

由布子がすぐさま気を取り直す。美華はそれには答えず、由布子のそばをすっと通り抜けようとした。

「待ちなさい！」

手首をつかんだ由布子の手を、美華は振りほどく。反動で、由布子はよろめいた。その体を支えながら、彰太も大きな声を上げた。

「美華！　いったいどういうことだ。説明しなさい」

「関係ないでしょ！」

怒鳴《どな》るように言うと、美華は二階へ駆け上がってしまった。ロングコートが翻る。真冬なのに、コートの下に着たニットのワンピースの丈《たけ》が異様に短い。あんな服を持っていたとは、と彰太はピントのずれたことを考えていた。

疲れ果てて、リビングのソファに腰を落とし、夫婦ともに黙り込んだ。冷え冷えとした広いリビング・ダイニングに冬の朝の弱い光が差し込み始めた。二階からは、何の物音もしなかった。あのまま寝入ってしまったのか。

今日は土曜日だから、学校は休みだ。しかし、休日前の夜にハメを外したという範疇《はんちゅう》からは大きくはみだしている。特に、美華の普段の生活からは想像もつかない。

「どういうことだ？」

さっきの言葉をもう一度呟《つぶや》いた。独り言めいた物言いに、由布子は頭《かぶり》を振って応《こた》えた。こんなことは初めてだから、彼女も戸惑っているのだろう。

「学校で何かあったんだろうか？」

それにも答えがない。一晩中起きていたから眠いはずなのに、とても寝室に上がってひと眠りする気にはならない。

「コーヒーでも飲もう」

不安と苛立ちを持て余しているような由布子に、平静を装ってそう言った。

「まあ、今日のところは問い詰めないで――」由布子は、不満げにちらりと視線をよこしたが、何も言わなかった。「よく様子を見ていてくれ。何かあったらその時はまた考えればいいさ」

彰太の言葉が終わらないうちに、由布子は立ってキッチンに入っていった。一晩中ソファに座り続けていた妻の背中に、疲れが色濃く漂っていた。

「あの子、少し前からおかしかった……」

コーヒーメーカーをセットしながら、由布子がぽつりと言った。

なぜ黙っていたんだとは、彰太も言えなかった。娘の変化に関しては、由布子は以前から時折口にしていたことだった。彰太自身も感じていたが、それをたいしたこととととらえていなかった。夜の公園で一人座る美華を見つけたことを、妻には告げていなかった。

あれは何を意味しているのだろう。今もわからない。

「いつからなんだろう？　美華が変わってきたのは」

由布子は視線を宙にさまよわせた。

「バレエをすっぱりやめてしまって、張り合いがなくなったというか、ぼんやりしたふうだった。初めはね」

「うん。それは去年の春のことだ」

美華のバレエの発表会があったのは、去年の五月のことだった。情念がこもったような黒鳥を演じた後、燃え尽きたとでもいうように、長年続けてきた習い事をやめた。

「だって、バレリーナにはなりたくないし、第一私の技量じゃあ、無理だもんね」

「飽きた」と軽くいなした後、そう説明した。高校二年といえば、進路を決める大事な時期でもある。その頃に子供の時から続けてきた習い事をやめる子も多いと聞いた。美華もそれなりに考えた結果だろうと彰太は思ったものだ。反対する由布子を制して、娘の好きなようにさせた。もしかしたら、桜華台学園の大学ではなくて、別の大学へ進学したいのかもしれないとも思った。そういうことを話し合うことはなかったが。

バレエをやめても、しばらくはバレエ教室の友だちとも付き合っていた。夏休みには、仲のよかった友だちが二人、家に泊まりにまで来たのだ。小学校からずっと同じ学校の友だちなら、何度か家にも来たことがある。美華の口から出る親しい友人の名前は、彰太も憶えている。だがバレエ教室の子とは、それまで家を行き来したことがなかった。美華が教室をやめてライバルではなくなったことから、そんな関係になれたのかもしれなかった。

学校の友人たちとは違って、二人とも大人っぽいという印象だった。二人ともプロのバレリーナを目指していると言った。彼女らは、一人っ子である美華の家庭環境を羨《うらや》ましがって、しきりに感嘆《かんたん》の声を上げていた。

美華の部屋が広くてかわいいと言ったり、由布子が腕によりをかけて作った夕飯が豪華だと言ったりした。

「美華ちゃんはお母さんにそっくりなんですね。美人なのは、お母さん譲《ゆず》りなんだ」

そんなことを言って、由布子を喜ばせた。その文言はしょっちゅう言われることで、だから美華も柔らかく微笑んで聞いていたと思う。夕食の後は、三人で部屋にこもり、朝方まで語り合っていたようだ。女子高生のありきたりな生活の一端でしかない。

二学期が始まると、美華は学校生活を楽しんでいるように見えた。ただバレエ教室に通っていたせいで、学校では部活動をしていなかった。だから時間を持て余していたかもしれない。バレエをしない自分に慣れるまで、時間がかかった。生活の変化が精神の変化をもたらしたか。その頃だろう。担任に授業に身が入っていないと指摘されたのは。

時折、帰りが遅くなっていた。由布子はバレエをやめたからだと言った。一部は合っているが、それがすべてだとは思えない。

「私のせいだわ」

ぽつりと由布子が言った言葉を危うく聞き逃すところだった。

「何だって?」

「だから、私のせいなのよ。あの子——」青ざめた顔に、ぺたりと髪の毛が張り付いている。

「母親から離れたがっていた。私がうるさくするもんだから」

「まさか」

「本当よ。私を避けていたもの。顔を見るのも話をするのも嫌だったんじゃないかしら。バレエ教室をやめたのも、私にたてつくつもりだったのよ。あれは、私へのサインだった」

「そんなことないよ。あの年代の女の子が嫌うのは、父親だって決まってる」

夫の慰《なぐさ》めにも、由布子の顔は強張ったままだった。

「あなたには黙ってたけど、一回美華と大喧嘩《おおげんか》したことがあって――」

「喧嘩？」

にわかには信じられなかった。小さい頃から母親べったりの子だった。

「どんな？」

「つまらないことなの。あの子と二人で夕飯をとっていた時、私の話に上の空で、スマホをいじってるもんだから、いい加減にしなさいって叱《しか》ったら――」

美華は、びっくりするほどいきり立って言い返してきたという。そんなことは初めてで、驚いて由布子も感情的になった。美華が自室に駆け込むまで、かなり激しい言い争いになったという。

「なんだ、そんなことか」

普通、親子なら何度もあることだ。穏《おだ》やかな家庭で慈《いつく》しまれて育った由布子にとってはショックなことだったかもしれないが。複雑な家庭環境の彰太にとっては羨むべきことだ。父親が早世したこと。自分を置いて再婚してしまった母親から捨てられたと感じたこと。伯父に財前貴金属店を継ぐよう強《し》いられ、挙句、疎《うと》まれたこと。それら諸々《もろもろ》に嫌気が差してグレたこと。詳しいいちいちを由布子に語ってはいない。

「でも、あれがきっかけなのよ。あれから美華は学校帰りに街をうろつくようになった」

ナトリウム灯に照らされた、うつむいた白い横顔。

「美華は、私がいる家に帰りたくなかったのよ」

あの晩のことは、妻には言えないと咄嗟《とっさ》に判断した。こういう時、母親は自分の手落ちや過ちを必死で探そうとするものだ。そして自分を責める材料とする。

コーヒーメーカーのスイッチがパチンと切れた。それぞれの思いにふけっていた夫婦は、我に返った。由布子がマグカップに入れて持ってきてくれたコーヒーを受け取る。

「それを飲んだら、少し眠るといい」

湯気の向こうで、由布子は弱々しい笑みを浮かべた。


結局、帰りが遅かった理由について、美華は何も言わなかった。由布子が厳しく問い質そうとするのを、彰太は押しとどめた。表面上は穏やかな日々が続いていた。美華は家では口数が少なく、重い空気が漂ってはいたが、どうしようもなかった。これは一時的なことだと思うことにした。時間が経てば、また元の屈託《くったく》のない明るい娘に戻るだろうと。

それがあまりに楽観的な考えだったとわかるのは、学校から連絡がきて、由布子が担任に会いに行ってからだった。美華は学校に真面目《まじめ》に通っていなかった。無断で遅刻や早退を繰り返し、時には一日登校しない日もあるということだった。

「学校へ行きたくない理由が何かあるんでしょうか？」

そう由布子は担任の男性教師、菱沼《ひしぬま》に問うたらしい。母親の頭をよぎったのは、いじめやクラスメートとのトラブルだった。それしか思い浮かばなかったと由布子は彰太に語った。

「学校やクラスには、問題ありません」

即座に否定する菱沼に、却って不信感を抱いたのだと。この前の朝帰りも、学校内での人間関係が原因なのではないか。

「先生の目の届かないところで、そういうことが起こっているんじゃないんですか？」

真面目だった美華の思いもよらない行動に狼狽《ろうばい》した由布子は、かなり強い口調で詰め寄ったという。四十年配のベテラン教師である菱沼は、丁寧に説明してくれたそうだ。美華と親しかった友人たちも心配しているのだと。小学校から一緒に学んできた間柄だから、かなり気心の知れた友人たちだ。美華自身が「親友」と言っていた友だちも含まれている。だが、今まで親しかった彼女らとも距離を置いている様子だと、菱沼は言った。

休み時間もぽつんと一人で席に座り、誰かが話しかけても鬱陶《うっとう》しそうにしている。特に親しい生徒がしつこく声をかけ続けると、苛立った表情を見せ、口論になってしまったこともある。美華の変化を誰もが気味悪がったり、不愉快に思ったりしているようで、だんだん孤立しているようだ。

菱沼は、小さくため息をついた。

「もちろん、一対一で話を聞き、注意もしました。財前さんは、今まで一度も問題行動を起こしたことがないのですから」

「それで、娘は何と？」

「何も答えてくれませんでした。ただ学校へ来たくなかったんだと言うだけで」

そのやり取りを、彰太は由布子から聞かされた。要するに学校では心当たりがないので、家庭で何かあったのではないかと疑われているのだ。もちろん、家で特別な何かがあったということはない。それも由布子は担任に伝えたということだった。

学校でも家庭でもこれというものがないのなら、他の理由を考えなければならない。彰太はそっと階段を見やった。今日は、美華はちゃんと登校し、いつもの時間に帰ってきて家にいた。早めに帰ってきた父親も入れた家族三人で夕食のテーブルを囲んだ。

美華はぶすっとしたまま箸《はし》を動かし、話題を振ってもぶっきらぼうにしか答えなかった。ここのところ、そういうことが続いていた。踏み込んで尋ねたい気持ちを、彰太は抑え込んでいた。思春期の微妙な時期の、心の揺れ、親への反抗――これも親離れするための過程だと自分を納得させていた。

だがそれは間違っていたのだと思い知らされた。もし道を外れようとしているのなら、早い時期に修正してやらなければならない。美華は、愛情深いきちんとした家庭に育った子なのだから、こんなことはあってはならない。自分の生い立《おいた》ちと比べながら、彰太は思った。

「美華と話してみる必要があるな」

「あなたが話して。私が入ると感情的になるから」

感情的になるのは、美華の方か、由布子の方なのか。それとも両方か。とにかく、美華と向かい合う時間の多い由布子は、何度か話し合おうとはしてきたということだ。

「わかった」

彰太はソファから腰を上げた。由布子が不安そうな視線を送ってくる。顔の色艶《いろつや》は悪く、疲労の影に覆われていた。

部屋に引き上げた美華を追って、階段を上がった。ノックには、何の答えもなかった。

「美華、入るよ」

ドアを開けると、美華はベッドに腰かけて、スマホをいじっていた。父親を見上げた顔は、ぞっとするほど無表情だった。気持ちを奮《ふる》い立たせて歩を進め、学習机の前の回転椅子に腰を下ろした。

「お母さんが、今日、学校に呼ばれた。それは知ってるんだろ？」

虚《うつ》ろな目が、しゃべり続ける父親を見ている。俺の声は、この子に届いているのだろうか？　ふいに自信がなくなった。

「真面目に学校に通っていないそうじゃないか」あまり深刻にならないよう、努めた。「どうしてなんだ？　先生も心配してくれていたそうだ」

十数段の階段を上がる間に、話の持っていき方を考えたけれど、結局単刀直入に尋ねるしかなかった。美華は頑《かたく》なに口を閉ざしている。だが、薄茶色の瞳には、強い光が宿っている。その視線にとらえられると、父親としての資格を問われているような、落ち着かない気分になった。

「どうした？　何か悩みがあるのなら、言ってごらん」

形のいい唇の両端が、すっと持ち上がった。一拍遅れて、娘が笑ったのだと気がついた。今まで見た中で一番禍々《まがまが》しい微笑み。非難、蔑《さげす》み、嘲《あざけ》り、焦燥――。様々な負の感情が、弓につがえられて引き絞られた一本の矢のように、彰太に向けられた。思わず身を引きそうになる。

父親の心の揺れを読み取ったように、美華はゆっくりと首を振った。その間に、ぴりぴりした感情は上手に畳《たた》み込まれ、顔から消えた。

「何もないよ。悩みなんか」

投げ出すようにそう言って、また手の中のスマホに目を落とした。

「バレエをやめて気が抜けたのか？　ママはそれが原因じゃないかって」

「違うよ」

顔を上げずにくぐもった声を出す。

「もうすぐ三年生だろ？　大事な時期だから――」

こんな説教ができるほど大層な人間じゃないんだと、自分を笑いたい気分になった。この子の年頃に俺がやっていたことといったら、妹にそそのかされて他人の家に盗みに入ることだったんだから。

ふいに言葉を詰まらせた父親に気を惹かれたのか、美華が上目遣《うわめづか》いにちらりと視線をよこした。

「とにかくパパとママは、美華の味方だから」

それだけは言っておきたかった。美華は、たいして心を動かされたというふうでもなく、スマホの上で指を滑らせている。無視して話し続けた。

「パパは、早くに家族を失《な》くしたから、今の家族は大事にしたいんだ。どんなことがあっても守りたいと思ってる。うまく言えないけど――」

美華がそろりと顔を上げた。

「家族？」

エアコンが効いて暑いほどなのに、美華の言葉に震えた。

本当に家族を守っていると言えるのか？　家族を守るために俺が持っているものは、すべて伯父からもぎ取ったものじゃないか。俺たちは、誰もが羨む完璧な家族だったが、実はそれは幻だったのかもしれない。いつこうして崩れ落ちるかわからない、砂の上の楼閣《ろうかく》だった。足下の砂は常に海水に洗われていたのに、あまりにうまくいっていたものだから、気づかない振りをしていたのだ。だが、そもそもの成り立ちから不穏で危険で脆弱《ぜいじゃく》だった。

美華の部屋の白いベッドや青い小花模様の壁紙、お気に入りの洋服がぎっしり入っているであろうクローゼットを見渡した。これらが表す幸福は、伯父の死の上に成り立っている。するとカーペットの上に、黒い血の染《し》みを見たような気がした。

慄《おのの》いて言葉を失った父親から、美華はついっと目を逸らせた。

＊

男は、一人で風の音を聞いていた。

春の乾燥した風が、木々の間を吹き抜け、枝をうねらせる。高窓から、若い緑の葉が一枚舞い込んできた。風に引きちぎられた若葉だろうか。

男はかがんでそれを拾い、指先でくるくると回してみた。

がらんとした部屋は、広くて静かだ。目の前のベッドマットは、真ん中の辺りがややへこんでいる。そこにあった板倉未祐の肉体を思い浮かべてみる。まだついこの間のことなのに、もう記憶は曖昧《あいまい》だ。彼女のことを報道するニュースも、見る気がしない。

椅子に腰かけた男は、膝の上に置いた仮面を手のひらで撫《な》でた。ひんやりした鳥の羽根の感触。濡《ぬ》れたような光沢のある黒。

これを手に入れたことがすべての始まりだった。

パーティグッズのコーナーで見つけた安物の品だったけれど、見た瞬間、体の真ん中を電撃に貫《つらぬ》かれた気がした。震える手でこれを持ち上げた。パッケージの上からそっと撫でてみた。

ずっとずっと夢想してきたことが現実になったと思った。いや、これを使って自分の中で育ててきた大切な幻想を、自分の手でやり遂げる時が巡ってきたのだと思った。その考えは天啓のように男の上に落ちてきて、彼を突き動かした。自分は免罪符《めんざいふ》を得たのだと。

この世界を統《す》べる大きな力が後押ししてくれている。

男は仮面を買い求めた。これがあれば、一人の女を「誰でもない何か」に変えてしまえる。顔を覆い、表情を伏せることで、意志のない人形にしてしまえる。その人形は、何でも受け入れる。男の言いなりになる。

男を邪険にしたり、捨てたりしない。そんなことは許さない。

女は醜い。優しいがゆえに残酷で冷酷だ。男が求めるものの半分もよこさない。愛してやりたいのに、裏切り行為でそれを拒む。だから長い間、夢の中で女を傷つけ、汚し、切り刻んで無残に捨ててきた。

夢をみている間は、愉悦《ゆえつ》に震えた。

軽蔑《けいべつ》、破壊、卑《いや》しめ、嘲り、征服、蹂躙《じゅうりん》、罵《のの》り、復讐──。

男は自由だった。夢の中で思う存分、己《おのれ》の力を行使した。憎い女に対して。

それでも夢は夢だ。

夢の外では、男は卑小《ひしょう》で軟弱《なんじゃく》で謙抑《けんよく》が過ぎた。物静かで高潔で倫理《りんり》観に富み、善良な市民である表の顔。長年、そんな型に自分を押し込めてきた。

だが——黒いマスクを手に入れた男は、現実世界でも別人になれた。己も仮面を着けた気がした。今までの自分を捨てて、素直に欲望の導くままに生きられる。確信に似た思いが、身の内から突き上がってきた。あの瞬間、夢の続きを紡《つむ》ぐことに決めたのだ。そして、軽やかな足取りで街に出て徘徊《はいかい》した。夢の中のかりそめの相手ではない。肉体と感情をしっかり持った女を探すために。

鬱屈した思いに悶々《もんもん》とした日々は終わりを告げるのだ。黒い仮面を着けた男は自由だった。己の所業を世に知らしめることに痺《しび》れるような快感を覚えた。不道徳で猟奇的で、常識人たちが顔を背《そむ》けたくなる事件の詳細を見せびらかしたかった。他人に知られているのとは別の自分を演出し、暗い輪郭《りんかく》を際立《きわだ》たせることに無上の喜びを感じた。

マスコミが騒ぎ立て、無能な警察が非難され、人々が戦慄するのを見て高揚感を味わった。

黒い羽は、男の背中にも生《は》えた。男は邪悪な黒い鳥だった。

*

三学期にあった全国模試を、美華はすべてボイコットした。学校には行ったのに、図書館で時間をやり過ごしていたという。スクールカウンセラーが美華を呼んで、話を聞いてくれたらしい。それにも、美華はろくに答えなかった。

優秀な生徒で占《し》められている桜華台学園では、こういう子は少ない。対応に苦慮《くりょ》している。あまり手を焼かせるようなら、退学させられるのではないかと、由布子は気を揉《も》んだ。私立の名門だから、問題のある生徒はさっさと切り捨てられるに違いないというのだ。

それでまた、美華とやり合ったようだ。

今度の諍《いさか》いはすさまじく、美華の部屋で、ほとんど取っ組み合いに近いところまでいったようだ。美華は、ぷいと外に出ていったきり、帰ってこない。彰太が仕事から戻ると、由布子はぐったりとソファにもたれかかっていた。精も根も尽き果てたといった態《てい》だった。

「私を口汚く罵ったわ」ぼんやりした表情のまま、由布子は訴えた。「あんな言葉、どこで憶えたんだか……」

彰太は壁の時計を見た。午後九時十八分。

何の目的もない高校生の女の子が、外にいる時間とは思えない。それとも昨今の風潮からすれば、たいして案じることもない時間なのか。彰太はゆっくりと階段を上がり、美華の部屋を覗いてみた。縦型のスタンドミラーが倒れて割れていた。パッチワークでできたベッドカバーは引きずり下ろされて床でくしゃくしゃになっていた。ベッドの端に整然と並べられていた縫いぐるみが、投げ飛ばされたように散乱していた。

かがんでその一つを手に取った。小さい時から大事にしていたミッキーマウスの縫いぐるみだった。もうこんなものは何の役にも立たなくなったのか。

その日の深夜、美華は帰ってきたが、一言も口をきかず、荒れ放題の自室に駆け込んで眠ってしまった。由布子は、帰ってきたことにはほっとした様子だった。彰太も問い詰めることをしなかった。また同じことが繰り返されるだけだと思った。

それ以来、美華の深夜徘徊が始まった。学校には行ったり行かなかったりだ。渋谷《しぶや》署の少年係に補導されて、由布子が迎えに行ったこともある。

「一緒に補導された子がずらりと並んでいたんだけど、背筋《せすじ》が凍り付いたわ」

由布子は、彰太に言った。深夜徘徊を繰り返すうちに、同じような素行の仲間ができたのだろう。ラメの入った派手な化粧に盛り上げた髪の毛。品がなく薄汚い（と由布子は言った）洋服。チープでぎらついたアクセサリー。

そんな中に、同じ格好をした我が子がいるかと思うと、彰太も気が塞《ふさ》いだ。

初めは優しく諭《さと》すような口調で家に帰してくれていた少年係も、回を重ねるうちに、扱いが荒くなってきた。気落ちしてしまい、どうしても迎えにいく気力のない由布子に代わって、彰太が迎えに行くこともある。その時に心ない少年係から「こうやって女の子は、身を持ち崩していくんです」ときっぱり言われた。「まともでない子」という烙印《らくいん》を押された気がした。

そんなことを言われても、美華は吊《つ》り上がるように太いアイライナーを入れた目で、少年係を睨《にら》むだけだった。この子の中にある持って行き場のない怒りや憎しみは、どこから生まれたのだろう。ゆっくりと浮かび上がってくる一つの可能性に震えた。浮かんだと同時に打ち消す。そんなことはない。嘆《なげ》いたり泣いたりすることを通り越し、没感情に陥《おちい》っている由布子の姿を思い浮かべた。彼女が真実を語ったとは思えない。最愛の我が子には、絶対に隠しておきたい事実だろうから。それを彼女に確かめることも、彰太にはできなかった。

夜遊び回るのだから、まともに朝起きて学校などに行けるわけがない。美華はずるずると休む日が多くなった。

何度も話し合おうとする彰太と由布子を、美華は拒否し続けた。家にいる時は、自室に閉じこもっている。食べ物は、夜外出した時に買ってきているらしい。どうせスナック菓子やハンバーガーなどのジャンクフードだろう。育ちざかりの子の食生活としては最低だ。そのせいか、たまに見ると青白く生気のない顔をしている。洋服から覗く腕や脚も細くなった。

学校へ行っても、教室には入らず、スクールカウンセラーがいる部屋に直行するようだ。正論を振りかざす担任の菱沼よりも、女性のカウンセラーの方に、美華は親しみを覚えているのかもしれない。臨床心理士の資格を持つ、まだ若い広川早貴《ひろかわさき》というカウンセラーは、保護者でも教師でもない第三者的な立場でアドバイスをしてくれているようで、菱沼もしばらくは様子を見ましょうと言った。

由布子は、よもや自分の子が、警察署の少年係やスクールカウンセラーのお世話になるなどということがあるとは予想していなかったのだろう。すっかり疲弊《ひへい》し、消耗《しょうもう》してしまっていた。自分の子育てに間違いがあったと思い込むのか、自分を責めては泣いている。その姿を見るにつけ、由布子にも心当たりがないのだと知れた。

彰太も仕事には出かけるものの、身が入らなくなった。専務の田部井にだけ、簡単に家の事情を話した。

「わかりました」端的に田部井は答えた。「社長に負担がかからないよう、こちらで調整します。仕事のことは、心配なさらないでください。よっぽどのことがない限り、社長を煩《わずら》わすことのないよう取り計らいます」

ほっとして、田部井に礼を言った。もとより、ザイゼンの業務は、経営コンサルタント出の専務のところで、一度ふるいにかけられる。彼が選《よ》り分けて、社長決裁が必要なものだけ、彰太のところに上がってくるようになっている。

しばらくは、専務が判断する事項を増やして、社長の仕事を肩代わりしてくれるということだろう。情けない状況だが、当分は仕方がないと割り切った。こうして融通《ゆうずう》がきくのも、企業のトップの座に就《つ》き、優秀な部下が取り仕切ってくれるからだ。一サラリーマンならこうはいかない。素直に有難かった。

弱り果てた由布子に代わって、彰太がスクールカウンセラーに会いにいった。

広川は小柄な女性で、思っていたよりもずっと若かった。まだ女子大生といっても通るような風貌《ふうぼう》だ。

「とにかく、休まずに学校に来ることだけは約束させました。遅刻しても早退してもいいからと」

「でも教室で授業を受けるということはないんでしょう?」

「そうですね。たいていはここへ来ます」

大仰についたため息に、広川は反応した。

「お父さん、それだけでもいいんです。多くを望んではいけません。一歩一歩です」

そんな悠長《ゆうちょう》なことで大丈夫なのだろうか。勉強は確実に遅れている。出席日数はぎりぎり足りているから三年生には進級できそうだと菱沼から告げられていたが、そんなことで安心はできない。娘の行く末を考えると、暗澹《あんたん》たる心持ちになった。

「ここで広川先生と美華は、どんな話をしているんですか？」

広川は、子供っぽい笑みを浮かべた。

「たわいのない話です。それもここ最近口を開いてくれ出したところで――」

「本当に？　重大なことを相談したということはありませんか？　たとえば――」自分へ注がれる臨床心理士の視線が痛い。自分の心を見透《みす》かされているようだ。「私たち両親への不信感とか」

「いいえ、そんな深刻な話は全然」

ほっとしたように見えたのか、がっかりして見えたのか、広川は慌《あわ》てて付け加えた。

「原因を探るようなことをすれば、すぐに拒絶されます。子供はそういうとこ、敏感ですから。つまらない話でも何でも、ここへ来てしゃべってくれることが大事だと思うんです」

「こういう状態が三年生になっても続けば、退学を勧告されるのでは？」

「お父さん」

広川は、二人の間にあるデスクの上で両手の指を組んだ。左手薬指に銀色のリングがはまっているのに気がついた。

「私はここに来る前、よその学校でも勤務しました。公立の高校へも行きました」

童顔だが、かなりの経験を積んでいるということか。思いのほか頼りになるカウンセラーなのかもしれない。彰太は、先入観に囚《とら》われていた自分を戒《いまし》めた。親に心を開かないのなら、誰にでもすがるしかない。

「確かに、桜華台学園のような学校では、美華さんのような生徒は少ないです。全体からちょっとだけ外れた行状で、問題児のレッテルを貼られ、弾《はじ》き出されることもある。それは事実です。悲しいことですが」

校庭から、何かの運動部が駆け足をしているらしい掛け声が聞こえてきた。広川は、ちょっと言葉を切って、リズミカルな足音と掛け声に耳を傾けた。

「学校という場所は、特殊な組織です。同じ年の生徒が、同じハコモノに入れられ、同じ環境に置かれる。『同じ』ということを強いられるのに、その中で色分けをされる。成績を測られ、秀《ひい》でた能力を探され、そこで優劣を決められる」ふっと笑った。

「――おかしなところです」

彰太は完全に面食らって、返す言葉も浮かばない。

「でも、たかが数年のことです。中学で三年、高校で三年。長い人生から見れば、短いものです」

お父さん、とまた呼びかけられた。つい背筋が伸びた。

「学校で失敗したからといって、人生の敗残者ではありませんよ」

その言葉が、彰太の心臓を貫いた。

そうだった。そのことを身に沁《し》みて知っているのは、自分ではなかったか。落ち着いた穏やかな家庭からは弾き出され、学校という枠に押し込められるのが嫌で、早々にドロップアウトした。社会の底辺を知っているはずの自分が、娘の自棄《じき》的行動に動揺し、心労を募《つの》らせているとは。

「今、美華さんは、自分の人生を自分の足で歩くべく、孤軍奮闘していると、そういうふうに考えてはいただけないでしょうか？」

特に気負ったふうもなく、淡々と広川は続けた。

「正解はどこにもありません。これは間違いだと断定できる基準も誰も持っていません」

彰太は立ち上がって、若いスクールカウンセラーに深々と頭を下げた。

手にしたもの、大切なものの存在が大きくて、いつの間にか守りに入っていたのだ。今、大切にしているものをどうやって手に入れたか。自分がどれほど卑劣《ひれつ》で非合法なやり方を取ったか。そのことを忘れてはならない。

学校の門から出て歩きながら、罰を受けるべきは俺なんだ、と思った。

――悪い黒鳥は、罰を受けないといけない。たぶん、そう。

スクールカウンセラーと話して、少しだけ気が楽になった。

美華が今、何か悩みを持っているとしても、親は見守るしかない。もともと持っている力を信じるしかない。彼女を信じてくれる人物が、親の他に一人でもいてくれることが心強かった。

広川の言葉を、消沈しきっている由布子に伝えた。美華を理解し、支えになってくれそうな人物のことを知れば、少しは元気が出るかと思ったのだが、彼女の心には響かなかったようだ。

たった一人の娘の心が離れていったことで衝撃を受け、打ちのめされていた。「私のせいだわ」と口走った彼女も、彰太同様、湧き上がる疑念とそれを打ち消す自問自答を繰り返してきたに違いない。

実家の両親にも美華の行状のことを相談したらしく、血相を変えて二人が飛んできた。

「美華がそんなことになるとは。理由は何なんだ」

素直で明るかった孫娘の豹変《ひょうへん》が、にわかには信じられないというように言い募った。

何事も理詰めで考える義父は、原因さえわかれば、すぐに解決できると思い込んでいるらしい。

「今どきの子を取り巻く環境は複雑なんだから」義母の方が、柔軟な考えの持ち主かと思われたが、「きっと学校でいじめに遭っているに違いないわ。仲間はずれにされるとか。学校に行きたがらないのは、それしかないでしょ」

単純な思考回路で、そう決めつける。

とにかく、自分たちが乗り込んできたからには、美華の口から何もかも聞き出せて、態度を改めさせることができると信じていた。

美華が帰ってくるまで待つという貴大と愛子は、リビングに陣取った。

「だいたい、子供の心も読めないとはどういうことだ?」

貴大の言葉は、彰太にだけ向けられたものだ。

「だって仕方がないじゃない。彰太さんは仕事が忙しいんだから。あなただって——」

いちいち口を出す妻を、じろりと睨《ね》めつけて黙らせた。

「うちの子供は、非行に走るようなことはなかっただろう?」

「非行」という言葉をことさら強調する。この性格は、堀田の家系にはないと暗に示した格好だ。荒《すさ》んだ生活を送ってきた娘婿《むすめむこ》に、すべての原因と責任があると言いたいのだろう。もうそういうことに腹も立たなかった。

待ちくたびれた頃、美華が帰ってきた。午後九時近くになっていた。学校が退《ひ》けてから、どこかで遊んでいたのか、時間を潰《つぶ》していたのか。とにかく夕飯の時間までに帰ってくることはまれだ。親と顔を合わさないよう、美華なりの考えがあるのだろう。

玄関ドアが開く音がしたと思ったら、リビングを覗きもせずに、美華が階段を上がろうとした。すかさず貴大が廊下に出ていって、声をかけた。

「美華！」

階段の途中で振り返った孫の姿に、絶句する義父の姿が手に取るようにわかった。愛子や由布子の後に続いて廊下に出た彰太は、手すりをつかんでこちらを見下ろす我が子を悄然《しょうぜん》と見つめた。

羽織《はお》った厚手のカーディガンはだらしなく伸びて、膝の辺りまであった。その下に体の線がもろにわかるぴったりしたTシャツ。それにルーズなミリタリーパンツという格好だった。毒々しい緑色の透明なベルトに親指を掛けて、不機嫌に立ち止まった姿には、目を背けたくなった。

美華は、いつも制服から私服に着替えて帰ってくる。着替えを持って出る様子はない。どこかに預けてあるのか。

貴大は、Tシャツの胸に書かれた「Fuck You!」という言葉に目が釘付けになり、言葉を失っていた。カラーコンタクトを入れたブルーの目は、人間性をすべて排した冷たいロボットのそれだった。もうこの子は、異質な何かに変貌してしまったのだと思えた。感情を読み取られないよう、瞳に蓋《ふた》をしてしまったのだ。燃え盛《さか》る感情は内向きに放たれて、自分自身を傷つけ続ける。

「何？」

　きわめて機械的に、冷徹に言い放つ孫に気を殺《そ》がれたか、「ちょっと話がある」と言った言葉には力がなかった。

「別に話すことなんかないよ」

　にべもなくそう言って、階段を上がりかけた美華に貴大は追いすがり、「いいから来なさい！」と手首をつかんだ。威厳を示そうとした態度は、無下《むげ》に手を振り払われて、失敗に終わった。

「うっせーんだよ！」

　危うく転がり落ちかけた義父を彰太は下から支えた。真っ赤に塗られた唇が動く。「あんたには関係ないだろ？」

　愛子が「ひっ」と短い叫び声を上げた。

「何だ、そのものの言い方は」

　さらにいきり立った貴大が、階段を一、二段上がる。カーディガンをつかまえて引きずり下ろそうとするのに、美華は手にしたバッグを振り回して抵抗した。貴大の眼鏡《めがね》が飛んで、床に落ちた。

「離せよ！」

駆け下りてきて、貴大を突き飛ばす。

「美華！」

彰太もつい大声を上げた。深夜徘徊から帰ってくるたびに繰り返された光景だ。もう自分を大事にしようとは思わない、思えない娘が憐《あわ》れで仕方がなかった。早くこの世から消えてしまいたいとさえ思っているのではないか。そう思うと、身がよじられるような悲しみと苦しみを感じる。

「もうウざい！」

美華は脱兎《だつと》のごとく廊下を駆けていって、玄関土間に飛び下りた。さっき脱いだばかりのミュールをつっかけると、外に飛び出していった。叩きつけるように閉められたドアを、誰もが唖然と見ていた。

常に美華を慈しみ、守ってきたはずの四人は、美華にとっては敵意の対象でしかない。さっきまでの喧騒《けんそう》が去り、しんと静まり返った家の中、貴大が眼鏡を拾い上げた。その動作を、他の三人は言葉もなく見ていた。

「彰太君」

眼鏡をかけ直した貴大がかすれた声を出した。

「これはすべて君のせいだからな。すべての原因は君にある」

そうだった。明白なことだった。俺が過去に犯した罪過《ざいか》は、絶対に消えない。別の形で報《むく》いがやってくる。間違った方法で得た幸福は、正しい方法で修正される。運命は決して手を抜かない。盗み取ったものは取り返され、それに適《かな》った罰を与えられる。

黙り込んでしまった娘婿を薄気味悪そうに一瞥《いちべつ》した後、義父母は帰っていった。由布子は、もう泣く気力もなく、よろよろと二階の寝室に上がっていった。

その日以来、美華は無断外泊を繰り返すようになった。

第二章　正しいものと邪悪なものは、背中合わせで存在する

由布子は心療内科にかかっている。処方された向精神薬や睡眠導入剤の力を借りて、日々の生活をなんとか送れるようになった。薬のせいかどうか、深く物事を考えることをやめたようだ。実家の両親が「お前のせいじゃない」と呪文《じゅもん》のように繰り返したからかもしれない。

「学校には来なさい」と言ってくれた広川との約束を守っているのか、それとも時間の潰《つぶ》しようがないのか、美華はよそに泊まっても学校には行っているようだった。

数日外泊を繰り返し、家に戻って死んだように眠り、翌朝登校していく。授業に出るか出ないかは気分次第。スクールカウンセラーと話しただけで帰ってくるということもある。そしてまた数日行方が知れないといった具合だ。

彰太は、帰ってこない娘を捜して、夜の街をさまよい歩いた。由布子が嫌っていた渋谷署の少年係ともすっかり馴染《なじ》みになってしまった。少年係は、美華と連れ立っているグループの子らも把握《はあく》しているようで、立ち回り先もだいたい予測通りだった。彼にはよく美華を連れ戻してもらった。美華は路上や公園でたむろしていたり、ネットカフェやカラオケ店にいることが多いようだ。仲間の家で泊めてもらうこともあるらしい。

「『泊《と》め男《お》』につかまってはいないようですから、その点はよかった」

少年係がそんなことを言う。「泊め男」とは、家出したり徘徊《はいかい》したりする少女を家に泊まらせてやる男のことだという。宿泊させる代わりに少女にセックスを要求する。少女の方も、それが代価だと割り切っている。耳を塞《ふさ》ぎたくなるような話だった。

担任の菱沼から連絡があり、他の生徒への影響もあるからと、別の高校への転校を、それとなく促《うなが》された。それはきっぱりと拒否した。桜華台学園に留まることが最良のことかどうかもわからなかったが。

美華とはまともに話ができていない。本人がどう思っているかも聞けない。親を避けていて、外泊を繰り返している。隠さずそう伝えると、菱沼も絶句していた。親の手に余る子を、どうして学校が引き受けなければいけないのかと思ったかもしれない。菱沼は、「ではまた連絡をいたします」と慇懃《いんぎん》に挨拶《あいさつ》をして電話を切った。おそらくは、三年生に進級する段階で学校側とは話し合うことになるだろう。

彰太は、今まで通りの業務をこなすことにした。妻と同じように、あれこれ考えることに疲れてしまった。由布子も、今はなんとか落ち着いている。心療内科にかかる以外、外に出ることはほとんどなくなった。前のように桜華台学園の保護者たちと付き合うこともない。好奇の目にさらされることを恐れて、連絡も取り合っていない。

妻と腹を割って話し合うことが怖かった。そんなことはできなかった。今まで触れずにきたことからは、そっと目を背《そむ》けていなければならない。家族の成り立ちの根幹に触れずにおくこと。それが彰太が勝手に作ったルールだった。

家庭のことを棚上げしたまま、仕事に集中することにした。その方が随分《ずいぶん》気が楽だった。それでも日々のスケジュールにはゆとりがあった。過度な負担がかからないよう、事情を知っている田部井がうまく調整してくれているようだった。

夜の街をほっつき歩いている十代の娘や、ベッドに横たわり、能面のような顔で天井を見上げている妻のことを、頭から追い払いたかった。


数日は、たまった業務で手が塞がった。延期していた社内の定例会議を開き、会うべき相手に会った。下見をしなければならない物件も見に行き、営業から説明を受けた。正式にオープンした押上のレストランも順調な滑《すべ》り出しのようだ。プレオープンのセレモニーに出席したのが、遠い昔のように感じられた。

学校での様子を、菱沼ではなく、広川が報告してくれた。母親は精神的に参っているので、連絡は自分にしてくれと携帯電話の番号を教えてあった。広川によると、美華がつるんで遊んでいるのは、学校の友人ではないということだった。それはそうだろう。いつか補導された時、由布子が見たという「品がなく薄汚い」子らとは、街で出会ったに違いない。寄る辺《よるべ》のない舟のように、夜の海を漂流し続けている少女たち。

　ああいう生活を続けていると、犯罪に巻き込まれてしまうかもしれない。広川もその懸念《けねん》を口にした。

　彰太の頭に、「肌身フェチの殺人者」のことが浮かんできた。あれを野に放ったのは、自分なのだ。おぞましい触手に、美華が搦《から》めとられる――。一度その妄想に囚《とら》われると、払っても払っても恐ろしい断片が、頭から離れなくなった。剝《は》がされた爪、切り取られた耳たぶ、醜《みにく》い化粧をされて微笑《ほほえ》む写真――。

　背中に冷たい手のひらをぴたりと当てられた感触。その手は、体の中にまで入ってきて冷たいまま臓腑《ぞうふ》をまさぐる。

　そんな時、谷岡比佐子から連絡が入った。

「義父《ちち》が生前親しくしていた人に連絡が取れて――」と比佐子は言った。

　どんなことでも知りたかった。谷岡が追っていた男が「肌身フェチの殺人者」で、谷岡の意を汲《く》んで間違った相手を殺してしまった人物がいたとすれば――？　彰太が伯父の死を企《くわだ》てたことから、少しずつ歯車が狂い、今に至っている。そして「今」には、美華の身の上に起こりつつあることまで含まれている。そんな気がしてならなかった。

過去の過《あやま》ちに対する罰は、自分を通り越して娘に迫ってきている。あの時の謎を解明することで、娘を救えるのではないか。美華が荒れた遠因は、自分が作っていたかもしれない。その思いも、彰太を動かした。

「ただ親しくしてたってだけで、別にたいしたことは聞けないかもしれませんが」

谷岡は退職するまで高校で現代国語を教えていた。その時の同僚で、退職してからも行き来があったらしい。

「久慈《くじ》さんて方なんですけど、退職後も一緒に同人誌を出していたらしいです」

「同人誌？」

「ええ。義父は国語を教える傍《かたわ》ら、小説を書いていて。それを発表する場としてですね、同人誌を発行してたんですよ」

そういえば以前、比佐子は彰太のことを同人誌の仲間と勘違いしたことがあった。

彰太は久慈の住所と電話番号をメモした。

「役に立つ話が聞けるかどうかわかりませんよ」

そう言う比佐子に礼を述べて電話を切った。

東京都清瀬《きよせ》市に住むという久慈を訪ねていけたのは、それからさらに五日後のことだった。西武池袋《せいぶいけぶくろ》線の清瀬駅の近くで、埼玉県との県境がすぐそこという場所だった。

「こっちに越してきたのは、六年ほど前でね」

八十年配だが、かくしゃくとした久慈は、彰太を応接間に招き入れながら言った。それまでは荒川《あらかわ》区の東尾久《ひがしおぐ》に住んでいたという。

「谷岡君とは、まあ、家も近かったから、よく連絡を取り合ってた。彼が亡くなるまではね」

久慈の妻が、お茶とお茶菓子を持ってきてくれた。

小さいが、よく手入れされた庭が見渡せた。庭の隅に植わったナンテンに赤い実がたわわに実っている。房ごと、ゆさゆさと揺れているのは、ヒヨドリが来て実をついばんでいるからだった。斑《ふ》の入った赤い寒椿《かんつばき》も咲いている。

夫婦二人でのんびりと暮らしているせいか、突然電話して会いたいと言ってきた彰太の用件を尋《たず》ねるでもない。谷岡の親族からの紹介だったから、そこは安心しているらしい。思い出話でもすればいいと思い込んでいるようだ。しばらくは谷岡と一緒に勤めていた高校の話や、同人誌を発行するに至った経緯などを久慈は語った。彰太も黙って耳を傾けた。

久慈は地理を教えていたらしいが、若い頃からかなりの読書家だったと言った。応接間にも大きな本棚が置いてあって、大量の蔵書が詰め込まれていた。自分でも文章を書くのが好きで、小説にも手を染めた。

「小説まがい、というべきかな」と久慈は笑った。

定年間近になって谷岡と同じ都立高校に勤めた。国語教師の谷岡は、生徒に文章を書かせて添削《てんさく》をするということをやっていて、それをまとめた冊子を発行していた。短編小説の体《たい》をとったものもあった。久慈が興味を示すと、年に一回出す冊子に載せる小説を書いてみないかと誘われ、何度か発表させてもらったのだという。

時を同じくして定年を迎えた二人は、その冊子を同人誌の形式に改めて、刊行を続けた。時間ができたので、年に数回刊行できるようになった。

「谷岡君が編集をするんだ。僕は手伝いをしてただけだな。そのよしみでたまには載せてもらえたけど。彼は意欲的で、教え子や小説家の卵のような人の書いたものを吟味《ぎんみ》して、載せてたよ」

なかなか厳しくてね、と久慈は笑った。そして、隣の書斎らしき部屋に引っ込んで、何冊かの同人誌を持ってきた。『花信風《かしんふう》』というタイトルが、筆文字のフォントで大書《たいしょ》されていた。

「花信風とは、春先、花の開くことを知らせる風のことをいうんだそうだ」

「そうですか。どれくらい部数を出しておられたんですか?」

「五十部だな。教え子に印刷屋がいて、そこで刷ってもらってた」

彰太が手にしたものには、十五号とあった。

「それはもう最後の頃だ。全部で、ええっと——十七号まで出したと思う。よかったら一部ずつあげるよ。溢《あふ》れている書物を処分するように妻に言われてるから」

「はあ」

「子供たちに迷惑をかけないよう、生前整理をしようと思ってるんだけど、なかなか進まない。捨てようと思ったものを、またじっくり腰を据《す》えて読んでしまったりする」

彰太が同人誌について知りたがっていると勘違いされたのかもしれない。慌《あわ》てて本題を突いた。

「谷岡さんが亡くなられたせいで、この同人誌は廃刊になったわけですか」

「いや、亡くなる一年以上前にはもう出すのをやめると言ってきて、驚いたんだ。でも、その時には癌《がん》の治療に専念していたんだろうね。僕には言わなかったけれど」

庭でヒヨドリが鋭く鳴いた。

「『花信風』がなくなって、残念がる人もいたよ。自分が関わっていたから言うんじゃないが、結構レベルの高い同人誌だったと思う。載せて欲しいと言ってきても、谷岡君が読んでみてお眼鏡《めがね》にかなわなかったら、載せてもらえないんだ」

その代わり、丁寧《ていねい》に添削をしてやってたがね、と久慈は言った。

「谷岡さんのところに家政婦さんが来ていたのを、久慈さんはご存じないですか？」

久慈は、少しだけ驚いた顔をして彰太を見返したが、考え込むこともなく答えた。

「ああ、来てたね。奥さんが亡くなって不自由になったから、雇ったと言ってた。編集作業はたいてい谷岡君の家でやってたから、何度か会ったことがある」

「どんな人でした？」

今度は本当に面食らったという表情をした。

「どんなって、君、それは普通の中年女性だよ。家事は手早くやってたけど、どんな人かはよく憶《おぼ》えてないなあ」

名前すら憶えていないという久慈に少なからず失望した。しかしここまで来たのだから、思い切ったことも訊《き》いておこうと思った。

「谷岡さんの息子さんは、谷岡さんとその家政婦が深い関係になったんじゃないかって疑ってたらしいんです。そのような兆候《ちょうこう》はありましたか？」

不快感を表すかと思ったら、意外にも久慈は「へえ！」と興味を惹《ひ》かれたような声を上げた。

「そうか。そういう見方もあるな、確かに」

顎《あご》を指でなぞりながら、そんなことを言う。

谷岡が『花信風』を廃刊にしてからも、家が近いこともあり、たまに訪ねていったのだと久慈は言った。水を向けても決して自分の病状のことは言わなかったけれど、しだいに衰弱していくようなので、心配だったのだと。

「家政婦は、かいがいしく世話をしていたよ。その時は、家政婦なんだから当たり前だと思ってた。でもなんか、仕事という枠を超えた一体感があったな」

「親密だったってことですか？」

彰太の質問に、ゆっくりと首を振る。

「そうじゃなくて、何か特別な目標ができて、それが彼の生きる力になってるってそんな感触を持ったね。それにあの家政婦も協力してるんじゃないかと思った」

うまく言えないなあ、と久慈はまた顎を撫《な》でた。

似たようなことは、息子の嫁である比佐子も口にしていた。谷岡は、興信所まで雇って人捜しをして、いったい何をしようとしていたんだろう。久慈も同じ思いにふけっているのか、黙り込んだ。

「自分が死ぬとわかったら、君はどうするね？　残された時間で」

ふいにそんな問いを久慈は投げかけてきた。彰太が答えられないでいると、ゆっくりと言葉を継ぐ。

「谷岡君は、奥さんにも先立たれている。息子夫婦は、まあ、安泰《あんたい》に暮らしている。そういう時、やりがいのあることに出会ったとしたら、何としてもやり遂《と》げたいと思うんじゃないかな。もの凄《すご》く――」久慈は言葉を切って、彰太の目を覗《のぞ》き込んだ。何もかもを見透《みす》かされる気がして、彰太は思わず身を引いた。

「もの凄く大胆な手法を使ってでも。だって、もう自分は死んでしまうんだ。何を怖がることがある？」

久慈は首を巡らせて庭に向いた掃《は》き出し窓の方を向いた。老人の視線の先にあった寒椿の重たい花が一輪、ぽとりと地面に落ちた。不吉な兆《きざ》しに、彰太は戦慄《せんりつ》した。

いつか、美華が玄関前のアプローチに落としていったテディベアを思い出した。あれを拾っておいて、その日の夜、美華に渡したのだった。すると美華は「もういらない」と言って、それを無造作《むぞうさ》にクズカゴに捨てた。

「もういらない」と捨て去りたかったものは、別にあったのではないか。

嘘《うそ》で固められた家庭とか、不誠実な親とか。何もかもに意味を求め、深読みし、自分自身を疲弊《ひへい》させてしまう。だがやめられない。行き着くところのない推量が、次々に湧《わ》き上がってくる。

やはり奈苗は、清水皐月の娘に違いない。自分の死期を悟った谷岡は、親密になった家政婦の願いをかなえてやることにしたのだ。すなわち、ひどい目に遭《あ》わされた奈苗の仇《かたき》を討《う》つために、狂った性犯罪者を捜し出そうとしていたのだ。

自分が向かっている方向は間違っていない。その犯人は、長い間息を潜めていたが、また活動を再開した。なぜならあの時、自分の邪悪な企図《きと》によって、谷岡の手からその犯人を逃れさせてしまったから。

険《けわ》しい顔立ちを、久慈はすっと緩《ゆる》めた。元の好々爺《こうこうや》の顔に戻る。

「谷岡君は、ただの退職した国語教師だよ。同人誌を編んで、もの書きを育てようとしてた。悪い人間じゃない」

「そうですね」

「書物の整理をしているから、目ぼしいものが出てきたら知らせてあげるよ。同人誌関連のもので。『花信風』に載せられなかった原稿なんかも取ってあるはずだから」

谷岡君から預かって、どこかの段ボール箱に入れてあるはずだと、久慈は言った。彰太は礼を言って久慈家を辞した。最後まで、久慈は彰太が同人誌について知りたがっていると誤解したままだった。


翌日、社長室で『花信風』に目を通した。谷岡自身が書いたものも、久慈が発表したものもあった。初めの方は、高校の生徒が書いたと察せられるものが多かった。号を重ねるに従い、題材や舞台がバラエティに富んできた。娯楽作品から重いテーマのものまでと幅広くなってくる。おそらく広く書き手を募《つの》ったのだろう。

とても十七号まで丁寧に読み込むことはできず、拾い読みをするに留めた。谷岡の作品だけはじっくり読んだが、純文学のようで、普段本を読まない彰太には価値がわからなかった。人生や善悪をテーマにしたものが多く、真面目《まじめ》で一徹な人物ではないかと思えた。ただそれだけだった。

すっかり疲れてしまい、椅子《いす》にもたれかかって目を閉じた。

いったい自分は何をしているのだろう。こうした無意味な行為から、何が生まれるのだろう。答えは見つからない。

控《ひか》えめにドアがノックされ、権田が入ってきた。

「タチバナ・パーキングの社長とのお約束の時間です」

「えっと……」

朝、権田から説明されていたはずなのに、頭の中が真っ白になっていた。疲れた目を揉《も》む。

「業務提携の件で――」

ようやく頭が回り始めた。駐車場の足りないオフィスビルのために、タチバナ・パーキングが所有する都内各所の駐車場と専用契約を結ぶ話が進んでいる。向こうもこれからカーシェアリングの事業に乗り出そうとしているので、オフィスビルに入った事業所は顧客として狙《ねら》い目なのだった。こちらとしても、これからマンションの住人向けにカーシェアリング付きの部屋を提供していければ、サービス向上につながり、ひいては空き室対策にもなると、田部井が発案したものだった。

双方の利益が合致した、いい話だった。

「今日はどういう話だったかな」

「もう既《すで》に細かいすり合わせは済んでいますから、契約書作成へ向けての最終の打ち合わせということで」

「そうか」

「田部井専務が、叩《たた》き台としての契約書案を向こうさんと詰めておりますから、社長は、その線でお答えいただければ」

「ああ」契約書案の書類は、田部井から見せられていた。「あれでいいだろう。田部井専務は？」

「向こうで合流ということになっています。朝からずっとあちらで担当者と検討を重ねています。ですから、多少の変更があるかもしれません」

「わかった」

田部井の目が通っているなら、問題はないだろう。あとはタチバナ・パーキングの社長と友好的に会談をすればいいだけだ。細かい部分の変更も、持ち帰って社内で検討させればいい。すべて田部井が取り計らうだろう。

社屋の前につけたクラウンに乗り込んだ。ドアを閉めた権田が、運転席に滑り込んできた。

心療内科で処方された薬を服用してぼんやりしていた由布子が、自分からもう薬を服《の》むのはやめると言い出した。それに関しては、彰太は何とも答えようがなかった。

時折、由布子のスマホに誰かから電話がかかってくるようだ。このところ、今まで付き合いのあった友人たちとは疎遠《そえん》になっていたので、気になって尋ねてみると、レストランのプレオープンのパーティで出会った小森友紀恵という女性だった。ヨガスクールを経営している小森に誘われて、瞑想《めいそう》の会に行くことにしたらしい。

詳しく聞くと、あるお寺が主催しているもので、座禅を中心とした心の鍛錬《たんれん》の場だという。ここのところ、美華のことで弱り果てていたから、それもいいのかもしれない。第一、外に出ていくということが、由布子の精神にいい影響を与える気がした。

病院でもらった薬に頼ることをやめ、自分で強くなろうとする妻の姿にほっと胸を撫で下ろした。美華がおかしくなってから、由布子は自分を責めていた。美華が反抗的態度を取る理由を探り続けていて、その行為に疲弊してしまった。そんなことをするなと慰《なぐさ》めることができなかった。

できないどころか、自分も同じことをしていたのだ。誰にも相談できず、過去へ遡《さかのぼ》る虚《むな》しい旅をやめられない。娘に胸を張れる親には、もう戻れないとわかっているのに。

だからせめて由布子には、癒《いや》しの場を与えてやりたかった。

北千住《きたせんじゅ》にあるという寺の名前を聞いた。高雲寺《こううん》というらしい。レストランのプレオープンで会った小森の顔を思い浮かべた。ヨガをしているというだけあって、姿勢のよい、凛《りん》としたたたずまいの女性だった。由布子の話によると、心療内科にかかった帰りの電車の中でばったり出会ったらしい。降りた駅が一緒で、そのままお茶に誘われた。年齢も同じくらいで、子供の年も似通っていた。当たり障《さわ》りのない話をして別れるつもりが、いつの間にか子育ての話になり、つい美華のことを相談していたという。

その時は、連絡先を交換して別れ、またしばらくして会った。小森に話を聞いてもらうだけで、気持ちが楽になったのだと由布子は言った。

「とても聞き上手で、でしゃばらない人」

訳知り顔でアドバイスをしたりもしない。同情もしない。ただ、自分が通っているお寺で瞑想してみない？　と誘われたのだ。何も考えず、何にも煩《わずら》わされず、そんな時間を持つのもいいものよと。

まさにそれが由布子に必要なものだった。由布子は高雲寺に通い始めた。

美華は相変わらずで、娘が学校にまともに通えていないこと、深夜徘徊や無断外泊などの問題行動を続けていることに悩まされている。注意をして大声で言い返されることもあれば、用意していた夕食を全部テーブルから払い落とされることもある。

そんな時、同じように昂《たかぶ》ったり、茫然自失《ぼうぜんじしつ》としていた由布子が、随分落ち着いていられるようになった。黙って娘の罵声《ばせい》を浴び、言い返すことなく、彼女が払い落とした食器を拾い集めた。ある時、その光景をたまたま彰太も目にした。

「近寄らないでよ！　私に！」

自分が床に落として割った皿を、母親めがけて投げつけた。

「やめないか」

思わず声が出た。まだコートも着たままの彰太は、カバンを放り出して、美華の腕をつかもうとした。一瞬早く投げつけられた皿は、由布子の額《ひたい》にまともに当たった。額が切れて、わずかに血が流れた。それでも由布子は声を上げることなく、そっと手で傷を押さえたきりだった。

「美華、ママに謝りなさい」

「ごめんね」

そう言って謝ったのは、由布子の方だった。ぎょっとした。何か重大なことを言い出すのではないかと身構えたが、それきり由布子は黙った。そっと娘の顔を盗み見ると、ひどく青ざめているのがわかった。

じりじりと後退《あとずさ》りし、踵《きびす》を返すと、そのまま浴室に駆け込んだ。乱暴に浴室のドアが開け閉めされ、シャワーの音が聞こえ始めた。脱衣所の戸は開けっ放しだったので、脱ぎ散らかされた衣服が見えた。すりガラスの向こうで、シャワーを浴びる姿がぼんやりと透《す》けていた。狂ったように湯を浴び、何度も体を洗っている娘は、異様に見えた。

受け身になった由布子は、もう娘を非難することはない。

荒れた美華と対峙《たいじ》した後は、精神を浄化する必要があるとでもいうように、瞑想の会に出かけていった。帰ってくると、平静を取り戻していた。おそらくは、そこが由布子にとってはリセットの場なのだろう。過酷な日常を生き抜くための。娘が抱えた悩みに手が届かず、無力な自分を認識し、すべてを受け入れるための場所。そんな場所を得られただけでもよかったと思うべきなのか、それともそれは逃避《とうひ》だと引き戻すべきなのか、彰太には判断がつかなかった。彰太は彰太で、自分のすべきことを淡々と行っていた。

「肌身フェチの殺人者」は、息を潜めていた。次の獲物を狙っているように。

彰太は谷岡比佐子に連絡して、どうにか清水皐月につながるものはないだろうかと尋ねた。例えば写真とか、所属していた紹介所とか。比佐子は、なぜ彰太がそんなに谷岡家のことにこだわるのか不思議がった。当然のことだろう。突然現れて、とうの昔に亡くなった義父のことを問うたかと思えば、彼が依頼した頼みに未《いま》だに引っ掛かりを覚えている素《そ》振《ぶ》りをする。夫の智のように癇癪《かんしやく》を起こして追い返す方が道理に適《かな》っている。

彰太にとって唯一の頼みは、比佐子が義父の奇妙な過去について興味を持っていることだ。退屈な日常に紛《まぎ》れ込んだちょっとした刺激くらいに思っているのか。

ゆっくりと言葉を選んだ。

「谷岡さんが亡くなったことを知って、どうにも据わりの悪い思いをしているんです。あの時、真剣に奈苗さんという人に危害を加えた人物を捜してあげられなかったから」

相手を納得させられるかどうか確信はなかったが、そんな理由しか思いつかなかった。

比佐子は考え込んでいるようだ。

「それにこの前、あなたと話していて、だんだん記憶がはっきりしてきました。谷岡さんが口にした奈苗さんという人は、絶対実在すると思います。実在していて、あの時、谷岡さんが語ったことも、実際に奈苗さんの身に降りかかったんだ」

もうひと押ししてみた。

「そうね」しばしの沈黙の後、比佐子は言った。「私もそう思います」

ひやりとした。

もしかしたら、今世間を騒がせている事件との共通性を、比佐子は感じ取ったのではないか。それは歓迎すべき展開ではない。そうなったら比佐子は、自分一人の胸の内には納めていられないだろうから。

「そして、義父の隠し子だって可能性もゼロではないわね」

ほっと脱力した。

「私もね、あれからずっと考えてたの。義父が清水さんを雇う時、私たちに何の相談もなかったのよ。普通なら、身の回りのことが不自由なので家政婦を雇いたい。誰か探してくれないかって言うはずだもの。まだ主人との関係は良好だったんだから」

彰太は、黙って比佐子の言い分に耳を傾けた。

「あの人、初めから義父の知り合いだったんじゃないかしら。そういうことも考えられるでしょ？」

「つまり、もっと前から谷岡さんと深い仲だったってことですか？」

その可能性を、彰太は吟味してみた。ナンバーワン興信所を訪れた時、確かに谷岡は「うちの娘」と口にした。それが清水皐月との間に生まれた子供のことだったというのか。谷岡のことをよく知らない彰太より、長年義父と接してきた比佐子の方の勘が当たっているかもしれない。

もし違っていたとしても、勘違いしたままにしておいた方が得策だろう。死んだ義父の秘密を暴くことが、比佐子の目下《もつか》の重大関心事なのだ。彰太にとっては、大事な協力者になってくれるはずだ。

「奈苗さんは、谷岡さんと清水さんとの間にできたお子さんだと？」

「義父がそんな人だとは思いたくないけど、でも――」

比佐子はまた考え込んだ。次の言葉を、彰太は辛抱《しんぼう》強く待った。

「教師で堅い人だったけど、どうかしら。男なんてわかったもんじゃないわ」

夫の智に浮気されたことでもあるのだろうか。比佐子はいくぶん怒りを含んだ口調で言った。

「久慈さんのところへ行ってみた？　あの方、退職後も同人誌の発行なんかで義父と親しくしてたんだけど、そんなこと、言ってなかった？」

「家政婦には会ったことがあるって言ってました。確かに特別な感じはしたけど、その人と谷岡さんが昔からの付き合いだとは言ってなかったですね。でも――」

やはり久慈も、谷岡が何か特別な目標を持って、最後の生命の炎を燃やしているという感触を持ったのだと伝えた。

「やっぱりね」比佐子は得心したように言った。「やっぱり奈苗って子のためにひどい男を懲《こ》らしめようとしていたのよ。奈苗さんは、絶対にいるわよ」

比佐子の好奇心はすっかり刺激されたようだ。

「清水さんの写真、あればいいけどないわねえ。だって家政婦だもの」

「もし、谷岡さんと昔から付き合いがあったのなら、写真が残っているかもしれない」

「捜してみるけど、望み薄だと思う。主人がたいてい処分してしまったもの。あのうちに移る時にね。義父の持ち物はあんまり残ってない」

もはや、彰太がなぜそんなにこだわるのかという疑念は、比佐子の頭からは一掃されたようだ。比佐子は、家の中をよく捜してみると言って、電話を切った。

ひどく疲れた。谷岡と家政婦の関係など、どうでもよかった。

果たしてこの先に何があるのだろうか。


社長室で葛飾区や台東区《たいとう》、墨田区、江東区《こうとう》辺りの家政婦紹介所を調べて片っ端から電話してみた。いきなり清水皐月という名の家政婦が所属しているかどうか尋ねても、不審がられるということがわかった。個人情報保護の観点から答えられないと言われることもあった。

それで作戦を変えて、「以前清水皐月さんという家政婦さんにお世話になって、よくしてもらったので、またお願いしたくて捜している」と言うようにした。それでも見つからなかった。

人材派遣センターや人材バンクにも当たった。ネットで「清水皐月」で検索しても、捜している人物らしき人はヒットしなかった。谷岡が癌に冒《おか》されていたことを考え合わせると、病院に併設された施設とか、介護士派遣会社などから派遣されたヘルパーだったのか。そうなると、膨大《ぼうだい》な数になる。その一連の作業を終えて、ようやく腰を上げるというのが彰太の日課になった。

仕事量は、田部井の配慮のおかげでかなり減っていたので、時間の融通《ゆうずう》がきくようになった。昼間でも、ふらりと外に出た。権田はいつも通り、恬淡《てんたん》と送り出す。いつものぶらつきだと思っているのか、それとも田部井から彰太の家庭の事情を耳打ちされて、気を遣《つか》っているのか、よくわからない。

あてもなく電車に乗り、人混みの中を歩く。美華がよく行く渋谷センター街や中央線《ちゅうおう》沿線のファミレスやコンビニ、上野《うえの》のネットカフェ、マンガ喫茶。足を延ばして桜華台学園まで行ってみた。

桜華台学園を外から眺めた。昨日は家に帰ってきていたから、家から登校した。始業時間には間に合わない、遅い時間だった。あのまますんなりと学校へ来たのか。そして広川のいるカウンセラー室でぼんやりしているのか。それとも、不良仲間の少女のところに転がり込んでいるのか。

学校内には、とても足を踏み入れる勇気はなかった。日差しに照らされた校舎の壁面に、桜華台学園の校章が大きく掲げられている。白い鳥が羽を広げたデザインのそれを、彰太は見上げた。これは何かを暗示しているのだろうか。白鳥になれなかった美華は、夜に紛れる黒い鳥になったのか？　そうやって何にでも理由を探したがる自分が情けなかった。こんなことしかできない。娘に背かれた父親は、外をふらふら歩き回って、つまらない妄想の虜《とりこ》になるだけだ。

彰太は肩を落として、校舎から離れるしかなかった。

そうした徘徊の途中で、ふと足が自由が丘の方に向くことがあった。目的のマンションから母親の美登里が出てくるのが見えた。彼女の姿を認めた瞬間、踵を返そうとしたのに、向こうが先に彰太を見つけた。

母親は大股《おおまた》に道路を渡ってくると、背を向けた彰太の前に回り込んだ。

「彰太」

もはやたいして心は動かない。

「元気にしてるのかい？」

「ああ」

なんとか顔に笑みを貼りつかせる。春物の薄い上着を羽織り、首に地味なスカーフを巻きつけた美登里は、前に見た時よりさらに老けたように見える。

「忙しいんだろ？」

「そうでもないよ」

「あんたには感謝してるんだよ。こんなにしてもらって」いつもの文言をくどくどと繰り返す。「あんたが大きな会社の社長さんをしているおかげで、あたしらは安楽にしていられるんだからね。でなけりゃあ、こうして――」

「母さん」

「ああ、そうだ。義兄《にい》さんにも感謝しなけりゃ。あんたに充分な財産を残してくれたんだもんね。あんな亡くなり方をして気の毒だったけど、きっと喜んでるに違いないよ。あれほど財前貴金属店を四代目に託したがってたんだから」

「母さん」いくぶんきつい声で言い募ると、やっと美登里は口をつぐんだ。「母さんは体は大丈夫？　侑那《ゆきな》も」

「変わりないよ。侑那もいつもの通りだから」

侑那は彰太にとって、たった一人の妹だ。母が再婚後に生まれた父親違いの妹だった。彼女のことは小さい頃から知っていた。離婚した後も、妹を連れて母が彰太の様子を見に来ていたからだ。父もそれを許していた。父が交通事故で死んだ後、母は彰太を引き取りたがったが、それはかなわなかった。再婚相手に遠慮したのだろう。伯父文雄に引き取られた彰太からは、足が遠ざかった。

それでも大きくなった侑那は屈託《くったく》なく彰太に会いにきた。兄のことを、半分おどけ、半分照れ隠しで「しょうちゃん」と呼んだ。子犬みたいにまとわりついてくる妹に愛着を感じた。奇妙な感覚だった。それまで兄弟というものを特に意識したことがなかったが、この世に血を分けた存在がいるというのも悪くないものだと思ったものだ。

伯父に反発した十代の彰太は荒れていた。三つ下の侑那も、あまり学校に行っていないようで、両親の手を焼かせていた。家に帰らず遊び回っているようだった。

同じような生活にどっぷり浸《つ》かっていた兄妹は、共通の遊び仲間がいたりして、刹那《せつな》的で享楽《きょうらく》的な生活を謳歌《おうか》していた。伯父を決定的に怒らせた少年鑑別所行きの原因となった事件は、侑那の発案だった。

「大金を置いてある家があるから、忍び込んで盗んでこよう。絶対うまくいくから。盗難に気がついても、あいつは警察に届けたりしないって」

そう侑那にそそのかされて、軽いノリで実行した。妹の前で怯《ひる》む様子を見せたくなかった。結局二人でドジを踏んだわけだが。湿った落ち葉の匂いと、月のない夜の暗闇が蘇《よみがえ》ってきた。侑那の、笑いを含んだひそひそ声も。

ふいにあの時の侑那と、今の美華を比べていた。だが、同じように道を外れたことをしている二人のあり様は、まったく違った。侑那は楽天的で自由で、そばで見ていても胸がすくほどだった。その時その時を楽しんでいる様子が直截《ちょくせつ》に伝わってきた。

どうしてあいつはあんなに笑っていられたんだろう。美華と比べると、恵まれた環境にいたとは言い難《がた》かったのに。もう今となっては知る由《よし》もない。

何もかも与えてやっていると思っていた美華は、自分を傷つけるように生きている。苦しむことだけが、自分の存在を確かめられる唯一の手段だというように。

あの子は、鋭い感性で選び取るのだ。ひっきりなしにこれは善いもの、これは悪いもの、と選《よ》り分けている。強迫観念に囚われて、そうせずにはいられない。おそらく「自分」も悪いものの範疇《はんちゅう》に入れている——。

だが善いもの、正しいものとは何なのだろう。ガラスのように繊細で、研《と》ぎ澄《す》まされた刃物のように鋭利な美華は、透徹した瞳で悲しい真実を探し求めているのか？　それは取りも直さず、自分を深く傷つけることになるというのに。

娘の中に生まれた自己への嫌悪感は、何を意味しているのだろう。この前、狂ったように体を洗っていた美華の行為を思い出した。痛々しかった。やるせなかった。

もうやめてくれ、と叫びたかった。

——正解はどこにもありません。これは間違いだと断定できる基準も、誰も持っていません。

正しいものと邪悪なものは背中合わせで存在するのだ。

「彰太、何かあったのかい？」

難しい顔で黙り込んでしまった息子の顔を、美登里は心配そうに窺《うかが》った。

「いや……」

「働きすぎなんじゃないの？　疲れているんだろ？　あたしたちのために無理して——」

「違うよ」乱暴に母の言葉を遮《さえぎ》った。

「由布子さんも美華ちゃんも元気かい?」

「うん」

「なら、よかった」

　美華のことを、年老いた母に伝える気は毛頭《もうとう》なかった。第一、美登里が美華に会ったのは、二、三歳の頃、一度きりだ。由布子の実家の方は、彰太の複雑な家庭環境を嫌っている。美登里もそういう意向に抗《あらが》うことがなかった。だから由布子には、自由が丘のマンションに実母と父親違いの妹がいることは言っていない。知れば、実家との間でいらぬ気を遣うようになるだろうから。

「じゃあ」去ろうとする彰太を、美登里は呼び止めた。

「侑那に会っていかないの?」

「うん。またにするよ」

「そう」

　寂しげに美登里は言ったが、彰太を引き留めることはしなかった。

　ここに来たことを後悔した。今のような精神状態で来るべきではなかった。一度も振り返らずに歩いた。しばらく行って、公園の中に桜の木が立っているのが見えた。つぼみが膨《ふく》らみかけたソメイヨシノを、立ち止まってぼんやりと見上げる。季節が移ろっていたのにも気がつかなかった。

もう三学期も終わる。美華は高校三年に進級する。

桜が満開になり、散ってしまうことを、どうにか阻止《そし》できないものか。そういうことを真剣に考えている自分と娘とは、永遠に分かたれてしまったのか。

後ろから来た通行人と肩が当たってよろめき、彰太はまた歩き出した。

＊

「じゃあ、そこへ寝転がってください」

フローリングの上に敷かれたマットを、少女は指差した。体育館で使う体操用のマットだ。少女は制服姿だ。どこかの高校生なのか、それとも高校生の振りをしているだけなのか、男には判断がつかなかった。

歓楽街を歩いている時に、客引きをしている女の子に腕をつかまれた。振りほどこうとして、ふと少女の顔を覗き込んだ。抜けるように白い肌にふっくらとした唇。あどけない顔に、射るような目つき。そのアンバランスさにふと気持ちが惹かれた。育ちのよさそうな子なのに、放縦《ほうじゅう》さと不機嫌《ふきげん》さが垣間《かいま》見《み》える。

そんなことを考えているうちに、女の子にぐいぐい引っ張られて、すぐ前にある雑居ビルに連れていかれた。小さなエレベーターに乗っている間も、少女は腕を放さず、体を密着させてきた。

「おじさん、少しだけ休んでいって。七瀬《ななせ》が膝枕《ひざまくら》してあげるから」

抑揚《よくよう》のない声でそんなことを言う。

こういう店を何というのだろう。よくわからないが、不思議な雰囲気の少女に釣《つ》られてついていった。現役の高校生でないにしても、年齢はそれに見合うくらいだろう。エレベーターは五階で止まった。

『イケナイ部活動』という名前の店だった。

ドアを入ったところにカウンターがあって、ぺらっとしたスーツを着崩した男性の受付係にコースを選ぶように言われた。男は「マッサージコース」を選んだ。狭苦しいロビーの壁には、様々なデザインの制服を着た女の子の写真が飾られていた。「樹里《じゆり》」や「ゆりあ」、「紗良《さら》」と名前も表示されているが、本名ではないだろう。どの子も目が大きく強調され、鼻筋が通っていて、かわいいだけで特徴がなかった。適当に加工されているのか。

七瀬は腕にすがったまま、男が料金を前払いするのをじっと見ていた。

顔を向けるとにこっと笑うが、目が笑っていない。却《かえ》って寂しい笑顔に見えた。この子は、どんな事情でこんなことをしているのだろう。ますます興味が湧いた。

個室に案内されると、体操用マットが敷いてあって面食らった。店名にあるように、学校の施設をイメージしているのだろう。

「私は器械体操部なの。ちょっと練習するけど、体操服に着替えた方がいい？　それともこのままでいい？」

制服のままでいいと答えた。

すると七瀬はマットの上ででんぐり返りをしてみせた。短いスカートがまくれ上がるが、下には紺の短パンを穿《は》いているからどうってことはない。七瀬はその後も屈伸《くっしん》運動をしたり、V字バランスをしてみせたりした。たいして体が柔軟ということもない。器械体操部に入っている女子高生という設定で、こういうことをしているのだろう。

七瀬に言われて、今度は男がマットにうつ伏せに寝た。服の上から、ぎこちない手つきでマッサージまがいのサービスを施《ほどこ》された。七瀬はその間も、次々と話しかけてくる。架空の設定に従って、学校生活のことや、付き合っている彼とのこと。たぶん、この会話も料金の中に含まれているのだ。

何もかもが作り物だ。七瀬という架空の人物を演じているだけだ。こうして男のそばに座っておざなりのマッサージをすることも、この子にとっては現実からはかけ離れている。七瀬という名前を付けられた人形なのだ。心のない人形――。

そう思った途端、少女の姿をした人形が欲しくてたまらなくなった。

由布子に少しでも寄り添いたくて、彼女と一緒に瞑想の会に参加した。瞑想にも仏教にも興味がなかったし、そんなことで救われるとも思わなかった。ただ今まで仕事にかかりきりだった生活を改めて、妻を支えてやりたいと思ったのだ。娘の激変に心を痛め、言わないでいいことを告白してしまいそうな由布子が、危なっかしくて見ていられなかった。

日曜日の朝に行われる瞑想の会と説法会に参加することにした。日曜日は参加者も多いと聞いたし、主催者である高雲寺の様子もよくわかると思った。

＊

東京メトロ千代田線の北千住駅から日光《にっこう》街道に向かっていくのだそうだ。朝の早い時間に夫婦で並んで歩くことは珍しい。由布子の表情もいくぶん明るく見えた。瞑想の会がいい効果を生んでいるのか。ここのところ、美華が落ち着いているせいか。

三年に上がることを意識したのだろうか、美華は一日数時間だが授業を受けるようになった。帰宅時間は遅かったり早かったりだ。早く帰ってきた時は、家族で夕食のテーブルを囲むこともある。むすっとして相変わらず口をきくことはないが、それでもいい方向に向かっていると信じたかった。

学期末の保護者面談で、担任の菱沼と話したところでは、なんとか三年生にはなれそうだった。ただし高校最終学年で、今までのような生活を続けるなら、桜華台学園の大学には進めないときっぱり言われた。

日光街道を越えて住宅街の中を抜けていく。公園の中で早咲きの緋寒桜《ひかんざくら》が咲いていた。春先のふくふくと温められた空気の中を行く。

美華が生まれた春の朝のことを思った。実家に帰っていた由布子に陣痛がきたと、夜中に連絡が入った。すぐに着替えて産婦人科まで車を飛ばした。助産師や義母の愛子にまかせて、ただおろおろしているうちに、陣痛室から分娩《ぶんべん》室に連れていかれた。彰太が呼び入れられたのは、いよいよ生まれるという時で、何度もいきんでは荒い息を整える由布子の手を握り締めているのがやっとだった。由布子の絶叫とともに、この世に生まれ落ちた我が子を見たのは、朝まだきの頃だった。

抗議のような怒りのような、力強い声が分娩室に響き渡った。

「おめでとうございます。女の子ですよ」

助産師が言いながら、由布子の胸の上に赤ん坊を乗せた。もぞもぞ動く不思議な生命体を、二人で眺めたものだった。

ひんやりとした春の朝の空気の中、病院の庭に出ると、植え込みのコデマリに清楚な白い花がたくさん咲いていた。五弁の小さな花は、十数輪が寄り添うように集まって開き、朝の光を吸って輝いていた。普段なら、こんな地味な花には気がつきもしなかっただろう。

特別な日に見た美しい花だった。だから赤ん坊には「美華」と名付けた。

子供が生まれるという神秘的で感動的な経験をしたのは、初めてだった。妹の侑那が生まれた時は、まだ自分も幼くてすぐに会いに行くことはできなかった。だいぶ経《た》ってから美登里から連絡がきた。赤ん坊の侑那に会ったのは、もっと後のことだった。年に一度くらいは侑那に会う機会があったが、血のつながりとか、愛《いと》しいという意識はあまりなかった。

我が子を抱いた感触は、格別だった。

感慨にふけりながら歩いていくと、高雲寺に着いた。住宅街の中の小ぢんまりした寺を想像していたのに、かなり広大な敷地を持つ寺だった。山門で一礼して入っていく由布子に倣《なら》った。箒目《ほうきめ》がきれいに残る境内《けいだい》を行くと、クスノキやエノキの大木が何本も立っていた。荒川や隅田《すみだ》川から吹いてくる風に、新しい緑の葉が清《さや》かに揺れていて、おのずと厳《おごそ》かな気分にさせられた。

木々の向こうに堂々たる伽藍《がらん》が見えた。

隣を歩く由布子の頬《ほお》の血色がわずかによくなったような気がした。履物《はきもの》を脱いで、本堂に上がった。由布子が軽く会釈《えしやく》をしたので、そちらを見ると、プレオープンのパーティで会った小森が人々の頭の向こうに見えた。本堂は静まり返っている。小森も寄ってくることなく、畳敷きの本堂に腰を下ろした。よく見れば、ご本尊の前に、質素な黄土色の法衣《ほうえ》を身に着けた若い僧が一人こちらに背を向けて座っている。

百畳ほどもある本堂に集まってきた人々は、おのおの好きな場所に腰を下ろしている。座り方もそれぞれで、正座をしている人もいれば、胡坐《あぐら》を組んでいる人もいる。内庭に向かって縁側に腰かけただけの人もいた。座禅とは違い、一人一人が好きな格好でリラックスしているのだと知れた。

午前八時になると、前に座っていた若い僧が、くるりとこちらを向いた。数珠《じゆず》を持った両手を合わせ、深く頭を下げた。皆が同じように礼をしたので、一番後ろに座った彰太も頭を下げた。

「それでは、皆さん、お揃《そろ》いのようですので、瞑想を始めたいと思います」

よく通る声だった。思ったよりも若い住職だと彰太は思った。三十代後半。まだ四十にはなっていまい。青く剃《そ》り上げた頭がぐるりと回って、参加者を見渡した。卵型の顔は小さく、清潔な法衣の襟《えり》から伸びた首も細い。くっきりした二重瞼《ふたえまぶた》の目は切れ長で、唇は薄い。中性的で、どこか高潔な仏像を思わせる面立《おもだ》ちだ。

「初めての方もいらっしゃるようですので、少しだけ説明をさせていただきます」

型というものはないので、好きな格好で座ってください、と住職は続けた。

「足の悪い方は、縁側に腰かけても、椅子を出してきて座っていただいてもかまいません」

何なら大の字に寝そべってもいいのです、と言うと、参加者の中から密《ひそ》やかな笑い声が上がった。

「本当ですよ。そういう瞑想法もあるのです」

若い住職は慌てて付け加えた。語りがどことなく板についていないところが初々《ういうい》しく好感が持てた。住職の指導に従って、呼吸法を習った。瞑想で一番大事なのは、呼吸法だという。背筋《せすじ》を伸ばして自由な姿勢で座り、一秒間で静かに息を吸って、吐く。次は二秒間で吸い、二秒で吐き出す。これを三秒、四秒と増やしながら繰り返し、十秒間隔《かんかく》までいくと、今度は一秒ずつ減らしていく。一秒間隔まで戻ると、これが一サイクルだと住職は説明した。

呼吸を整えると、体中に血液がゆきわたるのがわかる。瞑想では、呼吸を意識することが大事であると言った。瞑想を続けると、思考が明快になり、集中力が高まるそうだ。

「この呼吸法を一サイクル繰り返した後は、好きに瞑想なさってください。時間も自由です」

住職の説明が終わると、おのおのが好きな場所に陣取り、好きな格好で瞑想を始めた。

教えられた呼吸法は、皆が揃えるようにして行ったが、それ以降は静かに瞑想に入る。

彰太も由布子と並んで座り、吸って吐いてを繰り返した。胡坐を組んでの瞑想は、そうは続かないだろうと思えたが、案外楽に続けられた。初めは周囲の人々の動きに意識が向いていたが、途中からそれも気にならなくなった。

うまく瞑想できているのかどうかもわからないが、何も考えないで自分にだけ向き合っている気がした。心を無にすることが、こんなに簡単にできて、体を解放できることに感嘆《かんたん》した。時間の経過もよくわからない。眠っているのか、覚醒《かくせい》しているのか、その辺も曖昧《あいまい》だ。奇妙な浮遊感も感じる。つまり、座っている自分がどんなものに囲まれているかを忘れてしまう。頭が天井を向いていて、足の下に畳があるという感覚が失われるとでもいおうか。

住職が静かに経を唱《とな》え出した。そっと目を開けてみた。それに和《わ》す人もいれば、まだ頭《こうべ》を垂れている人もいる。唱えているのは、般若心経《はんにゃしんぎょう》だ。久しぶりにお経を聞いた。住職はどちらかといえば小柄でやせ形なのに、声量はかなりのものだ。広い本堂に、うねるように高く低く、読経《どきょう》が響き渡った。耳に心地《ここち》よいと感じられた。彰太は再び目を閉じて音声《おんじょう》に聞き入った。

般若心経を最後まで唱えて、総金襴《そうきんらん》の布団《ふとん》に載った大型のリンを朱塗りのリン棒で鳴らすと、住職はまた参加者に向き直った。重厚なリンの余韻《よいん》が残る中、数珠をまさぐり、頭を下げる。

深い眠りから覚めたような気がしたが、まだ始まってから三十分くらいしか経っていなかった。心持ち、頭の中がすっきりした気がする。ゆっくりと周囲を見回すと、幾人か減っていた。そっと立って帰っていったらしい。そういうところも個人の自由にまかせてあるのだと推察できた。

これから住職の説法が始まるのだろう。間隔を空けて瞑想にふけっていた人々が、台座の前に集まってきた。由布子に促され、彰太もそろりと前に出た。向こうの端に、小森友紀恵が座っているのが見えた。

「どうですか？　皆さん、心のお掃除はできましたか？」

住職の問いに、なごやかな笑いが起こる。若いだけに、もったいぶった話し方ではなく、親しみやすさを心掛けているのか。

「今皆さんが唱えた般若心経は、大乗仏教の基本的教えである『空《くう》』を説いたお経です」

読経の声とはまた違う。説法の声は物静かで沁《し》み入るような声だ。この人は自分の声の特徴をわかっていて、うまく使い分けているのではないか。頭のいい人なのだという印象を持った。

庭からメジロかホオジロか、「チチッ、チチッ」という地鳴きが聞こえてきた。鈍《にぶ》い光を放つ本尊の十一面観音菩薩《かんのんぼさつ》像。ひんやりとした畳の感触。真っすぐに立ち昇る線香の煙。ここが都会の住宅街の真ん中であることを忘れそうになった。

「この世の物質的現象には実体がないのです。ですが中身が空っぽという意味ではなく、『空』とは、自他への囚われを捨てた境地のことです。何事にも偏《かたよ》らない、こだわらない、囚われない。真理を意味する般若とは、そうしたことができる仏の智慧《ちえ》を指しているのです」

本堂に正座した三十人ほどの人々は、一心に耳を傾けている。

「お経とは、死者を弔《とむら》うために僧侶《そうりょ》が読み上げるものであると思い込んでおられるかもしれませんが、それは間違いです」

住職は、ゆっくりと聴衆を見渡した。こと説法に関しては間合いの取り方もうまい。先ほどのややぎこちない語り口は、聴衆の心に入り込む演出だったのか。人前でしゃべるのが苦手な彰太は、つい話術に長《た》けた人を深く観察してしまう。

「お経は生きている人々のためのものです。般若心経の末尾の文句は、『生き往《ゆ》け、生き往け』と唱えているのです」

本堂の端っこで、輪袈裟《わげさ》を首に掛けたふくよかな女性が住職の言葉にいちいち頷《うなず》いている。七十歳そこそこに見える。ふっくらと肥《こ》えていて血色がいい。所作や目配《めくば》りなどから、瞑想の会の参加者ではなさそうだ。

「まあ、僧侶の読み上げる音韻《おんいん》を虚心坦懐《きょしんたんかい》に聞くだけでも結構なんですが、それだけではもったいない。お釈迦《しゃか》様の教えがぎゅっと詰まったお経ですからねえ。人生の糧《かて》として身《しん》読《どく》すればなおいい」

全員の頭がうんうんと頷く。

「まあ、難しいことはいいでしょう。瞑想と同じく、大声を出すことは医学的にも心身の健康のためにいいことと証明されておりますから。声明《しょうみょう》とか陀羅尼《だらに》という音力《おんりき》を重視する読経は、それ自体が誰にでも簡単にできる有難《ありがた》い仏教の行為です」

その後、住職は般若心経の意味の解説から、宇宙の摂理《せつり》、仏教の基本的教え、お経の意図を人生に役立てることなどを述べた。有難い説法など今まで聞いたことがなかった。もしかしたら仏教のありきたりな話なのかもしれない。

が、呼吸法を習い、瞑想をした後では、真っすぐに心に落ちてきた。いかめしい年配者がこれを言うと、構えて聞いてしまうかもしれないが、自分より年下の住職だからか、素直に頷いていた。

説法がなごやかに終わると、大方の人々は靴を履《は》いて数段の木の段を下りていった。境内を山門に向かって三々五々去っていく。まだ本堂に残って瞑想の続きをしている人もいた。彰太も由布子と二人、靴を履くために人々の後ろで順番を待っていた。

そこに、小森がすっと寄ってきた。

「財前さん、ご主人がせっかくいらっしゃったんですから、お茶でもどうですかって」

振り返ったら、さっきの福々しい女性がにっこり笑って立っていた。

彰太と由布子は、奥の部屋に通された。本堂から続く廊下に沿って、いくつもの和室が続いているうちの一つだ。相当に大きな伽藍だと知れた。障子《しょうじ》を開けると、座卓の向こうにさっきの若い住職が座っていた。

「財前さん、でしたね？　瞑想はどうでした？」

ざっくばらんに話しかけられて、「なんだか心が軽くなった気がします」と答えた。今の心境を言い表すうまい言葉が見つからなかった。冷たい清涼な流れに足を浸《ひた》したような気持ちだった。まだ少しの間、浸かっていたいと思えるような。

住職、と話しかけると、女性たちは穏《おだ》やかに笑った。

「ああ、私が説明をしなかったから。こちらは副住職で、ご住職の息子さん」由布子が言い、小森が「若院《じゃくいん》様とおっしゃるのよ」と教えてくれた。

お茶とお茶菓子の用意をしてくれている女性は、住職の奥様で、若院の母親に当たる方だと続けた。住職の奥様は、「大黒《だいこく》様」と呼ばれているらしい。

「昔は台所に大黒天《だいこくてん》を祀《まつ》ってあったので、庫裏《くり》を預かる住職の妻のことを、大黒様と呼ぶ習わしになったらしいのよ」

これもざっくばらんな感じで大黒様が言った。

「私はここの本堂を借りて、月に二回、ヨガの教室を開いているの。ヨガスクールとは違って、無料で誰でも参加できるんですよ。ご主人もいかが？」

小森は冗談半分でそんなことを言う。

若院は、真言《しんごん》宗である寺の縁起を語り、住職は高齢で病気がちなので、今は自分が何もかも引き受けてやっているのだと言った。

「ご住職の具合はいかがですか？　もう長いことお会いしていませんが」

小森が問うと、大黒様は、「ありがとうございます」と合掌《がっしょう》した。

「奥の寝間で寝たり起きたりでね。まだちょっと皆様の前に出るようにはなりませんね」

「それはご心配ですね。でも大黒様がお世話をなさっていらっしゃるんでしょう？　大黒様も、お体お大事になさってください」

小森の言葉に、大黒様はまた礼を言った。

瞑想の会は、毎朝開かれているのだという。説法があるのは日曜日だけで、瞑想の会は、自由に出入りできる。入会などの面倒な手続きもない。やりたい人が来て参加しているらしい。本堂は、基本、朝早くから開放してあるから、仕事に行く前のサラリーマンが瞑想に立ち寄ることもある。いわゆる「朝活」の一環として。ストレス社会と言われる現代を生き抜くには、有効な手立てなのかもしれない。

「財前さんはお忙しいのでしょう。ザイゼンという大きな会社のトップなんですから。ヨガはともかく、瞑想は続けられるといいですよ。別にここに来なくてもいいのです。瞑想はどこでもできますから。今日の呼吸法を習得して、お仕事の合間にやってみてください」

若院の助言には「わかりました」と答えた。

その後も、仏教や瞑想について若院は語った。知識が豊富で、頭の回転も速い。その上で柔軟な考えの持ち主だと知れた。仏教に深く帰依《きえ》しているのは明瞭だが、押しつけがましくない態度が好ましかった。小一時間がすぐに経った。

「あら、もうこんな時間」大黒様は違い棚の置時計を見て、慌てた。

「これから、お伺《うかが》いするお宅があるもので――」

「すみません。お時間を取らせました」由布子を促して、彰太も腰を上げた。

「いいのよ。いつでもいらっしゃって」

「難しく考えないで、お気軽に」若院も付け加えた。

大黒様は、これから長年引きこもりをしている男性のいる家を訪ねるのだと言った。

「もう二十年以上、自室にこもりきりの四十代の方なのよ。ご両親は高齢におなりで先々のことを考えると夜も寝られないと、瞑想の会へ足を運んでくださるようになったの」

「それで大黒様が？」

由布子が目を見開き、彰太の方をちらりと見やった。大黒様は、てきぱきと湯呑《ゆのみ》を片付けながら、さもないことのように答える。

「そうなの。あの家に通い出してから、もう半年以上になるわねえ。開かないドアの前に座って話しかけて――。向こうも根負けしたんでしょうね。答えてくれるようにはなったのよ。もう少しで部屋の外に出てきてくれるんじゃないかと期待してるんだけど」

「なぜ――？」思わず声が出た。「なぜあなたがそんなことを？」

随分不躾《ぶしつけ》な質問だったと思う。由布子がやや咎《とが》めるような視線を送ってきた。

大黒様は、朗《ほが》らかに笑った。

「だって、誰かが働きかけないと物事は動かないでしょう？　なら、私がそれをしようと思って。これもご縁だと思うのよ」

由布子が感嘆の声を上げた。

「そこまで親身になってくださるなんて」

大黒様はまた笑った。

「ただのおせっかいかもわからないけどね。もうこれは私の性《しょう》なの」

そこまで真っすぐに善を貫《つらぬ》けるのは、やはり信仰がバックにあるからなのか。功徳《くどく》というものか。馴染みのない言葉に戸惑《とまど》うしかなかった。ただ、久しぶりに晴れ晴れとした表情の由布子を見られたことはよかった。きっとここは、過酷な環境に置かれた妻にとって、癒《いや》しの場となっているのだろう。

しばらくは様子を見てみようと決めた。何の根拠もないのに、物事がいい方向に進むような気がした。瞑想で束《つか》の間《ま》心の平安を得て、善き人たちと言葉を交わせたせいかもしれない。知らない間に自分で自分を追い込み、ぎすぎすした心持ちになっていたのだ。

由布子と並んで境内を歩いていると、かすかな花の香りを含んだ柔らかな風が吹いてきた。「花信風」という言葉が浮かんできた。


春休みが始まって、学校へ行かなくなると、美華は昼間も街をほっつき歩くようになった。彰太がいない家で、母親と二人でいるのが苦痛らしい。もはや由布子は、美華を引き留めようとは思っていないようだ。それどころか、娘を怖がっているふしさえある。由布子の行き先は、北千住の高雲寺だ。

高雲寺の瞑想の会と若院の説法で乱れた心を整え、大黒様に悩みを聞いてもらって、安《あん》寧《ねい》を得ている。今や、夫よりも親よりも、若院と大黒様に精神的な拠《よ》り所《どころ》を求めているという状態だ。あまりに傾倒していく様子に危惧《きぐ》を覚えつつも、彰太はそのままにしておいた。

自分の目で確かめてきたということもある。若いながらも、しっかりとした信念のもと、仏教の教えを広めようとする若院と、素朴《そぼく》で飾り気がなく、それでいて実行力のある大黒様とにまかせておけば、間違ったことにはならないだろう。

由布子が落ち着いているのなら、そっとしておきたいという気もあった。突き詰めれば、家庭の問題から逃げたいという卑怯《ひきょう》な思いが根底にある。美華がおかしくなってから、彰太自身も消耗《しょうもう》してしまっていた。

久しぶりに八木に会いにいった。珍しく先に電話を入れると、「それなら、一緒にお昼でもどうですか」と言われた。高田馬場のリトルヤンゴンで、ミャンマー料理を食べようという。彼が誘うのは、たいてい庶民的な店だ。

「まあ、これぐらいの店なら、私が社長にご馳走《ちそう》できますから」

そう言って八木は笑った。ミャンマー人がコミュニティを形成するリトルヤンゴンと呼ばれる地域は、高田馬場駅のすぐ近くにある。足を踏み入れると、ミャンマーの国旗の色からきた黄色と緑と赤とが溢れていて、目に痛いほどだ。ミャンマー料理店だけでなく、雑多な店が集まっていて、看板が数多く出ているので、八木が指定した店を見つけるのに苦労した。

ハラルフードショップの隣に目指す店を見つけた。昼食時間からは少しずれて、そう混んでいなかったので助かった。店の奥の小さなテーブルで、八木が手を挙げた。

彼の薦《すす》めに従って、カウスエジョーという焼きそばに似た料理を頼んだ。八木は汁なしの油麺を注文した。

「たいていミャンマー料理ってのは油っこいんですが、ここのは日本人向けに少し油を控えめにしてあります」

ミャンマーでは、油を多く使うのが、豊かさの象徴だと説明する。それからしばらくは、この界隈《かいわい》の変遷《へんせん》が話題に上った。元は学生街だったこの辺りは、隣町の新大久保《しんおおくぼ》と合わせてすっかり多国籍化されて、料理店だけでなく雑貨店や食料品店、外国人向けの不動産屋が増えた。学生街の色合いも排されることなく残っていて、学生ローンの看板も大きな顔をして掛かっている。おかげでますます混沌《こんとん》とした街になった。

「妙な活気があるというか、まあ、どんなふうに変わっても、私には地元という感じですがね」

今は別のところに住んでいるが、父親が高田馬場ビジネスアカデミーを設立した頃には、一家でここに住んでいたのだと言う。若い頃、父親とうまくいかなかったという八木の身の上話を思い出した。

「お父様に反発していた頃ですか?」

「そうそう」注文した麺がきたので、八木は割り箸を割りながら答えた。「双子なのに、長男、次男で親からの扱いが違ったからなあ」

八木は、汁なし油麺をぐちゃぐちゃと豪快に掻《か》き混ぜた。

「十代の頃は、何を言われてもカチンときてましたよ」

具がいっぱいの麺をずずずっと吸い込む。彰太も太めの米麺を掻き込んだ。ナンプラーと香辛料の香りが口いっぱいに広がった。

「でも、まあ、兄貴の方が格段に優秀だったんだから仕方がない。今なら、そんなふうに考えられます」

「ええ。田部井さんは、うちでももうなくてはならない存在ですよ」

そう言うと、双子の弟は、嬉《うれ》しそうに笑った。笑った顔もそっくりだ。長い付き合いだから、彰太には雰囲気で見分けがつくが、初めて会った人には未だに間違えられるそうだ。

「私にとってよかったことは、兄貴が私を庇《かば》ってくれたことです。仲違《なかたが》いした親父との間を取り持ってくれて、高田馬場ビジネスアカデミーに戻れる道をつけてくれました」

「そうでしたね」

八木は、パクチーをむしゃむしゃと食べた。

「あの頃には、もう親父も年を取って弱っていたから、昔のように怒り飛ばす元気もなかったんだが――」少しだけ、しんみりした口調に変わる。

「兄貴が社長のところの専属コンサルタントになったのは、アカデミーを私に譲《ゆず》るためだったんじゃないかと思いますね。随分後になってから、社長がザイゼンを起《た》ち上げてくれてよかったと言っているのを聞いて、そう思いました」

「よかったのは、こっちですよ。田部井さんや八木さんがいたからこそ、今の会社を作って、ここまで成長させることができたんですから」

「いやあ、私の力なんて。傾きかけていたアカデミーを助けてくれたのは、社長じゃないですか」

「と、いうことは、誰にとってもいいタイミングだったってことですね」

言いながら、偶然ではなく、自分が無理やり作り上げたタイミングなのだと思った。そのことを、この気のいい元興信所所長に告げることは決してないけれど。

物凄い勢いで麺を平らげてしまうと、八木は水をぐいっと飲んだ。そして、店の奥に向かって「たこ焼き、頼むよ」と注文した。

店主が持ってきたものは、日本のたこ焼きとまったくそっくりだった。だが、食べてみるとたこは入っていない。米や豆、塩などでこしらえた甘いお菓子だった。これにまた八木が注文したミルクティーを飲んだ。

「兄弟がいるってことは、いいことですね」ちょっとだけ侑那のことを思った。

「うちの娘は一人っ子なもんで、わがままに育ってしまって手を焼いていますよ」

八木は甘ったるいミルクティーをがぶりと飲んで「そんなことはないでしょう」と笑った。

「美華さんほどいい子はいない。社長と奥さんの自慢の娘さんでしょうから」

「いや、それが……」

気がついたら、八木に美華のことを打ち明けていた。

店の入り口付近に陣取ったミャンマー人らしきグループが、ひっきりなしにしゃべっている。店主も椅子を引っ張っていって仲間に加わっている。昼下がりのレストラン内では、誰も店の奥の深刻な話などに注意を払わない。

八木は食べることをやめ、彰太の話に真剣に耳を傾けた。話が終わる頃には、ミャンマーふうのたこ焼きは冷えて硬くなっていた。

「それはまた――なんとも――」

八木は目を伏せた。

「いったい何があったっていうんだろう。女の子は難しいですな。うちは男の子ばかり三人なんで、年頃の女の子の気持ちは――」

それから気を取り直したように言った。

「だがうちの坊主どもも、その年頃には、何かと問題を起こしてくれましたよ。学校へ呼び出されて絞《しぼ》られて、女房が弱り果てていることも何度もありました」

「そうですか」

もう息子たちは全員が結婚して子をもうけていると聞いた。長男がアカデミーを継ぐことになっているようだ。

「その時は腹を立てたり、悩んだりしましたが、今となっては、そういうこともあったなあって具合で――」

弱々しい笑みを浮かべて、彰太の顔色を窺った。不用意なことを言ったのではないかと心配しているのか。彰太がナンバーワン興信所で、臨時雇いで働いていた頃が、ちょうど息子たちの反抗期に当たっていたのかもしれない。そんな家庭の事情は、温厚でゆったりした所長からは少しも感じられなかった。

彰太は、感情にまかせてこんな打ち明け話をした自分を恥じた。八木が言うように、どこの家もが通過する試練なのかもしれない。

それと同時に、田部井は彰太の家の抱えた複雑な事情を察しているだろうに、彼からは弟に伝わっていないのだと知った。企業人として、社長の秘密を腹の中だけに納めてくれている田部井にも感謝した。

「ただね、社長。子供っていうもんは、いずれは親から離れていくもんです。私の頑固《がんこ》親父も最後はそれを悟っていましたよ。だからね、いつまでも心配したってどうしようもない。子供は子供で生きてるんだから。もう諦《あきら》めるっていうか――」煤《すす》けた天井を見上げて言葉を探す。「腹をくくるっていうか――。お前の人生だろって感じで、子供に投げちゃっていいんじゃないですか？　悩むだけ悩め。グレるだけグレろ、ですかねえ」

広川も似たようなことを言っていたと思い出す。無骨で乱暴な物言いが胸に沁みた。

俺には、そんなこと言ってくれる親族はいなかったなあ、とも思う。あの頃、「グレるだけグレろ」と見守ってくれる人が一人でもいたら――。

「すみませんねえ。たいしたアドバイスもできず……」

八木の言葉は尻すぼまりになった。

「いえ、こちらこそすみません。こんなことを話すつもりじゃなかった」

「何でも話してくれていいんですよ。お力になれるかどうかは別として、話し相手にはなりますから」

彰太は礼を言って立ち上がった。支払いは、八木にまかせた。

おしゃべりの輪から立ってきた店主が大きな声で「アリガトウゴザイマシター」と二人を送り出した。

八木と話して気持ちの整理がついた。頼れるものには頼るべきなのかもしれない。美華がスクールカウンセラーとだけは話すように。由布子が高雲寺に依存するように。

腹をくくって見守るだけの存在でもいいんじゃないかと思い直した。

たまに高雲寺の瞑想の会に出かけた。他のサラリーマンに倣って「朝活」の一環として瞑想をしてから仕事に出かけることもあるが、主に日曜日の瞑想の会に参加した。境内では桜が満開になり、散り敷いた花びらを、檀信徒らと一緒に大黒様が掃き清めていた。

「おはようございます」

白い上っ張りを着た大黒様は、すぐに彰太夫婦を見つけて声をかけてきてくれた。春の風のような柔らかな声を聞くだけでも癒される気がした。由布子はなおさらで、高雲寺に近づくにつれ、表情が和《なご》んでくるのがはっきりとわかった。

大黒様と懇意《こんい》になった由布子は、いろんなことを聞いてきて、彰太に教えてくれた。今の住職と大黒様は再婚で、若院は大黒様の連れ子だということ。だから、八十代の住職と大黒様は、十歳以上年が離れていること。再婚したのは十数年前のことで、先妻を早くに亡くして独身だった住職と、高雲寺の行く末を心配した檀信徒の一人が、口利《くちき》きをしたのだということ。

「跡継ぎがない場合、ご住職はお勤《つと》めができなくなると、寺を出ていかないといけないらしいの。寺自体は、個人の持ちものではないから。だから、若院様という立派な跡継ぎができて、寺総代さんを始めとした檀家さんたちは、ほっと胸を撫で下ろしたんだって」

当時、二十歳《はたち》かそこらだった若院は、僧になる修行をして、高雲寺の立派な後継者となった。

「寺育ちでもない若院様がよく決心したね」

「そうでしょう？　大黒様も昔からここのお寺を仕切っているような、うってつけのお方だし。いい人が寺に入ってくれたものだって、皆さん、有難がっているの」

由布子自身も古くからの信徒のように説明した。得度《とくど》を受けた時、若院は、平井瑩迪《ひらいえいゆう》という住職の名前から一字もらって「瑩啓《えいけい》」という名前を付けてもらったという。本名が「啓司《けいじ》」だからだと、これは小森友紀恵から聞いたのだそうだ。

住職は高齢なのと、病気がちなのとで、ここ一年ほどは表に出てこない。が、若院がしっかりお勤めを果たしているので、安心しているだろうと皆が言っているそうだ。臥《ふ》せっている住職は、大黒様が献身的に介護をしているという。

由布子がこの場所に来たがる理由が少しわかった気がする。美華の問題を抱えてから、ささくれ立ち、乱れた心が慰撫《いぶ》されて、丸く平らかになってくるのだろう。瞑想の効果だけでなく、ここに集《つど》う人々の優しさがそうさせるのかもしれない。

「いつか、美華もここに連れてこられたらいいのに」

ぽろりとこぼれた言葉は重かった。

何があの子の心を荒《すさ》ませ、何をしたら落ち着かせることができるのだろう。八木が言うように、「そういうこともあったなあ」と思える時が来るのだろうか。そこまで到達するのは、長い道のりのような気がした。

我が子の心を見失ってしまった夫婦は、寄り添いながら桜の花の下をくぐった。妻の髪の毛に薄いピンクの花びらが一片《ひとひら》載っているのを、彰太は寂しく見つめた。

瞑想の後、若院の説法に聞き入った。柔らかだが、迷いなく真っすぐに放たれる言葉、一つ一つが身に沁みた。新緑の葉に宿る朝露のようにまろやかで、閉ざされた世界に差し込む一筋の光のように眩《まぶ》しく、しんと静まった冬の空から降る雪のように清らかに、言葉は聴衆の耳にゆきわたった。

彼は言う。この世の真実は虚無だと。

現世は苦痛に満ちている。その真実を伝えているのは仏教だけである。仏教の重要な教えは「この世のすべては『苦』である」ということ。苦こそ、虚しいということである。いつかすべての生き物は死に、無に帰する。この世に生まれ落ちたものは、死に向かって刻々と変化を続ける。万物は変化していくものなのだ。科学的に言えば、宇宙も波動、エネルギーの振動である。すべてが無常であり、永久的なものは何もない。存在そのもの、生命そのものも無常である。

人類は何千万種という生物種の食物連鎖の頂点に立った。人間が、すべての生き物の中で優《すぐ》れた存在だという傲慢《ごうまん》な考えを持つに至った。人間も自然の一部であるということを忘れ果てた。

我々はそれでも現状に満足せず、さらに上を見始めた。愛とか夢とか希望とか、曖昧なものを追い求め、それが得られないと苦しむ。人はまったく非論理的、非合理的に生きている。悩みたくない、苦しみたくないと言いながら、次から次へと悩みの種を探し出してきては苦しむ。自分が勝手に作り出しているとの認識がない。謙虚になれば、その仕組みは見えてくるはずだ。欲望で目が曇《くも》ってしまっている。

この状態を仏教では無知という。

実はこのあり様は、科学的にも説明できることだ。苦しみの神経回路というものがあって、苦しむことによって分泌《ぶんぴつ》される脳内物質がピリピリと刺激することを、脳は不快に感じる。だが、それが繰り返されると、心は「多量の刺激を得ることができて好ましい」と感じるようになる。

こうして「苦しみ」を一度感じると、何度もリピートしてしまうのは、苦しむことを心が実は歓迎しているからにほかならない。苦しみは、愛に比べると単純でわかりやすい。無駄に苦しみ悩むことは、仏道では「業《カルマ》を貯める」と表現される状態であるが、もしかしたら、「苦」の方が人にとって手に取りやすいため、知らず知らずのうちにその中に飛び込んでいくのかもしれない。

報《むく》われない努力に苛立《いらだ》ったり、受け入れられない愛に傷ついたり、実現できない夢に絶望したり。無知な人間は、自《おの》ずから苦しみを求める。しかし、それも自然な営《いとな》みなのだ。煩悩《ぼんのう》にまみれるということが。

仏教は「この世のすべては『苦』である」と教えるが、それに囚われることなく生きよとは言わない。それが当たり前なのだと説く。一旦、その見地に立ってみるといい。そうすると、苦しみに翻弄《ほんろう》される自分が見えてくる。「苦」「虚無」を透徹した境地で受け入れた時、やっと自分の人生が取り戻せる。おそらくそれが解脱《げだつ》するということだ。そうした境地の向こうに宇宙の真理、ひとの智慧《ちえ》がある。

若院は力むことなく、恬淡と聴衆に語りかける。時折、本堂の中を静かに見渡す以外は、姿勢を崩すことはない。本堂を囲む木立《こだち》は、寺の外の喧騒《けんそう》を吸い取ってしまい、広い畳敷きは静寂に包まれている。ご本尊の前に灯された太い蠟燭《ろうそく》がかすかにたてる、じじじっという音すら、耳に届いてくる。

若院のなで肩の体を包む法衣のかすかな衣擦《きぬず》れや、薄い唇が小気味よく動き、教えの言葉を放つ様は、この厳かな場にしっくり溶け込んでいる。彼の中性的なたたずまいは、ブッダの教えを伝えるのに、これ以上ないほどの効果を生んでいる。誰しもの心にはらりと落ちかかり、根を張る珠玉の言葉。十一面観音菩薩像の半眼《はんがん》が、人々を見下ろしている。

この説法を、美華にも聞かせてやりたいと彰太は切実に思った。

説法の後、また大黒様と面談した。小森も同席した。若院は、同じ宗派の別の寺で法事を頼まれているというので、出かけていった。奥多摩《おくたま》の寺が無住《むじゅう》になって、住職がまかされていたのだが、弱ってしまって足を運ぶことができなくなった。今は若院が用事のあるときだけお勤めをしに行っているという。一時は荒れていた寺をなんとか改修して、本堂だけは形になったのだと、大黒様が言った。

「庫裏やその他の建物がいくつかあるんだけど、それは手付かずなの。山深い場所にあって、檀家も少なくなってきているしね。若院がなんとか頑張《がんば》っているけど、なかなか難しいみたい。私ももう何年も行ってないの」

「大黒様は、こちらを切り盛りするので大変でしょうから」小森が口を挟《はさ》んだ。「ご住職のお世話、というより介護もお一人でなさっているんですものね」

「介護——ですか？」由布子が驚いて尋ねた。

「ええ。もう足腰が弱ってしまって、ほとんど寝たきりなのよ。ついこの間まで布団の上で身を起こしたりはしていたんだけど。でも頭ははっきりなさっていて、私以外の者には体を触らせないものだから」

小森と由布子が同時に感嘆の声を上げた。

「大黒様は、お偉いですよ。ご住職も喜んでいらっしゃると思います。手厚くお世話をしてもらって」

「さあ、どうかしらねえ。ゆき届かないところもたくさんあると思うけど、ご住職は忍耐強い方だから、助かっていますよ」

「大黒様が他でも忙しくしていることを、わかっていらっしゃるんですよ。本当に高雲寺に大黒様が来てくださって、私たちも有難いと思っています」

小森は、大仰《おおぎょう》に手を合わせた。由布子も「ほんとうに」などと言って同調した。すっかり心酔している様子だ。女性たちのこのあり様には、彰太はかすかな違和感を抱《いだ》いてしまう。

瞑想と若院の説法には、心を解《と》きほぐされ、納得できるのだが、大黒様を囲む輪に入ることはできない。今まで信仰というものに無縁で来たせいか、生《お》い立《た》ちからしてまだどこか素直に人と関われない部分があるせいか、それともただの男のプライドが邪魔をしているせいか、よくわからなかったが、今一つ大黒様には心を開けなかった。

妻には付き合って来るが、奥の部屋で彰太が言葉を発することはあまりない。逆に由布子は、大黒様と話すことの方にウェイトを置いて、ここに通ってきているようだ。そのことも、彰太に警戒心を抱かせる原因かもしれない。妻を支えているのは信仰ではなく、ただこの女性への依存だということが。心の拠り所として、夫より、宗教者でもない赤の他人を選んだことは、どれほどの意味があるのだろう。自分に問いかけてもはっきりした結論は出なかった。折をみて、若院に相談してみようと思った。

美華がまた補導された。今度はいつもの深夜徘徊ではない。池袋の「ＪＫリフレ」という耳慣れない場所に警察の一斉《いっせい》摘発が入り、少年係に補導されたという。よく事情がつかめないうちに、彰太は池袋署に出向いた。少年係の警官から、説明を受けて眩暈《めまい》を起こしそうになった。

「JKリフレ」とは、現役の女子高生が制服を着たまま、男性客にリフレクソロジーという簡易マッサージを施す店を指すという。個室でマッサージだけでなく、添い寝や耳掻き、膝枕をするサービスも含まれる。こういう類《たぐい》の店は、近年急激に増えてきているらしい。「JKリフレ」は特定異性接客営業として規制されており、未成年者を働かせることはできないのだが、それでもいい加減な経営者は、年齢確認を自己申告にまかせていたりする。

今回摘発に踏み切ったのは、男性客が少女に過剰な密着サービスを求めた挙句《あげく》、児童買春やストーカー行為にまで発展していると判明したからだ。説明を聞きながら、彰太はしだいに体が震えてくるのを覚えた。

「あの店では、人気だったそうですよ。名門の桜華台学園の制服を着た現役女子高生がサービスをしてくれるってんで」

多分に皮肉を込めた言い方で、警察官は言った。その時には立っていられず、座り込んでしまった。深夜徘徊を繰り返していた時は、制服を私服に着替えてうろついていたけれど、今は春休み中なので、店でわざわざ制服に着替えていたようだ。

「こういったJKビジネスといわれるものは、業態を変えて次々現れるんで、我々も手を焼いています。この類の店を利用する男性は、引きも切らない。おわかりでしょうが、問題なのは、女子高生の方も、あまり罪の意識がなく、軽い気持ちでやってるってことですよ。彼女らは、他のバイトと比べて簡単に大金が稼げるという理由で働いているんですから」

五十年配の警察官は、信じられないというふうに頭《かぶり》を振った。彼の言葉は、いちいち彰太の心臓を貫いていき、嫌な汗がだらだらと流れた。

「まさにいたちごっこでね。ある店を摘発して廃業に追い込んでも、別の店を摘発してみれば、前の店にいた子が平気な顔をして働いていたりする」

「小遣い稼ぎだっていうことはないと思います。美華には充分な小遣いを与えていましたから」

言葉にすると、いかにも愚《おろ》かな親に見える。

「そうでしょうね」

相手は特に軽蔑《けいべつ》した様子もなく、淡々と応じた。

「ここに連れて来てから、一人一人と話しましたよ。お宅のお子さんは、他の子とはちょっと違うという印象を受けましたね」

腕組みをして天井を眺める。ボードを張った天井に、道を外れた少女の謎が記《し》してあるとでもいうように。彰太も釣られて天井を見上げた。そこには、小さな染みがあるきりだった。

「なんだか、わざと自分を傷つけているって感じだったなあ」

独り言のようにそう言われて「え?」と視線を落とした。

「ああ、いやいや、これは私の感触ですよ。ごく個人的な」そう慌てて取り繕《つくろ》いながらも「自分を切って切り裂いて、ボロボロにしたいっていうか……。誰かがそうしてくれるのを待っているというか」と続ける。

それから腕組みを解いて、ぐっと彰太を見つめた。

「すごく痛々しい気がしました」

ベテランの少年係にこう言わしめるものは、何なのだろう。彰太に向かっていた気迫がすっと消えて、警察官は元のくたびれた五十代の男に戻る。

「もうしばらくお待ちください」

そう言って立っていってしまった。

実際に美華に会うまで、長い時間待たされた。ひっきりなしに人が行き来する廊下に並べられたパイプ椅子に腰かけ、他の保護者と並んで待った。言葉を交わすこともなく、気まずく沈黙した雰囲気にいたたまれなくなった。貧乏ゆすりをする父親や、いかにも水商売ふうの母親、まだかと署員に食ってかかる輩《やから》もいた。その中で、彰太の気持ちは急速に萎《な》えていった。

我が子が我が子ではなくなった、と思えた。美しい春の朝に生まれた女の子は、どこへ行ってしまったのだろう。どんなことがあっても、この子を守ると誓ったあの朝は遠い。

美華が引き渡されたのは、三時間は優に経った頃だった。美華は、立ち上がった父親をちらりと一瞥《いちべつ》した後、すっと前を横切っていった。

「待ちなさい。お父さんは長い間あなたを待っていてくれたのよ」

付き添ってきた婦人警官の声も無視した。彰太は警官に頭を下げると、さっさと廊下を歩いていく美華の後を追った。廊下では、解放された娘と対面した親が、叱《しか》りつけたり、腕を引っ張って出ていこうとしたりしていた。どの子もふてくされたり、へらへら笑っていたり、あまり罪悪感がないように見受けられた。

よもや、こんな子らの中に美華が交じることがあろうとは、思いもしなかった。

「ちょっとどこかで話そう」

警察署を出た美華に追いついて、隣を歩きながら話しかけるが、答えはない。

「美華！」

腕に手をかけると、思い切り払われた。人混みの中、ぴたりと止まった二人を避けて、人々の流れが二手に分かれていく。

「お前はどうしたいんだ？」

込み入った話はできないから、それだけを問いかけた。ひたと見つめる美華の瞳には、怒りも憎しみも表れていない。ただ悲しみだけが見て取れた。その悲しみの深遠さに思わず怯んだ。こんな色をたたえた目を、今まで見たことがなかった。哀傷と悲嘆、絶望。この子の魂は、何をもってしても救済できないとそれは訴えかけてくる。

「パパは――」雑踏の中で、娘の声ははっきりと聞き取れた。「パパはどうしたいの？」

――お前を救いたいよ、もちろん。

その言葉が出てこない。どうして言えないんだ。簡単なことなのに。

美華はくるりと踵を返して反対方向へ歩き出した。歩きながら、スマホから伸びたイヤホンを両耳に挿《さ》す。もう何も聞かないという意志表示だ。それでも必死の思いでついていった。一回見失ったものを、何としても手繰《たぐ》り寄せねばならない。その一心だった。追いかけてくる父親のことがわかっているのかいないのか、美華は大股に道路を横断していく。

「美華！」

人目も憚《はばか》らず、大きな声で呼び止める。うんざりしたようにつと立ち止まった美華は、それでも振り向こうとはしない。CDショップの前で、自分のスマホの音楽に耳を傾けている。ガラスに貼られた大きなポスターをゆっくりと見上げる。耳のイヤホンを両手の指で押さえて、かすかに首でリズムを取る。

ポスターのロックバンドの歌を聴いているのかもしれない。目を閉じて上向いた娘の横顔が見知らぬ人のそれに見えて、やるせない気持ちになった。

行き来する車の間をすり抜け、道路を渡っていって、娘の肩をつかんだ。

美華は細いコードをつかんで引き、イヤホンを乱暴に耳から抜いた。

「パパ」すっと首を伸ばして父親に向き合う。「私はパパの本当の子じゃないんだよ」

彰太は静かに答えた。

「知ってるよ」


デパートの屋上は、平日でもあり、閑散としていた。

動かない電動遊具がいくつも並んでいる。日陰のベンチに二人並んで腰を下ろした。しばらくは二人とも、虚しく響く賑《にぎ》やかな音楽の中に座っていた。

「どうしてそのことに気がついた？」

自動販売機で買ってきたペットボトル入りの飲料を手渡して、彰太は美華に尋ねた。美華はペットボトルのキャップをひねって一口飲んだ。娘が好きな果物の味がかすかに付いた水を選んだ。それを今も好きでいるかどうかは覚束《おぼつか》ない。少しずつ、美華との距離は離れていき、好みも考えもわからなくなってしまっていた。

同じ飲料を彰太も口にした。清冽《せいれつ》な水は、ほんのりと甘かった。美華はおもむろに語り始めた。

美華が、自分が父親と血がつながっていないことをはっきり確認したのは、去年の冬のことだった。夏休みにバレエ教室の佐田愛璃《さだあいり》と神山千絵《かみやまちえ》が遊びに来た時、二人がしきりに美華と母親が似ていると繰り返した。それまでにも何度も言われ続けてきたことではあった。美華もまったく自分が父親に似たところがないことは小さい頃から不思議に思っていた。その疑念は、年を重ねるごとに大きくなった。思春期に差しかかり、どうしても自分の胸にしまっておくことができなくなっていた。

その晩、愛璃は馬の血統の話をした。彼女の実家は、北海道で競走馬を育てる牧場を経営しているらしい。優秀な競走馬を得るためには、血統が重要だと彼女は言った。競走馬の血統と能力は、人間のそれよりも大きく関係している。馬主が競走馬を購入する時には、必ず血統を重要視する。競走馬においては、どういう血統構成をしているかが、レース生活へ大きな影響を及ぼすのだ。

「牝馬《ひんば》はね、先に交尾した牡馬《ぼば》の子を産むの。それは絶対」

だから種馬以外の牡馬を近づけないようにしなくてはならない。

愛璃の言葉に美華の不安は増した。

千絵が寝入った後、美華は自分の疑いを愛璃にぶつけた。もしかしたら、自分は父とは血がつながっていないのではないかと。ずっとずっとその思いがあったことを。

「それならDNA鑑定をしてもらえばいいんだよ」

愛璃は言った。

今は簡単な鑑定キットがあると教えた。父親のDNAサンプルと、自分のDNAサンプルを採取して調査機関に送れば、鑑定結果を教えてくれるのだ。

「DNAサンプル？　そんなものどうして――」

驚いた彰太に美華は答えた。

「そんなの簡単だよ。パパが酔っぱらって大きな口を開けてリビングのソファで寝ていることが時々あったでしょ？　その時にそっと採取させてもらったの。口の内側の粘膜《ねんまく》を」

まさかそんなことを美華がしているとは思わなかった。

結果は、美華の疑念を裏付けるものだった。財前彰太と財前美華が親子である可能性は、九十八・八パーセントないというものだった。

あの冬の晩、公園で一人でいた美華は、それを知った後だった。

「だけど、お前は何も悪くないよ。そんなことで自分の生活を乱してしまうなんて」

「そんなこと？」ぞっとするほど冷たい口調に変わった。「ママがパパの知らない間に誰かとそういうことになったってことでしょ？　ママは汚い。ママから生まれた私も汚い。誰の子かわからない私は誰でもない」

黒い仮面を着けた黒鳥の美華。誰の子かわからない、アイデンティティーを見失った子は、仮面を着けて己《おのれ》を偽《いつわ》って生きることにしたのか。

彰太は大きく息を吸い込み、吐いた。瞑想の呼吸を数回繰り返して心を落ち着けた。

そして、美華が生まれたいきさつを話してやった。

ママには、婚約者がいたこと。それが破談になった顚末《てんまつ》。興信所の調査員だった自分とそれがきっかけで知り合い、愛し合うようになったこと。その時には、既にママは妊娠していたこと。自分の子ではないと気づいていたが、ママを問い詰めることなく、そのまま自分の子として受け入れたこと。ママは今でも、夫が知らずにいると思っていること。

「パパはそれを知っていて、ママと結婚したの？」

「そうだ」

「どうして？」

「ママのお腹に芽生《めば》えた命、美華に会いたかったからさ」

「ほんとに？」

「ああ」

「会えてよかった？　パパの子でなくても？」

「もちろんだ。お前に会えてよかったよ。他の誰でもない美華に」

「パパはそれでいいの？」

「いいさ。美華はパパの子だ」

美華は黙り込んだ。自分が生まれたいきさつと、父親の心情を知り、それをじっくり吟《ぎん》味《み》しているのか。彰太は畳《たた》みかけた。

「だから何も心配することはない。怖がることもない。ママを恨《うら》むこともない。自分を卑《ひ》下《げ》することもない。自分を傷つけることも罰することもない。お前は黒鳥なんかじゃない。お前はパパにとっては眩しいくらい美しくて立派な白鳥だ」

しばらく沈黙が続いた後、美華は顔を上げた。

「パパは――」純粋ゆえに鋭利な刃物のような視線に、心臓を抉《えぐ》られる。「パパはかわいそうだ」

すっと立って、美華は行ってしまった。日盛りの中に消えていく娘の後ろ姿を見ながら、彰太はベンチに座り続けていた。

付き合い始めてすぐに、由布子が妊娠したと告げた時のことを思い出していた。

「あなたの子よ」

「そうか」

「嬉しい?」

「もちろん嬉しいよ」

そんな会話を交わした憶えがある。彰太の戸惑いを、由布子は深い関係になって間もなく妊娠を告げたせいだと思っていただろう。

しかし、その時からもう、それは自分の子でないと知っていた。

彰太は無精子症だった。十代の頃から何人もの女の子と付き合い、遊び回っていた彰太を、伯父の文雄は呼びつけた。

「どうしてお前はそんな自堕落《じだらく》な生活をしているんだ」と叱った後、「女の子を妊娠させたことはないのか」と問うた。

「そんなへまはしないよ」

彰太はへらへらと答えたものだ。

「じゃあ、きちんと避妊をしてるってことだな?」

伯父の追及は厳しかった。はぐらかして逃げようとした彰太を問い詰めた。避妊なんて面倒なことはしていないとわかると、伯父は検査を受けさせた。精液検査だ。

嫌々受けた検査で、無精子症だと判明した。驚く彰太に対して、文雄は自分も無精子症なのだと告白した。子を得ることができないから、結婚もしなかったと。だから弟である秀夫の子に、財前貴金属店を継がせようと決めていた。もしやと思って受けさせた検査で、甥も自分と同じ体質だと知ったわけだ。

しかし、精巣《せいそう》の中の精子を回収することができれば、結婚相手を妊娠させることも可能だ。今は男性不妊に対する治療も進んでいるから。そんなことを伯父に言われ、嫌悪感を抱いた。自分は子を作る機械じゃないと反発した。伯父のチンケな店を存続させるための道具に使われるのはごめんだった。さらにグレて伯父とは疎遠になった。

そして大学をやめ、職を転々とし、ナンバーワン興信所に流れ着いたわけだ。そこで由布子と知り合った。由布子が興信所に来たいきさつがわかっているから、きっと元婚約者との間に子をもうけていたのだと理解した。悩んだのは、わずかな時間だった。由布子を愛していたし、何より諦めていた子を持つことができるのだ。由布子と結婚したい。子供の父親になりたいと切望した。

堀田の両親には大反対された。彰太の経歴を知れば当然のことだろう。しかし、どうしても由布子と一緒になって、今お腹の中で育っている子を抱きたかった。財前貴金属店を継いでまっとうな職を手に入れようとした。

由布子の妊娠を聞いた文雄は怒り狂った。彼も、その子が甥の血を引く子ではないとすぐに理解した。

——お前はどこまで阿呆《あほう》なんだ。

——その子に財前貴金属店をかっさらわれるわけだな?

どんなに罵《ののし》られようと、彰太の気持ちは変わらなかった。自分は伯父とは違う。血のつながりなど気にしない。店の跡取りなどクソくらえだ。自分と出会った時にはもう由布子は妊娠していたのだ。元の婚約者との間に何があったのか問うこともなく、付き合い始めた時期と出産予定日に多少ズレがあるのにも目をつぶった。結婚して授《さず》かった子は、自分の子だ。こんな自分を父親にしてくれる子供が愛おしく、産んでくれる由布子にも感謝した。

きっとまっとうな人間になろう。なれるはずだ。堀田の両親が、結婚を認めざるを得ない人間に――。

だが、時間がなかった。腹の子はどんどん大きくなり、向こうの両親によって引き離される公算が大きくなった。

焦っていた。その頃の彰太は、どうしても金を作る必要に迫られていた。人生の袋小路に追いやられたと言ってよかった。何もかもがうまくいき、由布子と赤ん坊を手に入れる方法はないものか。

そんな時、谷岡がナンバーワン興信所にやってきたのだった。伯父文雄の財産を奪い取り、望むものが手に入る。こんなチャンスはもう二度とない。やるしかない。彰太は賭けに出た。谷岡は手を下さなかったが、家政婦の清水皐月はやり遂げた。独善的な狂気に彩られた二人は、無自覚のうちに、ある男の密かな悪行に加担していたのだ。そういうことだろう。これは運が味方してくれたということか。

悩んだ末、由布子には美華が自分の出生の秘密を知ったことを話した。ここで変に隠しておくことが最良のこととは思えなかった。自分が無精子症であったこと、よって結婚当初からそのことを知っていたことも話した。だからこそ、美華を得たかったこと。我が子として育てることに何のためらいもなかったこと。そんな自分を父親にしてくれた由布子と美華には感謝していること。そういうことを言葉を尽くして伝えた。

予期していたことではあったが、由布子は顔色を変えた。それはそうだろう。自分がひた隠しにしてきたことを、夫のみならず娘にまで知られてしまったのだから。また精神のバランスを崩したかと思われるほど泣いた。

夫に許しを乞《こ》い、何度慰めても聞かなかった。途中で美華が帰って来た。娘にも取りすがって、由布子は謝った。

「いいよ。もうしょうがないじゃん」

美華の口調は冷めていて、突き放すようだった。まだこの子も心の整理がつかないのだと思えた。

「美華は、本当のお父さんに会いたいか？」

それには、激しく頭《かぶり》を振った。

「冗談でしょ。そんな男に会いたくない」

きっぱりと言い放つ美華に、由布子は青ざめた。またさめざめと泣き崩れる。

「ごめんね、美華。悪いママだったね」

「だから、もうそれはいいって言ってるだろ？　初めから僕は受け入れていたんだ。君が自分をこれ以上責めることはない。美華ももうママを許してやってくれ」

「もうたくさん！」美華は咆《ほ》えた。「まるで出来の悪いホームドラマじゃん。悪いけど、私を巻き込まないでくれる？」

踵を返そうとした娘の腕をつかんだ。

「お前がママを許せないっていうんなら、パパも同罪だ。パパはそれを知った上で知らん顔をしてママと結婚したんだから。でもお前やママを愛しいと思う気持ちは嘘じゃない」

美華は無表情だ。父親の言葉の重みを量るかのように押し黙った。

「自分の血を引いていなくても、お前は大切な子だ。だから美華。もうあんないかがわしいアルバイトをしないと約束してくれ」

「わかった」

それには美華は素直に頷いた。

由布子は、表面上は落ち着いたように見えた。感情の波が治まると、庭に面した掃き出し窓にもたれかかった。激しく泣いたせいで化粧は崩れ、げっそりとした横顔が痛々しくて見ていられない。春落ち葉が風に吹き寄せられていくのを、目で追っている。

ドアの隙間《すきま》から覗くと、部屋に戻った美華は、ぐったりとベッドに横になっていた。イヤホンを耳に挿したまま、虚《うつ》ろな目で天井を見上げている。

彰太は会社に戻る気力もなく、スーツのまま書斎のソファに座り込んだ。
美華が桜華台学園の制服姿で、見知らぬ男にマッサージを施している映像が、繰り返し浮かんでくる。男と会話をし、笑っている美華。マッサージなんか、まともにできるわけがない。ただおざなりに男の体を触っているだけだ。男がつまらない冗談を言って、美華を笑わせる。ケラケラと女子高生らしく明るく笑う美華。だが、それは見せかけの笑顔なのだ。あれも仮面だ。笑い顔の仮面の下には、ぞっとするほど虚無な顔が隠されているのだろう。

——この世のすべては『苦』である。

——この世の真実は虚無だ。

十七にして、世界の真理を悟った娘が悲しかった。無性《むしょう》に若院の説法が聞きたかった。その悟りを開いた後、人はどう生きるべきなのか。智慧を授けてもらいたかった。
春休みの残りの期間、美華はやはり家には居つかなかった。外泊こそしないものの、気ままに遊び回っている。そんな娘に背を向けて、由布子もせっせと出かけていく。行き先は高雲寺と決まっていた。彰太は仕事に身を入れようとはするが、今までのようにはいかなかった。仕事に没頭して家庭の問題を忘れていられたのは、以前のことだ。事ここに至っては、仕事どころではないというのが現状だった。
すべては田部井が引き受けてくれるので、それに甘えた格好だ。

春休みが終わって美華は三年生になった。今度は学校に行かず、家に閉じこもっている。担任が替わって、真木《まき》という女性の教師になった。三十代後半くらいの真木が家庭訪問に来てくれた。由布子の報告によると、美華は会おうとしなかったらしい。さばさばした性格らしい真木は、無理強《むりじ》いすることなく帰っていったという。

翌日には、スクールカウンセラーの広川も訪ねてきてくれた。広川とは、美華は応接間で少し話したようだ。しかし、彼女が学校に来るようにしきりに勧めてくれたのにも、応じる様子はなかったという。二年生の時は、カウンセラー室までは登校していたのに、もうすっかり学校への興味を失ったようだ。

こんなことでは、早晩退学を勧告されるのは目に見えていた。悲観した由布子は高雲寺へ通いつめ、美華は自室に閉じこもる。彰太は、重い体を引きずるように出社した。油の切れたロボットのように体のあちこちが軋《きし》み音を上げている。

家族は一つ屋根の下で暮らしながら、心はばらばらだった。

精神と身体のバランスがおかしくなって、どうしようもなくなった時、彰太は瞑想の会に参加し、若院の説法だけは聞くようにした。大黒様と話すことは意識的に避けていた。由布子が全身全霊で頼っている人物に、自分まですがりたくなかった。崖《がけ》っぷちの先端でようようバランスをとるように、かろうじて家庭の形を保っていた。いや、そう見せたかったた。ばからしいプライドかもしれないが、男として情けない格好をさらしたくなかった。

そのことに大黒様も気がついているようで、時折由布子を迎え入れながら、帰っていく彰太を痛々しい顔で見送っていた。由布子のように、他人にすべてをさらけ出してしまえたら、楽だろうなとは思う。同時にそんなことはできないと思う。

あの人は、慈愛《じあい》に満ちた人だとはわかっている。損得なしで他人のために行動する。職を介護し、若院を支え、なおかつ自分を頼ってくる人の身になって考えてくれる。それでも大黒様に背を向けて、とぼとぼと家路につくのだった。娘が頑《かたく》なに閉じこもる家に。

今年は、バレエ教室の発表会が四月にあった。それには、美華は出かけていった。去年は同じ舞台で見事な踊りを披露《ひろう》したのだ。早くも一年が過ぎてしまったのかと愕然《がくぜん》とした。数日後に、去年の夏に泊まりにきたバレエ教室の二人が美華を訪ねてきた。佐田愛璃は、もうすぐロシアのバレエ学校に留学するのだそうだ。それでお別れにきてくれたようだ。部屋を片付けて待っていた美華は、久々に明るい声で談笑していたという。お茶とお菓子を運んでいった母親には、相変わらず冷たい視線を送ったらしいが。

『井坂寛子《いさかひろこ》バレエ教室』――それが美華の通っていたバレエ教室の名前だ。井坂寛子は、国内有数のバレエ団に籍を置き、活躍していたダンサーということだった。指導者に転向してからも優れた才能を発揮して、教え子を数々の国際的なコンクールで入賞させていた。そういうことを、由布子や美華の口から何度も聞いていたはずなのに、まったく気に留めていなかった。だから、発表会といっても、かなり高いレベルのものだったようだ。そこで『白鳥の湖』の準主役を当てられたということは、美華は相当の技量を持っていたことになるらしい。

バレエ教室の友だちとはまだつながっているというのに、学校の友だちは、誰も訪ねてきてはくれなかった。桜華台学園のような名門の女子校にやったのは、間違いだったのではないか。美華には溶け込めない場所だったのではないか。今さらながらそんなことを思った。

小学校受験の時は、由布子や堀田の両親が必死になっていた。こんな小さな子に無理強いすることはないじゃないかと、その一言が言えず、彼らの熱意に押された格好になった。あの時、やめさせておけばよかったのではないか。

つまらない思いに囚われた時は、瞑想にふけった。高雲寺まで行けないときは、若院に教わった通りの呼吸法で、社長室で瞑想した。それを田部井や権田が戸惑ったように見ていた。

久慈から連絡がきた。

「君が前に欲しがっていたものが出てきた」

自分は何を欲しがっていたのだったか。久慈の言葉に考え込んだ。

「ほら、『花信風』関連の書類。あれに載せた原稿も、ボツになった原稿も全部取ってあったんだ。あれ、欲しかったんだろ？　谷岡が遺《のこ》したものだから。あれからぼちぼち片付けをしていてね。やっと見つけた」

久慈を訪問したのが、遠い昔のように思われた。

「うちにはもう置いておけないから、取りに来てもらえるかな」

久慈の言葉が頭の中を素通りしていった。もういらないから、そちらで処分してくださいと言いそうになったのを、すんでのところで抑えた。自分から頼んでおいて、それは失礼だと思い直した。

久慈に丁寧に礼を言い、代わりの者に取りに行かせると答えた。向こうは彰太が喜ぶと思って連絡をくれたのだろう。たいして興奮もせず、事務的にそんな対応をされて、久慈はやや気分を害したように電話を切った。

すぐに権田に命じて車で取りに行かせた。菓子折りを持たせることも忘れなかった。

彼が持ち帰った書類は、段ボール箱に二つ分あった。目を通す気にならず、社長室に造り付けられた物入れの最下段に重ねて置かせた。権田が物入れの扉を閉めるのを横目で見ながら、しばらく置いた後処分させようと思った。

タイミングを見計らったように谷岡比佐子からも連絡があった。

社長室で瞑想をしている時で、スマホの呼び出し音に安らかな呼吸が乱された。

「もしもし」出た途端に、比佐子はあせったように言った。「財前さん？」

彰太が答えると「今、ちょっといいですか？」と問うた。「都合が悪い」などという返事をしても無視しそうな勢いだった。

「町内会長さんとお話ししてね」

「誰ですか？」

「町内会長さんよ」もどかしげに言い募る。「お義父さんとはそれなりに付き合いがあったみたいだったから」

比佐子は用があって訪ねた町内会長宅で話し込んだようだ。町内会長の奥さんが、清水皐月を谷岡に紹介した人を知っていると言ったのだという。

「お義父さんがいい家政婦さんを探してるって聞いて、町内会長の奥さんが中に立ってつないでくれたらしいの」

「それじゃあ、清水さんという人は、専門の家政婦さんというわけではないんですか？口コミで頼まれた時だけ手伝うというような？」

「いいえ、どこかの紹介所に登録はしてあったそうだけど、評判がいいんで直接お願いする人が増えてきたんだって。もちろんちゃんと雇う時は、紹介所を通していたみたい。でももう昔のことでしょう？　その紹介所も今はなくなってるらしいの」

谷岡に清水皐月を紹介した町内の人に会いに行くつもりだと比佐子は言った。

「万が一にもそんなことはないと思うけれど、奈苗って子が清水さんの子なら、義父との子でないということを確かめておかないと落ち着かない」

町内の人に紹介されたはずの家政婦が、その前から谷岡と関係していて子をもうけていたなどということは、まずあり得ないだろう。そう彰太は思った。比佐子は、ただの興味でこんな探索を続けているのだ。短気で人付き合いの悪そうな夫との生活にうんざりして、刺激のあることに首を突っ込みたいのだろう。

だが彰太の方の事情は違っていた。自分が仕組んだ誘導で、谷岡は奈苗の仇に突き当たったと思い込んだ。奈苗はおそらくは清水の娘だ。谷岡は、自分の命が残り少なくなっているることを知っていた。それなら清水のために、憎い相手に罰を与えてやろうとした。あるいは清水に懇願されたか。自分の寿命を知った老人は、人助けだと請け負《お》ったのかもしれない。独りよがりの正義感で、世の中に害を及ぼす人物を排除しようとしたのか。

ところが谷岡は、肺癌の病状が進み、入院せざるを得なくなった。そこで清水皐月は決心したのだ。自分の手で復讐《ふくしゅう》を為《な》し遂《と》げようと。それほど相手を憎んでいたということだろう。奈苗は逃げ延びて命は助かったようだが、心身に異常をきたしたのかもしれない。重大な後遺症が残ったということも考えられる。

そして彰太の思惑通り、清水は伯父の文雄を殺した。

本物の「肌身フェチの殺人者」は放置された。しばらくは鳴りを潜《ひそ》めていたが、三十年近くの時を超えて、また犯罪に手を染め始めた。

——こういった殺人を犯す人物は、奇怪な性的ファンタジーに導かれていると言えます。

週刊誌で読んだ犯罪心理学者の言葉の通り抑えきれない歪《ゆが》んだ欲望は、長い年月の間に熟成され、膨張していった。

奈苗を相手に萌芽《ほうが》した邪悪な空想は、とうとう連れ込んだ相手を殺してしまうところまで行きついた。彼のダークな物語は完成された。あんなことを為せるのは、到底まともな人間であるとは思えない。モンスターか妖魔か。人知を超えた能力の持ち主かもしれない。

体中を不快な虫が這《は》い回る、ぞわぞわした感じに総毛立った。

「ねえ、聞いてます？　財前さん」

比佐子の声に、彰太は小さく息を吐く。恐ろしい妄想が消えていった。そんなことは現実的にあり得ない。どうやら自分の精神も限界が近づいているようだ。

気は進まないが、比佐子が見つけ出してきた人物の話を聞くべきだろう。これは、二十年近く前に自分が始めた狂ったゲームなのだから。ゴールにたどり着くまで、自分でプレイしなければならない。恐れ慄《おのの》きながらも、真実を知りたいという気もあった。知ってどうなるのか。そこまでは考えたくはなかった。まだ今は。

「またスケジュールを調整して連絡します」

急いで約束を取り付けようとする比佐子を軽くいなして、通話を終えた。

第四章　愛なき世界で夢をみる

家にこもっていた美華が、ふっつりと姿を消した。

四月下旬にしては、ひどく冷え込んでいた。北海道では、雪が降ったという報道がなされた日だった。四月十七日が美華の誕生日で、家族三人で祝った時には、表情はやや緩《ゆる》んだように見えた。だが言葉数は少なく、その後も学校へ行こうとはしなかった。

美華は由布子が高雲寺に行っている間に外出したようで、そのまま帰らなかった。以前の無断外泊のことがあるので、それでも二日は待った。

外泊した時と同じく、スマホの電源は切られていた。ラインもGPS機能も役に立たなかった。由布子は高雲寺にも行くことなく、美華の帰りを待ったが、戻ってくることはなかった。

三日目に学校に連絡し、親しくしていた友人に尋ねてもらった。こういう時、娘の交友関係すらわからない。スマホを持っている現代の子は、皆そうなのだろう。親には知ることができない人間関係が構築されてしまっている。友人たちの返事は、心当たりがないというものだった。

井坂寛子バレエ教室にも問い合わせた。が、佐田愛璃は既《すで》に留学先のロシアへ発《た》っており、神山千絵の方も驚いた様子だったと教室側から伝えられたきりだった。

また夜の街をふらふら歩き回っているのだろうか。いかがわしい店に取り込まれて働かされているのではないか。彰太は急《せ》き立てられるように、美華の行方を捜し回った。渋谷周辺はもとより、駅、本屋や図書館、ファッションビル、ショッピングモール、カラオケボックスにファミレス、池袋の歓楽街——思いつく限りの場所を当たったが、美華を見つけることはできなかった。

深夜徘徊《はいかい》をしていた頃、美華が街で知り合った仲間の顔も名前も承知していない。あの時、厳しく問い質《ただ》しておけばよかったと唇を噛《か》んだが、後の祭りだ。微妙な年頃の娘に、必要以上に深入りすることを遠慮した自分が悔《く》やまれた。

美華に似た後ろ姿の少女を見つけては追いすがり、気味悪がられたりした。

美華がいなくなって五日目に、彰太は警察に届けた。

警察の反応は鈍《にぶ》かった。深夜徘徊と無断外泊を繰り返していた少女が姿を消したからといって、積極的には動いてくれないようだった。そのことも彰太と由布子を消沈させた。要するに素行の悪い子は、それなりの扱いしか受けないということだ。以前お世話になった少年係の警察官が出てきてくれ、相談に乗ってはくれた。北野《きたの》という名の警察官は、美華がたびたび補導されていた時の仲間を当たってみてくれると請《う》け合った。

「あの子たちの世界は、案外狭いものなんですよ。どこかこの辺りにいるのなら、きっと誰かが情報を持っています」

そうきっぱり言い切る北野が頼みの綱だった。

「何を持って出たか確認してみてください。現金をどれくらい持っていったかとか。それで行き先の範囲がだいたい予測できますから」

「あの、少し前に起こった、女性の誘拐殺人事件の犯人に連れ去られたんではないでしょうか」

由布子の口から出た言葉に、彰太はぎょっとした。

「ご心配なのはよくわかります」北野は、同情的な口調になった。「しかし、現時点では何とも言えません。事件性を疑う証拠は何もないですから」

ひとまず捜索願を提出して帰ることにした。北野は、夜に少年少女たちが溜《た》まる場所を重点的にパトロールをすると約束してくれた。その口ぶりには、切迫感はなかった。彼は「肌身フェチの殺人者」との関連を疑ってはいないのだ。

タクシーに揺られながら、「肌身フェチの殺人者」に連れ去られた可能性について吟味《ぎんみ》してみた。母親というものは、常に最悪のことを考えるものなのだ。だから由布子は、すぐにそういう心配に思い当たった。北野には軽くいなされたが、もしかしたら、という気が彰太の中で膨らんできた。

　もしそうだったとしたら、これは俺が蒔《ま》いた種から育った悪の因子に、俺自身が搦《から》めとられていることになる。喉《のど》の奥が突っ張り、呼吸が苦しくなってくる。慌《あわ》てて瞑想《めいそう》の呼吸法を試そうとしたが、うまくいかない。

　一度、身の内に芽生《めば》えた不吉な思いは、しだいに膨らみを増してきた。押さえつけようとすればするほど大きくなり、真実味を帯びてきた。これは罰なのだ。伯父を殺して財産を己《おのれ》のものにしようと目論《もくろ》んだ、あの時の制裁を自分は受けているのだ。一番愛《いと》しいものを奪われるという罰を。ずっと怖かった。人生の成功者然として生きてきたが、いつかこんな日が来るという予感に怯《おび》え続けていたのだ。天は彰太に、一番応《こた》える方法で懲罰《ちょうばつ》を与えた。それは美華を巻き添えにするという方法だった。

　強迫観念にも似た思いにがんじがらめになり、身動きが取れなくなる。

　そしてはっとした。美華は――あの鋭い感性の持ち主は、こんな日が来ることを知っていたのではないか。ひっきりなしに「善いもの」と「悪いもの」とを選《よ》り分けていた娘は。

　黒鳥のオディールになりきった娘は。

　――私を巻き込まないでくれる？

　必死に身をよじって「悪いもの」から逃れようとしていた子を、愚《おろ》かな親である自分が引き込んだ？

隣で車の振動に身をまかせている妻は、夫の異変には気がつかない。そっと眉根《まゆね》を寄せて、自分自身の思いにふけっている。彼女の心情は、手に取るようにわかった。由布子は、自分を責め続けている。美華が家を出た原因は、自分にあると思っているのだろう。恐ろしい目に遭《あ》っているなら、それもすべて自分のせいだと思い込んでいる。それはもう、彼女の中では確信に近いものになり、悪い方、悪い方へと思考を偏《かたよ》らせていく。

それは関係ないのだと慰《なぐさ》められない。彰太もまた、己の疑念と苦悩を妻に打ち明けられないでいた。過去に為《な》した伯父への邪悪な企《たくら》みを。美華が搦めとられた運命は、自分の愚かな行為から発しているのだと言ってやれない。衝撃的な夫の告白で、妻が安堵《あんど》するとは思えなかった。さらなる混乱に追い込むだけではないのか。迷いと自己嫌悪《けんお》。後悔。夫婦の間に横たわる亀裂は、だんだん幅と深さを広げていく。

家に帰って、もう一度美華の部屋を念入りに調べた。桜華台学園の制服は、きちんとハンガーに掛けて吊《つ》るしてあった。一回も開けることのなかった三年生の教科書が、きれいなまま、机の上に重ねられていた。

いなくなったすぐ後に由布子が美華のクローゼットを調べ、美華が出ていった時に着ていたのは、黒いタートルネックのセーターにジーパン。その上にダウンジャケットを羽織《はお》っていったようだと言った。その格好も警察には伝えてある。ダウンジャケットは、クリスマスに買ってやったもので、それも黒だった。

まるで自分を消すように、黒い衣服を身に着けて、美華は漆黒《しっこく》の闇に向かっていった。人混みの中に紛《まぎ》れていく黒ずくめの娘の姿が、幻夢となって立ち現れる。水鳥の羽根を詰めた黒いダウンジャケットが裂けて、中から夥《おびただ》しい量の黒い羽根が飛び散る。渦巻《うずま》く羽根の向こうに立つ後ろ姿の娘は、オディールの衣装を着けている。真っ黒いチュチュの娘は、飛び立つように遠くへ行ってしまう。彰太が伸ばした手には、一本の黒鳥の羽根しか残らない。

脳が勝手に描き出す光景に圧倒される。はっと我に返り、窓の外に広がる暗闇に目を凝《こ》らすが、美華の姿も、手にしたはずの黒い羽根も消えている。あまりに現実味のある幻想に、びっしょり汗をかいた体からそっと力を抜いた。時計を見ると、美華の部屋に長い時間立ち尽くしていたのだとわかる。

由布子が言うには、たいしたものを持ち出してはいないとのことだった。普段使いのショルダーバッグに財布とスマホ、手帳、簡単な化粧道具。その程度だ。所持金もせいぜい数万円というところ。覚悟の家出とは、到底思われない。ちょっとそこまで出かけるという感じだ。美華名義の銀行の通帳があって、そこに小遣《こづか》いを貯めていたようだと由布子は言う。通帳は見当たらない。持って出たのだろうか。通帳にいくら入っていたか、そこまで干渉《かんしょう》することがなかったからわからない。銀行に問い合わせてみることにする。

机の引き出しの中には、日記の類《たぐい》はなかった。書きつけたメモのようなものもない。パソコンも見てみたが、手がかりになるようなものは見つからなかった。本棚の本、CD立てのCDも検《あらた》めた。娘が残したメッセージはどこにもない。

やはり——と思う。やはり自分から姿を消したのではないのではないか。

不可抗力な何かに巻き込まれたのではないか。その先は、恐ろしくて考えられなかった。

嫌な予感に震えながら、一番端に立ててあったCDを抜き出した。この前補導された時、美華が立ち止まったCDショップのガラス戸に貼ってあったポスターと同じデザインだった。あの時、美華はこの音楽を聴いていたのだ。その時には、既に自分が父親とは血のつながりがないことと、母の裏切りを知っていた。

彰太の知らないロックバンドの名前と楽曲のタイトルに目を落とす。

タイトルは『愛なき世界で夢をみる』。

あの子はどこでどんな夢を結んでいるのだろう。

＊

七瀬が足を組んで、椅子《いす》に座っている。

リボンベルトの付いたマキシワンピース。それに白いサンダル。海辺のリゾート地にでもいるような格好だ。

しかし、ここは山の中だ。波の音も潮風もない。

しかもこの殺風景な一部屋に閉じ込められている。着る物も食べ物も、男が運んでくる。与えられるものだけを受け取るしかない少女。いや、人形だ。七瀬を手に入れてから、まるで着せ替え人形で遊ぶように、男はとっかえひっかえ洋服を買い与えた。

七瀬は今では黙ってそれに従っている。抗《あらが》えば、痛い目に遭わされると学習したのだ。

それでも時折訴える。

「もう帰りたい」

帰る場所なんてあるのだろうか。時に寄《よ》る辺《べ》のない表情を見せる七瀬に、そんなことを思う。

『イケナイ部活動』でどうってことのないサービスを受けてから七瀬のことが気に入り、再び訪ねていったら、店はなくなっていた。ああいう風俗すれすれの商売は、長く続くことはないのだろう。

残念に思いながら、若い子がたむろする場所を歩き回っていたら、偶然にも七瀬を見つけた。所在なげに一人でぽつんと街角に立っていた。声をかけると、向こうも憶《おぼ》えていた。

「七瀬ちゃん――だっけ？」

それには曖昧《あいまい》に笑っただけだった。本名ではないと察していたから、気にもしなかった。今に至るも本当の名前は聞いていない。言葉巧《たく》みに誘って車に乗せ、この家に連れ込んだ。

「おじさん、泊めてくれるんでしょ？」

「うん」

「おじさん、一人暮らし？」

「そうだ」

「なら、遠慮することないね」

湿った落ち葉の上を歩きながら、そんな会話を交わした。

「陰気な家だね」

家の中を見回して、七瀬は呟《つぶや》いた。道理だ。生活感のまったくない家だ。部屋に入れて、来る途中で買った洋服を渡した。その時は、嬉《うれ》しそうな顔をした。バリバリと乱暴に包装を解《と》いて、体に当ててみていた。その様子をじっと見ている男の方を振り返って言った。

「先にヤル？」

「何？」

「あたしとヤリたいんでしょ？」

服を脱ごうとした。かっと頭に血が上った。人形のくせに男を誘うなんて。失望した。家出少女がうまくねぐらを見つけたと思い込んだのか。あちこち徘徊して、そんな都合のいい相手が現れるのを待っていたのか。

「いいから、それを着ろ」

足早に近寄って、七瀬が身に着けていた物を乱暴に剝《は》ぎ取った。裸にしても、人形には欲情しなかった。つるんとした陶器のような肌にも。薄い恥毛に覆《おお》われた秘部にも。

七瀬は泣きながら、男が与えた服を着た。

＊

いつまでも堀田の両親に黙っていることもできない。由布子によると、退職して悠々自《ゆうゆうじ》適《てき》の義父の貴大は、妻を連れて九州へ旅行中だという。帰ってくる頃を見計らって、由布子に連絡させた。

羽田《はねだ》に到着したその足で直接、義父母は駆けつけてきた。

「いったいどういうことなんだ」貴大は彰太に詰め寄った。「美華が家に帰ってこないなんて」

「帰ってこられないのよ」

泣き腫《は》らした目の由布子が悲痛な声を出す。親の顔を見て、今までこらえていた感情が一気に噴《ふ》き出したようだ。

「まさか――」

義母の愛子が絶句した。貴大は頭を抱えた。

「誘拐？」

「なら、まだいいわ。お金で返してもらえるなら。でもそうじゃない、たぶん——」

「まだそうと決まったわけじゃない」

由布子をなだめる言葉に力が入らない。愛子の喉の奥から、細い悲鳴に似た音が出た。

「ニュースで流れているあの恐ろしい犯人に連れ去られたっていうの?」

由布子と愛子は、抱き合って泣き崩れた。

「何も手がかりはないんです」比較的自制がきいている貴大に話しかけた。「家出なのか、誘拐なのか、それとも何らかの事故に巻き込まれたのか」

義父は銀縁《ぎんぶち》の眼鏡《めがね》を外して、目頭《めがしら》を揉《も》んだ。

「そうか」眼鏡をかけ直して、彰太を見つめた。「結論を出すのは、時期尚早《じきしょうそう》ということだな」

理論的にものごとをとらえる元銀行員は、事実を頭の中で整理しているようだ。

「由布子の気持ちが落ち着くまで、家内はここに置いておこう」

「そうしてもらえると有難《ありがた》いです」

貴大は立ち上がって、リビングの床に置いたままの大きなキャリーバッグに手を掛けた。

「由布子に何か栄養になるものを作って食べさせてやれ」

愛子は娘を抱き締めたまま、小さく頷《うなず》いた。美華がいなくなって以来、ほとんど固形のものを口にしていない由布子の憔悴《しょうすい》ぶりは激しかった。母親に抱かれて小さな子のように身を縮めている。だが、実の両親にも美華の出生に関わる秘密は打ち明けられないだろう。それが彼女の苦悩をより一層深めている。

一度家に帰るという貴大を送って、彰太は玄関まで出た。玄関先で、警察でのやり取りを伝えた。義父は口を挟《はさ》まず、黙って聞いた。そして家まで車で送るという彰太の申し出を断った。

「悲観的にならないことだ。まだどういう事情かわからないんだから」

「ええ」

彼らには、美華がいかがわしい店でアルバイトをしていたことは話していない。あんな場所に頻繁《ひんぱん》に出入りしていたと知ったら、見解はだいぶ変わるのではないかと思えたが、黙っていた。

「ひょっこり帰ってくるということもある」

それにも頷きながら、きっとそんなことはないだろうと漠然と思った。そしてその予感に戦慄《せんりつ》した。

美華の行方は杳《よう》として知れなかった。彰太はまた警察に赴《おもむ》いて、捜索の様子を訊《き》いた。それくらいのことしかできない自分が情けなかった。世の中に、ある日突然姿を消す子供はどれくらいいるのだろう。その親はどうしているのだろう。心配や不安、焦燥《しょうそう》や恐怖の感情に苛《さいな》まれながら、ただ待つことしかできないのか。

美華が高校生だから、家出の線の方が大きいと思われるのかもしれなかった。これが小学生なら、もっと真剣に取り上げてくれるに違いない。彰太が「肌身フェチの殺人者」に連れ去られたのではという懸念《けねん》を口にすると、警察官は、あの連続殺人事件が起こってから、若い女性の捜索願を提出した家族から、同じようなことを訴えられるのだと告げた。

「我々も手をこまねいているわけではありません」

制服を着た若い警察官は言った。

「少しでも疑いのある案件については、捜査の対象としています」

しかし美華のように、連絡が取れないという少女の数はあまりに多いのだと続ける。

「お嬢さんのことで、何かわかりましたらお知らせください。この情報もちゃんと連続女性誘拐殺人事件の捜査本部には上げておきます。動きがあれば、こちらからもすぐご連絡しますから」

真摯《しんし》な態度に、「お願いします」と頭を下げるしかなかった。

少年係の北野には会えなかった。後で電話がかかってきて、つるんで遊んでいた仲間も皆、美華の行方については知らないと答えていると教えてくれた。

ザイゼンには、体調が悪いという理由でこの一週間行っていない。だがいつまでも仕事を休むわけにはいかなかった。由布子には、実の母が付き添ってくれている。

ザイゼンに出勤し、権田から休んでいた間の報告を受けた。彼にだけは事実を伝えようかと思って、やめた。まだ事情がはっきりしない時点で、家庭の悩み事を伝えるのは憚《はばか》られた。ただ、かつて一週間も続けて休んだことのない彰太が突然会社に来なかったということで、権田は社長が個人的なトラブルを抱え込んだことに勘づいてはいるだろう。いつもの冷静で寡黙《かもく》な態度はそのままだったが。

田部井は不在だった。社長がいない穴埋めで飛び回っているのだろう。夕方帰ってきた田部井と仕事の打ち合わせをしたが、どうにも頭がよく回らなかった。体調が悪いと勘違いした田部井に、心配される始末だった。

そうやって苦痛に満ちた一週間がまた過ぎた。警察からは何も言ってこなかった。学校から担任の真木が来て、美華の親しい友人たちから聞いた美華の立ち寄りそうな場所を当たってみたが、何も得られなかったと伝えた。友人たちも困惑しているという。

「どう考えても、美華さんに家出をする理由なんか、思いつかないというんです。しかし、このところお友だちとも親しく交流していたというわけではないので、確信はないみたいです」

それから目の前に並んだ彰太と由布子を見て、「大丈夫ですか?」と尋《たず》ねた。きっとひどい顔つきをしているんだろうと思った。由布子のやつれ様は彰太が見ても明らかだったが、自分もたぶん、似たようなものだろうと思えた。

真木に言われるまでもなく、美華は自分から家を出たのではないと思った。好きな男がいて、その男の許《もと》に走ったという発想もまったく現実味がない。

母親がある男性の子を身ごもり、平然と別の男と結婚して子を産み育てたということに怒りを覚え、それを許して今まで生きてきた父親にも侮蔑《ぶべつ》の思いを抱《いだ》いた。人生のとば口に立った純潔な少女には重すぎる事実だ。何もかもが偽善だった。ショックと親への反感が、深夜徘徊やいかがわしいバイトに向かわせた。挙句《あげく》家にいたくない、親から離れていたいと思った。そして事件に巻き込まれたのだ。

猟奇的な犯罪者にとっては、格好の獲物だったに違いない。心をなくし、帰る場所もなくした虚《うつ》ろな少女は。

食事は喉を通らない。無理に食べても、味がわからなかった。夜、睡眠薬の力を借りて、途切れ途切れに見る夢の中では、美華が薄暗い部屋の中に監禁されている。顔の見えない男に蹂躙《じゅうりん》されて悲鳴を上げている。美華の顔には、黒い羽根で飾り立てられたベネチアンマスクが着けられている。のしかかった男がそれを取ると、濃いアイシャドウに縁どられた怯えた両目が現れる。よく見ると、唇には真っ赤な口紅がはみ出すほど乱暴に塗りたくられている。黒い影になった男の手の中で、カメラのフラッシュが光る。

こうして美華の担任と向き合っていても、悪夢の残像は、何度も頭の中でリプレイされていた。由布子も似たような幻想に苦しめられているに違いない。

「大丈夫ですか？」と問われても、妻は一言も言葉を発することなく、呆然《ぼうぜん》と真木と向き合っている。あまりに過酷な目に遭ったので、没感情に陥《おちい》っているのだ。これが続けば、由布子の精神は崩壊してしまうだろう。

由布子は小さな子のように、すっかり母親に頼りきり、夫さえ寄せつけないで萎縮《いしゅく》してしまっている。

二週間が過ぎても、美華の情報は皆無《かいむ》だった。注視しているニュースでも、新しい犯罪のことは伝えられなかった。彰太は、妻と義母が作り上げた悲劇の霊廟《れいびょう》のような家から逃れるように、仕事に没頭した。しばらくはそれで気が紛れたが、長くは続かなかった。

変化したのは、由布子からだった。また高雲寺に通い始めたのだ。母親を家に帰して、淡々と日々を送っている。自分を律することができるようになった。驚くべきことではないのかもしれない。彼女は、すべてを大黒様に相談しているのだ。実の母親より他人に依存することが、そう異様なこととは思えない。高雲寺と若院、大黒様を知っている彰太にすれば、今は有難いと思うしかなかった。

悲観してはいけないと大黒様から言われたそうだ。母親がしっかりしている家庭には、家族は戻ってくるものだと。もっともなアドバイスだ。そう思うと同時に、娘の生活が乱れ始めた頃、「家族を守りたい」と諭《さと》す彰太に対して、美華が「家族？」と問いかけてきたことを思い出した。父が口にした家族の中に自分は含まれているのか。いや、それどころかこの三人の集団は、家族という名に値《あたい》するものなのか。

娘の中で渦巻いた疑念と不信が今になって理解できた。あの時、自分の思いはすべて伝えたつもりだった。だが、娘の心には届かなかった。きっと父親が口にした「家族」という言葉の嘘臭《うそくさ》さを、美華は敏感に感じ取ったのだ。

美華がいなくなった今では、自分でもわからなくなる時がある。父が亡くなり、母親にも去られ、伯父から疎《うと》まれた自分が営《いとな》む家庭をどんな形にすればよかったのか。間違っていたのか、正解だったのか。

由布子もそれを感じているのか、夫からは距離を置いているように思える。いつもと変わらない態度の奥底に、しんと冷えたものがあるような気がする。もしかしたら、それは初めから彼女の中にあって、しだいに冷え固まって重さを増してきたものかもしれない。

そう考えると、自分たちの結婚は、初めから欺瞞《ぎまん》に満ちたものだった気がしてきた。


迷いつつも、自分にやれることをやるしかなかった。もともと、人捜しを職業としてやってきたのだから、かつての経験を生かして美華を捜そうと決心した。その時に頭に浮かんだのは、元の上司である八木のことだった。が、彼に頼るのはやめにした。一人でやれるところまでやってみようと思った。

あれからカウンセラーの広川とは、電話でしか話していない。学校を訪ねてみることにした。広川に連絡を取り、仕事の合間に訪問した。何度も仕事を抜けることを、田部井に詫《わ》びた。彼は心配しなくていいと、送り出してくれた。権田と同様、彼も彰太の身に何かが起こったと勘づいているだろう。近々、本当のことを二人には打ち明けなければならない。

「まだ美華さんから連絡は？」

広川からの問いに力なく首を振った。毎日、美華のスマホには電話をしている。機械的な音声が流れて、電源が入っていないと告げるのに耳を傾けるだけだが。

「そうですか」広川も沈痛な面持《おもも》ちでうつむいてしまう。「美華さんがいなくなったこと、うちの学校では広まっています。どうしても、こういうことは抑えきれないので」

仕方がないと思った。美華がどうしていなくなったのか、美華に変わったことがなかったか、尋ねた段階で、ある程度の事情は教師からクラスメートには伝えられたのだろう。

「SNS上でもあれこれ取り沙汰《ざた》されているようですが――」広川は申し訳なさそうに付け加えた。「そういうものは、学校側ではコントロールしようがないんです」

彰太の顔色を窺《うかが》い、憤《いきどお》りも何もない様子だと見て取ると、少しだけ体の力を抜いた。

「私も見てみましたが、子供っぽい噂話《うわさばなし》や憶測です。美華さんが通っていたバレエ教室の子だと思うけど、『黒鳥の呪い』だなんてとんでもないことを書き込んだ子がいて、他の子に非難されたり――」

「黒鳥の呪い――ですか？」

ぎょっとした。黒鳥オディールを踊った娘をそんなふうに見る人物もいるのか。いったいどういう意味なのだろう。

「つまらない中傷ですよ。ネット上では、無責任で残酷な言葉が飛び交いますが、いちいち気にしていたら、やっていけません」

美華も誰かに憎まれていたりしたのだろうか。親は子供の明るい面だけしか見ていないものなのか。彰太は考え込んだが、広川はさっと話題を変えた。

「あれからずっと美華さんと話したことを思い出しているんです」

彰太は、悄然《しょうぜん》とカウンセラー室を見渡した。五月も半《なか》ばを過ぎ、学校は活気に満ちている。校舎の端にあり、比較的静かなこの部屋で、美華はどんな会話をカウンセラーとしたのだろうか。

「何か思い当たることでも？」

失踪《しっそう》前、美華がまともに会話を交わした相手といえば、広川か、バレエ教室の二人の友人くらいのものだろう。

「たいしたことは思い浮かびません。ただ、ちょっと気になる言葉があって――」

広川は慎重な物言いをした。

「どんなことでしょう」

勢い込んで尋ねた。どんなことでも知りたかった。

「お父さん、『ダークレンジャー』って言葉、聞いたことあります？」

「いや。何ですか？　それ」

「私も調べてみたんですけど、意味はわからなかったんですよね。ただ、最後に美華さんに会った時、ぽつりと言ったことがあって。『私、ダークレンジャーだから』って」

最後というのは、春休み明けに学校へ行かない美華を訪ねてきてくれた時だ。

ダークレンジャー——暗黒の兵士？　それとも隊員とか職員とかいう意味なのか。なぜそんな言葉を美華が発したのか、見当もつかなかった。

それ以上収穫はなく、彰太は桜華台学園を後にした。もうここに来ることはないような気がして、振り返って校舎を見上げた。羽を広げた白鳥の校章が夕陽に照り映《は》えていた。

家に帰って、「ダークレンジャー」をネットで検索してみた。広川が言うように、意味をなさない言葉だった。一つだけ、インディーズのバンドの名前としてヒットしたが、かなり前に活動を停止していた。これに美華が関わっていたとは思えない。「レンジャー」という言葉の意味を調べてみた。やはり軍隊の用語で、主に攪乱《かくらん》や偵察を行う軽歩兵部隊や特殊部隊の部隊名、特技名として用いられるとあった。由来も出ていて、もともとはドイツで言うところの「猟兵」という兵種を指し、「徘徊する者」の意であるということだった。

徘徊する者――自分のアイデンティティーを見出《みいだ》せず、さまよい続ける己に対して、美華が自分で付けた呼称かもしれない。そしてここでも自分を黒になぞらえたのか。寂しい気持ちでそう思った。

揺れる心を持て余し、由布子と一緒に高雲寺の瞑想の会に行ってみた。

平日の早朝、本堂の思い思いの場所に楽な姿勢で座り、瞑想にふける。背筋《せすじ》だけは意識して伸ばすようにとの教えだ。脊髄《せきずい》には、多くの神経が通っているので、そこを伸ばすことによって集中力が増すのだという。

そして深呼吸をする。すっかり身についた呼吸法では、口と鼻から出入りする空気の粒子が一粒一粒意識できるほどになる。しだいに心と体がくつろいできたら、深呼吸をやめて自然な呼吸に戻す。

こういったことは、それぞれが好きなようにするので、その場にいる人たちとの一体感はない。一人一人が自分と向き合っているのだ。自分の奥底に下りていく感覚。誰でもない自分が見えてくる。ゆったりとした呼吸で座っている肉体と、それを見ている意識がはっきりと分かれていると思える。

過去から解放され、未来の不安もない「今」だけの自分。なにもしない受動の状態でいること。瞑想をしている間だけは、彰太は安らかで浄福な領域に留まっていられるのだった。数十分後に目を開く時、再生した自分が座っている気がする。打ちひしがれた自分ではなく、現実に向かい合える自分を発見して、そっと息を吐く。

心身を整える朝活を終えて、人々は静かに前庭に下りていく。重なり合う新緑の下をくぐって山門に向かう。山門の手前に背の低い竹垣があって、白と朱の牡丹《ぼたん》が咲いているのが見えた。

胡坐《あぐら》を解《ほど》いて、ふと振り返ると、大黒様が穏《おだ》やかな笑みをたたえて、じっと彰太を見ていた。軽く会釈《えしゃく》をして、由布子とともに奥の部屋に進んだ。

「警察の人と話してみたのよ」

大黒様の一言に、はっと覚醒《かくせい》した。

「うちの檀信徒さんに警察関係者も何人かいるんですよ」

大黒様は、警視庁の重要なポストに就《つ》いている人物に相談に行ったことを話した。大黒様は、美華の両親が「肌身フェチの殺人者」に連れ去られたのではないかと心配していると告げた。そのことはよく理解してくれ、特別の配慮を促《うなが》すよう、捜査本部へ伝えておくと約束してくれたそうだ。同時に都内の交番にもパトロールの際に気をつけるように指示を出したとのことだった。

「ありがとうございます!」

由布子は涙を流さんばかりに感謝した。

「名前はお伝えできないんだけど、色んな方面に顔がきくの。ああいう要職の方から口利《くちき》きしてもらうと、だいぶ違うらしいわ。その方の話では、行方不明になったというだけでは、本格的な捜査を始める決め手に欠けるんですって。事件性を匂わせるものがあるとか、そうでなくてももっと情報があればねえ」

大黒様は、心底悔しそうに言った。やはり美華は、一失踪者としてしか扱われない。今のままでは捜査を始める決め手に欠ける。渋谷署でも言われたことだ。

美華は、まさに煙のように消えてしまったのだ。誰の目にも触れず、足跡も残さず。

「大黒様がそこまでしてくださるとは――」

ねえ、あなた、と由布子は彰太に同意を促す。

「ああ」

親身になって力を貸してくれる大黒様に、すべてを告白すべきだともう一人の自分が訴えた。顔を上げ、慈愛《じあい》に満ちた老女の顔を食い入るように見た。楽になりたいと切実に思った。彼女なら、俺を責めはしないだろう。他人の懊悩《おうのう》や痛哭《つうこく》を我が身に置き換え、一緒に嘆《なげ》き悲しんでくれる。そしてまた知恵を貸してくれるに違いない。

人脈を頼って力強く行動を起こし、助けになってくれるだろう。この人が支えになってくれるなら、また流れが変わるかもしれない。俺が過去に為した悪因を払いのけ、美華を見つけ出す道筋をつけてくれるのではないか。

もしそうなるなら——毎朝ここへ来て瞑想の会に参加し、仏の道にすがることも、厭《いと》いはしない。なにより大事な愛娘《まなむすめ》を取り戻すためなら。

老女は柔和《にゅうわ》な表情を浮かべて、じっと彰太を見返した。垂れた瞼《まぶた》のその奥の瞳に吸い込まれそうだった。何もかもを包み込む寛恕《かんじょ》の人——。

これなのだ。由布子が得たものは。やっとわかった。無条件で受け入れてくれる人を得ること。理解してくれ、共に悩んでくれる人。目の前の一人の人にすがりたかった。何もかもを預けてしまいたかった。それが宗教なのだと言われれば、それでもかまわない。自分には向けられなかった大いなる母性がそこにあった。

大黒様は、彰太の心の動きをすべてわかっているというように、黙って座っていた。

「私は——」

喉の奥からやっとの思いでかすれた声を絞《しぼ》り出す。自分の声なのに、誰か別の人物の声のように感じられた。娘を奪われるという業《ごう》は、自分で生み出したものなのだと、どういうふうに話せばいいだろう。

「ええ」

細かな縦皺《たてじわ》が刻まれた大黒様の唇が、彰太の言葉を促す。こうして何人もの言葉を引き出してきたはずの柔らかな声。

その時、そばで由布子が身じろぎをした。途端に、言葉はつっかえる。

真実を伝えるわけにはいかない。夫がかつてそんな恐ろしいことに手を染めたと知ったら、由布子は——？

そんな卑劣な工作の末に構築された幸福をこのまま甘受《かんじゅ》するだろうか？　真実を知れば彼女の精神は今度こそ崩壊してしまうのではないか。

そしてどうなる？　己を責め夫を責め、帰らぬ娘を待つことに耐えられず、それこそ無間《むげん》地獄に身を置くことになるだろう。やはりできない。今はまだその時ではない。

「ありがとうございます。これからも家内をよろしくお願いします」

大黒様が詰めていた息を吐いたのがわかった。彰太が本心を吐露《とろ》しようとして、思いとどまったことが、聡《さと》い老女にはわかったことだろう。

「わかりました」それでも彼女は静かに言った。「ご主人も無理なさらないように」

「はい」

「答えは自《おの》ずと出てくるでしょう」

大黒様は、黒光りする数珠《じゅず》を両の手のひらに挟んでまさぐった。

「私も力になりますが、あなたの心がけも大事です。こういう時は、素直に仏様にお預けなさい。問題解決にはつながらないかもしれないけれど、精神を支えてはくれます。宗教のいいとこ取りですよ。都合のいいところだけ利用すればいいんです」

もしかしたらこの人は、特殊な能力を持っていて、自分の隠し持っている秘密を見抜いたのではないか。そんなことまで思った。

「ご主人も瞑想の会だけでも参加なさい。心を空っぽにするという行為は、思いのほか助けになります。とにかくここへおいでなさい」

それにも素直に頷いた。

井坂寛子バレエ教室にも足を運んだ。

午前中は仕事に忙殺《ぼうさつ》された。美華がいなくなってから、仕事の方はおざなりになってしまっている。後回しにした仕事が山積みになっていた。社長が何かトラブルを抱えたらしいことを察した田部井が、うまくさばいてくれてはいるものの、交渉事や重要な会議は避けられない。些末《さまつ》な決済は田部井にまかせ、社外に出る時は権田を伴《ともな》った。

バレエ教室の訪問は個人的なことなので、一人で動きたかったが時間がない。アポイントメントを取っておいて、権田にお茶《ちゃ》の水《みず》にある井坂寛子バレエ教室まで運転させた。社用車の後部座席でバレエのパンフレットに見入った。去年の発表会の時のものだ。どの子も役の扮装《ふんそう》をし、濃い化粧を施《ほどこ》しているので、素顔はよくわからなかった。

急なことなので、井坂寛子に会うことはかなわなかった。事務担当者と向かい合った。

「財前美華さんのお父様でいらっしゃいますか」

沖原《おきはら》と名乗った四十年配の女性が尋ねる。事務室のガラス窓の向こうを、練習着を着た少女たちが通っていった。華《はな》やかな笑い声と姿勢のいい歩き方に、また美華の幻を見る。

沖原の顔に視線を戻して、「そうです」と答えた。

「あの――美華さんがいなくなったと聞きましたが、まだ？」

「ええ」

広川の話によると、噂《うわさ》はSNSで拡散しているようだ。

「それで美華と親しかった方とお話ができないかと思いまして」

沖原は困惑顔を隠さなかった。

「と、いいますと？」

呑《の》み込みの悪さに苛立《いらだ》つ。それともそんな振りをして拒《こば》んでいるのか。

「妻によりますと、特に親しかったのは――」

パンフレットを取り出した。自宅に泊まりに来た二人を指差す。気難しい顔で、沖原はパンフレットを覗《のぞ》き込んだ。

「オデット役の佐田愛璃さんは、今日本にはおりません」

ロシアのバレエ学校に自費留学したという。

「そのことは承知しております。それでは神山さんに会わせてもらえませんか？　佐田さんたちは、今年の四月にうちに泊まりにきたんです。美華がどこにいるのか、少しでも手がかりが得られないかと」

憐憫《れんびん》の表情を浮かべた事務員に頭を下げる。惨《みじ》めだとか、そんな気持ちはもうなかった。

「少しお待ちください」

そう言って、貧相な事務員は出ていった。頭を上げて辺りを見回すと、三、四人の事務員がさっと顔を伏せた。じっと聞き耳を立てていたのだろう。

「こんにちはー」

「こんにちはー」

外の廊下を、練習生たちが歌うような軽やかな挨拶《あいさつ》を交わしながら、通り過ぎていった。長い間待たされた。誰と協議しているのか知らないが、虚《むな》しい時間が流れた。戻ってきた沖原は、神山千絵は今レッスンを受けているので三十分ほどで出てきます、と告げた。ここまで来たのだから、会うしかないと思った。

廊下に出て権田に電話をかけ、次の予定をキャンセルしてもらうよう頼んだ。沖原が一人の少女を連れてきてくれたのは、小一時間経《た》ってからだった。

神山千絵は、姿勢を正して彰太の前に座った。顔立ちは大人っぽいが、小柄な上に華奢《きゃしゃ》な体つきをしている。そのアンバランスさが、成長途上の少女の不安定さを表しているようだ。以前会った時には、あまり注意を払わなかった。こんな用件で再び会うことになるとは思いもよらなかった。

　彼女は美華よりもひとつ年下だとわかった。学校の友人ではないから、年が違っているのだと初めて思い当たった。

　しなやかで目立たない筋肉に包まれてはいるが、あまり健康的とはいえない痩《や》せ方をした少女を、彰太はしばらく観察した。そういえば美華も体重が増えることをいつも気にしていた。成長期なのに、野菜と白身の魚、卵、それと鶏のササミといった高タンパク低脂肪の食事を心がけていた。由布子も別メニューを作って、バレエに打ち込む娘を応援していた。

　そんな食生活は、成長期の女の子にはよくないと、彰太は忠告したこともあった。

「パパはいいよ。どんなに食べても太らないんだもの」美華はそんなふうに拗《す》ねた言い方をしていた。「そういうところは全然似てないんだから、いやんなっちゃう」

　まだ無邪気に、自分は目の前の両親から生まれ落ちたと信じ込んでいた頃。それともあの頃から小さな疑いは芽生えていたのか。

　どちらでももういい。あの声を今、無性《むしよう》に聞きたかった。

「佐田さんも同じ年？」

　気を取り直してそう尋ねた。

「愛璃ちゃんは、美華ちゃんよりひとつ上です」

ということは、今年高校を卒業したということだ。きりがいいので、海外留学を決心したのか。

「そうなんだ。それで、私が聞きたいのは――」

詰問《きつもん》口調にならないように、美華が失踪する前の様子を尋ねた。質問を浴びせるたび、千絵の顔には緊張が走る。それから慎重に答えるのだった。美華を入れて三人が揃《そろ》った時は、きっと年上の佐田愛璃がリーダーシップを取っていたのだろうと察せられる態度だった。

美華ちゃんと仲はよかったけれど、美華ちゃんがいなくなる心当たりは全然ない。誘われて泊まりに行った時も四月に会ったときも、とても楽しそうにしていたと言葉少なに答えた。

「なぜ美華はバレエをやめたんだろうか」

千絵の折れそうに細い首が傾《かし》いだ。

「愛璃ちゃんがプロのダンサーを目指して留学することにしたからかなあ」

小さな声が返ってくる。

「それは、愛璃さんに負けたからってこと？　白鳥の役も彼女に振り当てられたし」

今度は激しく頭《かぶり》を振った。

「違います。その逆。愛璃ちゃんは、私たちとは全然レベルが違うもの。美華ちゃんは留学する愛璃ちゃんを応援してた。最後に愛璃ちゃんと『白鳥の湖』を踊れて、気持ちが吹っ切れたって言ってました。愛璃ちゃんはプロを目指す。私は才能がないからやめるって。愛璃ちゃんを憎んだとか、そんなことは絶対にありません」

「愛璃さんは知っているのかな。美華がいなくなったこと」

「知っています。SNSでも、一時その話題で盛り上がったから。掲示板に変なことを書き込んだバレエ学校の生徒に愛璃ちゃん、ロシアから嚙みついてた」

「黒鳥の呪いだって言った子？」

千絵の白い頰《ほお》が憤りでぽっと赤らんだ。

「そう。ひどいでしょ？　妬《ねた》んでたんですよ。美華ちゃんのこと。自分の方が技術が上だと思ってるんでしょ。勘違いもいいとこ」

そうした仲間と競い合ったりもしていたのか。父親にはわからない姿があったのだ。学校にも、バレエ教室にも。少しずつ足跡を残したまま、美華はどこへ行ってしまったのか。

「美華は黒鳥を演じたことを何か言ってた？　自分を黒鳥になぞらえていたとか」

質問の意味がわかりかねたのか、千絵は黙り込んだ。

「白鳥が主役だろう？　そっちがやりたかったんじゃないかな」

素人《しろうと》っぽい言い草で問うてみる。

「それは違います」千絵はきっぱりと言った。「本当は黒鳥の踊りの方がうんと難しいの。第三幕のグラン・フェッテなんか」

バレエの話になると、口調が熱を帯びた。

「それに演技力も必要。オデットの振りをして王子を誘惑するわけだから、白鳥に似せた動きで、でも黒鳥以外の何物でもないという踊りをしないといけない。黒を白に見せてしまう力を持たないといけないって。そう寛子先生がおっしゃってました」

白と黒——相反するようで、近しい色なのか。

「愛璃さんと連絡は取り合っている？」

「いいえ。もうロシアに行っちゃったから、連絡はしていません。向こうでのレッスンは、こっちとは比べものにならないくらい厳しいから」

「自費——で留学したんだってね」

千絵は、初めて子供らしく目を輝かせた。

「そうです。留学してから、国際的なコンクールに出るんだって。愛璃ちゃん、自宅は北海道なんですよ。上京してこっちの高校に通いながら井坂寛子バレエ教室に入って、それからたった一人でロシアへ行って——。凄《すご》いですよね」

そこまで言って、はっとしたように口をつぐんだ。ソファの上で小さくなる。失踪した娘を捜す親の前で不謹慎《ふきんしん》なことを言ったと思ったのだろうか。

井坂寛子バレエ教室は、全国からバレエダンサーを目指す子が集まってくるのだと由布子が言っていた。それは本当のようだ。そんなバレエ教室の発表会で、準主役に抜擢《ばってき》された美華が誇《ほこ》らしかった。今さらながら、そんなことに気がつく愚かさ、悲しさ。

「先月来てくれた時、どんな話をしたのかな？　美華に何か変わった様子はなかった？　去年の夏休みにうちに泊まりに来た時も遅くまで話し込んでいたようだけど」

「特に変わったことは何も――。夏休みの時は、愛璃ちゃんの実家が牧場をしてるから、その話とか――」

年下の千絵には、ＤＮＡ鑑定をする話は伝わっていない。鑑定を勧めた愛璃は、結果を美華から聞いただろうか。ロシアへ行ってしまった友人と話すことは可能だろうか。美華がいなくなったことをロシアで知ったらしいから、あの子にも心当たりはないということではないか。

「一度皆で遊びに来て、とか。サラブレッドを育てているんだそうです、その牧場。お父さんやお祖父《じい》ちゃんが苦労して血統のいい馬を育て上げて、有名な競馬で活躍しているんだって、そういう話は盛り上がってた」

千絵の話を虚しく聞いた。

きっと佐田家の牧場経営はうまくいっているのだろう。でなければ、娘を有名なバレエ教室に通わせたり、ロシアのバレエ学校へやったりできないはずだ。

「『ダークレンジャー』って言葉に聞き覚えはない？」

千絵は「ダークレンジャー？」と声に出した。うつむいて顎《あご》に手を当てる。長い睫毛《まつげ》が伏せられた。しばらくそのままの格好でじっとしているから、心当たりがあるのかと期待した。が、答えは素《そ》っ気《け》なかった。

「わかりません。聞いたことはないと思います」

彰太は何か思い出すことがあったらと、千絵に自分のスマホの番号を教え、礼を言って立ち上がった。これ以上は何も聞き出せそうにない。美華の行方には、バレエ学校の友人も心当たりがないということだ。疲れたけれど、徒労ではなかった。こうして一つずつ理由を尋ね歩き、可能性を潰《つぶ》していくしかない。たとえ結果が出なくても、親としてじっとしているわけにはいかなかった。

社用車の後部座席に身を投げ出すように座ると、ルームミラーで権田がちらりと彰太を窺った。何か言いたそうにしたが、結局黙したまま車を出した。

ザイゼンの社外取締役の一人から、彰太のスマホに直接連絡がきた。どこか外で会いたいという。

江川《えがわ》という名の、もう八十歳を超えた取締役だった。もともとは麻布十番商店街で商店組合長をしていた人物だ。伯父の文雄や権田とも顔馴染《かおなじ》みだった。ザイゼンの取締役に入ってもらったのは、財前貴金属店を閉店する時、いろいろと世話になった流れからだった。他の取締役は、田部井が連れてきた人々だったので、ザイゼンを起《た》ち上げた当初は、何かと相談に乗ってもらっていた。しかし高齢になり、店も息子に譲《ゆず》った今は、取締役会に出ても、発言することもなく座っているきりだった。

「財前君」

足の悪い江川に合わせて、麻布十番商店街の中の喫茶店にまで出向いた彰太に、江川は深刻な顔を向けてきた。伯父が死んでから、この界隈《かいわい》にはほとんど足を踏み入れていない。それだけでも落ち着かない気分なのに、江川の顔を見たら、さらに浮足立った気分になった。江川がテーブルに立てかけたステッキの、握り込まれて鈍く光るグリップをぼんやりと見やった。

今はそう付き合いもない江川に呼び出された理由も思いつかなかった。江川のぎょろりとした目に射すくめられて、胃がきゅっと締め上げられた。いい話ではないという、それだけは勘が働いた。

「君を社長の座から引き下ろす動きがある」

意味を脳が理解するのに、時間がかかった。きっと鳩《はと》が豆鉄砲《まめでっぽう》を食らったような顔をしていたに違いない。

「いいか――」ぐいっと頭を前に突き出してくる。皺くちゃの首に筋が何本も浮き出した。

「動きという生易《なまやさ》しいものではない。これはもう決まったことだ。君を下ろす工作は、もう完璧に出来上がっている。あとは実行されるだけだ」

「どうして――」

「君が社長としての能力に欠けているからだ」

生白い人差し指に、真っすぐに指されて怯《ひる》んだ。茶色く変色した爪がぶるぶる震えている。この人の感情の昂《たかぶ》りからすれば、大事が起ころうとしているのだ。自分でも驚くほど冷静に分析した。

「次の取締役会で君は解任される」

ゆっくりと指が下ろされた。そして用心深く相手を観察した。彰太の反応の鈍さに戸惑《とまど》っているのか。たっぷり一分間は黙り込んだ挙句、江川は口を開いた。

「財前貴金属店は、麻布十番商店街では、古株の店だった。財前文雄は、人付き合いは悪いが、長年の商売仲間だった。だからわしは、お前に忠告してやろうと思ったわけだ」

「君」が「お前」になった。

「予告だけはしといてやろうと思ったんだ。財前とのよしみでな。あいつは不愛想で情も薄かったが、悪い人間ではなかったからな。少なくとも、あんな殺され方をするいわれはない」

絨毯《じゅうたん》にできたどす黒い血液の染み。床に落ちて割れた湯呑《ゆのみ》。ひっそりと置かれたタータンチェックの布地。

江川は震える指でナプキンを抜き取り、唇の端を拭《ぬぐ》った。

「言っておくが、事前に聞いたからといって、どうにかできると思うな。わしはただお前に心構えをさせてやろうと思っただけだ。お前の解任は、もう決まったも同然だ」

江川は、がぶりとアイスティーを飲んだ。

ザイゼンのトップのすげ替えを画策したのは、宮岡《みやおか》という取締役だという。江川を含むあと四人の取締役の了解も取りつけてある。代表取締役の解任には、取締役の過半数の賛成が必要だが、それは得ているということだろう。そうなれば話は早い。取締役会で緊急動議として財前彰太の代表取締役からの解任を求め、決議するだけだ。

「今さらどうにもならないというのはな――」またナプキンで口を拭う。「ザイゼンの株の六割を、もう宮岡の息のかかった企業が買い占《し》めているからだ」

そんなことになっているのか。特に感慨もなく、考えた。こういう場面で、自分はどんな反応をすべきなんだろう。

「お前が興《おこ》したザイゼンは、乗っ取られるということだ」

特に驚きも憤りもせず、話を聞いているだけの彰太に焦《じ》れたように江川は言った。また痩せた首の筋が浮き上がる。

「財前文雄はやりきれんだろうな。麻布十番商店街のあいつの店を元にして作られた会社なんだから」

これも伯父の遺産を食い潰したということになるのだろうか。まだ実感が湧《わ》かず、そんなことをぼんやりと考えた。

「ザイゼンが上場する時にも、わしは忠告してやったぞ。無駄に大きくすることだけを考えるな。商店から派生した企業なんだから、トップダウンでうまく運営していける規模でやれってな」

そんな意見を、この取締役が出した覚えは確かにあった。だが、専務である田部井が上場を押し切った。株主が多くなれば、いくらでも資金を集めることができる。新しい事業にも手を広げて、利益を伸ばすことができる。より高い配当金を分配することができたら、さらに資金が集まる。やがては一流企業の仲間入りができる。

「身の程をわきまえろ」

くらりと眩暈《めまい》がした。かつて伯父文雄に言われたと同じ文言を、目の前の老人が口にした。

「田部井が――」ようやく喉の奥から言葉を絞り出した。「田部井がそんなことはさせません。株の買い占めのことも、彼なら承知しているはずです」

江川は大仰《おおぎょう》にため息をついた。

「お前はどこまで阿呆《あほう》なんだ」

これも伯父が彰太に向かって放った言葉だ。ガタついたテーブルを挟んで対峙《たいじ》しているのが、伯父文雄に見えてきた。財前貴金属店の薄暗い奥に座っていた伯父に。

「宮岡は、お前を見限って田部井にザイゼンをまかせるつもりなんだ。実質的に社を運営しているのは、奴だろう」

「し、しかし、田部井がそんなことを受けるはずがありませんよ。彼は私が連れてきた人間なんだから」

江川は呆《あき》れかえって、首を振った。

「お前はうまく利用されたんだ。あいつは初めからそのつもりでザイゼンに入ったのさ。ええ？　よく考えてみろよ。ザイゼンがあいつの実家の高田馬場ビジネスアカデミーにどれだけ資金援助してる？　ザイゼンのてこ入れがなかったら、あそこはとっくに人手に渡っていたんだ。それをおめでたいお前は、田部井やその弟へ恩返しをしたつもりでいるんだ」

「そんなことで――」

彰太は一口も飲まないでいる目の前のアイスコーヒーのグラスを虚しく眺めた。薄まったコーヒーのグラスの外側を水滴がつつーっと滑《すべ》っていった。

「そうさ。そんなことは些細《ささい》なことだ。あいつの最終目的は、ザイゼンの乗っ取りだったんだ。財前文雄の遺産を受け継いだお前が、バカなことで使い果たしてしまわないうちに、うまく立ち回って、ザイゼンを押しも押されもせぬ中堅企業に育て上げた。無能なお前を社長に祭り上げておいて、機が熟せばかっさらう。それこそ、二十年近くをかけた大計画だ。だがそうするだけの価値はあるよな」

グラスの中で溶け落ちた氷がカランと鳴った。

「お前に勝機はない。こうなったら白旗を揚《あ》げて降参するしかないだろうな」

「信じられません。社に帰って田部井に訊いてみます。あなたの名前は出しません」

「かまわんよ。わしが言ったと知れても、わしは痛くも痒《かゆ》くもない。お前に話したのは、こういうやり方は好かんからだ。まったくもって胸糞《むなくそ》が悪い」

田部井の顔を思い出した。色艶《いろつや》のいい頰を持ち上げて、満面の笑みをたたえた顔を。どこから見ても善人だった。常に彰太を立ててくれて、会社のために身を粉《こ》にして働いてくれていると思っていた。いや、今もまだそう思っている。彼が自分を奸計《かんけい》にかけるようなことをするとは、到底信じられなかった。

この老人こそ、何か企んでいるのではないかと疑った。疲れきったように背もたれに身を委《ゆだ》ねた老人をじっと見つめた。商店街で洋品店や雑貨屋を営んでいた。息子の代になって、独自のブランドを起ち上げて、結構人気を博しているとは聞いたが、興味もなかった。麻布十番商店街からは離れていたかった。

「お前の伯父とは、小学校からの同級生でな」独り語りのようにぽつりぽつりと話し始めた。

「気難しい奴だから、誰も寄せつけないし、周囲も寄りつきもしなかった。だがまあ、同じ土地で長年商売をしてきた仲だ。わしらはたまに行き来していた」

それは初耳だった。あの伯父に、親しく口をきく友人らしきものがあったとは。

「文雄は、お前に店を継がせたがっていたよ」

「ええ、それは知っています。でも――」

「お前には失望させられたようだ」

驚いたことに、江川はいかにもおかしそうに笑った。

「若いもんは、こっちが思った通りにはいかんと、そう言ってやったんだがな」

過去という名の亡霊が、彰太の首根っこをむんずとつかんだ。

「最後に会った時――文雄が殺される三日前のことだが――、文雄は言ってた。お前に最後のハッパをかけてやったと。遺言書を書いて自分の遺産は全部よそにやると宣言したそうだな」

「ええ。財前貴金属店を継がせてくれるよう、頼みに行ったら、伯父は怒り狂ってそう言いました」

「あれは文雄の本心じゃない」

「え？」

「ああ言えばお前が奮起するんじゃないかと思ったそうだ。今のまますんなり店を渡したのでは、お前はどうせ潰してしまうだろうからと、文雄は言ってた。ああいう気性《きしょう》の奴だから、直截《ちょくせつ》にものが言えないのさ。まあ、どちらにしても無駄になったな。文雄は殺されて、お前は受け継いだ遺産を他人に横取りされるわけだから」

震える手で、江川は伝票をわしづかみにした。

「それは僕が――」と手を伸ばした彰太をやんわりと拒む。

「大企業のトップも一商店主も同じさ。まっとうなやり方で商《あきな》いをせにゃあいかん。わしは宮岡や田部井のやり方は気に入らんね」

テーブルに手をついて立ち上がると、ステッキを手に取った。

「お前が田部井まかせでやってきたツケが回ってきたと思え。ザイゼンは、初めからお前のものじゃなかったのさ。そう思えば惜《お》しくはないだろう。さっさと奴らにくれてやれ」

立ち去りかけて、にやりと笑った。

「財前文雄なら、そう言っただろうな」

頭をガンと殴《なぐ》られた気がした。老人がよたよたと出ていってからも、彰太は長いことその場から動けなかった。

「これは苦渋《くじゅう》の決断なんです」

田部井はかしこまって言った。彰太と田部井は社長室のソファセットで向かい合っていた。江川から聞いた話の真偽を田部井に問い質した。

「有難いことにザイゼンは成長しました。営業利益も経常利益も順調に伸びています。大勢の社員も抱えています。彼らの生活を保障してやらねばなりません。うまくいっているからといって、これからも同じようにはいきません。経済情勢は刻々と変わり、社を取り巻く環境も厳しさを増しています。トップには判断力、決断力、統率力が要求されます」

「僕にはそれがないと――」

「残念ながら」

田部井の口からそんな言葉を聞くことになろうとは、思ってもみなかった。

「君がずっと支えてくれると思っていたよ。僕らはいいコンビだと」

「社長」突き出た腹に、てらてらと光る額《ひたい》。いつもと寸分の変わりもない田部井が繰り出す言葉に気圧《けお》される。「今や、創業当時のザイゼンではありません。大勢の乗組員がいる大型船です。転覆させるわけにはいかないんです。おわかりでしょうが」

口を半開きにして、信頼してきた部下を眺めた。今の俺はさぞかし間抜けに見えるだろうなと思う。それでも言わずにはおれなかった。

「君にとっても利益になっていたはずだ。ザイゼンは、高田馬場ビジネスアカデミーに出資して経営を助けたんだから。あれは――」

「ええ。それは感謝していますよ。社長には」

遮《さえぎ》るように言われて、思わず口をつぐんだ。田部井は今までこんなしゃべり方をしたことはなかった。こんな不遜《ふそん》なものの言い方は。それだけで、もう自分たちの関係性は変わったのだと悟らされる。

「初めからなのか？　初めからこうするつもりで、ザイゼンに入ったのか？」

もう遠慮することはない。ズバリと問うた。

「まさか！」

片手を顔の前で小刻みに振る。その仕草も、芝居がかって見えた。

「そんなことはありません。私は社長のために働けることが嬉しかったんですから。共にザイゼンを大きな会社にしようと頑張《がんば》ってきたじゃありませんか」

田部井は額に浮かんだ汗を、ハンカチで拭った。それを神経質に手の中で小さく畳《たた》みながら、言い募《つの》る。

「私もこんなことになって残念です」

「僕も残念だよ」最後の反撃を試みた。「君はずっと僕の味方だと思っていたから」

田部井のすっと細まった両の目に、一瞬蔑《さげす》みの色を見た気がした。

「もうそういう次元では計れないところに来ているんですよ。私たちは個人のつながりよりも、会社にとって何が最善かを考えなければなりません。それが優《すぐ》れた企業人というものです」

そう言われると、ぐうの音《ね》も出なかった。

伯父の莫大《ばくだい》な遺産が転がり込んできた時、これを元に会社を起ち上げようと提案してくれたのは田部井だった。何の知識もない彰太に代わって煩雑《はんざつ》な申請や登録などの手続きをし、社屋を構え、人を雇い入れ、曲がりなりにも会社組織と言えるものを作り上げてくれた。事業も経営企画も人事も広報も、すべて田部井の描いた図面通りに出来上がっていった。

彰太はただ、彼に言われた通りに動けばよかった。出るべき会議に出て、会うべき人物に会い、契約書に署名捺印《なついん》をした。下準備は全部、田部井がやってくれた。時には彰太がアイデアを出すこともあったが、それを形にしてくれるのも田部井だった。

この会社は、ザイゼンという名前だが、ずっと前から回しているのは田部井だった。もちろん承知していた。だからこそ、自分はいつまでも安泰《あんたい》に社長の座にいられるのだと思っていた。自分の能天気ぶりに歯噛《はが》みしたい思いだった。

「宮岡取締役以下、皆さんがそこを懸念されたのです」

まだ田部井の話は続いていた。どれほど集中しようとしても、不実な話は耳からぽろぽろとこぼれ落ちていく。

「もちろん、私は抵抗しましたよ。社長は実務には疎いかもしれないけれど、鋭い感性は持っておられると。全体を見渡す力はあると申し上げました。もう少しだけ猶予《ゆうよ》をくださいとお願いもしました。しかし、宮岡取締役は首を縦に振ってくださいませんでした」

手の中でちまちまと畳んであったハンカチをまた広げて、額と首まで拭う。

「私自身は、社長などという座にいる器量は持ち合わせてないんだとも言いました。それでも――」

「もういいよ」

今度は彰太が、田部井を遮った。

――君が社長としての能力に欠けているからだ。

そうずばりと言ってくれた江川の方が、どれだけ誠実かわからない。

さっと立ち上がった田部井は、ソファの横で深々と頭を下げた。

「申し訳ありません。私の力不足でした。こんなことになって本当に残念です」

聞きたくもない文言を繰り返し、専務は社長室を出ていった。パタンとドアが閉まった。小股に歩く足音が遠ざかる。

ソファの肘掛《ひじか》けをつかんだまま、彰太は身じろぎもせず座っていた。

背を向けた全面ガラス張りの窓から、夕陽が差し込んでいる。黄金色《こがねいろ》の砂の粒子のように、それはさらさらと流れ込んできて、広い社長室を満たしていく。

ふいに笑いが込み上げてきた。結局自分が得たものとは何だったのだろう。あれほどの思いをして、伯父から財産を奪い取ったというのに、部下に裏切られ、大切な家族は消えてしまう。本当に自分が欲しかったものが何だったのかもわからなくなった。

クツクツと、喉の奥から出てくる引き攣《つ》った笑いを止められない。本革張りのソファの上でのけ反《ぞ》り、大声で笑った。涙が滲《にじ》むほどおかしかった。

足下に沈殿してくる金色の光に埋もれながら、彰太はいつまでも笑い続けた。


八木に会うことはためらわれた。田部井の裏切りを知った直後は、八木の本心を問い質したいという気持ちが強かった。双子の兄の思惑に、八木がどれくらい関与しているのか。関わっているのに、知らんぷりをしていたのか。それとも彰太に伝えるべきかどうか苦悩していたのか。しかし少し時間が経つと、もうそんなことはどうでもよくなった。

田部井が裏切ったとも思わなくなった。彼の言うことは正しい。彰太のような無能なトップを戴《いただ》いていたのでは、ザイゼンの発展はない。そこを透徹した目で見られるかどうか。己の技量を客観的に量《はか》り、自分の首も切れるかどうか。もう個人が運営できる領域を超えて大きくなった企業には、そういう人材が必要なのだ。将来を見抜くことのできる冷静で冷徹な人材が。

自分を取り巻く世界が違って見えた。ザイゼンというハコの中に、見知らぬ人々が溢《あふ》れている世界。座り慣れた社長室の椅子に、社長然として座っていられなかった。社員の誰もがよそよそしい態度を取っているように思えてならない。

定例の取締役会まで、あと一か月と少しだ。議題は特に提示されていない。が、宮岡が緊急動議の口火を切るはずだ。

「社長、お車をお回ししました」忠実な秘書役、権田が慇懃《いんぎん》に言う。

「ああ」

ふらりと立ち上がり、ふわふわした足取りで、権田が開けたドアに向かって歩いた。権田の前を横切る。ふと足が止まった。

「権田」

「はい」

「――いや、何でもない」

伯父の下で働いていた権田なら、俺のことを理解してくれるだろうか。彼だって苦労していたはずなんだ。あの境遇から救い出し、ザイゼンに採用してやった俺には、感謝しているだろう。傲慢《ごうまん》で非情な伯父が殺されるように仕向けてやったのは、俺なんだからな。

だが、権田にも心を開くわけにはいかなかった。

世界は完全に色を変えた。いや、世界は初めから同じで、自分だけが幻想を見ていたのかもしれない。バックミラー越しに、権田と目が合った。何か言いたげな目だ。気がつかない振りをして目を逸《そ》らす。

車を出させた。行き先は一つしかない。高雲寺だ。

日曜日の瞑想の会とそれに続く説法は、たいてい由布子と参加するようにしている。由布子がそこで心の平安を得ているのなら、それに付き合おうという気持ちだった。だが、今や仕事の合間に時間ができると、彰太は車を走らせて高雲寺へ向かっている。権田は何も言わず、社長を運ぶ。

権田を通じて田部井も彰太の動向を知っているかもしれないが、却《かえ》って面倒がないと思っているだろう。彼は次期社長としての準備に忙しい。高雲寺に行けば、若院か大黒様に会える。時には両方とも留守のこともある。それでも本堂は開放されているから、黙って上がり込み、庭に向かって瞑想する。それだけが、今の彰太を支えていた。

「着きました」山門の前に車を停めて、権田が言う。「社長、お迎えは?」

「一時間後、いや、二時間後に」

「わかりました」

今日は自宅に義母の愛子が訪ねてくるということだったので、由布子が寺に来ていないことは知っていた。梅雨《つゆ》のさなかの空は薄く曇《くも》っていた。灰色の空をバックにして、堂々たる構えの本堂に向かって歩いた。

二人連れの老婦人とすれ違う。見覚えがあるから、瞑想の会に参加している人だろう。

「ご住職はだいぶお悪いのかしら」

「お見舞いも断られているみたいだから」

すれ違いざま、そんな会話が耳に入ってきた。

「お年だから仕方がないわね。こんな立派なお寺さんだと、介護施設に預けるというわけにもいかないものね」

「大黒様が疲れた顔一つせずにお世話をなさっているでしょう。えらいわねえ」

「こう言っちゃなんだけど、ご住職はお幸せよ」

本堂は閑散としていた。靴を脱いで畳敷きに上がり、前に進み出てご本尊を拝んだ。合《がっ》掌《しょう》して目を閉じると、いつものように無我の境地がやってくる。膝《ひざ》を崩し、ゆっくりと両手を下ろして楽な姿勢で瞑想に入った。深い呼吸を数回繰り返すと、心と体が解放されていくのがわかった。ここまで到達する過程がすんなりいくようになった。呼吸にだけ集中する。息を吸い、息を吐く、一生物としての営み。

全体の中の一つになる。宇宙の中の小さな塵《ちり》になる。

執拗《しつよう》に重要視していた「自分」が、「何でもないもの」になる。身にまとっていたものが剝ぎ取られてゆく。その軽さ。心地《こここち》よさ。そうした意識の背後に大きな力を感じた。それが仏の加護というものだろうか。初めて空気に触れた赤ん坊のような気持ちで、ただ息を吸い、吐いた。

どれくらい時間が経っただろうか。悠久《ゆうきゅう》の時を旅してきたような気分だったが、おそらくそう長い時間ではないだろう。ふっと体をねじって後ろを見ると、いつの間にか若院が座っていた。

「帰ってこられましたね」と穏やかに微笑《ほほえ》む。

「あなたは今、『静中《せいちゅう》の工夫《くふう》』をなさったのです」

「静中の工夫――ですか」

「何でもないあなたから、今為されている呼吸を意識することで、ここに戻ってこられたのです。それが静中の工夫です。あなたはこの技法を身につけられた」

日常の行為の中で、自分がやっていることを自覚し続けることを『動中《どうちゅう》の工夫』というのだと、若院は言った。したがって、あらゆる行為に瞑想を持ち込むことができる。そうすると、同じことをするのでも、行為の質と深みが違ってくるのだと。

「日常に瞑想する心を持ち込む技法をあなたは身につけた。それは大変な強みです。人生とは何をしているかではなく、どんな意識で生きているかが大切なのです」

「ありがとうございます」

両手が自然に持ち上がって合掌した。若院も同じように返した。

「さあ、奥の部屋へ。今日は珍しく母がいます。ちょっと寄っておいでなさい」

用事があるという若院を残して、廊下を進んだ。寺庭を見やると、灰色の空を切り裂くようにツバメが一直線に飛び去っていった。

「今日は財前さん、お一人ですか？」

茶を勧めてくれながら、大黒様が言う。

「ええ。妻はしょっちゅうこちらにお伺《うかが》いさせていただいて、だいぶ気が楽になったようです。今日は実家の母が来ているもので」

「それはよろしいですね。どんなに年を取っても母親はいいものです。生命のつながりを感じ、生かされている有難さを感じます」

生命のつながり――。

実母である美登里のことを思った。もう彰太にとっては遠い人だが、母は母だ。少なくとも侑那にとってはなくてはならない人だ。美登里の長い間の苦悩を思うと、やはりあの人は母親以外の何者でもない。

自由が丘のマンションの一室で、その苦悩と対峙する美登里のことを思うと、運命の残酷さに胸が潰れそうになる。自分が美華を思う心と重なる。親というものになれた喜びと同時に苦しさも背負うということか。

ここ当分、あのマンションには足を向けていない。向けられなかった。

「今、若院様にお会いしました。こんなことを言うと失礼ですが、いい息子さんです」

心底嬉しそうに大黒様は微笑《ほほえ》んだ。

「親バカと言われるかもしれませんが、あれはよくやっていますよ。こんな立派で大きな寺を、今はあの子が切り盛りしているんですから」

「ご住職の具合はいかがですか?」

さっき小耳に挟んだ老婦人たちの会話を思い出しながら尋ねた。大黒様は、同じ質問をたびたびされるとみえて、「体の調子はいいとはいえませんねえ」とさもないように答えた。相手に心配させまいと気遣いをしているのだろう。

「ですが、これはもう仏様にお預けするしかないのです。人間の自然ななりゆきですから」

「若院様がしっかりされているから、安心ですね」

これも大勢が口にすることだろうが、大黒様は「ありがとうございます」と合掌して応えた。

美華のことを心配してくれた大黒様は、進展のない捜査のことや、由布子の生活や精神のことを次々尋ねてくれ、彰太も構えることなく答えた。瞑想の後、いつになく心が素直になり、腹の底から息を吐くように言葉がするすると出てきた。

いつの間にか、信頼していた専務に謀《はか》られて、社長の座から追いやられることになったことまでしゃべっていた。このことに関しては、もう諦《あきら》めの方が先に立っているので、構えることもなかった。水が砂に沁《し》み込むように、何でも受けてくれる大黒様に寄りかかった形だ。話すうちに気持ちが楽になるのを覚えた。

由布子が大黒様に依存しすぎると危惧《きぐ》していた自分を笑った。

「まあ、ひどい人ね。どうしてそんなことができるのかしら。恩を仇《あだ》で返したってことでしょう?」

若院と違って、俗物的な感情のほとばしりを見せるのも、大黒様の持ち味だ。ふくよかな風貌《ふうぼう》と相まって、こういうところが人々から身近な存在として慕《した》われる所以《ゆえん》なのかもしれない。よく考えると、相手の気持ちを読み取り、それに沿うような感想を述べているに過ぎないのだが、妙にたのもしく思えるのだ。

こう言って欲しい。ああして欲しいということを、正論や常識論を無視して言ってくれる、その純粋さや無鉄砲さが人の心を慰撫《いぶ》するのだろう。誰でも自分に味方してくれる人に寄りかかりたいものだ。この人の持つ究極の母性と、それに裏付けられた無条件の愛に触れるだけで、救いになるのだと察せられた。

「ああ、もうこんな時間だ。長居をしてしまいました」

「いいんですよ。財前さんのお話を聞けてよかった」

これ以上いると、もっと重大なことも告白してしまいそうだった。

「大黒様と話して、すっきりしました。でもこのことは、妻には伏せておいてください。まだ余計な心配をかけたくないので」

「承知しました」

由布子は美華のことで頭がいっぱいなのだ。いずれこのことは伝わる。その時期を少しでも先延ばしにしたかった。


山門の前で、社用車が待っていた。この車を使用できるのは、いつまでなのだろう。乗り込みながら、そんなことを考えた。特に普段、意識していないのに、「社長」という肩書に馴染んでしまっていた。

「何でもない自分」に戻らないと。十代の頃、好きなことをして自由奔放《ほんぽう》に生きていた頃が懐《なつ》かしい。侑那やその仲間と遊び回っていた頃。

――しょうちゃん！

侑那の声を聞いた気がして、首を伸ばして窓の外を眺めた。ＵＶカットのガラスに、ぽつんと雨粒が落ちてきた。道行く人々が、傘を広げる様子が後方に飛び去っていった。

「これからのスケジュールはどうなっている？」

「特に何も――」

平板な答えが返ってきて、苦笑した。社長という肩書は、本当に飾りになってしまったようだ。社の重要な案件からは遠ざけられている。自明のことなのに、体の力が抜けていった。「静中の工夫」も効かない。

スマホを取り出して、谷岡比佐子にかけた。呼び出し音が長く続く。

美華の足跡は途切れ、自分は用なしになりかけている。このままでは、高雲寺に入り浸《びた》るしかなさそうだ。そんな自分が嫌になった。少しでもすべきことを持っていたかった。

江川は、伯父文雄は遺言書を書くつもりなどなかったのだと言った。自堕落《じだらく》な甥《おい》の尻を叩《たた》くつもりでそんな嘘をついたのだと。だったらどうなる? 愚かな俺は、金目当てに伯父を殺してしまったことになる。そこから人生のひずみが生まれたのだ。今に至る軌跡《きせき》は、とうの昔に自分自身でつけていたのだ。

「はい」

比佐子が出た。

「遅かったじゃない、財前さん。ずっと連絡を待っていたのよ。あなたのこと、待ってたらいつになるかわからないから、こっちで調べたの。あなたに伝えたいことがいっぱいあってね」

伯父を誰が殺したのか。現在を正すためには、過去に遡《さかのぼ》って真実を知らねばならない。清水皐月はたった一つの手がかりだった。

　権田に命じて立石に向かわせた。今日は夫が留守にしているので、家まで来ないかと比佐子は言った。彼女にとっても清水皐月は、義父の過去を探る唯一の手がかりなのだ。

「奈苗さんを見つけたわ」

　二十年ぶりに通された谷岡家の応接間で、比佐子は、前置きも何もなしで言った。くたびれた合皮のソファに向かい合って腰を下ろしている。もう何十年と使われているのであろう濃い茶色のソファは、スプリングがへたって座り心地が悪かった。

　飾り棚には、木彫りの熊や陶製のシーサー、こけしに木目込《きめこ》み人形と、統一性のない置物が並んでいた。応接間の隅には、ゴブラン織のカバーが掛かったアップライトピアノが置いてあった。ピアノの上にもごちゃごちゃと民芸品やら壺《つぼ》やらが並んでいる。どれも古びていて埃《ほこり》っぽかった。ピアノも長い間弾《ひ》かれていないに違いない。

　谷岡に呼ばれてここへ来た時は、どちらかというと殺風景な応接間だった気がする。住む人が変わると、家も変わってしまうものだ。

「すごいと思わない？」比佐子は目を輝かせて両手をテーブルの上で組んだ。麦茶のグラスに左手が当たり、薬指の古い結婚指輪がカチャリと鳴った。

「奈苗さん、本当にいたんですね」

　彰太も挨拶抜きで問うた。

「そうなの。まさかその子に行き当たるとは思わなかった」

「で、清水さんの娘さんだったんですか？」

比佐子は悦に入った笑みを浮かべた。そう言うと思った、という文言が顔に書いてあった。

「そうじゃないの。奈苗さんの名字は市原《いちはら》。なんと——」彰太の反応を楽しむように、比佐子は目を細めた。「清水さんが前に家政婦で入っていた家のお嬢さんだったの」

過去は細い糸で数珠つなぎになっている。

これは何を意味するんだろう。黙って考えにふけった。そうすると、ひどい目に遭った女の子は、谷岡にとっても清水にとっても他人だったということだ。それとも谷岡の依頼内容がすべて作り話だったということか。何のために？　そして「肌身フェチの殺人者」とのつながりはどうなるのだ？

「町内会長の奥さんもあなたの話には興味を持ってね。市原さんに色々と探りを入れてくれたらしいの」

げんなりした。またにわか仕立ての私立探偵が一人増えたわけだ。

「奈苗さんは少し、思慮の足りない——素行のよくない？　まあ、ざっくばらんに言ってお勉強が不得意で、名前が書けたら入れるような高校すらドロップアウトしてしまった子みたい。それは町内会長の奥さんも承知していたわ。高校をやめてからは外泊を繰り返して家に寄りつかなくなって――。初めは渋っていた市原さんが話してくれたって。あの人も悩んでいたんでしょう」

美華のことを思った。細い糸を手繰《たぐ》り寄せた先に、娘はいるのだろうか。

「奈苗さんは、行方が知れないってことですか？」

出し惜しみするような比佐子の語り口に焦れた。

「いいえ、奈苗さんは、ピンピンしてるわよ。家にいる。まあ、一応家事手伝いってことにしてあるみたいだけど。会長さんの奥さんも会って話したみたいよ」

比佐子は麦茶で喉を潤《うるお》した。

「でも奈苗さんが、どこかの家に連れ込まれて、男にひどいことをされたのは本当らしい。それで市原さんは警察に訴えようとしたんだけど、ご主人に止められたんだって。そんなことをして奈苗の将来に傷がついたらどうするんだって。それで市原さんは、泣く泣く諦めたわけ。だけどそんなことをされて黙っているのが腹立たしくて情けなくて悔しくて、もう身悶《みもだ》えするほど苦しんだらしいのよ」

「具体的には、どんなことをされたんでしょうか」

比佐子には、谷岡がナンバーワン興信所で語った詳細は伝えていない。あれが「肌身フェチの殺人者」の行為と同じなら、奈苗はもう三十年近くも前の第一の被害者だと言える。

「そりゃあ、あなた――」比佐子は困ったようにやんわりと笑った。「男がすることなんて決まってるでしょうが。体を弄《もてあそ》ばれたのよ。何日も閉じ込められてたって奈苗さんは言ったらしい。犯人の隙《すき》をみて逃げ出してきたって」

　そこのところは谷岡の話と一致していた。のみならず、旧丸ビルの前で声をかけられ、写真のモデルになってくれと騙して連れていかれたこと、奈苗が憶えていただいたいの家の場所も同じだった。

　だが、谷岡がかつて八木や彰太に訴えた内容は、市原の口からは出なかったようだ。次々と身に着けるものを送りつけてきたこと。しまいに醜《みにく》い化粧を施された顔で撮られた写真が届いたことなどは語られなかった。黒い仮面のことにも触れられない。あまりに惨《むご》いことをされたから、意識的に伏せているのだろうか。しかし堰《せき》を切ったように、かつて娘の身に起こったことを町内会長の妻に言い募り、長年の怒りを爆発させていたという奈苗の母親が、そういう詳細を言わないのは腑《ふ》に落ちない。

　第一、もしそういうことをされていたのだとしたら、今起こっている事件に関わりがあるとすぐに気がつくはずだ。警察に通報してしかるべきだ。それをしないというのはどう考えてもおかしい。

「とにかく、何が起こったかは推測がついたわ」したり顔で比佐子は言葉を継いだ。「市原さんは、持って行きようのない怒りを家政婦の清水さんにぶちまけたんだって。事件が起こってから市原さん、うつ病を発症したようなの。何年も気持ちの浮き沈みがあって、家事もままならない時があったって。だから清水さんを雇ったのよ」

ことの次第が少しずつ見えてきた。市原家の家政婦を辞めた清水皐月は、次に勤めることになった家の主《あるじ》、谷岡にその話を伝えたのだ。谷岡もあまりのことに怒りを覚えた。清水と懇《ねんご》ろになっていたから余計に感情移入したのか、それとも同じ町内の人物のことだからいきり立ったのか。とにかく元教師は義憤にかられたのだろう。

谷岡は、市原家のことを自身の娘と妻に置き換えて、その話を興信所でしたのだ。どこまでが事実で、どこからが彼の脚色なのだろう。そしてその色付けはどこから来たのか。

「奈苗さんは、清水さんの子でもないし、うちの義父《ちち》との間に生まれた子でもなかったってことよ」

ほっとしたように比佐子はまた麦茶に手を伸ばす。彰太もにわかに喉の渇《かわ》きを覚え、グラスを手に取った。レース編みのコースターが水滴で濡《ぬ》れていた。

「でも町内会長さんの奥さんが言うにはね。奈苗さんは、お母さんには被害者みたいな言い方をしたけど、その通りじゃないかもしれないって。親は娘のことをいいようにしか取らないけど」

「どういうことですか？」

「つまりね、奈苗さんは、自分から進んで男の家に行ったんじゃないかって言うの。どうも近所ではあの子の素行が悪いのは評判だったらしいから」

奈苗のことをよく知る元同級生から会長の奥さんが聞き及んだところによると、親にはひどいことをされたと訴えて泣き真似までしたけど、実際は、お金をもらって言いなりになっていたということだった。もともと生活にしまりがなく、遊び好きで、誘われたら誰にでもついていくような子だったらしい。そういうところにつけ込まれたわけだが、本人はいいアルバイトくらいにしか思っていなかったようだ。

「世の中にはとんでもない男がいるもんね。私、びっくりしちゃった」

比佐子は屈託《くつたく》なく笑う。比佐子の話が本当だとすると、奈苗を連れ込んだ相手というのは、「肌身フェチの殺人者」とは別人のようだ。倒錯《とうさく》した性癖の持ち主だが、少なくとも残虐《ざんぎやく》な殺人者ではない。

「隠しておくのも何だから、このことをうちの主人に洗いざらいしゃべったの。そしたら、主人が殊勝《しゆしよう》な顔で打ち明けたんだけど……」

智が父親である谷岡総一郎と疎遠《そえん》になったのは、清水皐月と懇ろになったからというよりは、清水にそそのかされて谷岡が同じようなことを繰り返していたからだという。

「同じようなこととは？」

「清水さんていう人は、ほんとにいい人だと私は思った。思いやりがあって、よく気がついて。頼りがいがあって。でも主人はそういう部分が気味が悪かったたって」

比佐子は空になったグラスを手で弄んだ。

「家政婦なんかをしていると、他人の家の内情がわかるでしょう？　問題を抱えていたり、悩みがあったり。そうすると、どうにかしてあげたいって思うんでしょうね。必要以上に肩入れしてしまうのよ。仲違《なかたが》いしている夫婦があれば仲裁《ちゅうさい》するし、長年の望みがあれば叶《かな》えてあげたいと思うし、理不尽《りふじん》な思いをしている人があれば、復讐《ふくしゅう》に手を貸してやろうとする――」

なぜか全身が粟立《あわだ》った。一口だけ飲んだ麦茶を、コースターの上に戻した。

「清水さんは、お義父さんをそそのかして、他人の家で見聞きした不正や道理に合わないことを正したり、犯罪被害に遭って泣き寝入りした人に代わって仕返しをしたりしていたの。そんなこと、個人がやるなんて常軌《じょうき》を逸《いっ》しているでしょう。でも清水さんは、自分は正しいことをしていると思っていたのよ。義父は喜んで彼女の言いなりになっていた――」

息子の忠告にも耳を貸さなかったという。

「ある意味、義父は善行を積んでいると思い込んでいたの」

――自分が死ぬとわかったら、君はどうするね？　残された時間で。

「主人はその事実を知って嫌悪感を抱いたって言ってた。親父は家政婦に感化されていったんだって。誰も知らないところで行われている不正や犯罪に罰を与える自分に酔っていた。家政婦の考えはおかしいっていくら言っても気がつかない。でも主人に言わせると、あれは善じゃなくて偽善だって」

智がこっそり調べたところでは、清水皐月は、一人暮らしの男の雇い主が人恋しくしていれば、自分の体を差し出すようなことをしていたふしがあるとのことだった。そのことを妻に言うのが憚《はばか》られ、父親と家政婦との仲を疑ったとだけ伝えていたという。

家政婦の身でそこまでするとは。いったい清水皐月とはどういう人間なのだろう。他人の欲望にそこまで応えてやる家政婦とは？

しかしその部分に拘泥《こうでい》していたのでは、先に進めない。彰太は気を取り直した。

「で？　清水皐月という人の居場所はわかったんですか？」

「わからない。それこそふっつりと消えてしまったのよ。聖人ぶった家政婦は」

二人は黙り込んで、それぞれの思いにふけった。

奈苗に為された行為に対して、市原の恨《うら》みを晴らしてやろう、あるいはこの世の害毒になる輩《やから》を排除しようと清水と谷岡は考えた。純粋な善意と信じるものに従って。相手を特定するためにナンバーワン興信所に依頼した。そのおかしな依頼を正当化するために、奈苗がされたことを大げさに膨らませて話を作り上げ、調査員を動かそうとした。

谷岡が差し出したタータンチェックの布切れを思い出した。娘の着衣から切り取られたものだというあの話もでっち上げだったわけだ。あれのせいで、谷岡の語る話はぐっと真実味を帯びた。すっかり信じた彰太は、それに従って同じ布切れを伯父の家に置いてくるという工作までした。あんなことは無駄だった。狂った殺意は、もう既に娘を痛めつけた相手に向けられていたのだから。

あまりにも念が入りすぎている。あの脚色はどこから来たのか。谷岡の創作か。清水の妄想か。だが、それは今現実化している。

これをどう解釈すればいいのだろう。過去の一連の出来事の周辺の誰かが、今の犯罪に関わっている。ネット上に掲載された、真っ赤な口紅がはみ出したピエロまがいの化粧の女の写真を思い出した。

「あ、そうそう」

黙り込んだ彰太の前で、比佐子は飾り棚の上から手帳を持ってきた。手帳のページの間から、一枚の写真を取り出す。

「これ、高校をやめた頃の奈苗さんの写真」

町内会長の奥さんが、同級生の子から手に入れたという。さっと差し出された写真に手を伸ばした。同年配の十代の子三人と並んで撮った写真をまじまじと見た。ちょっと時代遅れで派手な服装の四人がピースサインをして写っていた。一番端の子が奈苗だと比佐子に教えてもらった。

夏に撮ったものなのだろうか。ミニスカートやショートパンツから、肉感的な脚が伸びている。肩の出たキャミソールやポップなプリントのTシャツを着た上に、安っぽいラミネート加工の小物や、星やハートの目立つアクセサリーで飾り立てていた。奈苗は薄いブルーのキャスケットを被《かぶ》っていた。キャスケットの横には大きな缶バッジがくっついている。垢抜《あかぬ》けない、という印象だった。

「これ、奈苗さんが気に入っていつも被っていた帽子だって。缶バッジには飼い猫の顔がプリントしてあったらしいわよ」

その写真を彰太の手に押し付けてくる。

「どう？　奈苗さんに会ってみる？　働きもせず、今も家でぶらぶらしているそうよ」

「いや――」

彼女を連れていった人物を疑ったのは、どうやら見当違いだったらしい。彰太が追うべきは、谷岡が語った犯行の詳細だ。あのヒントを彼に与えたのは誰なんだ？　奈苗の事件を興信所で語る時、谷岡は調査員の共感を得るために話に尾ひれをつけて、誰もが憤る物語に仕立て上げた。あまりにリアルな詳細は、清水が彼に授《さず》けたものか。

「また何かわかったら連絡するから」

暇《いとま》を告げて立ち上がった彰太を見上げて、比佐子は言った。彰太が持ち込んだ謎が解けたこと、とうに亡くなった義父の秘密が明らかになったことに満足しきっている。義父と家政婦を巡る出来事は、この女性にとっては、ちょっとした生活のエッセンスになり下がった。落ち着いた生活を脅《おびや》かさない彩《いろど》り程度のものに。そのことも彼女の気持ちを軽くしている。

清水皐月は、命の期限を切られた老人をそそのかして、誰かの恨みや無念を晴らしてやろうとした。たまたま知っただけの他人の事情にそんなに肩入れするのはどうかしている。寂しい男が望めば、性欲まで満たしてやろうとするとは。それが善だと一途《いちず》に思い込む突飛《とっぴ》さ、怖さ、狂気。

谷岡智が怖気《おぞけ》を震ったのも道理だ。

おそらく伯父を殺したのは、清水皐月だろう。我が子でもない奈苗を弄んだ相手が許せなかった。会ったこともないのに、彼女ならそれぐらいのことはしかねないと思った。それほど異様で奇怪な人物だ。

清水は家政婦をしていて、たまたま他人の家庭の事情に通じてしまったと初めは思った。そしてつい感情移入して行動を起こしてしまったと。だが違うかもしれない。彼女は、他人の恨みつらみを吸い取るために、家政婦という仕事を選んだのではないか。

そう考えると、体の中を巡っていた血液がすっと温度を下げた気がした。

そして清水皐月の一番怖いところは、自分が正しいことを行っていると信じきっているというところだ。たとえ人の命を奪っても、間違ったことをしたとは微塵《みじん》も思っていないのだ。彼女が「善意」だと信じる「悪意」に支えられて。

ゲームは二十七年も前に始まっていた。いったいどこがゴールなのだろう。

「肌身フェチの殺人者」は、このゲームでどんな役割を果たしているのだろう。

そして、美華はどこにいるのだろう。生きているのか？　それとも——？

梅雨明け宣言の翌日、由布子と二人で高雲寺を訪ねた。まだ社長の座を明け渡すことは、由布子には伝えていない。八木は知っているのかいないのか、連絡はない。仲のいい双子のことだ。きっと知らずにいるということはないだろう。

疲れ果ててしまい、あれこれ考えるのが面倒だった。最寄りの駅から二人で歩いた。道々どちらも美華のことは話題にしなかった。

昨晩もスマホを取り出して、美華にかけた。美華がいなくなってから、毎日のように同じ行為を繰り返している。やがて無機質な音声が、電源が入っていないということを告げるだけなのに。

ああ、生まれた時の産声《うぶごえ》だけでも聞けないものか。あの美しい春の朝の。

そんなことを考える自分はもう、おかしくなっているのか。いっそ狂ってしまえたら——。

いつもの音声を耳から引き剝がして切ったのだった。

ベビーカーを押した若い夫婦とすれ違った。ベビーカーの中ですやすや眠る子に目が釘付けになった。まだ一歳にもならない幼子。美華があの年の頃には、自分は何をしていたろう。ああやって由布子と二人でベビーカーを押して歩いた記憶はなかった。

あの頃は、ザイゼンを軌道《きどう》に乗せるのに必死だった。家に帰るのも遅く、寝入った美華の顔を見るのがやっとだった。それでも幸せだった。だが、もっと美華のそばにいればよかったと思う。娘の成長は早く、一瞬たりとも同じ場所に留まっていなかった。その一瞬一瞬を、自分は憶えているだろうか？　見逃してしまった美華の成長の証《あかし》がどれほどあったろうか。

目の前を、アオスジアゲハが横切っていった。由布子が立ち止まってそれを目で追うのを、彰太は眺めた。こうして由布子と美華は近所を歩きながら、蝶を見つけたことがあったのかもしれない。

ベビーカーに乗せられた美華と。よちよち歩きの美華と。幼稚園に通う美華と。

そのどれもの顔が彰太には曖昧《あいまい》だった。

アオスジアゲハは、しばらく由布子にまとわりつき、風に流されるように彰太の方にも飛んできた。彰太の胸に止まるんじゃないかと思うくらいに近づいて、ふわりと頭を飛び越した。黒い翅《はね》を青緑色の帯が貫《つらぬ》いているのが見えた。そのままギンマサキの垣根を越えて、道沿いの家の庭に飛んでいった。

不意打ちのように、あれは美華だったんじゃないかという考えに囚《とら》われた。美華はもう死んでいて、魂が親のところに飛んできたのではないか。呆然と立ちすくむ彰太を尻目に、アオスジアゲハは庭に植えられたネムノキの向こうに消えた。夢のように薄紅色に咲くネムの花の上をすいっと飛んだ瞬間、鮮やかなパステルカラーに透《す》き通る帯が光った。

由布子がそっと寄ってきて、彰太の腕に自分の腕を絡めた。

「由布子、僕は――」

虚無だった。何もかもが無常だ。自分の人生には意味がなかった。

邪悪な欲に導かれ、恐ろしい罪を犯した。こうして妻に寄り添っていられる厚顔《こうがん》さを恥じた。自分に代わって、美華がその責を負わされ、いわれのない罰を受けているのだ。

そのことを妻に伝えたかった。けれど、言葉が出てこなかった。食いしばった口から「くっ」というような呻《うめ》き声が漏れたきりだった。

「いいのよ。行きましょう」

高雲寺はすぐそこだった。

本堂には、もうたくさんの人々が座っていた。最後列に腰を下ろすと、粛《しゆく》とした気持ちになった。もう何も考えられなかった。ただ瞑想し、若院の声明《しようみよう》に和して経を唱《とな》えるのみだ。やがて心は無になる。

宇宙の摂理《せつり》――無常、無我、縁起。

若院の説法はそこから始まった。

「お釈迦《しゃか》様が発見した真理は『縁起』の理法と呼ばれるものです。この世に偶然というものはありません。何事にも原因があり、結果があります。その『因』と『果』を結びつけるものが『縁』です。『縁』の大切さを知らないと、同じ原因から同じ結果が生まれないと悩んだり不満を感じたりするのです」

若院は時折言葉を切って、聴衆の中に自分の、いや、釈迦の言葉が沁《し》み込んだか確かめた。朗々とした若い声と、挟み込まれる静寂。彰太は、いつになく若院の説法に引き込まれた。

縁起とは、「因縁生起《いんねんしょうき》」を略した言葉で、諸々《もろもろ》の因と縁が和合して初めて果を生じるという法則のことである。具体的には、結果を引き起こす直接の原因を「因」といい、それを助ける間接的な原因や条件を「縁」という。「因」と「縁」が結びついて、「果」が生まれる。

若院は「自因自果《じいんじか》」という言葉を出して説明した。長くしゃべっているうちに、だんだん言葉に熱がこもる。

「自分が過去に為した行為を原因とし、それに様々な縁が重なり合って、果報が下されるわけです。この場合、行為のことを業《ごう》といい、絡まってきた縁のことを間接的原因といい、果報のことを運命と言い換えることもできます」

彼の言葉はストンと彰太の心に落ちてきた。

「目の曇った人には、この関係性が見えません。真の原因に思い至りません。しかし、厳然とそれはあるのですよ。悪を犯しても、縁が来ないと結果は起きない。だから、その間は束《つか》の間《ま》の平安を楽しむことはあるでしょう。しかし、悪の所業の報いは必ず来ます。プラスの因はプラスの果となり、マイナスの因にはマイナスの果が来るということを、よく心に留めておかねばなりません。しかし因は人が作るものなら縁も人が作るもの。縁の力を借りて回復する回路を見つけることもできます。いつでも人はやり直せる。因縁は廻《めぐ》っているのです」

聴衆は大きく頷き、若院が「すべて悪《あ》しきことを為さず、善いことを行い、自己の心を清めること――これが諸々の仏の教えである」と「七仏通戒偈《しちぶつつうかいげ》」という句を述べて説法を終わりにすると、皆は数珠を掛けた両手を合わせて頭《こうべ》を垂れた。

人々が去っていったり、大黒様と話すために奥の部屋に入っていったりするのを見ながら、彰太は腰を上げることができなかった。

どうして今日という日に、若院はこの説法をしたのだろう。打ちのめされていた。

伯父文雄が殺された原因は俺が作った。誰が殺したかはもうどうでもよかった。自分に殺意は確かにあったのだ。だから俺が手を下したも同然だった。文雄の財産が欲しいという邪《よこしま》な理由もはっきりしていた。あの当時、どうしてもそれが欲しかった。

あれほどの財産が転がり込んできたからこそ、堀田夫婦は渋々ながら由布子との結婚を許してくれた。その結果、美華という娘も無事に生まれた。諦めていた父親というものになれた。由布子の元の婚約者の子だということは、驚くほど気にならなかった。偶然にも血液型は彰太と同じだった。生命力に溢れた赤ん坊を迎え入れ、その子を中心に生活が回り出した。幸せと喜びの方がはるかに勝《まさ》っていた。

会社も年々成長し、彰太は押しも押されもせぬ経営者となった。何もかもがうまくいった。

しかしそれは見せかけだったのだ。悪因は悪果しか生まない。手をこまねいて見ていた運命が、今鉄槌《てっつい》を振り下ろしたのだ。彰太の大事なものを奪い去るという一番惨い方法で。

――この世のすべては『苦』である。苦こそ、虚しいということである。

来る道で見たアオスジアゲハの姿を思い出した。あれも何かの兆《きざ》しだったのだろう。美華が愚かな父親を諫《いさ》めに来たのかもしれない。既にこの世にいない美華が。

いつの間にか、本堂には誰もいなくなっていた。

由布子が寄ってきて、彰太を立たせた。妻にされるがまま、子供のように靴を履《は》いて寺庭に下りた。

「今日は大黒様のところには、たくさんの方がお見えだから、お会いするのはまたにしましょう」

その言葉にも、素直に頷く。由布子は由布子で、いつでも会いにきて話を聞いてもらっているだろうが、彰太もここのところ、たびたび来ていた。大黒様に会って、会社で自分が置かれた立場のことをくどくどと訴えた。誰にも言えない愚痴《ぐち》を吐き出していた。伯父の死にまつわる秘密より、安易に口にできたということもあった。

大黒様は、忠告めいたことも分別臭《ふんべつくさ》いことも言わない。そこがよかった。根気よく黙って聞いてくれ、彰太が言いたかったことを代弁するように嘆いたり、悔しがったりしてくれた。大黒様も、若院とは別の方法で人の心をほぐす術《すべ》を身につけているのだ。

聡明な彼女は、わざとそうしているのだと思う。田部井を憎み、陥《おとしい》れられた自分の愚かさを悔やむ彰太の心に寄り添ってくれている。田部井への恨みを子供のように訴えながら、その実、言葉で訴えるほどにはたいしたことではないと思っていた。いや、思えるようになっていた。不思議な癒《いや》しをもらっている気がする。

由布子もこうやって、夫に言えない秘密を大黒様に訴えていたのかもしれない。大黒様はすべてを察して、大きな心で夫婦を包み込んでくれている。

＊

男は、うっとりとした思いで、七瀬を見つめた。

黒い仮面を着けた少女は、黒のドレスを着て立っていた。これほど黒の似合う女はいない。シルク素材の上にチュールを重ねたデザイン。膝上三センチのスカート丈《だけ》が、七瀬の足をきれいに見せていた。右の脛《すね》の部分に切り傷があるのが残念だ。自分が付けた傷なのに、男はそんなことを思った。

それにあの黒い羽根が密に重ねられた仮面。表情を剥ぎ取られた少女は、等身大の人形にしか見えない。もう家に帰れないと悟った七瀬は感情を露《あら》わにすることなく、おとなしく従順になった。

賢い子だ。先の二人の女より、よっぽど思慮深い。男の望むことを理解し、それに沿うように行動する。あのベネチアンマスクを着けている間は、決して口をきいてはならないと知っているのだ。

深夜の街中を、取り澄《す》ました大人たちの間を泳ぐように生きてきた子は、したたかな生きる術を身につけていた。七瀬をここに連れてきてから、もう三か月が過ぎた。今まで監禁した女性の中で一番長い。風俗店の前で、七瀬の方から声をかけてきた。あれは運命だったのかもしれない。

彼女とは肉体の交わりはない。肉でつながるなんて愚劣で安っぽいことはしない。だからといって、愛情を感じているわけではない。彼女は人形なのだから。壊さないように苦痛を与える。それが男の目下《もっか》の楽しみだ。女には苦痛が似合う。

「ほら、マニキュアを買ってきた。黒のマニキュア」

男は七瀬に近づいて、小瓶を差し出した。少女は黙って手を伸ばす。細い指だ。ちゃんと食事を与えているのに、随分痩せた。頰《ほお》もこけた。受け取ろうとしたマニキュアを、七瀬は取り落とした。小瓶は床に落ちて砕《くだ》けた。黒い液体が流れ出す。

「ああ、ごめんなさい」

うろたえてかがみ込もうとする。男が一歩前に出ると、はっとして腕を頭の上で交差した。殴られると思ったようだ。

「いいさ」

男は七瀬の肩を抱いて、マットの上に座らせた。

「あんなもの、また買えばいい」

七瀬は心底ほっとしたように体の力を抜いた。いくら長くここにいるからといって、男の気まぐれな心は読めない。狂ったように乱暴するかと思えば、優しく労《いたわ》る。ここでは男が法なのだ。

「さあ、もう横になっていいよ」

仮面を取ると、七瀬の顔に醜い痣《あざ》がついていた。三日前に殴った痕《あと》だ。そこを撫《な》でてやる。まだ痛みがあるのか、七瀬はわずかに目を細めた。彼女の肩を抱いて、横にならせた。ポーズを取らされる人形みたいに七瀬は素直に横たわった。

背中にぴったり体をくっつけて、男も添い寝した。そういう行為にも七瀬は慣れたのだろう。男がこうして少女を自由にしながら、体を求めてこないのを、不審がることもなくなった。ただその日一日を無事に過ごすことだけに心を砕いているようだ。すなわち痛めつけられず、罵《ののし》られず、平穏な一日が暮れることだけを願っている。

いい傾向だ。この子とはもう少し一緒にいられそうだ。

少女の甘い体臭を嗅《か》ぎ、温かな体温を感じて、男は夢の中に落ちていった。

第五章　黒はあらゆる色が重なり合った色である

ザイゼンに電話してきたのは、愛子だった。

「彰太さん、すぐに帰ってきて！」

ただならぬ声に、握った受話器が汗でぬるりと滑《すべ》り落ちそうになった。

「いったいどうしたんです？　由布子は？」

てっきり由布子に何かが起こったんだと思った。精神の平衡《へいこう》を保てなくなり、錯乱《さくらん》状態に陥《おちい》ったとか、体調が急激に悪くなって入院するはめになったとか、悲観して自殺をはかったとか、考え得るすべての悪いことが瞬時に頭に浮かんだ。

しかし愛子の背後ですすり泣く由布子の声が聞こえ、もっとよくないことが起こったのだと悟った。

「美華の――」愛子が言葉を詰まらせる。「美華の持ち物が送られてきたの。郵便で」

一瞬、気が遠くなった。よろめいた体を支えようとデスクの上を手で払ってしまい、積み上げてあった社内の書類が雪崩《なだれ》を打って床に落ちた。ドアが開き、権田が駆け込んできった。

「社長、大丈夫ですか？」

顔面蒼白になった彰太を見て、入り口で立ちすくむ。到底平静を装《よそお》うことはできなかった。

「家まで送ってもらえるか？」

それだけを絞《しぼ》り出すように言った。彰太が体調を崩したと勘違いした権田は、病院に連れていこうとする。それを邪険に断って、すぐに車を出させた。

家には貴大も来ていた。沈痛な面持《おもも》ちで四人が取り囲んだリビングのガラステーブルの上には、何の変哲もない白い封筒が置いてあった。パソコンで打ったと思われる宛名は、正確な住所と彰太と由布子の名前が連名で印字されていた。

「あなたが帰ってくるのを待とうかと思ったんだけど、どうも中身が不審な感じがしたから」

乱雑に破り取った封の切り口が、由布子の慌《あわ》てぶりを表していた。最初の衝撃が去り、なんとか自分を制御しようと努めている様子の由布子は、夫に向かって説明した。中身を検《あらた》めた後、由布子は実家の両親を呼び、それから夫を仕事から呼び戻す判断を下したようだ。

ガラステーブルの上に置かれたものは、細いシルバーのチェーンにプラチナ仕上げのハートモチーフが付いたバッグチャームだった。いかにも高校生くらいの女の子が好みそうなデザインだった。これがざらりと封筒から滑り出てきた時の、由布子の驚愕《きょうがく》と戦慄《せんりつ》が手に取るようにわかった。

封筒の中には、バッグチャームだけが裸で入っていたそうだ。手紙もメモも何もない。百円切手が三枚貼ってある。たぶん、正規の料金より多めに貼ったのだろう。それには芝《しば》郵便局のスタンプが押してあった。

「これは、本当に美華のものなのか?」

ありふれたものと言えば言えるバッグチャームだ。問いながらも、こんなふうに送りつけてきたことが、すべてを物語っていると知れた。

「間違いない。見覚えがあるもの」

「あの日、美華が持っていったショルダーバッグに付けていたもの?」

愛子の問いに、由布子は小さく頷《うなず》いた。

「これ、美華のお気に入りだったから。原宿《はらじゅく》で買ったって言ってた」

くしゃりと由布子の顔が歪《ゆが》む。娘がいなくなったことを、改めて思い知らされたというようだった。つと手に取りそうになった彰太を、貴大が制した。

「触ってはいけない。指紋を調べるかもしれない」

はっと顔を上げた。

「彰太君、警察に知らせよう」低い声で貴大が言った。「ここまで来たら、もう間違いない。美華はあの『肌身フェチの殺人者』に誘拐されたんだ」

その数十分後には、家の中は警察官で溢《あふ》れた。

封筒とバッグチャームは、鑑識が持ち去った。残った鑑識官たちは、美華の部屋に入り込んで、指紋の採取をしている。バッグチャームに美華の指紋があれば、照合するために必要なのだと説明された。洗面所にあるブラシからは、美華の髪の毛が採取された。DNAを調べるためらしい。

DNAを照合するのは、美華の死体が見つかった時だろう。

応接間の本革張りのソファに深く沈み込みながら、そんなことを思った。こうしてあの子の持ち物が送られてきたからといって、今、美華が生きているという保証にはならない。

「財前さん」

正面のソファにかけた刑事がやや大きな声を出した。さっきから呼びかけられていたのに、気がつかなかったのかもしれない。ゆっくりと目を上げた彰太の横で、やはり由布子がぼんやりしている。

「財前さん」

もう一回、刑事が言い、自分の言葉が届いているかどうか確かめるように、彰太の目の中を覗《のぞ》き込んだ。

「はい」

ようやく声を出す。美華がいなくなったいきさつはもう詳しく説明したし、第一、四月の時点で捜索願を提出しているのだ。

「美華さんは、自分の意志で家を出られたということですか?」

四月に何度も渋谷署に足を運んで説明したことだ。あの時の係員は、おざなりにしか聞かなかった。いなくなった美華のことを、家出少女としか受け止めてもらえず、もどかしかった思いが蘇《よみがえ》ってきた。しかし、杉本《すぎもと》と名乗った刑事は、熱心に耳を傾けている。見逃していた事案が、大変な事件の当事者だったと認識したのか。だが、もう遅い。遅すぎる。

歯ぎしりしたい思いで、彰太は語った。時折、言葉に詰まった。そんな被害者家族のあり様に慣れているのか、相手は急かす素振《そぶ》りもなく聞き入り、その後、矢継《やつ》ぎ早《ばや》に質問を浴びせてきた。

犯人からの脅迫電話はありませんでしたか?　いいえ。

お嬢さんからの接触はありませんでしたか?　いいえ。

お嬢さんは、何か書置きのようなものを残していませんでしたか？　いいえ。不審な人物を家の周辺で見かけたことはありませんか？　いいえ。「いいえ」の繰り返し。こちらは、何のカードも持っていないのだ。親なのに、我が子につながるたった一つの手がかりも持ち得ない。

杉本の後ろに立った若い刑事が、無表情でメモを取っている。むくむくと怒りが湧《わ》き上がってきた。不毛な質問を繰り出してくる警察へ。無策な自分へ。

「美華は見つかりますか？」

質問が途絶えた後、夫のそばで由布子が呻《うめ》くように訊《き》いた。

「全力を尽くします」

杉本が短く答えた。

「やっぱり、あれでしょうか。あの――」

「肌身フェチの殺人者」という名称を、由布子はどうしても口にできない。

「あの狂った誘拐犯の仕業《しわざ》だとお考えですか？」

代わりに彰太が問うた。やり場のない怒りに震えた。

「まだ何とも」

余計なことを口にしないように心がけているのか、それとももともと素《そ》っ気《け》ない人物なのか、刑事は必要最小限の言葉しか口にしない。怒りの感情は、湧き上がった時と同様、急速に萎《しぼ》んでいった。自分の気持ちがコントロールできない。

我が子が誘拐され、監禁されている。もしかしたら、もう生きていないかもしれない。とても現実とは思えなかった。家出の線は消えた。ついこの朝まで細い糸にすがりついていたけれど、運命はその糸を断ち切った。もう友人たちに聞いて回ったって無駄なのだ。捜索願を出した警察署を訪ねることも意味がない。

ただ、こうして呆然《ぼうぜん》と結果を待つしかなくなった。

被害者の家族——今や自分たちに貼りつけられたレッテル。

虚《うつ》ろな目で、杉本を見上げた。何かをしゃべっているのに、何も耳に入ってこない。

「彰太君、大丈夫かね？」

義父が見かねて部屋の向こうからやって来た。

「ああ——」自分の声が、深い井戸の底から響いてくるように感じられた。

「早く、あの子を助けてやってください！」

がばっと立ち上がって、刑事に食ってかかる由布子を止めることすらできない。

「やめなさい、由布子」

貴大と愛子が引きずるように由布子を部屋から連れ出すのを、力なく見やった。杉本の背後の刑事がパタンと手帳を閉じた。

気がついたら、応接間には誰もいなくなっていた。家の中が静まり返っている。鑑識官も引き上げたようだ。エアコンがかすかな運転音を響かせているだけだ。

のろのろと立ち上がって、廊下に出た。リビングを覗くと、貴大が一人座っていた。

「由布子は？」

「出かけた」耳を疑った。こんな時にどこへ行くというのだ。「高雲寺へ。どうしても行くと言ってきかないんだ。愛子についていかせた」

「そうですか。それならよかった」

安堵《あんど》の表情を浮かべる彰太を、貴大は驚いたように見返し、何かを言いかけたが、結局言葉を呑《の》み込んだ。しばらくすると、愛子が一人で帰ってきた。大黒様と話があるからと、由布子は高雲寺の奥へ入ってしまったのだという。咎《とが》める貴大を、彰太は止めた。

「由布子は僕が迎えに行きます。ありがとうございました」

戸惑《とまど》いの表情を浮かべた義父母は、顔を見合わせた。

大黒様に会いにいった由布子は、美華の持ち物が郵送されてきたことを話し、思う存分泣き崩れていることだろう。大黒様は由布子の気が済むまで、一緒に嘆《なげ》き悲しみ、心配し、こんな恐ろしい犯罪を起こした犯人に憎しみをぶつけてくれているだろう。

それは問題を抱えた者が、本当にやりたいことだ。自分というものを完全に解放してしまえば、原始の感情が身の内から溢れてくる。その感情に素直に浸《ひた》ること。それこそが魂の救済につながるのだ。

この効果は、若院の説法でも裏付けされている。自分の心源《しんげん》に願望を投影していく方法だ。人間の潜在意識のさらに奥の方に「阿頼耶識《あらやしき》」と呼ばれる意識の領域がある。誰でもが持っている心の最奥《さいおう》の部分に当たる。ここは、人知では測れない未知なる力に通じているという。

「その部分まで到達するのは、大変難しいのです。なぜなら、最奥の部分の上には、思考の渦《うず》のような領域があり、素直な願望を表出するのを妨《さまた》げているからです」

しかし、ひとたび心を解放し、「阿頼耶識」まで下りていく術《すべ》を身につければ、人が抱えた問題は解決に向かい、人生はうまく回り出すのだ。

「この領域が事実として認めたものは、時間が経《た》てば現象化します」

若院は、心の持ちようのことを説いているのだろう。個々人の願望をはっきりさせ、引き寄せるイメージを具体的に描くことで、少しずつ努力が実っていくという意味だ。要するに瞑想《めいそう》によるイメージトレーニングの重要性を説いている。

相談者の気持ちに同化して、本来の感情を取り出してみせるという大黒様の行為も、同様の効果を生むと彰太は感じていた。ブレーキをかけていた常識や良識、謹《つつし》みという壁を取り払う手っ取り早い方法論だ。瞑想という高尚《こうしょう》なものに比べると稚拙《ちせつ》で直接的だが、効果はある。実際、自分も妻もそれで救われているのだから。

だが、そんなことをここで説明する気にはなれなかった。

「君と由布子はどうなってるんだ？　あの寺に通い詰めているというじゃないか。うちの菩提寺《ぼだいじ》でもない。確かに古刹《こさつ》だとはいうが、いったいあの寺に何があるんだ？」

由布子の様子から、懸念《けねん》を感じ取っていたらしい義父は、彼なりに高雲寺を調べてみたのだろう。

「瞑想の会に――」たぶん、理詰めでものを考える義父に言っても伝わらないだろうとは思った。「あそこの瞑想の会に参加しているんです」

「瞑想の会？」

案の定、胡散臭《うさんくさ》いというふうに顔をしかめた。だが、横から愛子が「あなた」と止めた。二人はゆらりと立ち上がった。

何か進展があればすぐに伝えるようにと言い残して帰っていった。

彰太はカーテンを閉め切った暗い部屋にじっと座っていた。

――自因自果《じいんじか》。

抗《あらが》ってもどうにもならない。

「因」を生んだ自分のところに「果」が現れた。しごくシンプルなことだった。ただ、美華が憐《あわ》れだった。アオスジアゲハのはかない飛翔を思い出し、頬《ほお》を涙が流れた。

「彰太君」

疲労困憊《こんぱい》した義父は、ぐったりした様子で言葉をひねり出した。

今、夫婦は離れた場所で泣き暮れている。夫婦という形を保つために、隠し通してきたものはあまりに重い。この十八年間、目を逸《そ》らし続けてきた足下の深淵《しんえん》は、ぞっとするほど暗かった。

運命は、さらに残酷な展開を用意していた。

三日後に美華のブレスレットが送りつけられてきた。これも確かに美華のものだと由布子が証言した。銀のエスニック彫刻の台に、青いターコイズが嵌《は》め込まれたデザインだった。やはり封筒には、彰太と由布子の名前が印字されていて、ブレスレットだけが入れられていた。

初めはバッグチャーム、次はブレスレットだ。だんだん身に着けるものに変わっていく。この次はいったい何が送られてくるのだろう。おぞましい想像に身悶《みもだ》えする。

「なぜご夫婦の名前が印字されているんでしょう」

杉本がジッパー付きのポリ袋に入れた封筒を眺めながら言った。ほとんど独り言のようなものだった。宛名が夫婦連名になっているところが、先の二件の事件とは違っているところなのだろう。今回は、切手には豊島郵便局の消印が押してあった。居場所を特定されないよう、都内あちこちで投函《とうかん》しているのか。

「そんなことより、早く美華を捜してください！」

ほとんど叫ぶように由布子が言った。

「そうですよ。こうしている間にも、あの子が苦しんでいるんじゃないかと思うと……」

駆けつけてきた愛子が被《かぶ》せるように言う。

「手がかりはまだないんですか？　四月に娘がいなくなった時に、警察が真剣に捜してくれていたら、こんなことにはならなかったんです」

そうだ。あの時、何度も渋谷署に足を運んだのに、まともに取り上げてくれなかった。それが悔《く》やまれる。あれからもう三か月が経つ。四月から監禁されていたとしたら、どんな思いをしていることか。

「捜査はしています。娘さんが何らかの事件に巻き込まれたという可能性も視野に入れて」

「視野に入れて？　それはどういう意味なんだ？」

たまらず彰太も口を出した。

「娘さんの持ち物がご自宅に二回続けて送られてきた。それだけで過去の女性連続殺人犯の犯行とは断定できないということです」

淡々と杉本が説明する。

「そんな！　誘拐した女性の所持品を送りつけてくるという手口がまったく同じじゃない

ですか！」

「酷似《こくじ》はしています。確かに。しかし、同一犯だと決めつけるのは早計です。犯人を示唆《しさ》する物的証拠はありませんから」

抑揚《よくよう》のない声で杉本が答え、彰太は唇を嚙《か》んだ。

「じゃあ——」杉本以上に低く冷徹な声を由布子が絞り出す。「じゃあ、あの子の持ち物が何度送られてきたら、警察は事件だと認めてくれるの？」

それには杉本も返す言葉がないようだった。ブレスレットを預かって帰っていった。

次はいつ何が送られてくるのか。それを家で待つ心境は拷問《ごうもん》に遭《あ》っているようなものだった。一分一秒が惜《お》しかった。今助けてやらなかったから、恐ろしい結果になったと後で思いたくなかった。壁の時計の秒針が、美華の命を削っているような気になってくる。美華が大変な目に遭っているというのに、じっとここで座っているしかないなんて、こんな理不尽なことがあるだろうか。

一日、二日と日が経った。仕事に行く気になれない彰太を置いて、由布子は高雲寺に出かけていった。それでも以前のように長居はせず、急いで帰ってくる。五日経っても、何事も起こらなかった。警察からも何も言ってこない。

六日目に渋谷署に夫婦で出かけた。留守番を愛子に頼んだ。家を空けておくわけにはいかなかった。渋谷署で聞いた捜査状況には、たいした進展はなかった。

美華のスマホの電波が最後に受信されたのは、渋谷の基地局だったことがわかったと杉本が言った。美華がよく行っていた界隈《かいわい》で、スマホの電源が切られたわけだ。美華は夜の街をさまよっている時に、「肌身フェチの殺人者」に捕らえられてしまったのだ。夜になっても眠ることのない街で。もうそれは、彰太の中では確信に変わっていた。どうしてそれが警察に伝わらないのか、それがもどかしかった。

消沈して渋谷署を後にした。玄関を出た途端に、いきなり数人の人に囲まれた。面食らっていると、相手はマイクを突き出してきた。

「財前さんですね？　お嬢さんが『肌身フェチ』の犯人に連れ去られたというのは、本当なんですか？」

驚いて顔を上げると、大きなカメラを構えたクルーも見えた。安易に警察署に足を運んだことを悔いた。「肌身フェチ」の殺人事件は、今最もホットな話題だ。マスコミも必死で取材をしている。こちらの名前まで知られているとは。どこかから情報が漏《も》れたのだ。

彰太は咄嗟《とっさ》に警察署の中に戻ろうとした。由布子を守るように背中に手を回して、ぐいと引き寄せる。由布子は、その手を払った。一瞬たたらを踏んだ夫を置いて、由布子は玄関前のテラスに躍《おど》り出た。

「そうです。うちの娘は、あの恐ろしい犯人に連れていかれたんです。どうかお願いです。美華を返してください！」

ただ立ち尽くすだけの彰太の後ろから、何人もの警察官が飛び出してきた。由布子と取材陣を離そうと躍起《やっき》になっている。警察署の中にいたらしい別の記者やカメラマンもやって来て、由布子はもみくちゃにされた。

報道関係者の後ろから杉本が出てくるのが見えた。珍しくうろたえた表情を浮かべている。人混みの中で由布子の叫び声が上がる。

「ねえ、見てますか？　美華を連れていった人！　お願いですから、私たちの子供を返してください！」

その時、彰太の中でむらむらとある衝動が湧き上がった。警察にまかせていたのでは、美華は取り戻せない。自分たちで行動を起こさなければ。美華の母親として由布子が声を張り上げているのを、黙って見ているわけにはいかない。彰太は由布子に群がる人々を掻《か》き分けて、前に出ていった。

美華の失踪について大々的な報道がなされた。「肌身フェチの殺人者」の第三の犠牲者《ぎせいしゃ》として。ネームバリューのあるザイゼンという会社の社長の娘が、狂った犯罪者の手にかけられたということは、世間の耳目《じもく》を集める大ニュースだ。未成年である美華の名前だけは伏せられたけれども、渋谷署の前で取材に応じた時、自分たちの名前は実名で報道してもかまわないと明言した。それからさらに数を増やした取材陣の前で、今までの経過を二人で説明したのだった。そして彰太も共に犯人に呼びかけた。

大事な娘を返してくれるように。それから美華にも。絶対に助けてやるからと。父親として、母親として、手をこまねいているわけにはいかなかった。

警察署の前の映像は、繰り返し流された。彰太と由布子の顔を正面からとらえた映像は流さないよう配慮されていた。財前家の娘が失踪し、「肌身フェチの殺人者」の事件と同じように持ち物が送られてきたという事実が、どこからどう漏れたのか。今は調査中だと杉本は渋い顔で告げた。あんな顚末《てんまつ》になるとは、警察関係者も予期していなかっただろう。マスコミを通じていなくなった子の両親が犯人に訴えかけるなど、前代未聞のことに違いない。

マスコミはニュースソースを明かさない。匿名《とくめい》で通報があったなどとうそぶく記者もあるようだが、おそらくは警察内部の誰かが親しい記者にリークしたのだろうと窺《うかが》えた。

当然のように、その後も取材合戦は過熱した。

家の前には取材クルーが詰めかけたので、由布子を実家に避難させようとしたけれど、彼女は頑《がん》として言うことをきかなかった。いつ何時、犯人からの接触があるかわからないという。もっともな言い分だった。渋谷署の前で、取材陣の中に飛び込んでいった由布子の後ろ姿が、何度も彰太の頭の中に浮かんでくる。

絶対に娘を取り戻すのだという気概《きがい》に満ちていた。そこに母親の強さを見た気がした。子を腹の中で育て、月満ちてこの世に送り出すという作業をした者の強さだ。

しかしこんな状況では外出もままならない。由布子は大黒様と携帯電話でやり取りをしている。

ことの次第を知った田部井から連絡があった。

「社長も大変でしょうから、出社は当分見合わせていただいて結構です。なんなら、定例取締役会も延期して——」

「いや、それには出席する」

強い口調で言い放つと、向こうは一瞬怯《ひる》んだように感じられた。

「わかりました。ではお待ちしております」

定例取締役会は、三日後に迫っていた。そこで自分は社長の座から下ろされる。おそらくは何のポストも用意されず、ザイゼンを完全に去ることになるだろう。今はそれが少しも怖くなかった。その裁定を早く受けたいとさえ思った。美華に無情にも向けられた運命の報復を、自分に向けさせれば、娘は帰ってくるような気がした。

縁の力を借りて、回復する回路を見つけることができると言った若院の言葉にすがりたかった。

玄関前で取材陣にもみくちゃにされながら、定例取締役会に出席した。迎えに来た権田が、珍しく激昂《げっこう》し顔を赤らめていた。ウィンドウ越しに焚《た》かれるフラッシュに目が眩《くら》んだ。権田がクラクションを鳴らすのを、窘《たしな》めた。

「いいんだ。近所迷惑だから、クラクションは控《ひか》えてくれ。このまま少し待とう」

すると、権田は運転席でさっと振り返った。

「社長がこんな目に遭ういわれはありませんよ」

常に冷静で寡黙《かもく》な彼が、こんな物言いをすることに驚いた。「こんな目」とは、娘が誘拐されたことか、それとも被害者側なのにマスコミから好奇の目を向けられることを指しているのだろうか。あるいは社長という役職を失おうとしていることか。

この忠実な秘書に送迎してもらうこともなくなるのだと、初めて思い至ったが、たいして感慨はなかった。社長の席に執着《しゅうちゃく》する気持ちもさらさらない。

定例取締役会は粛々《しゅくしゅく》と行われた。通常の議題の審議がなされた後、閉会直前になって、宮岡が緊急動議を発議した。

「財前彰太氏を社長から退《しりぞ》け、後任に現専務の田部井克則氏を推薦《すいせん》する」

会議室は、水を打ったように静まり返った。誰もが彰太の家庭が犯罪被害に遭ったということを知っている。多少の後ろめたさを覚えてはいるだろう。が、会社組織の方向性を決するにおいて、そういった私情を挟《はさ》む余地はないこともわきまえている。

宮岡は容赦《ようしゃ》がなかった。

「この動議に賛成の方はご起立願いたい」

宮岡を含む四人がさっと立ち上がった。江川は座ったままだったが、彰太に一つ頷いてみせると、ステッキを支えにゆっくりと立ち上がった。

「では、この動議は承認された」

厳《おごそ》かに宮岡が宣言すると、末席に着いていた田部井が立ち上がり、深々とお辞儀をした。それで終わりだった。誰も彰太の方を向くことなく、さっさと会議室を出ていった。最後に出ていった江川のステッキの音が廊下を遠ざかる。

コの字型に並べられた机に彰太だけが残された。向かい合ったガラス窓の向こうに、ビル群が見渡せた。二十三階からの見慣れた風景だった。

いつの間に、俺はこんな高いところに来たのだろうと考えた。そして、こんな高さまでは、アオスジアゲハは飛んでこられないだろうと思った。

もう会社にいても、することはない。すぐにでも自宅に帰りたかった。堀田の両親と、家で犯人からの接触を待っている由布子のそばにいてやりたかった。権田が家までお送りしますと申し出たのを、断った。

「僕はもう社長の任を解《と》かれたんだ。その必要はない」

「社長――」

社長室のカーペットの上を、すっすっと権田は進んできた。この部屋を明け渡す期限は一か月と、田部井から告げられた。本当はすぐにでも明け渡すべきなのだろうが、娘を誘拐されたという事情を鑑《かんが》みて、猶予《ゆうよ》をくれたようだ。有難《ありがた》いとも思わなかった。ここを整理するのは骨が折れるだろうと途方に暮れていた。

「私も辞表を出すつもりです」

権田の意外な言葉に、彰太は心底驚いた。

「なにをバカなことを。君が仕《つか》えているのは僕じゃない。ザイゼンという会社だろう」

「いえ」すっと細くなった相手の両目を、彰太は呆然と見やった。

「私はザイゼンの成り立ちを知っています。おこがましい言い方ですが、この会社の設立には、私も力を添えさせていただいたと自負しております」

「確かに。だが、それとこれとは――」

言いながら、この五十代の男は独り身なのだとぼんやり考えた。家族がいないから、身軽に辞表を出すことができるのか。そもそもなぜこの男は結婚もせず、ずっとザイゼンに身を捧げてきたのだろう。それほどの思い入れがあったとは――。

「それが君の出した結論なら、僕には反対することはできないが、もう少しよく考えてみたらどうなんだ」

こんな時にも当たり障《さわ》りのないことしか言えない自分が情けなかった。

とにかく権田の送りは断って、社屋を出た。

自宅前でまたあの喧騒《けんそう》に巻き込まれるかと思うと気が萎《な》えた。家の中も沈鬱《ちんうつ》な空気が支配しているだろう。気を奮《ふる》い立たせる妻を見るのも痛々しかった。

いつの間にか、足は北千住に向かっていた。

大黒様は外出していたが、若院が迎えてくれた。いつも穏《おだ》やかで落ち着いている若院が、動揺を隠せない様子で近寄ってきた。

「お嬢さんのことは母から聞きました。ニュースでも何度も見ました」

「そうですか。お騒がせしてしまい、すみません」

「何を言っているんですか。財前さんこそ、大変なのに」

いつも大黒様と面会する奥の部屋へ導きながら、若院は早口で言った。

「警察は何と言っているんです?」

座卓前に座るやいなや、矢継ぎ早に質問してくる。

「こんなことをするのは、あの連続誘拐殺人犯の仕業に決まっていますよ。美華の持ち物が郵送されてきましたから。警察もその方向で捜査をしてくれています」

それがバッグチャームとブレスレットだということは、まだ伏せておいてくれと杉本から申し渡されていた。捜査本部の発表でも触れられていないから、何か捜査上の思惑があるのだろう。あの突発的な記者会見以来、警察もかなり本腰を入れてきたという感触がある。捜査の進展についても世間から注目されるようになったからだろう。

「信じられないな。そんな犯罪に財前さんの娘さんが巻き込まれるなんて」

若院も説法をする時とは打って変わって、感情を昂《たかぶ》らせている。我が身のことのように心配してくれる若院の気持ちがもったいないと思えた。

彼の説いた「因縁《いんねん》は廻《めぐ》っている」という宇宙の摂理《せつり》に則《のっと》ったことが、今起こっているのですと伝えようとして、舌が強張《こわば》った。どうしても言葉を押し出すことができない。己《おのれ》の業《ごう》の深さを思い知るのみだ。

若院も、一応は美華が失踪した経緯を知ってはいるようだ。由布子が大黒様に何もかも話して相談しているから当然だろう。

「私は家出だとばかり――。安易な考えでしたね」

「いえ、僕たちもそう思っていたんですから。それがこんなことになってしまって」

「では、あの『肌身フェチの殺人者』なる者に連れていかれたということですか？　本当にそうなんだろうか」

「わかりません。警察としてはあらゆる可能性を念頭に置いて捜査しているとは言っていました。模倣犯《もほうはん》の可能性も視野には入れているようですが……」

あれから杉本刑事と交わした会話を思い出した。送られてきた封筒には、由布子のものしかなかった。美華の指紋しか付いていなかった。送られてきた封筒には、由布子のものしかなかった。犯人は用意周到に手袋を着けて作業をしているのだと察せられた。

「いえ、その可能性も視野に入れて、ということです」

慌てて否定した。若院があまりに真剣に心配してくれるものだから、ついしゃべりすぎた。そうこうしているうちに大黒様が帰ってきた。

彼女も美華のことを気遣《きづか》ってくれ、気をしっかり持つようにと励《はげ》ましてくれた。

「大丈夫。きっと娘さんは帰ってきますよ」

「そうですよ。思い詰めすぎてはいけません。財前さんの娘さんのことを聞いてから、毎日経を唱《とな》えて仏様にお願いししているんです」

今度護摩祈禱《ごまきとう》をします、と言う若院に頭を下げた。

「今日、ここへ来たのは、大黒様に一つだけご報告をするためでした」

取締役会で正式に解任されたということを告げた。長い間、いきさつやそれに伴《ともな》う悩みを聞いてくれたのは、大黒様だった。だからそれだけは報告しておかなければならないと思った。

「まあ、やっぱりそうなりましたか」本人よりもがっくりした様子で、大黒様は小さく呟《つぶや》いた。「よりによってこんな時に。美華さんの事件でそれどころではないと、わかっているはずでしょ?」

大黒様は、ひどく憤慨した。恩を忘れて彰太を陥《おとしい》れた田部井を貶《けな》し、同調した取締役

「模倣犯——ですか」

たちをこきおろした。忠告しておいて、味方になってくれなかった江川にも嚙みついた。平静を装って聞いていたが、それらはすべて彰太の心の声だった。

本当は、あの会議室で叫びたかった一言一言だった。これは初めから仕組まれていたんだと。田部井をずっと信じてきたし、彼が正しいと言うことは全部やってきた。心を鬼にしてザイゼンのためにすることだと田部井は言うが、根底には私利私欲があるのだ。高田馬場ビジネスアカデミーは、これからもザイゼンの資金力に頼って営《いとな》まれていく。

だが言えなかった。ただうなだれて、田部井の計画に沿ってものごとが滞《とどこお》りなく為《な》されていくのを見ていただけだった。

「お母さん、もうそれぐらいで。財前さんは、急いでお帰りにならないといけないんだよ。こんな大変な時にわざわざ報告しに寄ってくれたんだから」

若院が取りなして、大黒様は、はっと口を押さえた。

「そうね。ごめんなさい。今は美華さんのことが一番ですよね」

彰太も噴出しかけた醜《みにく》い本心を押し込めた。

「私も奥の間に行って、ご住職のお世話をしてこなくちゃ」

涙を拭《ぬぐ》った大黒様を見て、それほどまでに他人のことに感情移入してくれるのかと思った。庫裏《くり》の方へ去っていった大黒様を見送り、若院と連れ立って本堂へ戻った。

スマホをチェックしてみるが、由布子からも警察からも連絡はなかった。何の進展もないということか。本堂前の段で靴を履《は》く彰太の後ろに、若院が正座した。

「母が高雲寺の住職と結婚したのは、私が二十歳《はたち》になる直前でした」

立ったまま振り返る。若院は淡々と続けた。

「その時父はもう還暦もとうに過ぎていましたけど、若い頃に前妻を亡くして長い間独り身でした。世話してくれる人があって、母が高雲寺の後妻に納まりました。母は結婚せず私を産んだんです。だから私には実の父の記憶がないんですよ。母が言うには、住み込みで働いていた工場の同僚との間に私ができたんだけど、相手は既婚者だということを伏せていたらしいです。それを知っても母はためらうことなく、産むことに決めたって言ってましたね」

何と答えていいのかわからず、相槌《あいづち》だけを打った。なぜここで若院は家庭の詳しい事情を話すのか。よくわからなかった。

「そういう調子でね。母は人を恨《うら》んだり批判したりすることがないんです。とにかく人がいい。母子家庭で食べていくのもかつかつでしたが、知り合いに懇願《こんがん》されてお金を貸す。たいてい戻ってきませんでした。他人から頼まれごとをすると、そっちにかかりっきりで。子供のことなんかそっちのけで力になってやろうとする」

若院は寂しく笑った。

「子供の時は、そんな母が嫌でした。他人のために奔走《ほんそう》して、何の益があるのだろうと。

私は一人で寝かされて、母は他人の相談に乗ってた。嬉々《きき》としてね。子供が不安な夜を過ごしていることなんか眼中にないんだ」

青く剃《そ》り上げた頭を、彼はつるりと撫《な》でてまた笑う。

「だから寺の大黒様に納まったことは、あの人にはよかったんです。これ以上の適任者はいませんよ。今の母は幸せだと思います。彼女を頼ってくる人は後を絶ちませんから。今や高雲寺は、母の力で成り立っている。父はもう年ですし。それはもう、精魂込めて人に尽くしているでしょう」

「その通りです」

「初めから寺に嫁《か》したのではないから、もう独自のやり方ですけどね。あれは母の生来の特質です」

「わかりますよ。それで僕も家内も助かっているんですから」

若院は、正座したまま頭を下げた。

「母はほんとうに馬鹿なんです。信じられないほどの善人です」

拙《つたな》い言い方に、若院の息子としての本心を聞いた気がした。こういうふうに息子に言わしめる母というものは本物で、大黒様の慈悲《じひ》の心も本物なのだろう。この人も、仏門に入って救われたのではないか。そんなふうに思った。そして今、この二人に出会えたことに感謝した。今の過酷な状況を切り抜けていくための唯一の支えだった。

これも縁というものか。小さく頷いて本堂を後にした。

由布子は気丈に振る舞っている。買い物はネットで注文して、きちんきちんと食事を作った。それを向かい合って食べる。もはや会話はし尽くした。娘の不在が重く食卓にのしかかってきていた。

取締役会で起こった出来事は、堀田の両親はもちろん、由布子にもまだ伝えていなかった。三人とも、彰太は休みを取って家に詰めていると思い込んでいるだろう。大黒様と時折電話で話している由布子だが、大黒様の口から伝わった様子はない。

食事の後、由布子は寝室に引き上げ、彰太は書斎にこもった。無駄だとわかっているのに、毎日美華のスマホにかけた。いつもの無機質な音声に耳を澄ませる。冷たい声が、いつか美華の声に変わって「パパ」と言ってくれるのではないかと、常軌《じょうき》を逸《いっ》した考えが浮かんだ。

そんなことは起こるはずもなく、虚《むな》しく切った。

切った途端に、呼び出し音が鳴り響き、跳《と》び上がりそうになった。ディスプレイには、見知らぬ番号が表示されている。

「もしもし……」

美華か？　という言葉を呑み込む。

「あの――」おずおずとした物言いは、美華のそれではなかった。肩に入れていた力が抜けていく。

「私、神山千絵です」

「ああ……君か」

井坂寛子バレエ教室の美華の友人だった。前に会って別れる時、スマホの番号を教えてあったのだ。

「美華さん、肌身フェチの――あの人に連れていかれたって本当ですか？」一呼吸置いた。

「どうもそうらしい。そう思いたくないが、確かな証拠があるんだ」

「そうですか」

向こうも一瞬黙り込んだ。

「こんなことになるなんて、私――。もっといろんなこと、聞いてあげればよかった」

「ありがとう。それを言うなら、親である私たちの方が力不足だった」

相手は口ごもる。彰太は辛抱《しんぼう》強く待った。

「あの――、つまらないことかもしれないんだけど」

「うん」

「この前、お父さんに言われた言葉――」

迷いながら出る言葉は途切れがちだ。どんな話をしたのだったか。バレエ教室を訪ねてこの子に会った時は、まだ美華に差し迫った危険はないと思っていた。

「『ダークレンジャー』」

「ああ」

美華がスクールカウンセラーの広川に残した言葉。

――私、ダークレンジャーだから。

「あれを聞いてたこと、思い出しました」

「どこで？」

やはり美華はこの子にも同じことを言っていたのか。

「美華ちゃんの家に泊まりに行った時。夜遅くまでおしゃべりしてた時に、それを聞きました」

「美華がそう言ってた？」

「いいえ。愛璃ちゃんが言いました」

美華にＤＮＡ検査を勧めた後、ロシアのバレエ学校に留学してしまった子。あの子が血統の話を出さなかったら、今もまだ美華は何も知らなかったはずだ。いや、美華の疑念はもう抑えきれないところまできていたのだ。卑屈《ひくつ》なことを考える自分を戒《いまし》めた。

「あれ、馬の名前なんです。残念な馬の名前」

「残念な馬？」

「そうです」意を決したのか、千絵の言葉は淀《よど》みがなくなった。「愛璃ちゃんの家の牧場で飼育していた馬の名前です。競走馬になるはずだった」

困惑《こんわく》した。なぜそんな馬に自分を重ね合わせてみたのだろう。

「競走馬っていうのは、血統が一番大事なんだって愛璃ちゃんが話し始めて――」

「うん」

「それを守るために牧場はすごく苦労するし、気を遣うんだって」

この先はどこに続くのだろう。夜の書斎で、彰太は少女の声に耳を澄ませた。

「もともと愛璃ちゃんの牧場で飼っていた牝馬《ひんば》の血統もよかったんだけど、さらにいい仔《こ》馬《うま》を産ませるために、優秀な血統の牡馬《ぼば》に種づけしてもらったらしいの」

そういうこと、面白くって、ゲラゲラ笑いながら聞いてた、と千絵は続けた。

「でも生まれたのは、父親の血統を引く馬じゃなくて、まったくの駄馬で、走りも遅いし――。血統登録もされなかったその馬に牧場でつけられた名前が『暗黒の兵士。ダークレンジャー』」

何かが、さっと彰太の頭の中をかすめていった。はっきりした形を取らない黒い影。黒鳥の羽ばたき。

「だから、残念な馬？」

「そう。どうしてかっていうとね。愛璃ちゃんのとこの牧場でちゃんと管理ができてなかったって。牝馬は、種づけの前に別の馬と交尾をしてしまってたんだって」

種づけのためにたくさんお金を払ったのに、無駄になったって、お父さんカンカンに怒って担当の飼育員を叱《しか》ったみたい、という千絵の言葉が横滑りしていく。

「牧場の柵の壊れた部分から、隣の牧場の牡馬が入り込んだんだって、その飼育員が白状したらしいんです。どうしようもない暴れ馬で、実績が乏《とぼ》しくて絶滅寸前の血統だし、隣の牧場でも手を焼いていた性悪《しょうわる》馬だった。それが大事な牝馬を追いかけ回して――」

――牝馬はね、先に交尾した牡馬の子を産むの。それは絶対。

種づけに失敗して、どの馬主にも買ってもらえなかった仔馬には、不吉な名前が付けられた。

彰太が黙っているので、千絵は「ごめんなさい」と謝った。

「こんな話、全然関係ないですよね。でも思い出したものだから」

最後は消え入るような声になった。

「いや……」かすれた声が相手に届いたかどうか。

「その後も美華ちゃんと愛璃ちゃんは、馬の血統の話をしてたみたい。私はもう眠くて寝てしまったんですけど」

千絵に礼を言って、会話を終えた。最後に千絵は、美華ちゃん、戻ってきてくれるよう、お祈りしています、と付け加えた。それにも礼を言ったかどうか、よく憶《おぼ》えていない。

性悪馬？　そこから美華は何を連想したのか。後になって、その時の仔馬「ダークレンジャー」に自分をなぞらえたのはなぜか。

美華の絶望が見えた気がした。黒い鳥は舞い降りた。

自暴自棄になった少女を連れ去るのは、簡単なことだったろう。

「肌身フェチの殺人者」を見つけなければならない。

田部井が不慮の事故に遭い、重傷を負った。

第一報は権田から入り、詳しい容態《ようだい》はわからないとのことだった。前の晩に宮岡らと会食をして、一人で家路《いえじ》についたところで、歩道橋の階段を転げ落ちた。かなり酔っていたので、足を踏み外したのだろうという推測がなされているらしい。不幸なことに、人通りの少ない深夜のことで、未明に新聞配達員が通りかかるまで、倒れたままだったという。

「お嬢さんのこと、さぞかしご心配でしょうね」

権田は重い口調で見舞いの言葉を述べた。

「私は、社長がここを引き払われるまでは在籍しておりますから、何でも申し付けてください」

やはりこの男の決意は固いようだ。もう止めても無駄だろう。ただ「ありがとう」とだけ言って電話を切った。

警察からは何も言ってこない。悶々《もんもん》とした一日が過ぎていった。

由布子はリビングのソファに座ってじっとしていた。掃《は》き出し窓の向こうには、手入れを怠《おこた》った芝生《しばふ》が広がっていた。丈《たけ》が不揃《ふぞろ》いに伸び、雑草が目立つようになってきた。あそこで走り回っていた幼い美華の幻でも見ているのか。

その由布子の隣には、母親の愛子が座って由布子の手を握り締めている。貴大は一旦自宅に引き上げたが、愛子はずっと娘のそばに付き添っていた。まるでつがいの小鳥のように寄り添った母娘《おやこ》には、確かに同じ血が流れているのだと思わされた。

二人が立って夕食の準備を始めた頃、八木から電話がかかってきた。耳に馴染《なじ》んだ声を聞きながら、書斎に向かった。彼とは、取締役会以降も連絡を取り合っていない。とてもそんな気になれなかった。

八木はまず、美華のことに関して見舞いと慰《なぐさ》めの言葉を口にした。元上司に対して、どんな態度を取ればいいのかわからず、おざなりな返事をした。向こうの話し方もぎこちない。

「田部井さんが事故に遭われたと聞きましたが――？」

彰太が水を向けると、やっといつもの調子で話し出した。

「私もびっくりしました。今朝早くに兄嫁から連絡がきましてね。すぐに病院に駆けつけて、今もまだ詰めている状態なんですけど」

そういえば、背後がざわついているようだ。

「それは――よほどの重傷なんでしょうか」

「頭部打撲、それと頸椎《けいつい》損傷です。医者の説明によると、命に別状はないようですよかった、と言っていいものかどうか。判断しかねる。

「しかし、後遺症は残るようです」

「それはどんな――？」

「頸椎の中の神経が傷ついていて、かなり難しい状況ですね。今後、自力で歩くことは不可能だということです。早い話が首から下の全身不随《ふずい》です」

絶句した。彰太の様子が向こうにも伝わったのだろう。八木は自分の気持ちを素直に伝えてきた。

「ザイゼンの内情のことは、兄も直前まで伏せていたので、私も知りませんで。知ったのは、取締役会の前の晩でした。本当にこんなことになって申し訳ない」ですが――と彼は続けた。「お察しでしょうが、これからのことは不透明です。兄がこんな体になりましたから。さっき宮岡取締役も来て、身体状況を確認していきました」

彰太は頭のなかで言葉を探したが、適当な文言が浮かばなかった。

「意識は？」ようやくそれだけは訊いた。

「意識はあります。しゃべることはできます」しばらく逡巡《しゅんじゅん》している気配があり、八木は声を落とした。「兄は、こう言っています。誰かに突き落とされたんだと」

「まさか——」

ますます言葉に詰まる。

「しかし、兄も相当酔っていたようですから、歩道橋の上で通行人と接触しただけかもわかりません。しかも、今は混乱の極みにあります。ショック状態とでも言いますか。言っていることが支離滅裂《しりめつれつ》で。警察は一応捜査してみますとは言ってくれておりますが」

そこまで一気にまくし立てると、八木は「本当は会ってお話しすればいいのですが、何せ取り込んでおりまして」と続け、「ああ、今は社長は社長の方が大変でしたね。申し訳ありません。もう兄のことは忘れてください」とそそくさと切ってしまった。

切れたスマホを手に、彰太は呆然と座っていた。

いったい何が起こっているのか。

翌日、貴大がやって来た。親子三人が揃ったところで、彰太は外に出た。どこに行くという当てもなかったが、家にじっとしていると気が塞《ふさ》いだ。会社組織から離れてしまうと、男というものは所在がなくなるものだ。

八月に入り、毎日猛暑が続いている。まだ朝だというのに、日差しは強い。住宅街の中を歩き、目黒《めぐろ》川に行き当たると、それに沿って歩いた。こんなふうに近所をそぞろ歩くということもなかった。もう少し、美華との時間を取ればよかった。この喪失感、虚無感は何だろう。完璧と思っていた家庭の土台は、ぐずぐずと腐り始めていた。そのことに一番に気がついたのは、美華だった。

とうとう歩く気力まで失って、小ぢんまりしたコーヒーショップを見つけて入った。目黒川に向かってテラスが設《しつら》えられている。オーニングが広げてあって、気持ちのいい陰を作っていた。窮屈《きゅうくつ》な店内にいるよりはと、外に座った。目黒川を渡ってくる風を感じた。ブレンドコーヒーを注文した。ガラス越しに、店主がコーヒー豆を丁寧《ていねい》に挽《ひ》いているのが見えた。

大黒様に電話をかけた。相手はすぐに出た。田部井の事故のことを話した。会社のことは由布子にも言えず、相談に乗ってもらっていたから、伝えておくべきだと思ったのだ。今のところ事故扱いでニュースにはなっていない。だから彼女の耳には入っていなかった。

「まあ！」大黒様は純粋に驚いた。「罰《ばち》が当たったんですよ」

きっとそう言うと思った。思った途端に、自分の中に田部井の身に起こったことを、歓迎する気持ちがあるのだろうかと考えた。答えは見つからない。頭の上のオーニングが、パタパタと風に揺れた。

「じゃあ、財前さんがまた社長に返り咲けるわけ？」

子供っぽい言い草に苦笑する。そんなにうまくことは運ばない。この人の単純明快さと無邪気さには、大いに助けられる。

――母はほんとうに馬鹿なんです。信じられないほどの善人です。

若院の率直《そっちょく》な評価は正鵠《せいこく》を射《い》ている。大黒様を慕《した》って集まる人たちは、鎧《よろい》で武装することもなく、飾り立てることもない大黒様に心酔している。見栄《みえ》やプライドや虚飾で蓋《ふた》をして、見ない振りをしてきた己のほんとうの心情を、あの人はいとも簡単に代弁してくれる。大黒様は、誰しもの心の奥底にある「阿頼耶識」を巧《たく》みに掘り出す。行動力もある。

あれも才能の一つだろう。

「それはないと思いますよ。僕はもうザイゼンを追われた身ですから」

そう言っても、大黒様は「でもそうなるといいわねえ」と返してきた。

それから美華のことを尋《たず》ねてきたので、そちらはまったく進展はありませんと答えた。

スマホをポケットにしまうと、店主がブレンドコーヒーを持ってきてくれた。礼を言って、一口含む。酸味と苦味のバランスが絶妙だ。久々に、口に入れたものの味がわかった。桜並木の濃緑《こみどり》の葉が、夏の朝の光に照り映《は》えている。犬を連れて散歩してきた二組が、川向こうで立ち止まって話をしていた。トイプードルとゴールデンレトリバーは、飼い主の話が終わるのを待って、おとなしく座っていた。

　こんな何気ない光景の中に身を置くことが、実は幸せだったのだ。今さらながら、そんなことを思った。まだ若い店主が丁寧に淹《い》れてくれたコーヒーを、彰太は舌でゆっくりと味わった。

　ポケットの中で、スマホの呼び出し音が鳴った。口に含んだコーヒーを飲み下してから、おもむろにそれを取り出した。また知らない番号が表示されている。

「もしもし――」

　川向こうの飼い主たちは、軽く礼をしてすれ違っていく。二匹の犬もようやく腰を上げて、それぞれの方向に歩き去った。

「もしもし、パパ？」

　息が止まるかと思った。しばらく声が出なかった。

「パパ？　私――」

「美華か？」

　自分の声が頭蓋《ずがい》の中で反響した。このちっぽけなツールで、本当に娘とつながれるのか。ぐっとスマホを握り締める。

「うん、私」

「どうした？　どこにいる？」

尋ねたいことはたくさんあるのに、それだけしか言えなかった。

「ごめんなさい。心配かけて。でも私、無事だから。元気だから。それを伝えたくて」

「無事ってお前――」

うまく言葉が出ないのがもどかしい。

「あのね、私、変な人に連れていかれたわけじゃないから。だって、ニュースで今大騒ぎしているでしょ？　びっくりして。あんなんじゃないの。犯罪になんか巻き込まれていない。私は、自分の意志で家を出たんだから」

「どこに――どこにいるんだ？」

一瞬言葉を詰まらせてから、美華は言った。

「北海道の新冠町《にいかつぷ》。愛璃ちゃんちの牧場。牧場で働かせてもらってるの」

「北海道――？」思いもかけない地名が出てきて愕然《がくぜん》とする。「愛璃ちゃんて、あの子はロシアに留学したんだろ？」

「そう。ここは愛璃ちゃんの実家の牧場なの。愛璃ちゃんはいないけど、皆、よくしてくれるよ」

「元気なのか？　辛《つら》くないのか？」

ふふふっと美華が笑った。聞きたくて聞きたくて仕方がなかった娘の声。

「元気だよ。そう言ったじゃん。それにすごく楽しい。馬はかわいいよ。春に生まれた仔馬が三頭いるの」

「そうか」

「ねえ、パパ。だから心配しないで。私は誘拐されたり監禁されたりしたんじゃない。どうしてあんなことになっちゃったのかわからない」

「本当に？　誰かにそう言うよう、強要されているんじゃないのか」

「ちょっと待って」

　美華は大きな声を出して、遠くにいる誰かを呼んだ。美華に代わって出たのは、愛璃の父親だった。彼は、確かに美華を預かっている、娘の愛璃に頼まれてアルバイトで働いてもらっている、家を無断で出てきたということは知らなかった、美華は二十歳だと年を偽《いつわ》っていたので、それを信じて保護者に確認することをしなかったと説明し、彰太に詫《わ》びた。続けて、真面目《まじめ》に働いてくれているし、他の従業員とも仲良くやっていると付け加えた。厩舎《きゆうしや》の近くに、従業員用の宿泊棟があって、そこで集団生活をしているらしい。相当に大きな牧場のようだ。

　誠実そうな牧場主の声を聞いて、安堵に体が溶解していきそうだった。こちらから警察に知らせようかという愛璃の父親の申し出を、彰太は丁寧に断った。自分の口から杉本に説明すべきだと思った。また美華に代わり、牧場主は去っていった。

「今、カコちゃんのスマホを借りてかけてるの。自分のは、家を出た時壊して捨ててしまったから」

カコちゃんとは、牧場で働く二十歳の女の子で、今一番の親友だと美華は言った。カコちゃんは、美華を佐田牧場にかくまう計画に協力してくれたのだという。美華は札幌《さっぽろ》出身のカコちゃんと同郷で、愛璃とも顔見知りだというふれ込みで牧場に雇われた。だから愛璃の父親も、遠い東京で起こっている事件との関連性に思い至らなかった。

「カコちゃんは、馬場《ばば》で馬を走らせてる。カコちゃんは、調教師になるのが夢なんだって」

今、私は干し草の上に腰をかけているんだよ、と美華は言った。鼻腔《びこう》に乾いた干し草の匂いが忍び込んできたような気がした。干し草の匂いなんか知りもしないのに。

「美華」

「何?」

「どうして家を出たんだ?」

すっと声のトーンが下がった。

「一人になりたかった。一人で生きていこうと決めたの」

「どうして?」こんなことしか言えないなんて、なんて無力な父親なんだ。

「パパ」

「うん？」

「前にパパ、私が誰の子でもいいって言ったよね」

「言ったよ。確かに」

「今もそう思ってる？」

「ああ」

一瞬、美華は言葉を詰まらせた。遠くで馬のいななきが聞こえた。それに励まされたように言葉を継ぐ。

「私の本当の父親は、ママの元の婚約者なんかじゃない」

一陣の風が吹き通り、桜の葉が一斉《いっせい》にざわりと揺れた。

「そうか」

「驚かないの？」

「驚いたよ。でも言ったじゃないか。パパは美華に会いたかった。会えて嬉《うれ》しかった。今も嬉しいよ。お前が元気でいてくれて。パパの望みはそれだけだから」

スマホの向こうは沈黙した。たぶん、美華は泣いているのだ。湿った息遣いが聞こえてくる気がして、耳を澄ませた。また馬がいなないた。

それ以上は、美華は突っ込んだ話はしなかった。彰太も訊かなかった。

北海道までは、馬運車《ばうんしゃ》という競走馬を運搬する専用車に乗せてもらって行ったこと。すべては愛璃が段取りをしてくれ、厩務員《きゅうむいん》が乗るスペースに同乗させてもらったこと。朝早くから馬の世話をしていること。アルバイト料ももらうけど、ほとんど使う機会がないこと。三度の食事は付いているし、衣服は愛璃が置いていったものを借りていること。牧場での生活は、きついこともあるけど、やりがいがあること。だから当分帰るつもりはないこと。

弾《はず》んだ娘の話しぶりから、真実を伝えているとわかった。いつでもこの番号に電話してくれたら、カコちゃんがつないでくれると美華は言った。

「家出に力を貸してくれた愛璃ちゃんを責めないで。私はここで大事にされて幸せなんだから」

気がつけば、小一時間ほど経っていた。

「またね、パパ」

母親のことは一言も言わず、美華は電話を切った。干し草の上から飛び下りて、広い草地を駆けていく娘の姿が瞼《まぶた》の裏に見えた。

彰太はもう一杯、コーヒーをおかわりした。

何人もの客が入ってきては、出ていった。テラス席にいるのは、彰太一人だった。店主は長居する客を気にする様子もなく、淡々とコーヒー豆を挽いてはサイフォンでコーヒーを淹れている。

テラスのすぐ前の道を、赤ん坊を抱っこした母親が通った。日傘を深く差していて、抱っこ紐《ひも》からくびれの入った赤ん坊の足だけが見えた。

――私の本当の父親は、ママの元の婚約者なんかじゃない。

美華が言った言葉を自分の中で反芻《はんすう》してみた。これはいったい何を意味するのだろう。どうして美華がそんなことを知っているのだろう。自分の関知しない場所で、何かが動いているのか。まだ終わりではないのか。過去からの報復は。

運命を無理やり歪め、過ぎた『動中の工夫』をしてしまった。そんな俺の人生に、ひずみが作用している？

ちりちりとした嫌な感じを、目を閉じ、ゆっくりとした呼吸法で追いやった。温かで明るいイメージが身の内から湧き上がってきた。

美華の居場所はわかった。無事でいた。それだけで充分だ。これ以上、望むことはない。職を失ったことなど、些細なことだ。あの子さえ元気でいてくれれば。

背後のガラス戸が開いた。店主がトレイを持って出てきた。振り返った店内には、もう誰もいなかった。いつの間にか昼も過ぎていた。

「これは店からのサービスです」

デミタスカップをそっと置く。

「これ、ハイチ産の豆を僕の好みに煎《い》ったものなんです。コーヒーに思い入れのありそうなお客さんに味見してもらっているんです。濃厚なコクとフルーティさのバランスがいいんです。飲んでみてください」

「ありがとう」素直にカップを手に取った。立ち昇る香りを吸い込むと、体と脳がふわりと弛緩《しかん》した。一口啜《すす》る。

「きれいな味だ」

端的な感想に、若い店主は顔をほころばせた。

「素直な味でしょう？　いいことがあった日に飲むコーヒーです」

今日がまさにそれだった。

彰太はゆっくり歩いて家に帰った。

「美華から連絡があったよ」

由布子も彼女の両親も、ソファに座ったままぽかんと彰太を見上げた。意味がよくわからないというふうに、微動だにしない。

「何て言った？」貴大がようやく声を出した。

「美華は北海道の牧場にいるんです。バレエ教室の友人だった佐田愛璃さんの実家の。愛璃さんはロシアに留学したけど、発《た》つ前に彼女が美華をそこへ紹介してくれて――」

「ちょっと待って」今度は愛子が口を挟んだ。

「美華はあの『肌身フェチの殺人者』に誘拐されたんでしょう？　だって、先の事件と同じように、美華の持ち物が送られてきたんだから」

「どういうことだね？」わけがわからないというふうに貴大が後を引き取った。「美華は家出して、親に自分の持ち物を送りつけてきたのか？　心配させるために」

「それは――」

違います、と彰太が言う前に、青ざめた由布子が大きな声を出した。

「私が送ったの。美華のものを自分の家に」

あんぐりと口を開いた堀田の両親は、同時に首を巡らせて、二人の間に座った娘の顔を見た。


杉本刑事は、苦々しい顔をして彰太と由布子を見た。杉本の隣には、同じような表情の上司が座っている。さっき小島《こじま》と名乗った痩《や》せた刑事課長は、小さく咳払《せきばら》いをした。

「つまり、こういうことですな。美華さんの行方がどうしてもわからないから、まだ犯人が特定できていない連続殺人の被害者であるように見せかけようとしたと。同じような工作をして」

「そうです」

由布子がはっきりとした口調で答えた。

「だって、美華の行方を捜してくれなかったじゃないですか。警察に届けたって、事件性が疑われないものは捜査できませんって」

「だからってこんなことをするとは」呆《あき》れかえって相手は言った。声に怒りがこもっている。

「いいですか？　奥さん。これは立派な捜査の攪乱《かくらん》です。いや、犯罪と言ってもいい。あなたのしたことで、我々は無駄な捜査のためにどれほどの労力と時間を費《つい》やしたと思っているんです？」

「申し訳ありません」

彰太は頭を下げ、由布子もそれに倣《なら》った。

由布子の告白を受け、二人揃って渋谷警察署に出向いた。捜査本部から、北海道新冠町の佐田牧場に問い合わせ、確かに財前美華という少女がアルバイトをしているということを確認した。所轄署からも警察官が出向き、美華本人であることがはっきりした。

その時点で、美華の事件の捜査に当たっていた捜査本部は解散となった。今はその撤収作業で大わらわだろう。本当に申し訳ないとは思う。だが、それ以上に美華の無事が確認されたことが嬉しかった。それは由布子も同じだろう。それがこの悪びれない態度に表れている。昨日までの憔悴《しょうすい》しきった母親の姿とは、まったく違っていた。

美華がいなくなってから、混乱、心配、悲観、自責の念、苦悩に搦《から》めとられて、何をする気力も湧かない様子だった由布子がこんな大胆なことをするとは、彰太も思ってもみなかった。だが、その理由について思い当たることがないわけではなかった。

ここへ来る道々、由布子は白状した。これは大黒様に入れ知恵されたことなのだと。美華がいなくなってから、由布子は高雲寺に入り浸り、大黒様に何もかも相談していた。大黒様は、知り合いの警察関係者にまで相談しに行ってくれたりもした。あの人は、決して頼まれ事をぞんざいには扱わない。

知り合いの警察関係者から大黒様は言い渡された。行方不明になったというだけでは、本格的な捜査を始める決め手に欠ける。事件性を匂わせるものがあるなら別だが、というふうに。あの向こう見ずで行動力の人は、策略を巡らせた。今世間を震撼《しんかん》させている事件を利用しようと。

由布子は美華の部屋から彼女の物を持ち出して、宛名を印字した封筒に入れて自宅宛てに送った。母親である由布子が、「これは美華が出ていく時に身に着けていたもの」と証言すれば、誰もそれを疑うことはない。彰太でさえ、娘の所有物などいちいち憶《おぼ》えていない。

まったくもって乱暴で粗《あら》い計画だが、それでも功を奏したわけだ。警察の動向がマスコミに漏れ、報道陣に囲まれたことも由布子の計画には追い風となった。あの時、由布子は躊躇《ちゆうちよ》することなく、カメラの前で訴えた。偶然とはいえ、何もかもが由布子の思惑通り運んだ。大々的な報道で、自分が誘拐されたことになっていると知った美華が驚いて連絡をしてきたわけだから。あるいは本人にその気がなくても、周囲の者がそのうち気づいただろう。

渋谷署に着くまでに、大黒様が関わっていたことは伏せておこうと二人で申し合わせた。あの人のおかげで美華の居場所がわかったのだ。警察が出向いて大黒様を煩《わずら》わせることは避けたかった。

その後数時間かけて事情を聴取された。小島の話では、由布子は偽計業務妨害罪で書類送検されるということだった。由布子は最後にもう一回詫びの言葉を述べ、警察署を後にした。娘が見つかったことを思えば、書類送検も素直に受け入れようという態度だった。だが、二人並んで玄関を出た時も、由布子は曇《くも》った表情をしていた。

目の前で杉本が、佐田牧場にいる美華本人と話したのだ。その際に、杉本が「お母さんとはまだ話してないんだろう？　代わろうか？」と尋ねた。それに美華は、「今はまだ話したくない」と答えた。

家出の理由が母娘の確執《かくしつ》にあると察した杉本は、強要することなく、電話を切った。由布子は暗い顔をして、そのやり取りを聞いていた。

「ママは汚い。ママから生まれた私も汚い。誰の子かわからない私は誰でもない」と言った美華の言葉には、もっと深くて重い意味合いが付け加えられた。ここまで来たら、何もかも腹を割って話し合っておかなければならないと思った。今の家庭が立っている腐った土台を取り除き、新しくて頑丈《がんじょう》なものに取り替えなければ、先へは進めない。

美華が一時さまよい続けた渋谷の繁華街に背を向けて、代官山の方角に歩く。住宅街の中にしゃれたデザイナーズマンションがあった。そこの前庭には、誰もが憩《いこ》えるようなコミュニティ・ゾーンがある。ニセアカシアの喬木《きょうぼく》の下、人工大理石のテーブルと椅子《いす》が配置されていた。そこへ由布子を誘った。テーブルの奥には小さな池もあり、一輪だけ大きなピンク色のハスの花が咲いていた。

住人たちが出入りする自動ドアとは、黒竹《クロチク》の植栽で隔《へだ》てられているので、先客のいない今は、都会の真ん中にいるとは思えないほどの静寂だった。

「美華がどうして家を出たか、考えた?」

腰を下ろすなり、そう切り出すと、由布子はくしゃりと顔を歪めた。

「DNA鑑定をして、僕との間に親子関係が成立しないと知ってあの子は荒れた。でも家を出る理由はまた別にあったんじゃないか?」

由布子はそれには答えず、小さなバッグの口金《くちがね》をパチンと開けて、ハンカチを取り出した。それでそっと口の端を押さえる。視線は落ち着きなく、頭上のニセアカシアや、一輪きりのハスの花を行ったり来たりした。次に夫の口から出る言葉を予測しているのか。警察署での態度とは打って変わって、以前から由布子の中にある脆弱《ぜいじゃく》さと不安定さが見て取れた。

「美華は知っている。自分が誰の子か」

黒竹の薄い葉がサラサラと擦《こす》れ合った。吹き渡ってきた風を呑み込んだように、由布子の喉が鳴った。

「あなたは――」

まさに風の音のようなかすれた声。

由布子の白い顔の上に、ニセアカシアの細かな葉を通して落ちてきた光が躍っていた。手にしたハンカチをぎゅっと握り締めはしたが、妻は泣きはしなかった。

「美華が誰の子だろうと関係ない。そこを詮索《せんさく》しようとは思わない。それは確かだ。その点は今も揺るがない」

そこで一度言葉を切った。その先を続ける勇気があるかどうか、自分の内面に目を凝《こ》らす。

黙って聞いていた由布子の瞳に、しだいに強い光が宿るのを、彰太は見た。

「本当に？　本当に美華の父親が誰か知りたくないの？」

きっと自分の顔には、迷いが表れているだろう。美華は知ってしまったのだ。自分の本当の父親を。由布子がひた隠しにしてきた秘密を。もはや自分が知らずにいることはできない。

由布子はすっと顔を上げ、真っすぐに夫を見つめた。彼女も何かを決断したのだとわかった。

「美華が深夜徘徊《はいかい》をしたり、いかがわしい店で働いたりしたのは、私に反抗するためだった。あなたとは別の男性の子を身ごもったのに、知らん顔をして不貞の子を産み、母親面《づら》をして暮らしてきた私に」

射貫《いぬ》くような眼差《まなざ》しを避けられない。前触れもなく池の水がぴちゃんと跳《は》ね、テーブルに置いた腕に鳥肌が立った。この話を持ち出したことを後悔した。甘く考えていたのではないか？　この先にある真実を――？

「美華が家を出たのは、実の父親と私が一緒にいるところを見たからよ」

呑み込もうとしても呑み込めない、大きくて苦い塊《かたまり》を口の中に押し込まれた気がした。

「まさか――」今度は、彰太がかすれた声を出した。「ずっと続いていたのか？」

そんなはずはない。そんな気配はこの十八年、微塵《みじん》も感じられなかった。元の婚約者を含む誰ともそんな関係にあったとは考えられない。それとも巧みに夫の目を盗んでいたのか？

由布子の目には、悲しみしか映っていなかった。力なく首を振る。

「いいえ、それはない。それはないわ。ただ向こうはこちらの家庭をずっと観察していたのよ。我が子を。かつて自分が自由にしていた女を――」

そして間抜けな夫を。

「彼は、美華が非行に走ったことを知った。それで親切ごかしに私に近づいてきた。何か自分にできることはないかと」由布子は言葉を切り、ぎゅっと唇を噛んだ。「もちろん、私は突っぱねたわ。今さら父親ぶって美華に近寄らないでと。そしたら――」

また池の水が跳ねる。その先は聞くなと警告しているみたいに。

「そしたら、私を脅《おど》し始めた」

「金か？」

「いえ」

立ってこの場を去るべきだと、本能が訴える。だが彰太は、根が生《は》えたみたいに冷たい石の椅子に座り続けていた。

「一度だけ、私を抱きたいと言った」感情のこもらない虚ろな声で、由布子は言った。「一度だけでいいから。そうしたら、誰にも言わない。美華にも近づかないって」

「それで――」逃げられない。ここまで聞いたら。「それで君は」

「ばかだったわ」

彰太は天を仰《あお》いだ。ニセアカシアの重なり合う葉むらのはるか上、数棟のマンションが伸びあがる上に、小さく青い空が見えた。井戸の底に落ちた気がした。深い深い井戸に。

「あの男について、渋谷の円山町《まるやま》のラブホテルまで行った。でも、やっぱりどうしてもそんなことできなかった。もうどうなってもいいと思って逃げ帰ったの。あいつは追いかけては来なかった。以降、接触してくることもなかった。それほどの度胸のある男じゃなかったの。でも――」

その場面を、美華に見られていたのだという。渋谷で、由布子と男が歩いているのを見かけて後をつけてきたらしい。そしてラブホテルに入っていく二人を確認した。ホテルの前で、決心の揺らいだ由布子を促《うなが》すために、相手はまた脅しの文言を口にした。

「あの子が私の子だって、知られたくはないんだろう？　旦那にも本人にも隠し通してきたんだから」

春休みの最終日のことだった。あまりの衝撃に、美華は新年度が始まっても学校へ行かなかった。その頃にはもう家を出る決心をしていたのだろう。日本を離れる寸前の愛璃が協力を申し出てくれて、計画は実行に移されたというわけだ。

「あなたは信じてくれないかもしれないけど、私は相手の言いなりにはならなかったの。そんなことをするくらいなら、死んだ方がましだと思った」

即座に「信じるよ」と答えた。それは率直な気持ちだった。男を振り切ってホテルのロビーから出た由布子は、踵《きびす》を返して去っていく娘の後ろ姿を目にした。

「だけど、ずっと僕らの家庭を見ていたなんて。自分の娘にそんなに執着していたとは」

再び顔を上げた由布子の目には、今度はかすかな怒りが見て取れた。

「ずっと近くにいたのよ。美華がグレたことも察知した。いえ、直接耳にしたって言ってた」

「誰から?」

変幻自在に色を変える由布子の瞳は、すっと昏《くら》さを帯びる。

「あなたから」

「僕から?」

マンションの自動ドアが開いて、年配の夫婦と孫らしき小学生の男の子が出てきた。三人は、明るく笑いながら歩道へ出て歩き去った。

「ほら、走ってはだめよ! 危ないから」

祖母の声が届いてきた。彰太はぐっと唾《つば》を呑み込んだ。

「美華の父親は、八木よ。あなたの元上司」

世界の音がすっと遠ざかった。空の青が溶け出して落ちてくる。

「八木?」

腹を据《す》えた由布子は、感情を押し殺して平板な声で語り始めた。

十九年前、婚約者から身元調査を頼まれたナンバーワン興信所の八木は、由布子の周辺を探り始めた。依頼してきた由布子の婚約者の父親は、貴大の勤めていた銀行の頭取で、堀田の両親にとっても由布子にとってもまたとない縁談がまとまったといってよかった。頭取の息子も見合いをした由布子にぞっこんだった。頭取は家柄がよかったので、一応由布子の身元調査をしようと思いついたようだ。縁談を急ぎたい頭取は、身上調査を得意とし、仕事の早いナンバーワン興信所に依頼した。八木は調査の過程で、由布子の経歴に汚点があるのを見つけた。

高校時代、学校帰りに不良グループに絡《から》まれ、雑居ビルに連れ込まれて輪姦《りんかん》された。一度は解放されたものの、その時に撮られた写真をネタに脅されて何度も弄《もてあそ》ばれた。お嬢様学校へ通っていて、抵抗する術《すべ》を知らなかった由布子は、相手の思うままだった。幼い体は、暴悪な男たちの性欲のはけ口にされた。

「とても口にできないことをされたわ」

淡々と繰り出される言葉に、彰太は震え上がった。ほんの二か月ほどのことだったけれど、地獄だったと。そのうち、彼らは別の傷害事件で逮捕され、少年院に収監された。それで地獄から解放された。親にはとても言えなかった。

「精神的にもぺちゃんこになったけれど、体も傷ついたの」

恥を捨て、意を決して相談した友人の父親は、産婦人科医だった。こっそり診察してもらった結果、子宮が傷つけられ、今後妊娠が難しいかもしれないと言われた。友人は、警察に被害届を出すべきだと主張したが、どうしてもできなかった。両親にも誰にも知られたくなかった。それに加害者はもう刑罰を受けているのだ。これ以上のアクションを起こしても、自分が好奇の目で見られるだけだと思った。

そんな過去を抱えた由布子に、やっと幸せになれる機会が訪れたのだ。自分の経歴を相手方が調査しているとは夢にも思わなかった。調査に当たった八木は、おぞましい由布子の秘密を嗅《か》ぎ当てた。あの時の不良グループの一人が大事に取っておいた写真まで手に入れた。

「それで八木は、私を脅したの」かける言葉がなかった。由布子は暗い微笑《ほほえ》みを浮かべた。「また地獄が始まったわけ」

「まさか」間の抜けたことしか言えない自分を呪った。

「初めはちょっと付き合ってくれたら、この写真は握り潰《つぶ》してあげると言われた。ばかな私はそれを真に受けた」

車の中で、場末のラブホテルで、由布子は八木に蹂躙《じゅうりん》された。

「今度の地獄は半年以上、続いたわ。終わりがきたのは――」

その先は、予測できる気がした。が、やはり言葉は出てこなかった。

「私は妊娠した」

「美華を」

「そう美華を」

家庭のある八木は慌てた。昔の悲惨なレイプ被害の詳細をわざと語らせ、由布子が妊娠しにくい体になったことを知った八木は、これ幸《さいわ》いと気ままに玩具《おもちゃ》にしていたのだ。

「私と楽しむ時間を長引かせたいために、あいつは頭取に、私の経歴は問題ありという報告書を渡してた。だから、縁談は破談になった」

ぐっと拳《こぶし》を握り込む。八木の人の好《よ》さそうな顔を思い浮かべた。あの頃から、丸っこくて愛嬌《あいきょう》のある顔と体をしていた。頭は薄く、ぶよぶよと肥えていた。由布子はあんな男にのしかかられ、好きなように体を開かされていたのか。そんなことなどまったく知らず、八木を慕っていた自分の愚《おろ》かさ——。

——パパはかわいそうだ。

美華の方が、先に真実を見抜いていた。

「ダークレンジャー」の意味もわかった。神山千絵はこう言った。

「どうしようもない暴れ馬で、実績が乏しくて絶滅寸前の血統だし、隣の牧場でも手を焼いていた性悪馬だった。それが大事な牝馬を追いかけ回して——」

自分の母親は、まだ男と切れていないと、ホテル街で美華は気づいた。しかも、美華も知っている男——善良な顔をして、実際は奸悪《かんあく》で陋劣《ろうれつ》な男——が本当の父親だった。それなら、まさに自分は「ダークレンジャー」だ。性悪馬と交配して、生まれ落ちた残念な馬。

そして性悪馬は柵の向こうに隔離《かくり》されても、物欲しげに行ったり来たりしていたのだ。結婚してからもその男が自分の夫と親しくしているのを、由布子は戦々恐々たる思いで見ていたろう。八木を避けていた妻の心情がようやく理解できた。それなのに、八木はそんな状況を楽しんでいたのだ。

――美華さんは年頃になって、奥さんに似ておきれいになられたでしょうね。

――奥さんによろしくお伝えくださいよ。この八木からね。

手のひらに食い込んだ爪が皮膚を破り、うっすらと血が滲《にじ》んだ。

「知らなかった。そんなこと」

「知らないでいてくれてよかったのよ」

由布子は覆《おお》い被せるみたいに、早口で言った。

「八木はすぐに私に堕胎《だたい》するよう言ったわ。当然、私はその言に従うと思っていたんでしょうね。でも私は迷った。望んでいた縁談は壊れた。そして、お腹の中には新しい命がある。これを逃したら、私は二度と妊娠できないかもしれない……」

見開いた由布子の片目から、涙がつーっと流れ落ちた。

「母親になりたかった」

なんということだ。俺たちは、同じ気持ちで親になったのだ。

「母親になれば、今まで起こった何もかもが帳消しになって、新しい自分に生まれ変われる気がしたの。たとえ憎い相手の子でも」

ハンカチを握り締めているのに、由布子は手の甲で乱暴に涙を拭った。女という生き物の不可思議さと強さを思った。

「私が堕胎を拒否したら、八木は慌てたわ。当然よね。奥さんに内緒で女遊びをしていたことがばれるもの。息子も三人いたし。ずるい男は守りに入ったわけ」

「で、君を僕に押し付けようとした？」

「そういうこと」

由布子は努めて淡々と答えた。あの時、破談になった由布子は、文句を言うためにナンバーワン興信所に乗り込んできた。あれは全部八木の指示だった。八木は由布子の担当を彰太に振った。由布子は必死だった。子を産むためにどうすることが最善か考え抜いた。そして八木の提案に乗った。

「でも、僕らは愛し合ったんだ。僕は君と結婚したかった」

「私もよ。八木から逃げることばかり考えていたけど、私を愛《いと》しいと思い、子供も慈《いつく》しんで受け入れてくれる人に出会ったと思った。あなたと離れたくないと思った」

八木の思う壺《つぼ》になったということか。自分が孕《はら》ませた女をうまく捨てるには、最良のシチュエーションが整ったわけだ。さぞかし安堵したことだろう。だが、彰太と由布子も最良の相手を見つけたということだ。子を得ることのできない男と、望まない妊娠をした女は、結婚して父親と母親になれた。

あれからの二十年近くを振り返れば、由布子が打算だけで結婚したのではないと理解できた。互いに知られたくない秘密を内包したままの結婚だったが、幸せだった。

「八木は、それ以降は何も働きかけをしてこなかった。どれだけほっとしたことか。あの男はね――」また表情が翳《かげ》る。「同じようなことを繰り返していたのよ。仕事でつかんだ他人の秘密を脅迫のネタにしてた。お金をせびることもあったし、私のように体を要求される女性もいた。そう思えば、最適な職業よね。興信所って。あいつは――」

由布子は大きく息を吸い込んだ。

「あいつは人間の皮を被った鬼畜だった」

その通りだ。仕事と称して他人の秘密を暴いては、それをネタに甘い汁を吸っていたわけだから。あの当時、こんなヤクザな仕事は八木には向いていないと思っていた。だが違っていた。八木の腐った性根《しょうね》にぴったり合致した職業だった。彼は依頼者だろうが調査対象者だろうが、弱点を見つけると、ほくほくしてそこに食らいついていたのだ。

はっとした。伯父文雄がかつて吐き捨てた言葉。

――握った秘密を逆手《さかて》にとって、依頼人を脅したりしてるんだろう？　お前も。

伯父は知っていたのだ。甥がどんなところで働いているか調べて、八木の行状にも勘づいていたのだ。江川は、伯父は遺言書を書く気なんかなかったと言った。ただ厳しいことを言って、甥をまともな生活に戻そうとしていたと。

なのに俺は小細工を弄《ろう》し、伯父の命を奪うように仕向けたんだ。

「これで全部」

由布子は強張らせていた体から、ゆっくり力を抜いた。見ようによっては、晴れ晴れとした表情にも見えた。

何も知らなかった。八木を頼りがいのある上司だと思っていた。能天気なことに、美華の変貌《へんぼう》を実の父親に相談していただなんて。高田馬場のリトルヤンゴンでの打ち明け話。あれがまた薄汚い男の劣情を誘うきっかけになったとは。

「ひどい女でしょう？　不実な理由であなたと結婚し、長い間それを隠し通してきたんだから。でも美華がいなくなっても、本当のことがどうしても言えなかった。だから、大黒様にだけ話して相談に乗ってもらっていたの。誰かにすがらないでは、いられなかったから」

妻の中には、もう脆《もろ》さも危うさも窺うことができなかった。それらはしたたかさと強《きょう》靱《じん》さにすっかり置き換えられたようだった。

「あなたが結論を出して。私はそれに従います」

「結論？」

「あなたが別れたいと言うなら、そうします。美華に会うなと言うなら、その通りにする」

「ばかな」彰太は手を伸ばして由布子の手をつかんだ。言葉を尽くして、美華は我が子だと思って育ててきたこと。今回のことで、その思いは一層深くなったことを語った。

大きく見開かれた由布子の両の目が、潤《うる》んで揺れた。彰太の話が終わって大きく頷いた時、こぼれそうになった涙を、今度はハンカチで拭った。

「美華はショックを受けたはず。自分があなたの血を引いていなくて、しかもあのラブホテル街での私の醜態《しゅうたい》を見たわけだから」

「何もかも話そう。二人で北海道へ行って」

「わかった」

由布子も彰太の手を握り返してきた。

「それにしても大胆不敵だよなあ。大黒様の作戦は」

夫婦は顔を見合わせて微笑み合った。

翌日、二人揃って高雲寺を訪ねた。

大黒様は、美華が見つかったことを自分のことのように喜んでくれた。夫にも言えない秘密を、由布子はここで大黒様に吐き出していたのだ。彼女は何もかもを受け入れ、自分の信念に基づいてアドバイスをし、行動を起こしたわけだ。過酷な人生を生き抜いてきた由布子にとって、初めて他人に心を許すという経験だった。人を信じられなくなり、母親としての自信をなくしていた由布子に、再び生きる力を与えてくれたのが、大黒様だった。

しかし彰太としては、美華が猟奇的な殺人犯に誘拐されたと思い込んだ時の衝撃や苦悩、恐怖を考えると、大黒様を恨みたい気がしないわけではなかった。あんな目に遭うと人は心が折れ、弱さを露呈《ろてい》する。あの頃、ここへ来て瞑想し、若院の説法に心を揺さぶられた。些細なことで感情が揺れ動いた。正直、由布子同様、大黒様に寄りかかりたいと思った。伯父にまつわる秘密まで、告白してしまいそうになった。すんでのところでこらえたことを、今はよかったと思っている。まだそこまでは、妻にも打ち明けられなかった。

由布子が偽計業務妨害罪に問われると聞いて、不撓不屈《ふとうふくつ》の老女は憤慨した。

「いいんです。それくらい」由布子はさらりと言ってのけた。「美華が見つかったんだから、どうってことないわ」

続けて大黒様が思いついた計画だということは、警察では一言もしゃべってないと言うと、大黒様は「あら、いいのよ。私が首謀者だって言えばよかったのに」とすぐに答えた。

由布子の強さは、この人から分けてもらったのだと思った。

「それより、大丈夫？　財前さん」

大黒様はすっと眉《まゆ》を寄せる。

「肌身フェチの殺人者」の仕業に見せかけ、家出した娘を捜させたという報道は、昨日の夕方あたりからニュースで流れ始めた。呆れた馬鹿親という伝え方をされている。その通りだと思う。今朝のワイドショーに至っては、そんな馬鹿親がトップに座るザイゼンという会社のことまで報じられていた。ザイゼン内でのクーデター的代表取締役の交代劇はまだ公《おおやけ》になっていないから、仕方のないことだった。

ニュースを見て、大勢の人から連絡があった。その中の一人が八木だった。

「大変でしたね、社長。しかしまあ、よかったとしなくちゃいけませんね。美華さんが見つかったわけですから」

「ありがとうございます。お騒がせしてすみません」何食わぬ顔でそう答えた。「田部井さんの容態はいかがですか？」

「だいぶ落ち着いてはきましたが、身体状態は変わりません」

「そうですか。近日中にお見舞いに上がります」

八木は恐縮して電話を切った。いずれ彼とは対決しなければならない。もうお前の握っているネタは、脅しの材料にはならないということをよくわからせ、自分の家族に近寄らないよう、釘を刺しておかねばならない。

宮岡を始め、取締役連中は何も言ってこない。会社関係では、権田が電話をしてきただけだ。

「私にできることはありますか？」と問うので、まだ会社は辞めていないのだろう。

「ないよ。ありがとう。そのうち社長室を整理しに行くから、その時は手伝ってくれ」と伝えると「わかりました」と答えた。

桜華台学園からもあった。学園長直々《じきじき》に連絡をくれて、授業に戻るなら早い方がいいと言われた。受け入れ態勢はできているからと。返事は保留にした。美華の意向に沿うようにしてやりたかった。広川も電話をくれた。学園長よりよっぽど心のこもった電話だった。神山千絵とも短い会話を交わした。千絵は、美華が佐田牧場にいることは知らなかったようだ。これは愛璃と美華とで密《ひそ》やかに計画、実行された家出だった。

その後も会社の事情を知らない同業者や、取引先、付き合いのあった知り合いと、ひっきりなしにかかってきた。祝福と同時に好奇心を剝《む》き出しにした質問を浴びせられて疲れ果て、しまいには留守電にして出るのをやめた。後で見直したら、着信履歴の中に、母、美登里の名前もあった。が、かけ直すことはしなかった。

「こういうことは、いつまでも続きません。すぐに忘れられるものですよ」

大黒様の言うことは正しい。刻々と社会は変化し、新しい事件は毎日のように起こる。好奇の目もいつまでも注がれないだろう。ザイゼンの社長の座を追われたことは、由布子にだけは話した。まだ堀田の両親には伝えていない。先のことはまったく不透明だ。不安がないかと言えば嘘《うそ》になるが、自分でも驚いたことに、彰太も由布子も深刻にはとらえていなかった。美華の行方がわかった幸せに勝《まさ》るものはない。そのうち由布子を誘って、目黒川沿いのあのコーヒーショップへ行こう。そして、いいことがあった日に飲むコーヒーを注文しようと思った。

大黒様に何度も礼を言って、高雲寺を後にした。

「また瞑想の会にも顔を出してください。若院がお待ちしていますよ」

「もちろん、来ます」

この寺がなかったら、とっくに家庭は崩壊していたろう。そのことを大黒様に伝えたいと思ったが、温和に微笑む老女を見ていると、そんなことをこの人は望んでいないのだろうという気がした。ただ人の役に立てたら、それでいいのだ。ここでは大会社の社長も、政治家も、退職後の老人も主婦もフリーターも、ホームレスも何も関係ない。悩める人である限り、若院と大黒様は受け入れるのだ。

デパートに寄るという由布子と銀座《ぎんざ》で別れた。北海道の美華に、秋物の衣料を買って送ってやるのだという。母という名の下《もと》、由布子は迷わず生きていくだろう。たとえ娘から拒絶されても。

家に帰り着いた時、またスマホが鳴った。谷岡比佐子からだった。それには出た。

「財前さん？」やや遠慮がちに呼びかける。「私、びっくりしちゃった。財前さんが、あのザイゼンの社長さんだったなんて。そして娘さんが行方不明になっていたなんて」

どこかのワイドショーで、財前彰太の写真が流れたそうだ。ザイゼンのホームページには、まだ彰太の顔写真とプロフィールが載っているのだろう。

「こんなに大変なことになっているんだから、もう義父《ちち》のことなんか、どうだっていいわね。でも、気遣ってくださったことには、お礼を言っとかないとと思って」

どう答えていいのかわからなかったが、彼女の協力には感謝している。そのことを伝えた。清水皐月を追っていった先に「肌身フェチの殺人者」がいるとは思えなかった。彼女は伯父を殺してしまったかもしれないが、わざと誤解を招く工作をしたのは自分だ。

それに清水皐月そのものに接触するのが怖くなっていた。ただの家政婦が、死に瀕《ひん》した老人をそそのかして、よその家庭の恨みを晴らそうとする行為は尋常《じんじょう》ではない。行為の裏に狂気の片鱗《へんりん》を見る気がした。

美華が無事とわかり、幸福の領域にいる今は、邪悪なものに近寄りたくなかった。

「また改めてお礼に伺《うかが》います」

社交辞令的にそう答えた。答えながら、もう谷岡家に関わることはないだろうと思った。汚く卑怯《ひきょう》なやり方かもしれないが、伯父に対して自分がしたことには、もう蓋をしてしまおうと思った。とうとう由布子にも言えなかった。彼女が血を吐くような思いで、自分の禍々《まがまが》しい過去を告白したというのに。新しい家族の形を作り上げ、それを守るために、黒い過去は封印しよう。結果としてそれに適《かな》った罰が下るのなら、自分が全部受け止めようと腹をくくった。

「わかりました」比佐子も納得したようだった。ここでもう自分の好奇心も打ち切りだと決めたのだろうか。彼女にも彼女の生活がある。過去の亡霊に掻き回されるのは、本望ではないだろう。

「もしいらっしゃることがあるなら、写真をお見せします」

「写真？」

「町内会長さんのところにね、清水皐月さんが写った写真があったの。夏祭りの時、うちの義父と一緒に写ったものが。借りてきているけど、とてもじゃないけど、主人には見せられないわ」

比佐子は曖昧《あいまい》に笑った。

電話を終えた途端、家のチャイムが鳴った。

ドアを開けると、スーツ姿の男性が二人立っていた。直感的に警察官だと思った。案の定、身分証を提示して渋谷警察署の者だと名乗った。杉本や小島ではない。いったい何の用だろうと不審に思いながらも、玄関の中までは入れた。三和土《たたき》に立った一人が「田部井克則さんの件でお伺いしました」と言った。

田部井の事故のことが、頭から抜け落ちてしまっていた。悪いが、それほどまでに重くとらえていなかった。彼の策略も裏切りも、はっきり言ってもうどうでもよかった。そう言えば、八木が、突き落とされたと本人が訴えていると言っていた。田部井が転げ落ちて怪我《けが》をした歩道橋は、恵比寿《えびす》にあったようだ。それで渋谷警察署の刑事が捜査に当たっているという。

がっちりした体格の刑事は、田部井が怪我をした日付と時間を伝え、その時間、何をしていましたかと尋ねてきた。答える前に苦笑した。どうやら自分が疑われているようだとわかったのだ。遅い時間だったので、家で寝ていたと答えた。

「それを証明してくれる人はいますか？」相手は型通りのことを訊いてくる。

正直に、妻しかおりませんと返した。事件の容疑者のアリバイを裏付けるのに、身内では証拠価値が低いことは知っていた。

「そうでしょうね」

相手もそれ以上は追及してこなかった。田部井の訴えを無視できず、通り一遍の捜査をしているのだといった態度だった。もし動機の面から疑うのなら、自分は容疑者の筆頭に置かれるだろうなと、他人事《ひとごと》のように思った。信頼していた部下に足をすくわれて、自分が興《おこ》した会社から放り出されることになったのだから。

しかし幸か不幸か彰太は、最愛の娘が行方不明になり、誘拐を疑われるという状況の真《ま》っ只中《ただなか》にいたわけだ。同じ警察署だから、向こうもそれはよく承知している。そんな時に、怨恨《えんこん》の末に相手に危害を加えようとするのは、不自然だ。

刑事二人は、さっさと引き下がって帰っていった。

お門違《かどちが》いもはなはだしい。彼らに説明しようとは夢にも思わないが、今、彰太が憎んでいるのは田部井ではない。双子の弟の八木だ。ドアを閉めた途端、彼らと向き合おうと心が決まった。


田部井のために、仰々《ぎょうぎょう》しい見舞いの果物カゴを買った。せめてもの皮肉のつもりだった。それをドンとサイドテーブルの上に置いた時、田部井は目だけを動かした挙句《あげく》、ひどく顔をしかめた。八木が言った通り、首から下は動かせないようだ。

「ありがとうございます」

付き添っている妻が代わりに答えた。

あの取締役会以降、一度も田部井に会っていなかった。人相があまりに変わっているので驚いた。転落した時に打ったのか、額《ひたい》に痣《あざ》ができていた。しかし人相が変わったのは、それが理由ではないだろう。身動き一つできない体になってしまった悲愴《ひそう》感と、誰かを恨まずにいられない醜い感情が、男の中で渦巻《うずま》いていた。そこから発せられる負のエネルギーに怯みそうになる。

「社長――」しわがれた声が出た。「私がこんなになってさぞかし嬉しいでしょうな」

「あなた」と妻がたしなめた。

「あんたがやらせたんじゃないのか」

妻が田部井の肩に手をやった。それをこの男は払うこともできないのだ。当てつけのように大きな果物カゴを持ってくるという、自分がした子供っぽい仕返しを恥じた。

「あんたが誰かに命じて、こんなことを――。たとえば権田にでも。あいつならやりかねん。お前の忠実な飼い犬だからな」

「申し訳ありません」妻が頭を下げた。「ずっとこんな調子なんです。恨み言ばっかり」

「田部井さん」声をかけるたびに、ぎょろりと田部井が目を動かした。必死で黒目だけを動かすので、不自然に白目を剝いているように見えた。「おっしゃる通り、私はあなたを恨みました。確かに私は無能で、社の運営はあなたまかせだった。でもあんなふうに追放されるとは思わなかった」

果物カゴの中のマンゴーが熟した甘い匂いを吐き出している。田部井は答えず、天井を睨《にら》みつけていた。

「でも、もういいんです。ザイゼンが欲しいならあなたにあげます」

「こんな――」寝たきりの男の喉が「くくくっ」と鳴った。「こんな体で、どうやって仕事をしたらいいんだ」

田部井の妻が、口を押さえて廊下に飛び出していった。泣くかと思った田部井は、薄ら笑いを浮かべた。

「ザイゼンなんかいらん。元の体に戻してくれ」

彰太は、今日、刑事が訪ねてきたこと、田部井が事故に遭った時のアリバイを尋ねられたことを話した。

「私はあなたを突き落としたりしていません。社を追われた時は、あなたが憎かったし、恨みましたが――」

高雲寺に行って、大黒様に恨みつらみを吐き出した。「罰《ばち》が当たったんですよ」と率直な怒りの言葉を聞いた。それだけで、随分《ずいぶん》楽になったのだ。大黒様は、人の心をあるべきところへ納めさせる術を心得ていた。そんなことをこの男に言っても伝わらないだろう。体の自由がきかなくなったこの男には、何を言っても無駄だ。

「誰かにずっとつけられていた。その気配ははっきり感じていたんだ。これは本当のことだ。誰かが背中を押した。気のせいなんかじゃない。誰かが私を殺そうとしたんだ」

「誰が――?」

田部井は、苛立《いらだ》った目を向けてきた。それから堰《せき》を切ったように罵詈雑言《ばりぞうごん》を浴びせ始めた。彰太は黙ってそれを聞いていた。唾を飛ばし、額に青筋を立てて男はがなり立てた。

一度、看護師が入ってこようとして、開け放たれたドアのところで立ちすくんだ。状況を理解した看護師は、去っていった。

誰かを憎悪することが、田部井の生きる支えとなっているのか。平明な気持ちで、彰太はベッドの脇に立ち続けた。数十分が過ぎた。田部井の両目にもりもりと涙が盛り上がってきて、耳に向かって滑り落ちた。それを傍《かたわ》らのタオルで拭《ふ》いてやろうとすると、田部井は微かに首を振って拒《こば》んだ。

彰太は静かに頭を下げ、病室を後にした。ドアを出る時、田部井が叫んだ。意味をなさない咆哮《ほうこう》のような大声だった。廊下を歩いてきた見舞いの人が、ぎょっとして立ち止まる。彰太は後ろを振り向くことなく、立ち去った。

病院の正面出入り口を出ると、前庭を足早にやって来る八木が目に入った。田部井の妻が呼んだのだろう。

「社長、すみません。兄貴が失礼なことを申し上げたでしょう」

短い脚でせかせかと近寄ってくる田部井とそっくりの男を、立ち止まって眺めた。この男に組み敷かれ、苦痛の声を上げる由布子を思い浮かべた。すると、激しい嫌悪感と憎しみに吐き気が込み上げてきた。両手をぐっと握り締め、せり上がってきた感情を呑み下した。

八木は彰太の思いも知らず、ポケットから取り出したハンカチで首や顔の汗を拭いている。その仕草も田部井にそっくりだ。八木は院内の喫茶室へ誘った。彰太はそれを断り、中庭にある東屋《あずまや》へ行くことを提案した。込み入った話を、誰にも聞かれたくなかった。午後の遅い時間だったが、中庭にはまだ強い日差しが降り注いでいた。花壇に植えられたケイトウやタチアオイは、ぐったりとうなだれていた。中庭に足を踏み入れた途端、八木ははげんなりした表情を浮かべたが、何も言わずについてきた。

細い遊歩道を行くと、羽虫が顔の周辺を飛び回った。東屋には、誰もいなかった。陰に入ると、八木はいくぶん、ほっとした表情を浮かべた。それでもまだせわしなく汗を拭い続けている。

「あんたが由布子にしたことは、全部聞いた」

ベンチに腰を下ろした途端、前置きも何もなくそう切り出した。ハンカチを動かしていた八木の手が止まった。固まったまま、じっと彰太を見つめた。どう出るのが得策か、勘案しているようでもある。

「そうですか。なるほどね。とうとう夫婦で隠し持っていた秘密を打ち明け合ったわけか。美しいですな」

悪ずれした笑みを浮かべてそんなことを言う。どうやら開き直ることに決めたようだ。

「いいか。美華はお前の血を引いているかもしれんが――」口にするのも胸が悪くなる事実だ。「私と由布子の子供だ。過去にお前がしたことを許すわけではないが、それだけは肝《きも》に銘じておくんだな。以降、絶対に私たち家族に近づくな」

「へへえ、そうですか」

八木はくしゃくしゃになったハンカチを、ポケットにしまった。

「由布子さんをあなたに紹介してあげたのは、私だってのに」

「感謝しろとでも言うのか?」

ベンチの前には木製のテーブルもあり、それを挟んで向かい合っている。八木がテーブルに寄りかかると、突き出た腹がつっかえた。

「いやいや、感謝するのはこっちですよ。私が使い古した女を引き取ってくれたんだから。由布子さんは、なかなかいい女だった」

間にテーブルがなかったら、つかみかかっていたところだった。

「そんなにかっかするなよ、財前君」

唇の片方をくいっと上げる。こんな人間だったのか。長い間部下として働いてきたのに、この男の本質を見抜けなかった。疎遠《そえん》になっていた伯父文雄の方が見る目があったとは。

「別に今さら親子の名乗りを上げようなんて思わないから安心してくれ。それにもう君との付き合いもなくなりそうだ。ザイゼンの社長としての君には用があったが、もう終わりだ」

それから、すっと目を細めた。

「兄貴が繰り返し言うように、君が兄貴に復讐《ふくしゅう》したのか？」

「違う」

「だろうな」あっさりと八木は引き下がった。「君はそこまでバカじゃない。そんなことはよく知っているよ。君は頭がいい」

八木は身を起こして、硬い背もたれにもたれかかった。芋虫《いもむし》のような指を、突き出た腹の上で組む。傾きかけた陽《ひ》が柱の向こうから差してきて、悦に入った男の横顔におかしな陰影をつけた。

「何せ君は、奇妙な依頼を利用して、自分の伯父を始末しようと手筈《てはず》を整えるような男なんだから」

同じ夕陽に照らし出されて、彰太は呻いた。八木の言葉が、頭の中で渦巻いた。知っていた。この男は知っていた。今まで誰にも知られていないと思っていたことを。

「なんで――？」それだけを言うのがやっとだった。八木はいかにも愉快そうに笑った。

「君が私に提出した報告書は虚偽だった。だが初めは信じていたんだ。あの死にかけの老人から電話があるまでは」

谷岡は、あの報告書を読んですぐに具合が悪くなった。どうも自分では財前文雄を殺せそうにないと思い始めた。でも死を前にして、ますます狂った復讐心に凝り固まった谷岡は、ナンバーワン興信所に電話をかけてきた。皆、出払っていて、電話を取ったのは八木だった。谷岡は、自分の代わりに財前文雄という男に危害を加えてもらえないかと頼んできたそうだ。格別の報酬《ほうしゅう》を払うからと。

それだけをやり遂《と》げて死にたかったのか。清水皐月の立てた計画に従って、人助けができる。死ぬ前に善行を積めると一途《いちず》に思い込んでいたのか。とてもまともではない。そんな依頼を、興信所が受けるはずがない。病《やまい》のため、正常な判断もできなくなっていたのだろう。

「それでようやく君の計画に気がついた。ちょっと調べたら、君の伯父が大変な資産家だということがわかった。君はあの頃、金を欲しがっていたし、堀田由布子と所帯を持つことを夢見ていた――」

八木は兄の田部井に相談を持ちかけた。沈没寸前だった高田馬場ビジネスアカデミーを立ち直らせるために、一計を案じた。

「まさか――」頭から血がすっと引くのがわかった。「まさか、伯父を殺したのか？　あんたが？」

八木はハハハと首をのけ反《ぞ》らせて笑った。たるんだ顎《あご》がフルフルと震えている。

「そんなことはしない。私らは手を汚さない。絶対に」

「嘘だ」

そうだとすると、すべてが腑《ふ》に落ちる。あの後、田部井が彰太の後ろ盾《だて》になって事業を展開していったこと。どんどん成長していくザイゼンを思うがままに操《あやつ》ったこと。八木が興信所をさっさと畳《たた》んで実家の高田馬場ビジネスアカデミーを継いだこと。なにもかも、財前文雄の遺産を彰太が受け継いだからこそ、できたことだ。

「君にとってもよかったろう？　今の奥さんと結婚できたし、大会社の社長のポストに就けて豊かな生活が営めたんだから。自分の伯父を亡きものにする計画を立てたのは、君だ。そのことを忘れるな」

彰太と八木は、東屋で睨み合ったまま座り続けていた。二人の顔の片側は、夕陽によってぬらぬらと血赤《ちあか》に染められていった。

「君の伯父を殺したのは、権田だ」

彰太は耳を疑った。権田がそんなことをするはずがない。

「あいつは裏では財前文雄を憎んでいたからな。君の伯父は、権田がやってた不動産屋をわざと潰して、自分の手足としてこき使ってた。相当えげつない方法で思い通りにしたらしいぜ」

大口の土地取引を権田に持ちかけて、最後の最後に手を引いて資金難に陥らせたり、貸してやった金を、引っ剝《ば》がすように取り戻したりというやり口を聞いて、あの伯父ならやりかねないと思った。

「君がお膳立てした財前文雄殺害計画を、奴に耳打ちしてやったのさ。今なら、この罪は他人になすりつけられる。うまくやり遂げて、しばらくの間捕まらずにいられたら、たぶん、一番の動機を持つ老人は死んでしまってうやむやになるってな」

そしてうまくことは運んだ。権田は財前文雄を殺した。そして翌日、素知らぬ顔で第一発見者を装った。未《いま》だにあれは未解決事件のファイルに入っている。八木は、彰太に嫌疑がかからないよう、アリバイ工作までしてやったんだと胸を張った。伯父が殺害された晩、彰太は八木の指示で、星野と一緒に依頼人と会っていた。今になって用意周到な準備があったことを知った。

「誰にも動機があったんだ。君にも、あのくたばりかけの依頼人にも、権田にも」

俺と兄貴はうまく立ち回っただけだとうそぶく八木を、もう問い詰める気がなくなった。

「でも君はザイゼンを追われ、兄貴はあんな体になってしまった。権田も辞表を出すと言っている。いったい誰が勝ったんだろうな」

「勝ち負けじゃない」

絞り出すように、彰太は喉の奥から声を出した。

「因果が廻っただけだ」

八木は、意味がわからないというふうに、下唇を突き出した。

八木が去っていった後も、彰太は長い間、夕闇に支配される東屋の中に座っていた。


権田とは、翌日電話で話した。彼はすっかり身辺の整理をつけていた。

「そうです。私が社長の伯父、財前文雄さんを殺しました」

「そんなに伯父が憎かったのか」

「はい」躊躇することなく、権田は答えた。「あの人は、私の財産を、いや人生のすべてを無にしてしまいました。初めから仕組んでそうしたんです。私はあの人の下で働くしかなかった。選択の余地はありませんでした。完璧なやり方です。長年、あの人に使われてきましたが、ひどいものでした」

憎いと言いながらも、権田の口調には、清々《すがすが》しささえ感じられた。

「辞表を書いて社長の机の上に置いておきました」

「もう僕は社長じゃないよ」

これから自首するという権田にかける言葉もなかった。向こうの方が気を遣っている。

「警察では、隠すことなくすべてを話すつもりです。ですが、社長のしたことは、たいした罪には問われないでしょう」

「そんなことは――」

「何かの罪に当たるとしても、もう時効が成立していますよ」

電話を切りかねて、二人ともが黙り込んだ。迷っていたらしい権田がしゃべり始めた。

「社長の計画を八木から聞かされた時、もちろん、財前文雄に復讐できるチャンスがきたことを喜びました。でも、もう一つだけ。自分と同じような目に遭わされている甥のあなたに加担したかった。若いあなたにうまく人生を切り拓《ひら》いていって欲しかった。それが人生を棒に振った私の儚《はかな》い夢でした」

一言も発することができなかった。誰かの思惑が誰かの人生を変えてしまう。変えられた本人も気づかないうちに。

「つまらないことを言いました。忘れてください」

権田の方から切った。

人生を切り拓く？　そんなことが今からできるだろうか。権田とそんなに変わらない人生が待っているような気がしてならなかった。

権田が警察ですべてを話したら、自分も事情聴取を受けることになるだろう。それなら、何もかもを明らかにしておかなければならない。人生を切り拓くことはできなくても、人生に真摯《しんし》に向き合うことはできる。

谷岡比佐子に連絡を取った。彼女が真実を知る日は近い。義父、谷岡総一郎がどんな役割を演じていたのか。それも明らかになるだろう。それまでに、彰太も過去をきちんと明らかにしておきたかった。消えた清水皐月がその鍵を握っている。

また立石の谷岡宅へ足を運んだ。夫はゴルフへ行っていると比佐子は言った。

「ほんと、気楽なものよ。私には、父のことをほじくり返すのはもうやめろ、なんて言っておきながら——」

昭和の香りのする応接間に通された。前に来た時と、寸分変わっていない。以前と同じガラスコップに、麦茶を入れて運んできた比佐子は、美華の失踪事件の顚末《てんまつ》を聞きたがった。町内会長の奥さんを相手に、知ったかぶりをするつもりか。

適当にあしらった後、清水皐月の消息について尋ねた。

「それは皆目《かいもく》見当がつかないの。町内会長の奥さんもいろいろ訊いて回ってくれたんだけど。あちこちで家政婦をして重宝《ちようほう》がられていたのに、煙のように消えてしまって」

清水が「いい家政婦」と重宝がられたのは、誰の心にもするりと入り込み、彼らの暗い望みを叶《かな》えてやろうとしたからだろう。本人が望む以上のことを為しても、それが本人のためだと無邪気に考えていた。無邪気で残酷。狂気に近い好意。信念。

いったい清水皐月とはどういう人間なのだろう。

「追いかけても全然つかまらないから、あの写真がなかったら、皆の妄想か何かだと思ったとこよ」

冗談交じりに比佐子は言って、飾り棚の上から小ぶりのアルバムを持ってきた。

「アルバムごと借りてきたのよ。剝がそうとしたら、破れてしまいそうだったから。なんせ古い写真だからね」

比佐子は何枚かページをめくった挙句、「ああ、これだ」とアルバムを彰太の方に向けた。夏祭りの会場らしき場所で、テントの前に立っている二人をカメラはとらえていた。一人は谷岡だ。見覚えがあった。

「ほら、こっちの人」

比佐子が指さす人物は、紙コップを持ってカメラを見ている。

今よりずっと若い大黒様が、アルバムの中から彰太をじっと見つめていた。


大黒様の前身を、彰太は知らなかった。知る必要もないと思っていた。

高雲寺の檀信徒でも、よっぽど通じている人でないとわからない経歴なのかもしれない。彼女が元家政婦であったということは。清水皐月は担当した家庭の事情に必要以上に入り込み、彼らの悩みや問題を解決してやる。思いを遂げさせてやる。家政婦としての職域を超えた深入りだ。おせっかいの範疇《はんちゅう》からもはみ出している。死に瀕《ひん》した老人を仲間に誘い込み、けしかけて実行に及ぶことまでするのは、どう考えても尋常ではない。

奇妙な正義感？　手前勝手な善意？　曲解した人生観？　何が何でも相手の気持ちに寄り添う固執《こしゅう》？　究極の救済法？　周囲を圧倒する実行力？　他人の役に立っているという陶酔《とうすい》感？　醜怪《しゅうかい》な純心？

今まで清水皐月に抱《いだ》いていた薄気味悪さが増幅された。二枚のトレーシングペーパーの線が重なっていくように、清水皐月と大黒様の輪郭《りんかく》がぴったり合わさる。うなじの産毛《うぶげ》がぞわりと逆立った。

自分が、由布子が、他の誰もがそれを求めて大黒様に寄りかかり、話を聞いてもらっていた。痛快だった。田部井にしてやられた時、あの悔しさや恨み、憎しみを大黒様にぶつけた。子供っぽい感情に導かれるまま。

取り澄ました社会人然として心の奥底に隠していた汚い感情が、ずるずると引っ張り出されてきた。大黒様は、誰もの胸につっかえたものをうまく探り当てる。しゃべらせる。自分も同じ場所まで下りてきて、一緒に嘆き、怒り、憤《いきどお》る。人間の本質を剝き出しにさせてくれる。ある意味原始的なやり方で。

瞑想で己に向き合い、心を柔らかくした後には、それは比較的容易だった。若院が諭《さと》す仏教的導き、この世の真理、宇宙の法則は、人の心に沁《し》みわたった。素直な気持ちで向き合う大黒様は、実質的な相談事を引き受ける。それを誰もが有難がった。

ませんよ。

――寺の大黒様に納まったことは、あの人にはよかったんです。これ以上の適任者はい

いつか若院が彰太に語った母親像が、まったく違う意味を帯びてきた。

大黒様は母子家庭でありながら、他人のために奔走し、寂しい子供時代を送ってきたと若院は言った。孤独な子育てをする彼女にとって、通いの家政婦という職はうってつけの仕事だった。しかも他人の家の内情を盗み見ることができる。するりと懐《ふところ》に忍び込む蛇《へび》のように侵入してきて、他家の問題を探り出す。そして生来の歪んだ性情で、判断を下す。

悩みや愚痴《ぐち》に耳を傾け、時にはちょっと力を貸してやる。相手は大喜びをして感謝の念を表す。それが快感につながっていく。いつか自分が頼りにされていると思い込む。谷岡という協力者を得た後は、さらにそれがエスカレートしていったのではないか。当事者の思いを置き去りにして。

とんでもない目に遭わされた奈苗の母親が、誰にも言えず溜《た》め込んでいた憎悪を解放した時、仇《かたき》を討《う》ってやろうとした。大黒様は、いや、清水皐月は、誰もが持つ負の感情に手を伸ばす。ぐいとつかんで離さない。それこそが、彼女の大好物だから。蛇がカエルを丸呑みするように、愉悦の表情を浮かべて黒い思いに食らいつく。

家政婦は、興信所の調査員と似ている。八木は他人の秘密を脅迫の材料にした。それを

元に金品を手に入れ、女性を自由にした。だが清水は違う。彼女にあるのは、承認欲求だ。自分は必要とされている、他人から感謝されている、世の中の役に立っていると思いたい。それが一歩進んで、この人の恨《うら》みを晴らしてやろう、望みを叶えてやろう、となった。

そのうち、当事者の苦しみは、彼女の頭から消え去る。こんな悪い人間が悠々と逃げおおせることは許されない。罰を与えてやらねばならない、世の中のためにならない人間は排除すべきだ、天罰が下らないなら、私がそれをやらねばならない、と強い確信に変わっていった。その狂信的な思い込みをたどると、体が芯《しん》から震えてきた。

息子である若院は、母親のあり様に早くから気がついていたのではないか。暴走していく母親を見ながら、彼は虚しさと絶望に囚われていったのでは？　それでも母親から離れられなかった。

仏教の寺院に居場所を決め込んだ母子《おやこ》。母は存分に人助けをし、息子はその傍らで仏の道に救いを求めた。若院にとってもあそこが最適の場所だった。異様な母親の執念《しゅうねん》を知りながら、それを生かせる場を維持してやっていた。

ふと思い当たることがあった。急いで家に帰った。由布子は、美華に送る荷物を詰めていた。洋服にソックス、毛糸の帽子、スニーカー、好きな菓子、本。向こうでも買えるだろうと思うようなものまで詰めている。娘に嫌われようと何だろうと、母親であることは変わりがない。それだけは揺るぎないポジションだ。一旦、その作業をやめさせた。「君は、大黒様に美華のこと以外のことも相談していたんだろ？　たとえば八木とのことも」

「ええ」もはや隠す必要もないと、さばさばした調子で由布子は答えた。「大黒様は、親身になって聞いてくださった。話している途中で辛くて涙が出たら、一緒に泣いてもくれたわ」

一呼吸置いて、彰太は大黒様の正体について話した。清水皐月という名の家政婦を、調査員時代に知ったのだと短く端折《はしょ》って語った。大黒様の正体を知ってから、自分が為した伯父への工作のことも、すべてを話そうという気になっていたが、今は時間がない。清水皐月が各々《おのおの》の家庭で雇い主の思いをすくいとって、歪んだ善行をしゃにむに行っていたことを話すと、由布子は愕然とした。言葉もない妻に畳みかける。

「大黒様は、君に代わって八木に復讐しようとしたんじゃないか。そして間違って田部井を突き落としたんじゃないか。あの双子を見分けるのは難しいから」

由布子はへなへなと床の上に崩れ落ちた。嗚咽《おえつ》が喉から漏れてきた。彰太は驚いて、妻の肩を抱いた。

「どうした？」

「大黒様は間違ったんじゃない……」

「え？」

「八木に好き勝手に遊ばれている時、時々、代わって田部井が来てた」

今度は彰太が絶句した。

「ホテルに呼び出されて、行ってみると、八木にそっくりな双子の兄がいた。『あなた、八木さんじゃないでしょう』と問い質《ただ》したわ。八木に双子の兄がいることは、彼の口から聞いていたから。でもにやにや笑っているだけ」由布子は吐き気をこらえるように、両手で口を押さえている。「そしてやることはおんなじ。八木は、時々、楽しみを兄にも分けてやっていたのよ。間違いない――だって――」悲しい目で夫を見た後、諦《あきら》めたように言葉を継いだ。

「だって、肌を合わせるんだもの」

彰太も立っていられなくなって、妻の横に膝《ひざ》をついた。床から冷たいものが這《は》い上がってきて、体が小刻みに震えた。

「私が一番怖いのは、美華の父親が、八木か田部井かはっきりしないことよ」

さらに由布子の言葉が、彰太を打ちのめした。由布子が美華に最も負い目を感じている点は、「あなたの父親はこの人」と確信を持って言えないことだ。

田部井は彰太を罠《わな》にかけただけでなく、もっと前から由布子を蹂躙することに加担していたのだ。由布子はただ怯《おび》え、萎縮《いしゅく》して従うしかなかった。そして大黒様という格好の聞き手を得た今、思い切りあの時の悔しさや恐怖を吐き出した。

大黒様がなぜ八木ではなく、田部井を狙《ねら》ったのか。あの時彰太が、田部井が自分を平気で蹴落《けお》としたやり口を説明し、彼がどんなに汚い男か、憎むべき男か、悪口雑言《あっこうぞうごん》を大黒様相手にしゃべったからだ。

だから――大黒様は――田部井を、彼だけを狙って突き落としたのだ。田部井につきまとい、一人になる深夜を待って――財前彰太のために。財前由布子のために。

彼女も歪んだ判断力で、ひっきりなしに選《よ》り分けていた。善なるものと悪なるものを。そして彼女は容赦《ようしゃ》がなかった。

＊

男の隣では、七瀬が規則的な呼吸を繰り返している。

泣き疲れて眠ってしまったらしい。

今日は浴室に連れていって、丁寧に体を洗ってやった。浴槽にお湯を張って、そこに浸《つ》からせた。男は服を着たまま、黙って湯船に身を横たえる七瀬を見ていた。あちこちに痣《あざ》のある体が、ぽっと桃色に色づいた。男はおもむろに七瀬の後頭部をつかんで、湯の中に押し込んだ。

七瀬は手足をバタバタ動かして苦しがった。息が続かなくなる直前に手を放した。ガバッと浮き上がってきた七瀬は、大きく口を開けて空気を肺《う》に取り込んだ。そんなことを二、三度繰り返した。紫色に変化した唇、血の気の失せた白い顔、飛び出しそうに見開かれた目。美しい生き物が、生きるために苦しみのたうつ姿は、無心で嘘がなかった。

湯から上がった七瀬を、バスタオルで隅々まで拭いてやった。そこまでしても、少女に欲情することはなかった。小さな乳房がタオルの中で弾んだ。脱衣室で下着を着けさせ、ゆったりした部屋着を着せてやる男に、七瀬は感謝とも取れる眼差《まなざ》しを送ってきた。それでも、元の部屋に連れ戻り、ペットボトルの水を与えると、飲みながら泣いた。ひとしきり泣くと、カクンと眠りに落ちた。

男もその隣にそっと横になった。

夢をみた。

ある女の愛を求めてさまよっていた時の夢だ。男はようやく彼女の職場を探し当てた。よく憶えていないが、工務店のようなところだった。業務の終わった仕事場には人気《ひとけ》がなかった。自宅の方に回る。女はそちらで働いていた。

男はビールケースを持ってきて、窓の下に伏せて置いた。ケースの上にそっと上がる。

窓は風を通すためか、少しだけ隙間を開けてあった。流し台の前の小窓だった。女がうつむいて食器を洗っていた。しきりに水の音がする。女の背後に卓袱台《ちゃぶだい》があって、工務店の経営者が徳利《とっくり》を傾けていた。禿《は》げた貧相な男だった。女は、一心に洗いものをしている。食器がカチャカチャと触れ合う音がした。

経営者が立ってきて、女の背後に立った。何かを言ったようだが、聞き取れない。女のエプロンに水しぶきが飛んで、おかしな黒い染《し》みができていた。

「社長さんたら」

女の声はよく聞こえた。

「いけませんよ」

よく見たら、社長の手が、後ろからエプロンの中に差し込まれているのだった。女は手を休めない。エプロンの下で手が蠢《うごめ》くたび、エプロンの染みが生き物のように動いた。濡《ぬ》れた黒い鳥に見えた。男は窓の隙間から、膨《ふく》らんだり横にずれたりするエプロンに目を凝らしていた。工務店の社長は、泣いているような笑っているような変な顔をしていた。

女の首筋に鼻づらを当てて懇願《こんがん》している。

「なあ、頼むよ」

「いけませんたら。そういうことは……」

まだ水の音は続いている。

「かわいそうなやもめ男を助けると思って――」

すっと女が顔を上げた。いつも見慣れた顔に、醜い化粧が施《ほどこ》されていた。まったく似合わない濃い色のアイシャドウに口紅。くっと唇の両端が持ち上がって、女は般若《はんにゃ》のように笑った。

見たくない。あんな顔は。あの女は愛を注ぐべき対象を裏切ったのだ。

そう思った途端に、女の顔は真っ黒に塗りたくられた。目鼻も口もない黒いのっぺらぼう。男が心の中で被せたマスクだった。

女は黒い顔のまま、ずるずると流しの向こうに消えた。社長に引き倒されたのだ。

蛇口からの水音だけが、男の耳に届いた。

いきなり、鋭い痛みが手に走った。小さな悲鳴を上げて、男は目を覚ました。

七瀬が男の左手の親指の付け根に噛みついていた。少女の白い小粒の歯が食い込んだ手を見下ろした。獰猛《どうもう》な小動物のように、七瀬の歯は、ぐいぐいと肉の奥深くまで下りていく。

甘い痛みが、男を恍惚《こうこつ》の境地へと導く。振りほどくこともなく、痛みに身をまかせた。

苦痛は快感に変わり、男は激しく昂っていた。

＊

あれほど足繁《あししげ》く通っていた高雲寺へ、夫婦とも行くのをやめた。

大黒様と対決する勇気がなかった。彼女は明らかに犯罪に手を染めたわけだ。家政婦時代からすれば、夥《おびただ》しい罪を重ねているのかもしれない。谷岡という協力者を得た後は、相手への復讐心を殺意にまで昇華させていった。自分は手を汚さずに。そういうことを糾弾《きゅうだん》するのが怖かった。あの人に向き合い、あの人の中の暗黒の部分を暴くことは、すなわち、自分の中の負の感情を直視することに他ならない。

大黒様は、鏡なのだ。誰もが隠し持っている昏い思いを素直に映し出す鏡。目を逸らそうとしても許さない、魔鏡。

憎悪《ぞうお》、怒り、嫉妬《しっと》、邪気、怨念《おんねん》、憂《う》さ、嫌悪、害意、攻撃性。

理性で蓋をして、何気ない顔で暮らしていても、それらの感情は解放されるのを待っている。ちょっと手を貸してやれば飛び出してくる。巧妙にそれを嗅ぎ分ける術を、大黒様は身につけていた。

あの晩、偶然に酔った田部井を歩道橋の上で見つけていたら、俺が背中を押していたかもしれない。自分の中で育っていた殺意に慄然《りつぜん》とする。

権田は逮捕され、すべての事情を告白した。裏付けのために警視庁の刑事が彰太のところにも来た。長い時間をかけて聴取された。彼らが帰った後、権田の犯罪、それと自分の犯した罪のことを由布子にも話した。もう感情に翻弄《ほんろう》されることのなくなった由布子は、黙って聞いていた。

話が終わると、夕食の準備に取りかかった。

権田が逮捕されたことはニュースにはなったが、そう大きくは取り上げられなかった。十九年前に起こった殺人事件の犯人が自首してきたと、事実が素っ気なく流れただけだった。詳細は報道されなかった。警察も、その後は何も言ってこなかった。結局は、権田の怨恨による犯行だと結論づけられた形だ。彰太の浅ましい工作がなくても、権田は伯父を殺していたということか。

罰を受けなかったからといって、罪が消えたわけではないけれど。

社長と専務と、重要ポストの二人を失ったザイゼンは、経営の立て直しに躍起になっていた。田部井はリハビリ病院に転院したそうだ。もう二度とあの双子には会うことはないだろう。ザイゼンの取締役の宮岡が、情勢が変わったから、もう一度ザイゼンのトップに戻ってこないかと提案してきたが、断った。

江川が連絡してきて、彰太が持っているザイゼンの株を売ってくれと言った。

「宮岡にやりたいようにやられるのは、しゃくだからな」

「いいですよ」

迷うことなく、彰太が答えたので、江川は驚いたようだった。

「お前が持っている株を手放せば、たいした金額になる。それで商売でも始めたらどうだ？」

かすれた笑い声。「麻布十番商店街ででも。わしがサポートしてやる」

「考えておきます」彰太は電話を切った。

ザイゼンの総務部から連絡があって、社長室を片付けるから、荷物を引き取りにきて欲しいということだった。それには応じた。社長室に入っても、何の感慨もなかった。社長室の椅子に座っていたことが、遠い昔のように思えた。虚構の世界での幻のようだった。

彰太は美華と、たまにカコちゃんのスマホを通じて話をする。そのやり取りを近くで聞いているだけで、由布子は満足している。この世のどこかで娘が生きて笑って、働いてご飯を食べて、音楽を聴いているというだけで幸せなのだ。娘が自分の手の中からふっと消えてしまい、生きているのか死んでいるのかわからないという地獄を味わった後では。

たぶん、美華は桜華台学園を退学することになるだろう。そのことが、美華の人生にとって大きなマイナスになるとは思えなかった。たかが三年の遠回りだ。

総務部の若い男性社員が手伝いにきていた。彼の顔には見覚えがあった。高田馬場ビジネスアカデミーの卒業生だった。そのことを確認すると、肯定した。

「でも、もうあの学校はなくなっちゃうんです。新しい取締役会がアカデミーから資金を引き揚げることを決めて、やっていけなくなったみたいです。八木校長も逮捕されるらしいですよ。学校の不正会計とか、単位取得をエサに女子生徒を脅して関係を結ぶとかが発覚して。メチャクチャですよ、あの人」

「そうか」

それにもたいして彰太の心は動かなかった。

「社長――」未だにそんな呼び方をされて、苦笑する。「この段ボール箱はどうします？」

彼が物入れから引っ張り出してきたのは、久慈からもらった『花信風』の生原稿だった。

「すまないが、こっちで処分してくれ」

「わかりました」

彼は腰を落として段ボール箱を持ち上げようとした。すると、古いガムテープが剝がれたのか、底が抜けた。ザザザザーッと紙の束が床に散らばった。

「あーあ、すみません！」

慌てて拾い集めようとする社員を手伝うため、彰太もかがみ込んだ。生原稿だけでなく、コピーも多く混ざっている。几帳面《きちょうめん》な谷岡は、添削《てんさく》をして戻してやった原稿も、一応コピーを取って残してあったのだろう。集めていた手が止まった。

「ちょっと待ってくれ」あるコピーを拾い上げて、彰太は言った。「必要なものがあった。選り分けるから、少し時間をくれないか」

「はい。では、終わりましたら呼んでください」

社員は社長室を出ていった。

彰太の手にした原稿のコピーには、名前が書かれていた。

「清水啓司」声に出して、その名を読んだ。

由布子を伴って、高雲寺へ出かけていった。ひと月振りのことだった。

境内《けいだい》を歩くと、草むらからしきりに虫の声がした。どこからか甘い金木犀《きんもくせい》の香りが漂ってきた。

日曜日のことで、瞑想の後、若院の説法があった。瞑想の会に、財前夫婦が出てきたことを知ると、若院は珍しく微笑んでみせた。輪袈裟《わげさ》を首に掛けた大黒様も嬉しそうに目で合図を送ってきた。

「まあ、大変でしたねえ。お疲れでしたでしょう」

説法の後、奥の部屋へ通されて、若院と大黒様と向かい合った。

「しばらく来られなくてすみません」

「いいえ、いいんですよ。いつでも気が向いた時に来てくだされば」

大黒様が香ばしいほうじ茶を淹れてくれた。そういえば、大黒様も「黒」だ。どういう符丁《ふちょう》なのだろう。彼女が潜り込んだ、一番居心地《いごこち》のいい巣穴。最も黒が似合う女？

「大黒様は、以前、家政婦をしておられたとか」

さりげなく口に出した。急須を傾けた大黒様の手が止まった。隣の由布子がわずかに緊張したのがわかる。

「まあ、誰にお聞きになったんですか？」ホホホと笑って、大黒様は茶を注ぐ。「もう随分昔のことですよ」

さっと若院の顔に不安の影がよぎり、すぐに掻き消えた。長い話をする気はない。彰太はカバンから比佐子に借りたアルバムを取り出した。

「谷岡総一郎さんのところでも働かれていましたね？」

大黒様は、老眼鏡をかけて開けられたページをじっくりと見た。写真は何ということもない夏祭りのショットだ。さっきのように笑い飛ばしてしまえばすぐに済むのに、大黒様は古い写真に目を落としたまま、動かない。たぶん、彰太が言い出す内容がもうわかっているのだ。

「谷岡さんは末期癌《がん》で、もう長くは生きられないと自覚しておられた。そうでしたね？」

大黒様が顔を上げた。老眼鏡の向こうの目は、挑むように真っすぐ彰太に向かっていた。若院が身じろぎをした。

「彼を協力者にして、あなたは何をしたんです？」

「何を？」大黒様はオウム返しに言った。「いいことよ。とてもいいことをしてあげました」

「誰にとって？」

すかさず問いかける。

「それぞれのお宅にとって。誰もが悩みや苦しみを抱えているものです」

もう一枚、別の写真を見せた。

「市原奈苗さんです」

四人の女の子のうち、キャスケットを被った子を指す。大黒様はぼうっとした顔でそれを眺めた。まったくの無反応。

「谷岡さんにとって、最後の仕事になるはずでした。そうですね？　市原家を苦しめた、ひどい男に復讐してやることが」

大黒様は急須を置いて、それぞれに湯呑《ゆのみ》を配った。

「市原さんは、娘さんのことで、とても悩んでおいででした。終わったことにはできなかった。憎悪と復讐心にがんじがらめになって。だから、谷岡さんと私はそれを取り去ってあげようとしたのです。谷岡さんにとってもそういう行為が生きがいでした。それにけません。また同じことを繰り返しますから」

――」大黒様は、柔らかな微笑みを浮かべた。「そういう危険な人物を放っておいてはい

彰太を激しく震撼《しんかん》させるもの。この女は、自分のしたことが完全なる善行だと信じきっているのだ。

「だから――」違い棚の置時計が刻む秒針の音が、彰太を急かす。だが、硬直した唇からは、引き攣《つ》った言葉しか出てこない。「だから、田部井を突き落としたんですか？　あなたの法律に従って」

「ええ」答えには淀《よど》みがなかった。

これほどの全《まった》き確信の前には、何もかもが無力だった。彰太の口の中で舌は苔《こけ》むして縮み上がり、彼が用意してきた糾弾《きゅうだん》の言葉の槍《やり》は、すべて折れて散らばってしまう。

なぜこの女は自信に満ちているのか。これこそが信仰ではないのか？　仏教の寺に居ついて、独自の法律を振りかざして、この人は幸福なのだ。

「だって、あなたも奥様も、あの男がああなってよかったと思っているでしょう。いえ、あんな男はああなって当然なんです」

「あなたは間違っている」

正論が通る相手とは思えなかった。

「間違っているのは、世の中の方ですよ。あなた方には、あんな理不尽な目に遭ういわれはありません」

この強さ。この揺るぎなさ。

家政婦で他家に入っていた時、この人が先走ったことをしても、雇い主は感謝して、見て見ぬ振りをしていたのではないか。

「美華は誘拐されたのではなかった。でもそれを装ったことで行方が知れました」

「あれも間違ったやり方だったと？　たとえそうでも、いい結果を生んだではありませんか。じっとしていたら、何も解決しませんよ」

「現実を歪めてまで？　あなたはあまりに尊大になりすぎた。自分の足下が疎《おろそ》かになっていますよ」彰太は反撃を試みた。大黒様は、無邪気な子供のように首を傾《かし》げた。「美華が『肌身フェチの殺人者』に捕らえられたのではないかと思っていた間は、生きた心地がしませんでした。親というのは、無力で弱いものです」

「ごめんなさいね。あなたをそんな気持ちにさせてしまって。でも由布子さんと私とでやり通そうって決めていたから」

一つの可能性に思い至ったのだ。由布子が全身全霊で依存していたこの人物は、その夫であり、社会的地位もある彰太にも同じように頼ってきてもらいたかった。瞑想と説法とで仏教的世界に傾倒してきた彰太だが、どうしてもそうはならなかった。大黒様に何もかもを打ち明けることができなかった。一歩手前のところで踏みとどまっているということが、彼女には、本能と経験で感じられたのかもしれない。

自分でもわかる。あとわずかな距離を詰めれば、楽になれると思ったものだった。もう少しで伯父の死を画策した過去を告白するところだった。

「あなたは僕に揺さぶりをかけたんだ。由布子に入れ知恵をして、美華が誘拐されたように偽装して」

大黒様は、肩をすくめたきりだった。さっきまでふくよかな唇に浮かんでいた笑みはすっと消え、憐《あわ》れむような冷徹な表情に取って代わられた。これがこの人の本質なのだという気がした。

由布子を操るのは、簡単なことだったろう。

大黒様は、美華が彰太の子でないことも知っている。由布子がどんな辛い思いをしてあの子を産むに至ったかも。他人の秘密を握ることは、この人の優越感を助長させ、全能感に浸らせた。そして「他人のために」という名の下なら、何もかもが許されると勘違いしてしまった。その大義が、恵まれなかったこの人の人生を彩《いろど》ったのだ。もしかしたら、マスコミに美華が「肌身フェチの殺人者」に連れ去られた疑いがあると匿名《とくめい》で通報したのは大黒様かもしれない。渋谷署に出向く日を見計らって彰太をテレビカメラの前に引きずり出し、さらなる揺さぶりをかけるために。地位も財産もある男の弱味は、彼女には舌なめずりしたくなるご馳走《ちそう》だった。

大黒様は、十一面観音菩薩《かんのんぼさつ》像の寺に住みついた羅刹《らせつ》だった。

だが、もっとよく周囲に目を配るべきだった。自分を憎んでいる人物が身近にいることを知るべきだった。善行を為している自分は、天から特別の赦《ゆる》しを得ていると思い込む前に。

「若院が説く教えは正しいわ。悪の所業の報いは必ず来ます。因縁は廻っているのです」

都合の悪い話題を避けるべく、大黒様は言い募《つの》った。

若院は、能面のようなつるんとした表情で、己の母親を凝視《ぎょうし》していた。勢いづいた大黒様は、軽やかに口を開いた。

「若院は若いけれど、立派にこの寺を営んでいけますよ。ご住職以上に信徒さんたちに慕われているんですから」

その物言いには、若院はびくっと体を震わせた気がした。大黒様の言葉は止まらない。

「若院は優秀な子でね。小さな時から聞き分けがよかったんです。よその子のように駄々もこねないし、欲張らない。私が家を空けている間もおとなしく待っていましたよ。誰にでも優しくて。恵まれた環境で育ったとは言い難《がた》かったけれど、真っすぐに育ってくれました。私がご住職と一緒になった時は、素直についてきてくれて修行にも励んでね。今では心に響く説法を皆さん、聞きにきてくださいます。若院は、文章を書くのも話すのも得意なんです」

彰太は、座卓の上に広げたアルバムを畳んで片付けた。

それで一区切りついたと思ったのだろう。大黒様は、盆を出して、湯呑を回収しようとした。彰太はアルバムをしまったカバンから、『花信風』一冊と原稿の束を取り出した。それをどさりと座卓の上に置くと、若院が小さく呻いた。大黒様は手を止めて、何事かと目を凝らした。

「これは谷岡さんが発行していた『花信風』という同人誌です。あの方は、国語の教師をしていて、小説も書いていたんです。同人誌では、送られてきた原稿の中から優《すぐ》れたものを『花信風』に載せていた。ボツになったものも丁寧に添削して、作者に送り返していました」

「ああ」

「思い出しましたか？　谷岡さんのところへ仕事で行くようになって、同人誌のことを聞いたあなたは、自分の息子も小説を書く真似事をしていると話しましたね？　そうしたら、谷岡さんは、読んで評価をしてあげるから、いいものが書けたら送らせるようにと言ったはずです」

その辺の事情は、久慈に電話をして訊いた。久慈の記憶ははっきりしていて、家政婦の息子からの原稿を読んだけれど、『花信風』に載せるのは控えたと谷岡から伝え聞いていた。

「文章はうまいが、内容が過激で現実離れしていて、とても同人誌なんかには載せられないと言っていたなあ。そのコピーまであの原稿の中に入ってたって？　へええ」

そんなふうに久慈は答えたものだ。

「そういえば、そんなことがありましたね。谷岡さんが親切に言ってくださるものだから、この子に勧めたんですよ。高校生の頃でしたっけ。小説家になりたいなんて言ってたものですから。それでせっせと書いては谷岡さんに送ってたんでしょう」

ねえ？　というふうに息子に目配せした。次の瞬間、はっと息を呑む。若院の、紙のように白い顔の額《ひたい》に、汗の玉が浮いていた。

「谷岡さんは添削をして送り返してきたんだろう。まさか丁寧にコピーを取ってあるなんて思いもしなかったんだろうね」

彰太は若院にパラパラと原稿をめくってみせた。若院は、目を逸らそうとする。原稿には、谷岡が書き入れた添削や感想が入っていた。おそらく本物には、朱色で書かれていただろう文字。十代の若院の名前、「清水啓司」が書いた小説は、三作あった。最後の部分に、谷岡は書評をまとめて書いてあった。

――これを君はミステリーのつもりで書いたのだろうか。だがあまりにバランスを欠いている。謎解きや人物造形、心理描写はおざなりで、被害者の女性が理不尽に嬲《なぶ》られる様子だけが強調されている。動機さえ明らかにされない。快楽殺人を書くなら、犯人の偏《かたよ》り、思い込み、狂気を、読者に理解できるよう丁寧に書かねばならない。これでは読者は感情移入できない。

――ミステリーの体裁《ていさい》は整ってきた。だが描写があまりにも残酷すぎる。読んだ者は不快さを感じるだろう。必ずしもきれいでハッピーな物語にする必要はないが、これでは社会が受け入れない。どこの出版社に送っても同じだと思う。これは商業出版はもとより、同人誌にも向かない。

――これは、君の夢かな。それとも願望なのか。

そういった書評を見るにつけ、初めて読んだ時の衝撃が蘇ってきた。ただきょとんとしたままの大黒様が、息子の作品を読んでいないのは明らかだった。一度読んだ者なら、内容を忘れるはずがない。

そこには、猟奇殺人鬼に監禁されて嬲られる女性が描かれていた。突然、非日常的空間に押し込まれ、じわじわと傷つけられ、凌辱《りようじよく》され、精神を崩壊させていく女性を、冷徹な目で観察する男の日記のような体裁だった。犯人の詳細は語られず、ただ女性が苦しみ、悶え、懇願する様子だけが克明に描写されている。

どこへも逃げられない絶望感に、泣き叫ぶ力も失《な》くしていく女性たち。しだいに従順になり、男を受け入れる。男は気が向けば女性を犯すが、支配するための手段でしかないセックスでは、男は快感も得ないし満足もしない。

男は被害者を弄ぶだけでは飽き足らず、家族の許《もと》に女性の持ち物を送りつけて反応を見る。家族が絶望し、心配する様を。快感は、そういったところに見出《みいだ》す。

女性の顔に醜い濃い化粧を施して、その写真を送ったりもする。延々とそういうことが書かれている。それこそ、怖気立《おぞけだ》つような小説だ。

──女性を支配し、命乞《いのちご》いをさせる時、犯人は、エクスタシーを感じているはずです。

向かいに座った若院に目を向けた。向こうもじっと見返してきた。これを読んだ者にしかわからない一つの合致点。

「それは──」彰太は若院の左手を指差した。親指の付け根をくるむように、包帯が巻かれていた。「それはどうしたんですか？」

色をなくした若院は、法衣《ほうえ》の袖《そで》で包帯を隠した。

今起こっている「肌身フェチの殺人者」の犯人は、若院なのだ。高雲寺の跡継ぎで、徳が高く、知的で清廉《せいれん》で、誰をも心酔させる仏教説話の技量の持ち主。彼の目の中にある昏い感情を読み取ろうとしたが、果たせなかった。

谷岡は、市原奈苗を弄んだ男を見つけ出すべく、ナンバーワン興信所を頼った。男の所業が目に余るものであったことを強調するために、かつて読んだ猟奇殺人をテーマにした小説からの詳細を付け加えた。あれを書いた少年が、二十年の時を経て、その内容を実現する犯罪に手を染めていくとは夢にも思わず。

——彼の頭の中では、おぞましい物語が作り上げられていて、日に日に膨張《ぼうちょう》している。その破壊的な空想は、いつか抑えきれないほど大きくなり、とうとう実行に移されてしまったのではないでしょうか。

谷岡と狂った夢を持つ少年をつなげたのは大黒様で、我が子がそんな恐ろしい犯罪に関わっているとも知らずに、あの事件を利用して彰太の心に揺さぶりをかけた。揺さぶられた本人が、大黒様の最も深く暗い部分を掘り出してくることになったわけだ。

世界の底は常に夜で、夜はどこまでもつながっている。

「あなたの息子さんなんですよ。『肌身フェチの殺人者』は」

湯吞が大黒様の手から滑り落ち、座卓の角に当たって割れた。

彰太の通報によって若院、平井啓司は逮捕された。彼の供述により、奥多摩にある無住の寺の庫裏《くり》の一角で、監禁されている少女が見つかった。心も体も傷つき、憔悴しきっていたけれど、生きていた。家出してきて、繁華街をねぐらにしていた十代の少女が街から消えたことに、誰も気がつかなかった。家族からも捜索願は出されていなかった。

若院の左手の包帯の下には、彼女に嚙まれたくっきりとした歯型がついていた。

若院は誘拐してきた女性をここへ連れ込んで、彼が少年時代から膨らませていた夢を、自分の手で一つ一つ現実化していった。どうしても抑えきれなかった。ある意味、彼は己の邪悪な夢に食われていったのだ。

不気味な化粧に彩られた女性。あの顔は、母親に似ていなくもなかった。ああやって母親をむちゃくちゃに塗りたくり、軽蔑《けいべつ》し、愚弄《ぐろう》してやりたかったのか。

狂ったダンスを踊るように、他人のためにくるくる動き、喜悦の表情を浮かべる母親。相手が望めば、自分の肉体すら差し出す母親。自分をこの世に生み出した母というものを彼は嫌悪し、反感を覚え、憎みながらも、一方で愛されたいと願っていたのではないか。母親が夢中になっている善意の嘘臭さに顔をしかめつつ、それを正当化しようとしていたのではないか。母への複雑な思いが、彼に奇怪な小説を書かせた。

小説の中では、黒い仮面が効果的に使われていた。女性の人格を否定し、モノとして貶《おとし》めるために、主人公は被害者の顔にそれを被せる。これを書いた高校生の清水啓司にとって、黒い羽根で飾り立てられたマスクは母親の二面性の象徴だったのかもしれない。

成長しても、彼は母親から離れることはできなかった。母親と訣別《けつべつ》してしまえないアダルトチルドレンとして、彼も精神を病んでいった。

高雲寺に家宅捜索が入った。庫裏の奥で寝かされていた住職を見つけた捜査員は、あまりの光景に怖気を震ったという。真綿がぎっしり詰まった緞子《どんす》の大布団《おおぶとん》を掛けられた住職は、ふかふかの布団に埋もれて死んでいた。かなり前に命を落としたらしく、一部白骨化していた。こびりついた肉も干からびて縮んでいた。病死か衰弱死か、それとも老衰死か。どちらにしても適切な看病や世話がなされず、放置されていたことは間違いない。

優秀な家政婦であった清水皐月は、最後の最後に手を抜いたことになる。彼女も警察に逮捕され、連行されていった。いずれ田部井への傷害の件も追及されて明らかになるだろう。

「肌身フェチの殺人者」が古刹の若い副住職だったこと、檀信徒に慕《した》われていたその母親まで逮捕されたことは、センセーショナルなニュースになった。後追いの報道が次々となされた。若院は、得度《とくど》を受けた正式な僧ではなかった。一旦は修行をするために総本山へ入山したものの、挫折《ざせつ》して帰ってきていた。住職は厳しく叱責《しっせき》し、僧籍を得られない限りは勘当《かんどう》すると言い渡した。息子を庇《かば》った大黒様とも激しく対立し、そのことが彼女に、弱った住職の世話を放棄するという行動に走らせたのではないかという憶測が流れた。

高齢と病気で衰弱していく住職を立派な寝具に寝かせて、母と子は、仲良く寺を運営していた。若院は仏道を説き、瞑想を指導する。大黒様は誰からも信頼され、慕われ、丁寧に相談に乗っていた。その裏で、彼らは平井啓司という快楽殺人鬼であり、平井皐月という狂った懲罰者であったわけだ。

報道では、若院は仏教関係のみならず、多くの書籍を読み漁《あさ》って知識を得ていたということだった。それに自分なりの解釈を加えて説法を行った。瞑想法も研究し、身につけた。修行を貫徹できず、僧籍を得られなかった自分が、多くの聴衆の心を惹《ひ》きつける説法ができることに陶酔していった。誰からも顧《かえり》みられることなく、世の中の片隅でそっと生きてきた青年が、他人から注目され、敬意を払われる存在になったのだ。

若院もこれ以上ない巣穴に潜り込んだわけだ。そこでは母親は水を得た魚のように生き生きと振る舞い、自分も自己実現が可能だった。他人に注目される快感を覚えた若院は、長年の夢を実現することに手を染めた。あの奇怪な小説、あれを現実化しないことには気が済まなくなっていた。

中性的で禁欲的な男、母から離れられない男は、母の近くにいながら、母の身代わりの女性を傷つけ始めた。巣穴の中で狂気という名の卵を温めてきた若院は、苦痛を女性に与えて苦しみの神経回路を刺激する。母親からは得られなかったもの。愛よりも確かな苦痛を、被害者が喜んで受け入れていると思い込もうとした。

小説通りに、それを世間に見せびらかした。母親同様、それが彼の承認欲求を満たしていった。衆人の心を慄《おのの》かせ、ざわつかせることに愉悦を感じて、繰り返さずにいられなかった。寺で行う説法よりも大きな満足感、充実感だったろう。

自分が手を下していない彰太の娘、美華が「肌身フェチの殺人者」に連れ去られたのではないかと騒ぎになった時、彼は動揺し、珍しく彰太を問い詰めた。模倣犯だと聞いてほっとしたりもした。あれを偽装したのは、皮肉にも自分の母親だったのに。またしても他人のために為された歪んだ善行で。

結局、恋い焦《こ》がれた母親の愛情は、彼に注がれることはなかった。

高雲寺でも若院は、愛なき世界で途切れることのない夢をみていたのだ。

彰太は、自分が足をすくわれようとしていた闇の深さに戦慄した。あの母子が抱えていたものは何だったのか。きっとどれだけ捜査が進んでも明らかにはならないだろう。

誰も他人を簡単に色付けすることはできない。

黒はあらゆる色が重なり合った色である。一つ一つの色を見つけ出すことはもはやできない。

「どうしてあんなに大黒様にのめり込んだのか、自分でもわからない」

荷物を詰める手を休めて、由布子がほっと息を吐く。掃き出し窓の向こうに見える空には、鰯雲《いわしぐも》が浮かんでいた。彰太は立っていって窓を開けた。凜冽《りんれつ》な秋の風を呼び込む。

北海道はもう朝晩、相当冷えるのだと美華は言っていた。

夫婦で娘を訪ねていくことに決めた。美華の居場所がわかった時、すぐにでも行きたかったのだが、美華はそれを拒否した。

「まだ気持ちがふわふわしてるから」と美華は言った。夏が過ぎ、秋を迎える頃になって、ようやく会う覚悟ができたということだろう。気持ちが定まって、桜華台学園には退学届けを出した。来年から向こうの定時制高校へ通うことにしたという。二十歳のカコちゃんも通っているらしい。いろんな事情を抱えた子が通う学校では、学ぶこともたくさんあるだろう。由布子も美華の決心を後押しした。

それでやっと美華に会いに行けることになった。お世話になっている佐田夫婦にも挨拶《あいさつ》をしておかねばならない。

「でも——」ボストンバッグに厚手のセーターを入れながら、由布子は続けた。「いい人だった。大黒様は。あんなに身を粉《こ》にして他人のためにしてくださる人に初めて出会ったと思った」

最後は独り言のように呟く。

時々、彰太もわからなくなる。少なくともあの人は、自分の利のためには動いていなかった。心を病んでいたかもしれないが、そこだけはぶれなかった。いつでも他人のために一生懸命働いていた。効率や利益や競争を重んじる社会は、ああいう人物を生む隙間を用意しているのかもしれない。

「あなたが誰かのためにマンションを契約して、生活費も援助してるってことを知ったからかしら」

　危うく聞き逃すところだった。

「自由が丘のマンションのことを言っているのか？」

「そう。あそこへあなたは愛人でも住まわせているんじゃないかと思ったから。時たま訪ねていっているようだったし」

　彰太は秋の空気を胸いっぱいに吸って、吐く。まだ瞑想で得た極意は生活の中で役に立っている。

「愛人がいるのなら、もっと足繁《あししげ》く通っているよ」

「そうね」いかにもおかしそうに、由布子はころころと笑った。「そういうことを知った時に訊くべきだったのよね。小さな齟齬《そご》が積み重なっておかしくなっていったのかも」

「あそこには、僕の実の母と、異父妹《いもうと》が住んでいるんだ」

「なんだ。そうなの。どうして言ってくれなかったの？」

「そうだな。結婚する時に、実の母とはもう縁が切れてると嘘をついたからかな。どうってことない嘘だと思った」

　伯父から受け継いだ遺産で、あの二人の生活を支えるつもりだった。初めからそのつもりだった。由布子には関係ないことだと勝手に判断したのだった。でもそういう小さな隠し事が、いつか大きな亀裂を生むのかもしれない。

「正直に話してれば、どうってことなかったのにな」

鰯雲がゆっくり流れていく。空全体を覆っているようで、波のような斑雲《まだらぐも》は刻々と形を変えていく。じっと目を凝らしていなければ、変わっていくことに気づかないものはたくさんある。

北海道に発つ前に、久しぶりに自由が丘のマンションを訪ねた。

由布子との会話でふと気持ちが向いたのだ。普段はこっちに来ようとすると、どうしても気持ちが萎えて、マンションを外から眺めただけで帰ってしまったりする。しかし、今日はどうしても母と侑那に会っておきたかった。エントランスで三〇七号室のチャイムを押すと、母が出た。すぐにロックを解除してくれた。

部屋は気持ちよく整理されていた。

「よく来てくれたね。侑那がきっと喜ぶよ」

美登里は玄関で待っていて、すぐに奥に通してくれた。

「長く来なくてごめん」

「いいよ。あんたも大変だったんだから」

美登里は言葉少なにねぎらった。ニュースを見れば、美華のことからザイゼンのこと、高雲寺での出来事など、息子を取り巻く状況がわかっただろうに、美登里からは最小限の接触しかなかった。会社にも堀田の家にも遠慮して、常に母は控えめだった。決して出過ぎたことはしないのだ。

美登里は侑那の部屋のドアを開けた。窓際にベッドが置いてあって、そこに侑那は横たわっていた。

「さっき訪問の看護師さんが来てくれたところ。変わりないって」

「うん」

ベッドのそばに進む彰太に、美登里はついてこない。いつも気遣って、兄妹を二人にしてくれるのだ。背後でドアがパタンと閉まった。

侑那は目を閉じている。人工呼吸器の作動する音だけが部屋の唯一《ゆいいつ》の音だ。

「ユキ」

妹が答えるはずもない。近寄ると、彼女の顔の左の部分が無残に崩れているのがわかった。肉が削《そ》げ落ち、奇妙にへこんだままになっている。二十七年前、二人で忍び込んだ家で家主に見つかり、逃げる途中で侑那はベランダから転落した。顔の傷は、その直前に家主が投げた火掻き棒がまともに当たってできたものだ。

庭石で頭部を強打し、脳に決定的なダメージを負った。侑那は植物状態に陥った。彰太は鑑別所送りになり、侑那は長い間入院していた。ずっと美登里の再婚相手である侑那の父親が、治療費や生活費をみてくれていたのだが、八年ほど経った時に、彼は病死した。ちょうど彰太が由布子に出会った頃だった。あの頃、金を必要としていたのは、そのせいもあった。自分が守ってやれなかったせいで、こんな体になった侑那を養っていかなければならなかった。

だから伯父の文雄の遺産を当てにした。どうしてもあれが欲しかった。由布子とも結婚したかったし、子供とも暮らしたかった。そんな時、谷岡が現れたのだ。侑那のため、由布子と赤ん坊のため、彰太は決断した。

うまくことが運び、ザイゼンの社長になった彰太は、由布子と結婚した。由布子には内緒でこのマンションを借りて、母と侑那を住まわせた。二人の生活を保障してやることができた。二十七年間、眠ったままの侑那には、訪問診療と看護を受けさせている。母はつきっきりで世話をしている。彰太にできるのは、これだけだ。この環境を整えるだけ。

前はもっと頻繁《ひんぱん》にここへ来ていたが、だんだん足が遠のいた。侑那を見ているのが辛かった。卑怯だとは思う。だが、あれほど生き生きしていた妹が、ただ息をして眠るだけになったのは、自分のせいだと突きつけられる気がして、気持ちが怯むのだった。

四年前には自発呼吸も弱まって、喉を切開して人工呼吸器を取り付けた。侑那が一歩一歩死に近づいていくのを見ていられなかった。

ジャケットの内ポケットから一枚の写真を取り出した。市原奈苗が写った写真だ。事故に遭った時の侑那に似通った年齢の奈苗。彼女が被っているキャスケットには見覚えがあった。空色で、横に飼い猫の写真の缶バッジが付いているもの。あれは、金持ち男の家に忍び込んだ晩、二階の部屋で見つけたものだ。平台から取り上げて、侑那が被ってみせたあの帽子。

侑那はあれを手に持ったまま、ベランダから転落した。病院に運ばれた時、それは侑那のものと勘違いされてそばに置いてあった。美登里もそう思っていたのか、少年鑑別所を出て、侑那に会いにいった時、まだそれは侑那の病室に置かれていた。

なぜ侑那は、あの家に大金が置いてあるのを知っていたのか。その答えが、奈苗の写真を見た時わかった。侑那も奈苗も、侑那が「頭のイカれたボンクラ息子」と呼んだ中年男のところに出入りしていたのだ。男は倒錯《とうさく》した性癖の持ち主で、若い女の子の体を被写体にしては金を渡していた。奈苗がスカウトされたように、侑那もどこかで声をかけられて、割のいいバイトを喜んで受け入れた。百万円の束が入っていた収納庫には、プリントされた写真やネガの束も一緒に入れてあった。

男は蒐集《しゅうしゅう》癖もあり、連れ込んだ女の子の持ち物を買い取ってもいた。だから、あの部屋にはたくさんの服飾品や雑貨類が整理されて置いてあったのだ。侑那が手に通したビーズのブレスレットは、彼女のものを男が大金で買い取ったのかもしれない。

とにかく同じ時期に、侑那と奈苗は男の家に出入りして、変態男の欲望を満たしてやり、ちゃっかり小遣いを稼いでいた。つまり、谷岡が捜していた男は、侑那と彰太が忍び込んだ家の家主だったのだ。昔のことだから、もう場所は憶えていないが、青山あたりだった気がする。広い庭には太い木が何本も繁り、その奥に古い洋館が建っていた。とても都会の真ん中にあるとは思えない屋敷だった。

何もかもが細い糸でつながっている。若院が語った自因自果の法則は正しく働いている。あの男は、今どうしているのか。ずっと考えたことがなかったのに、ふと思った。あれほどの説法ができる者が、母親との愛憎に苦しんで、身代わりの女性を傷つけて心を癒《いや》していたとは。今は自分の心の闇に目を凝らしているのか。己の「阿頼耶識」に。裁判はまだ始まらない。

彰太は侑那に近づいた。体を折って、手を伸ばす。自分の意志で指一本動かすことのできない侑那の体は、筋肉が落ちて痩せ細っている。崩れた顔の皮膚は、引き攣れていて、それでも透《す》き通るように白かった。

そっと額に手をやる。ほんのりと伝わってくる体温にほっとする。物言わぬ侑那が、生きていると訴えてくる。

この世で潔白なものは、美華ともう一人、この妹だけだ。

千の黒鳥に埋め尽くされた湖の上に千の夜が続いても、輝く白さを誇《ほこ》るもの。その存在そのものが救いなのだと思った。彼女たちが、親であり兄である自分を肯定してくれるからこそ、この世界で生きていける。

窓から見下ろす電線に、南に帰る支度《したく》の整ったツバメが並んでとまり、しきりにさえずっていた。ちっぽけな生き物が無心に、「生き往《ゆ》け、生き往け」とさえずっている。

「ユキ、ごめんな」手のひらに力を込める。

かすかに侑那の唇が動いた気がした。

*

しょうちゃん。

しょうちゃん。

しょうちゃんの手を感じる。温かい手。温かいけど、きっと悲しい顔をしているんだろうな。

あの晩のこと、憶えている？　あの真っ暗な晩。しょうちゃんとボンクラ息子の家に忍び込んだ晩。密やかな冒険。しょうちゃん、結構びびってたじゃん。面白かった。

あの家を教えてくれたのは、奈苗ちゃんなんだ。遊び回っている時に知り合った子。奈苗ちゃんは言った。「いいバイト先があるよ。大きなお屋敷に住んでいるおじさんで、写真のモデルをしてあげたら、凄いお小遣いがもらえるんだ」

　裸になってあげたら、喜んでいくらでもお小遣いを弾んでくれる。だけど決して嫌らしいことはしないんだ。あのおじさん、フノーだからって。

　フノーって、性的不能のことなんだろう。奈苗ちゃん、意味もわからず使ってた。ほんとにそのおじさん、いくらでもお小遣いをくれたの。奈苗ちゃんなんか、何日も泊まり込んで稼いでた。洋服も買ってもらっていい気になってた。着ていった服よりいいものを着て帰ったりしていた。

　あそこに出入りしてる間は、遊ぶお金には事欠かなかった。おじさんは、収納庫の中にお金をしまってた。そこからお札を取り出して、あたしや奈苗ちゃんにぽいとくれた。あたしたちが身に着けているものも欲しがった。安物のスカーフやポシェットやネックレスなんかを大金で買い上げてくれた。女の子たちから買い取ったものを集めて喜んでた。

　おじさんにとって、お金なんかたいした価値はないんだ。そのうち、それを盗んだら
――って思うようになった。

　しょうちゃん、お父さんが死んで、伯父さんにも嫌われて苦労してたでしょ？

　お金があれば、伯父さんを見返してやれるんじゃないかな。そんなふうに思ったの。お母さんも働きづめでかわいそうだったし。

ばかだったね、あたし。あんなことにしょうちゃんを巻き込んで。

お金をいただいて、さっさと出ていけばよかったのに、自分がおじさんに売ったブレスレットを見つけた。それから奈苗ちゃんのキャスケットも。あれを取り返して奈苗ちゃんに渡してあげたかった。あの猫の缶バッジが付いた帽子をおじさんに売ったこと、奈苗ちゃんはすごく後悔してたから。ララっていう名前の猫、かわいがってたのに死んでしまったんだって。

お金で買えないものってあるんだな。それがよくわかったよ。

しょうちゃんは、あたしの大事なきょうだいだ。この世にたった一人の。

しょうちゃんがこうして会いに来てくれるから、あたしはそれで充分。だから悲しまないで。

あたしはあれからずっとあの夜の中にいる。あのタイサンボクの木の下に。

寂しくなんかないよ。あたしの世界はずっと夜で、夜はどこまでもつながってるから。

時々、鳥の羽ばたきが聞こえる。顔を上げて空を見るけど、何も見えない。

でも今日、しょうちゃんの手の温もりを感じた時、あの鳥が見えた。暗い夜でもはっきり見えた。

とてもきれいな白い鳥だった。

○参考文献

『運命を切り開く因果の法則』伊藤健太郎　1万年堂出版　二〇一五年

『苦しまない練習』小池龍之介　小学館文庫　二〇一四年

『苦しみを乗り越える　悲しみが癒される　怒り苛立ちが消える法話選　新装版』アルボムッレ・スマナサーラ　国書刊行会　二〇一一年

『恐れることは何もない　この世をうまく生きるブッダの智慧』アルボムッレ・スマナサーラ　学研パブリッシング　二〇一〇年

『わずか数分で心が整う12の瞑想　あなたは心と頭、使いすぎていませんか?』阿部敏郎　興陽館　二〇一六年

『お経の意味がよくわかるハンドブック』松濤弘道　ＰＨＰ研究所　二〇〇八年

※「レンジャー」の意味についてはウィキペディアから引用させていただきました。

解説——因果《いんが》と選択、宇佐美《うさみ》まことの描く恐怖

書評家　大矢博子《おおやひろこ》

宇佐美まことの出発点は怪談だった。

二〇〇六年に「るんびにの子供」で第一回『幽』怪談文学賞短編部門大賞を受賞。翌年、受賞作が表題の短編集でデビューした。怪異を題材にした作品を続けて上梓《じょうし》した後、超自然的な要素を排した現実が舞台のミステリである『愚者の毒』（祥伝社文庫）が日本推理作家協会賞の長編及び連作短編集部門を受賞、宇佐美まことの名はホラーファン以外にも広く知られるようになった。二〇二〇年には、児童虐待《ぎゃくたい》をモチーフに生きることをあきらめない強さを描いた『展望塔のラプンツェル』（光文社）が山本周五郎《やまもとしゅうごろう》賞の候補に入るなど、今、最も脂《あぶら》の乗った作家の一人だ。

——と書くと『愚者の毒』で方向転換をしたように見えるかもしれない。が、そうではない。『るんびにの子供』（角川ホラー文庫）は確かに怖かったのだが——それはもう怖かったのだが、最も怖かったのは人の業《ごう》であり、普通の生活をじわじわと侵食する歪《ゆが》みであ

り、炙《あぶ》り出される負の感情の描写だったのだ。そしてそれは、宇佐美作品のすべてに共通する要素である。宇佐美まことは徹底して、人の業、人の感情を描いているのである。

そして著者の作品を通読すると、もうひとつ見えてくるテーマがある。彼女が描く人の業や感情が、何に由来しているか。人が何を恐れ、何によって動かされているか。宇佐美まことが著作の中で追求しようとしているものが浮かび上がるのだ。

因果《いんが》と選択、である。


本書『黒鳥の湖』は、とある家に男女が盗みに入るプロローグを経て、世間を震撼《しんかん》させている拉致《らち》事件で始まる。若い女性を拉致し、持ち物や切り取った衣服、体の一部を家族に送りつけた上で殺すという猟奇的な連続殺人事件だ。「肌身フェチの殺人者」と呼ばれるその事件はメディアでも連日報道されていた。

上場企業ザイゼンの社長、財前彰太《ざいぜんしょうた》はそのニュースを複雑な思いで見ていた。なぜなら彰太は十八年前に、同じ手口の犯罪者の話を聞いたことがあったから。

若い頃、興信所に勤めていた彰太はそこで、行方不明になった娘の持ち物や髪飾り、最後には剝《は》がした爪が送られてきたという老人の話を聞いたのだ。娘は男に拉致されており、隙《すき》を見てどうにか自力で逃げ帰ってきたものの許すことはできない。その犯人を見つけてほしいという依頼だった。ただしその事件があったのは当時から遡《さかのぼ》ること八年前。

犯人を見つけることは現実問題として不可能だ。

そこで彰太は一計を案じる。ある策略を持って、嘘《うそ》の報告をしたのだ。その後、生涯独身だった伯父《おじ》が死んだため（ここが大事なのだが、それは本編でお確かめいただきたい）その遺産を引き継いだ彰太は事業を広げて今やザイゼンの社長に納まり、熱烈な恋愛の末に結婚した妻と十七歳の愛娘《まなむすめ》と幸せな毎日を送っているという次第。

十八年前のあの時に自分が嘘の報告をしたために、「肌身フェチの殺人者」が捕まることもなく犯行を再開したのではないか？　自分の策略のせいで、何の罪もない若い女性に恐ろしい災難が降りかかっているのではないか？　いてもたってもいられなくなった彰太は、十八年前の依頼者を捜そうとするが……。

というのが本書序盤のあらすじである。いやあ、圧倒的なリーダビリティだ。今、こうして簡単にまとめたが、現在と過去を行き来しながら彰太の策略が明らかになるくだりが第一の読みどころ。さらに十八年前の依頼者を捜す過程で、思いもかけなかった事実が明らかになる。十八年前の事件と現在の事件はいったいどう結びつくのか。

そんなミステリ的興味と並行して描かれるのが、家族の問題だ。掌中《しょうちゅう》の珠《たま》と愛《いと》おしんできた娘の美華《みか》が、突然変貌《へんぼう》する。親に逆らい、乱暴な言葉を使い、繁華街で補導されるようになり、ついには姿を消してしまう。疲れ果てた妻は宗教に縋《すが》るようになる。もしも娘が「肌身フェチの殺人者」の犠牲《ぎせい》になるようなことがあれば、それは父親である自分のせいだ。であるならば、自分は何をすればいいのか。

彰太の妻、由布子《ゆうこ》も同じだ。これは終盤に明らかになることなのでここには書かないでおくが、由布子もまた、不幸の原因を自らの過去に求めるのである。

だが、本当に彼らを襲った不幸が彰太の、または由布子のせいなのだろうか？　因果などというものは、理屈次第で何にだってくっつくのである。おっと、テーマは「因果と選択」と言っておきながら、因果を否定してしまった。いや、本書で読者が注目すべき因果は他にある、ということを申し上げたいのだ。

そもそも因果といっても、これの原因はこれ、と一対一でスッキリ対応するものではない。人生はさまざまなことが重なり、つながり、何本もの糸が縒《よ》り合わされてできている。思いもかけない化学反応を見せることもある。本書にも、自分ではそうと気づかぬうちに誰かの運命を変えてしまった例が多く登場する。財前家を崩壊寸前まで追い込んだ一連の出来事は、確かに彰太と由布子の過去と無関係ではない。しかしそれを経て、彰太は本当に大切なものに出合ったのだ。事件が過去の因果であるなら、その結果として守るべき最も大切なものに気づき、それを選び取れたこともまた、因果なのである。変えられない過去に拘泥《こうでい》するのではなく、過去を認めた上でそれと向き合い、未来を摑《つか》み取ろうとする彰太の姿こそ本書のキモだ。

物語の終盤には怒濤《どとう》のサプライズが用意されている。「肌身フェチの殺人者」事件の真相はもちろんだが、財前家に潜《ひそ》んでいたさまざまな秘密が一気に噴き出し、複数の人の意外な顔が暴露され、読者を呆然《ぼうぜん》とさせる。まったく予想もしていなかった方向から幾筋ものサプライズが飛んできて、そのひとつひとつの因果を知る度に、驚きつつも「ああ、そうだったのか」と溜《た》め息を吐《つ》くことになるだろう。因果の恐ろしさと不思議さは、むしろこちらにある。

手慣れたミステリ読者ならある人物の正体については見当がつくかもしれない。著者もそこは特に隠そうとしていないように感じた。なぜなら著者が仕掛けた真のサプライズは、「誰が」ではないからだ。人が何を考えていたのか、何を求め、何を欲し、何を隠していたのか。本稿の初めに書いた、人の業、生活を侵食する歪み、炙り出される負の感情——この人にそんな一面があったのか、この人は本当はそんなことを考えていたのかという衝撃が次々と読者を襲う。そんな隠された人の心の真相こそがこの物語の最大のサプライズなのである。それが読者を震撼させるのは、「肌身フェチの殺人者」は実在せずとも、見知らぬ一面を隠した他者はすぐ近くに大勢いるかもしれないし、自分の中にもそれはあるかもしれないからだ。

それが宇佐美まことの描く恐怖なのである。

だが、救いはある。どうしようもなく辛《つら》い現実や、何をやっても取り返すことのできない過去を抱え、自分を責めたり、何かに縋ったりしながら、それでも人は、たとえ不幸の中であっても、闇の中であっても、その中から一筋の救いの光を拾い出すことはできるのだ。

いろんな色を混ぜると、最終的に黒になる。だが逆に言えば、黒にはさまざまな色が混じっているということだ。黒に見えたものの中にも、意外なほど美しく鮮やかな色が隠れているかもしれない。それを見つけ出すことができるか、それを選び取ることができるか。『黒鳥の湖』は、それを問うているのである。

幕末の小笠原《おがさわら》諸島と現代のつながりを描いた『ボニン浄土』（小学館）、終戦直後の旧満州《まんしゅう》の混乱と現代が並行して語られる『羊は安らかに草を食《は》み』（祥伝社）など、近年の宇佐美まことは、その「因果と選択」というテーマを歴史の中に見出《みいだ》した作品を続けて発表している。

この二作はたいへんな佳作であるとともに、今後の宇佐美まことにとってスプリングボードになると思われる作品なので、ぜひ手にとっていただきたい。著者が追求する「因果と選択」の意味を、より強く感じることができるはずだ。

本書は令和元年十二月、小社より四六判で刊行された同名の作品に、著者が加筆修正したものです。なおこの作品はフィクションであり、登場する人物および団体は実在するものといっさい関係ありません。

一〇〇字書評

切・り・取・り・線

購買動機（新聞、雑誌名を記入するか、あるいは○をつけてください）

□（　　　　　　　　　　　　　　　）の広告を見て
□（　　　　　　　　　　　　　　　）の書評を見て
□ 知人のすすめで　　　　　□ タイトルに惹かれて
□ カバーが良かったから　　□ 内容が面白そうだから
□ 好きな作家だから　　　　□ 好きな分野の本だから

・最近、最も感銘を受けた作品名をお書き下さい

・あなたのお好きな作家名をお書き下さい

・その他、ご要望がありましたらお書き下さい

住所	〒				
氏名		職業		年齢	
Eメール	※携帯には配信できません		新刊情報等のメール配信を 希望する・しない		

この本の感想を、編集部までお寄せいただけたらありがたく存じます。今後の企画の参考にさせていただきます。Eメールでも結構です。

いただいた「一〇〇字書評」は、新聞・雑誌等に紹介させていただくことがあります。その場合はお礼として特製図書カードを差し上げます。

前ページの原稿用紙に書評をお書きの上、切り取り、左記までお送り下さい。宛先の住所は不要です。

なお、ご記入いただいたお名前、ご住所等は、書評紹介の事前了解、謝礼のお届けのためだけに利用し、そのほかの目的のために利用することはありません。

〒一〇一－八七〇一
祥伝社文庫編集長　坂口芳和
電話　〇三（三二六五）二〇八〇

祥伝社ホームページの「ブックレビュー」からも、書き込めます。
www.shodensha.co.jp/bookreview

祥伝社文庫

黒鳥《こくちよう》の湖《みずうみ》

令和3年7月20日　初版第1刷発行

著　者　宇佐美《うさみ》まこと
発行者　辻　浩明
発行所　祥伝社《しようでんしや》
東京都千代田区神田神保町3-3
〒101-8701
電話　03（3265）2081（販売部）
電話　03（3265）2080（編集部）
電話　03（3265）3622（業務部）
www.shodensha.co.jp
印刷所　萩原印刷
製本所　ナショナル製本
カバーフォーマットデザイン　芥　陽子

Printed in Japan ©2021, Makoto Usami ISBN978-4-396-34738-3 C0193

〈祥伝社文庫　今月の新刊〉

越谷オサム
房総グランオテル
季節外れの海辺の民宿で、人懐こい看板娘と訳ありの宿泊客が巻き起こす、奇跡の物語。

宇佐美まこと
黒鳥の湖
十八年前、〝野放しにした〟快楽殺人者が再び動く。人間の悪と因果を暴くミステリー。

柴田哲孝
五十六　ISOROKU
異聞・真珠湾攻撃
ルーズベルトの挑発にのり、遂に山本五十六が動き出す。真珠湾攻撃の真相を抉る！

森谷明子
矢上教授の夏休み
「ネズミの靴も持って来て」——謎が誘う秘密のひととき。言葉だけからつむぐ純粋推理！

山田正紀
灰色の柩《ひつぎ》
放浪探偵・呪師《しゅし》霊太郎
昭和という時代を舞台に、北原白秋の童謡「金魚」にそって起きる連続殺人の謎に迫る！

沢里裕二
女帝の遺言
悪女刑事《デカ》・黒須路子
手が付けられない刑事、臨場。公安工作員拉致事件の背後に恐ろしき戦後の闇が……。

小杉健治
鼠子待《ねこま》の恋
風烈廻り与力・青柳剣一郎
迷宮入り事件の探索を任された剣一郎。調べを進めると意外な男女のもつれが明らかに。

長谷川　卓
柳生七星剣《やぎゅうしちせいけん》
剣に生きる者は、すべて敵。柳生が放った非道なる刺客陣に、若き武芸者が立ち向かう！

辻堂　魁
寒月に立つ
風の市兵衛　弐
跡継騒動に揺れる譜代の内偵中、弥陀ノ介が襲われた。怒りの市兵衛は探索を引継ぎ——。